KB077323

광신도들

DISCIPLES

광신도들

DISCIPLES

오스틴 라이트 지음
김미정 옮김

오픈하우스

차례

3부

4부

5부

일러두기

1. 외국 인명, 지명은 외래어표기법을 따르되 일부는 관용적인 표기를 따랐다.
2. 책·신문·잡지명은『 』, 영화·연극·TV·라디오 프로그램명은「 」, 시·곡명은〈 〉, 음반·오페라·뮤지컬명은《 》로 묶어 표기했다.
3. 괄호 처리된 것 중 고딕체로 쓰인 것은 역자 주이다.

1부

1 해리 필드

외손녀가 납치당하기 두 시간 전, 해리필드는 죽음과 화해에 이르렀다. 이런저런 일들로 고심하던 차에, 죽음의 공포에서 벗어나는 길을 마음속 깊은 곳에서 찾은 것이다. 그는 은퇴한 과학사 교수로, 애프터눈클럽 문화센터 여성 회원들 앞에서 가짜 과학, 사이비 과학, 유사 과학을 주제로 강연할 원고를 쓰고 있었다. 그가 가장 좋아하는 주제로 열릴 이 강연은 토요일로 잡혀 있었다.

그는 손녀와 단둘이 집에 있었다. 그가 원고를 작성하는 동안 손녀는 잠이 들었다. 그는 마음이 산란해서 글이 잘 써지지 않았다. 레나 파울러라는 옛 연인이 20년 만에 편지를 보내 왔는데, 3주가 지난 여태까지 답장을 쓰지 않았다. 창밖을 내다보며 강연 원고와 답장을 번갈아 생각하다 보니, 죽음에 관한 생각이 뒷전으로 밀려났다는 걸 의식하지 못했다.

3월 초, 날이 꽤 좋은 오후였다. 뿌연 창으로 들어온 볕이 가죽 의자 팔걸이에 내려앉았다가 컴퓨터 화면에 반사되자 모니터의 글자가 흐려졌다. 해리는 오늘 아침 식사를 하고 나서 졸도할 뻔했다. 눈앞이 흐려지고 뒤통수가 뻐근해지는 바람에 가슴이 다 철렁했다. 뇌졸중 전조 증상은 아니었으면. 이 일로 원고를 쓰면서도 마음이 뒤숭숭했다. 죽음이 머리에서 떠나지 않았다. 죽음의 그림자에서 평생 벗어날 수 없었지만, 죽음이 주는 불안감을 잠시나마 외면할 수는 있었다. 이제 일흔이니 앞으로 20년, 25년 정도 남았을까. 아니, 무슨 수로. 이러나저러나 상상이 가지 않는 죽음에 대한 공포는 별반 달라지지 않았다. 그의 의식과 정신이, 시력과 청력이, 추억과 사고가, 자아라는 존재가 사라지는 날이 다가오고 있었다.

이렇게 뒤숭숭한 마음속에 죽음에 대한 두려움을 받아들이게 되었다는 뜻밖의 소식이 깃들었다. 속에서 뭔가 뜨뜻한 것이 울컥 올라오더니 이런 소리가 들렸다. 자, 괜찮아. 그는 깜짝 놀랐다. 어쩌다 이런 결론에 도달하게 된 걸까. 무의식의 과정을 거치고 생각이 꼬리에 꼬리를 물다 보니 결론에 이른 것이다. 자, 보라고, 해리. 오랜 세월을 거친 끝에 드디어 해답을 구했어. 그는 실제로 어떤 사고를 거쳤는지 되짚어 볼 밤이 오기를 학수고대했다.

그러던 중에 손녀가 납치됐다. 집안이 발칵 뒤집혔다. 그가 오후에 글을 쓰는 동안 손녀는 복도 건넛방에서 자고 있었다. 손녀를 챙겨야 한다는 책임감에 마음이 무거웠고 그 짐을 벗어버리길 바랐다. 아내 바버라는 샌디에이고로 떠났다. 남편을 먼저 떠나보낸 고령의 친정어머니가 혼자서도 잘 지내시는지 살피려고 3주 전 비행기에 몸을 실었다. 해리의 딸이자 손녀의 엄마인 주디는 출근했다. 아이를 봐주는 코니 라이스는 3시 반에 온다. 손녀 이름은 헤이즐인데 다들 헤이지라고 부른다. 아기가 오래 자자 그는 걱정스러운 마음에 까치발로 복도를 가로질러 건넛방을 들여다보았다. 기저귀를 찬 엉덩이를 하늘로 쳐들고 자는 모습이 보이자 깨지 않게 방문을 살살 닫았다.

그는 아기가 울면 번쩍 들고 기저귀를 차서 통통한 엉덩이를 자기 팔꿈치 안쪽에 받치고 머리를 자기 어깨에 기대게 한 채 안아주었다. 꼭 필요한 경우가 아니면 기저귀를 갈지 않았다. 코니 라이스가 올 때까지 버틸 만했다. 그는 아기를 안고 아래층으로 내려가 벽난로 근처에 있는 장난감 상자 옆에 내려놓고, 안락의자에 앉아 쳐다보곤 했다. 장난감 펭귄, 우편함, 악어 풍선. 아기가 투정을 부리면 아기를 안고 돌아다니면서 일흔을 넘긴 자신의 나이를 상기했다. 고작 16개월밖에 안 된 이 아기가 얼마나 핏덩이인지 감탄하면서도 꽤 묵직해서 등이 찌뿌드드했다. 그는 손녀에게 중얼거렸다. 여기가 거실이란다. 복도 옷장이 보이지? 저건 코트고, 이건 피아노란다. 여기는 식당이고, 이제 부엌으로 가볼까? 양념 선반은 어때? 마음에 안 들어? 그렇다면 그릇이 든 찬장을 보렴. 접시가 화려하지? 이건 인디언이 쓰던 유물이란다. 저 사진은 현대 미술의 표본이지. 바닥에 내려줄 테니 좀 걸어볼 테냐? 배고파? 할아비가 뭘 주나. 빵 먹을래? 과자는 어때? 오렌지 주스 마실래?

때때로 아기는 그의 목소리가 좋았는지 주글주글한 뺨에 몸을 기댔다. 보드라운 머리칼로 뒤덮인 다부지고 주먹만 한 머리로 외할아버지를 향한 무한 신뢰를 전했다. 그는 감상에 젖었다. 나는 주디 없이 못 사는데, 주디는 제 엄마 없이는 못 살지. 우리 가족 모두 늙어가네. 쌀쌀한 와중에 햇살이 쏟아지는 3월의 어느 날. 겨우내 누렇게 뜬 잔디밭과 껍질이 벗겨진 헐벗은 나무. 초봄에 먹이통에 날아든 백협조며, 흰죽지오리며, 박새가 더 좋은 날이 오기를 기약 없이 기다렸다. 아이를 봐줄 코니는 3시 반은 되어야 온다.

유괴범은 애 아빠, 올리버 퀸이었다. 해리는 주디와 올리버가 얼마나 소원한 사이인지 제대로 몰랐기 때문에 올리버에게 아이를 건넸다. 올리버가 2시 반쯤 찾아와 초인종을 눌렀다. 해리는 은은하게 울리는 초인종 소리에 글쓰기를 멈추고 아래층으로 내려가 문을 열었다. 상황을 파악하기까지 잠시 시간이 걸렸다. 통통하고 둥근 얼굴에 안경을 쓴 덩치 큰 남자가 자두색 재킷에 태슬이 달린 머플러를 두르고 영업사원처럼 웃고 있었다.

교수님, 안녕하십니까. 오늘 날씨가 정말 좋네요!

주디는 출근하고 없는데.

제가 깜빡했네요. 출근했군요. 주디는 잘 지내죠?

그렇다네.

애는요? 이제 걷죠?

아장아장 돌아다니지.

그렇군요. 말은요?

주디는 애가 말을 한다고 그러는데, 나는 잘 모르겠네.

지금 어디에 있나요?

잔다네.

아기 소리가 나는 것 같은데, 얼굴 좀 봐도 될까요?

내가 데려오지.

나이 든 해리는 올리버 퀸이 별로 탐탁지 않았지만 그를 거실로 들인 다음 아이를 챙겼다. 외할아버지가 방에 들어갔는데도 아기는 조용했다. 방은 습했다. 해리가 양팔에 힘을 줘서 아기를 들어 올렸다. 위에는 손바닥만 한 셔츠를 입고 아래에는 방수 바지를 입고 있는데, 기저귀를 차서 그런지 바지가 통통했다. 그는 손녀를 기저귀대에 올려놓고 얼굴을 닦인 다음 기저귀를 갈아주었다. 손녀는 졸리는지 외할아버지를 쳐다보았다. 그는 손녀를 보라색 놀이복으로 갈아입힌 다음 데리고 내려갔다.

헤이즐이 올리버를 쳐다보았지만 누군지 알아보지 못했다. 안녕, 아기야. 올리버가 다가와 안아주려 하자, 헤이즐이 두 팔로 해리의 목덜미를 꽉 움켜쥐었다. 미안, 우리 아기, 아빠가 너무 급했지. 해리가 아기를 바닥에 앉히자 아기가 주위를 두리번거렸다.

귀엽네요.

헤이즐이 일어나 장난감 상자까지 아장아장 걸어가더니 물건을 꺼내서 집어던졌다. 올리버를 쳐다보지 않고 헝겊 인형을 그에게 내밀었다. 올리버가 손을 뻗자 헤이즐이 인형을 도로 가져가더니 피아노 쪽으로 내던졌다.

주디가 회사는 잘 다니나요?

해리가 올리버 퀸을 싫어하는 데는 이유가 있다. 주디가 임신했을 때는 모른 척하더니 아기가 태어나자 돌아왔다가 다시 떠났기 때문이다. 해리는 주디에게 들은 올리버가 마음에 들지 않았다.

남자친구가 생겼다면서요? 올리버가 가볍게 물었지만 말에 심지가 있었다.

그런 건 당사자한테 물어보게.

그래야죠. 전 끼어들 생각 없습니다. 요전 날 밤, 클리퍼스에서 친구가 주디를 봤다더군요. 주디는 생각이 진보적이잖아요.

그게 무슨 소린가?

별 뜻 아닙니다.

해리는 부아가 치밀었다. 지금 올리버가 데이비드 레오를 언급한 거라면, 자기 입으로 말하게 내버려 두자. 자기가 편협한 사람이라고 제 입으로 떠벌리겠지.

아기가 올리버 퀸에게 문어 인형을 내밀었다.

이게 뭐야. 문어네, 고마워.

올리버는 문어 인형을 헤이즐에게 줬다가 뺏고 다시 주면서도 재미있어 하는 것 같지는 않았다.

날이 좋은데 우리 놀이터에 놀러 갈까? 올리버가 헤이즐에게 말하며 해리를 힐끔거렸다. 그래도 될까요? 애는 제가 볼 테니, 잠시 숨 좀 돌리시죠.

해리는 예상치 못한 일이라 입을 꾹 다물었다. 괜찮네, 내가 볼 걸세. 해리는 코니 라이스가 오기를 바랐다.

어르신 바쁘시잖습니까. 과학과 종교와 관련하여 투고하신 기사 봤습니다. 주디가 보여줬었죠. 정말 흥미진진하던데요. 온종일 원고 쓰시죠?

바쁘긴 하네만. 해리가 인정했다.

은퇴하시고도 계속 바쁘시네요. 지금은 무슨 글을 쓰십니까?

이것저것.

좋네요. 제가 헤이지 데리고 놀이터에 갔다 올 테니, 하던 일 계속하시죠.

그럴 필요 없네. 애는 내가 볼 걸세.

교수님, 오해하신 것 같은데요. 그냥 제가 그러고 싶어서요. 제 딸이잖습니까. 모래 놀이도 하고, 미끄럼틀도 타고, 터널도 있으니까요. 재밌겠지, 애야?

왜 껄끄러워하는지 이해하지 못하겠다는 듯이 쳐다보는 올리버의 시선에 해리는 짜증이 나면서도 민망한 마음이 들었다.

주디도 싫어하지 않을 겁니다. 제가 아빠니까요. 아무 일 없도록 하겠습니다.

아무 일이야 없겠지. 해리는 올리버의 의뭉스럽고 야비해 보이는 모습에 생각에 잠겼다. 아이가 올리버의 무릎에 기어올라 그의 얼굴에 잠자리채를 씌우고는 자지러질 듯이 깔깔거렸다. 올리버가 인상을 찌푸리며 아기와 장난을 쳤다.

그 모습에 해리가 두 손을 들었다. 알았네. 대신 한 시간만 나갔다가 오게.

물론이죠, 교수님.

해리는 헤이지를 올리버의 무릎에 앉혀 놓고 손녀에게 하얀 털과 후드가 달린 빨간 점퍼를 입혔다. 부녀가 현관으로 나가는 모습이 보였다. 올리버가 아이를 안고 나가자, 올리버의 어깨 너머로 후드를 쓴 아이의 얼굴이 보였다. 헤이즐이 손가락 두 개를 펴고 흔드는 작별 인사를 하며 계단을 내려갔다. 좌측 펜더가 찌그러진 낡은 갈색 토요타 자동차 조수석에 누군가 타고 있었다. 해리는 벌써 후회가 밀려왔다. 지금이라도 뛰어나가면 말릴 수 있지만, 이미 늦었다고 스스로 타일렀다. 실제로도 그랬다. 올리버가 뒷자리 유아용 카시트에 아이를 앉혀 안전띠를 매는 모습이 보였다. 카시트를 보니 마음이 놓였다. 책임감 있어 보였다.

한참 후에야 해리는 자기 손으로 손녀를 납치범에게 넘겼음을 인지했다. 코니 라이스가 3시 반에 출근했다. 코니는 해리의 아내가 캘리포니아에 가 있는 사이에 구한 베이비시터이자 가사 도우미였다. 아래층을 돌아다니는 발소리가 들리더니 잠시 후 코니가 2층으로 올라왔다.

코니가 2층 계단을 오르면서 흥얼거리며 이름을 불렀다. 우리 헤이지 어디 있니? 이렇게 날이 좋은데 오후까지 자나?

코니가 아기방에 들어갔다가 화들짝 놀라 말했다. 여기에도 없잖아. 너 어디 갔어?

해리가 서재에서 외쳤다. 애 아빠가 놀이터에 데리고 나갔네!

무슨 아빠요?

무슨 아빠라니? 올리버 퀸이 왔었어.

코니 라이스가 서재에 서서 그의 말을 곱씹었다. 정말요? 코니 라이스는 갈색 머리를 길게 기른 건강하고 젊은 여성이었다. 야외 활동을 많이 해서 그을린 얼굴에 볼살이 하나도 없었다. 바버라가 집을 비운 사이, 코니는 해리네 가사도 거들면서 남편 조와 함께 해리의 퇴임 기념 논문집 편집까지 맡고 있었다. 해리는 코니가 무슨 생각을 하는지 눈에 보였다. 잠시 후 코니가 입을 열었다. 그럼 전 이 집에 도움이 되는 일을 해야겠네요.

해리는 다시 글쓰기 작업을 이어갔다. 집이 더는 적적하지 않았다. 청소기 소리가 들리더니 음식 냄새가 풍겼다. 집에 다른 사람이 있다는 사실이 번지르르한 위안을 주긴 했지만, 늘 달고 사는 걱정과 예민함을 없애는 데에는 도움이 되지 않았다. 작업에 몰입해 근심을 지웠지만, 시간이 얼마나 지났는지 깨닫는 순간 소스라치게 놀랐다. 지금 몇 시지?

5시. 망상이 형체를 갖추더니 충격으로 굳어졌다. 황급히 계단을 내려가자 거실에서 『타임』 지를 보고 있는 코니가 보였다.

코니가 물었다. 올 시간 되지 않았나요? 그러더니 벌떡 일어났다. 어느 놀이터로 갔어요?

모르겠어.

나가서 찾아볼게요. 코니가 코트를 움켜쥐었다. 그녀는 긴급 상황일지 모른다고 직감하면서도 이렇게 말하며 분위기를 누그러뜨렸다. 날씨가 하도 좋아서 깜박했겠죠. 주디가 오기 전에 나가서 찾아보는 게 좋겠어요.

해리는 코니가 단추를 채우지도 못하고 코트 자락을 펄럭이며 계단을 내려가 차를 급히 돌려 몰고 나가는 모습을 바라보았다.

이젠 글이 써지지 않았다. 석간신문을 보려 했지만 글자가 눈에 들어오지 않았다. 날씨가 좋아서 정신이 없었겠지. 거실을 서성였다. 헤이지의 장난감이 죄다 상자 안에 도로 들어가 있었다. 코니가 기다리는 동안 정리한 것이다. 부엌에서 솔솔 풍기는 냄새만 맡아도 맛은 보장된 것 같았다. 일단 앞일부터 정리하자.

코니가 돌아오지 않았다. 20분, 아니 그보다 더 지났다. 그는 코니가 놀이터에서 올리버와 아기를 발견하고 가슴을 쓸어내리는 장면을 상상했다. 여기에 있었구나. 날씨가 하도 좋아서 오래 놀았구나. 그래도 3월 초 오후면 날이 쌀쌀하다고. 집에 계신 할아버지가 걱정하시는 것도 까먹고 여기에 있으면 어떡해, 하면서 수다를 떨겠지. 주디가 퇴근할 시간이 되었다. 퇴근길에 놀이터를 지나치다가 올리버와 코니가 같이 있는 모습을 볼지도 모른다.

주디의 차가 들어오는 모습이 보였다. 해리는 주디가 헤이지와 만났을 줄 알았다. 주디가 차고에 차를 세우더니 혼자 내렸다. 출근용 정장을 입은 주디가 별생각 없이 진입로로 올라오고 있었다.

헤이즐이 집에 없다고 말을 하긴 해야 할 텐데. 그가 생각했다.

주디가 뒷문으로 들어왔다. 해리는 현관에서 코니의 차가 들어오는지 지켜보다가 주방으로 갔다. 주디가 코트를 벗어서 주방 의자에 걸었다.

냄새 좋다. 뭐예요?

라자냐.

헤이지는 잘 놀았죠?

놀이터에 나갔어. 지금 오기를 기다리는 중이야. 해리가 최대한 차분하게 말했다.

잘하셨어요. 날씨가 정말 좋더라고요.

주디는 헤이지가 코니와 같이 놀이터에 놀러 나간 줄 알고 있었다. 좀 늦어지나 봐. 코니가 헤이지를 찾으러 갔어.

코니가요?

해리가 조심스레 입을 뗐다. 올리버가 데리고 나갔거든.

올리버라뇨?

올리버가 집에 와서 놀이터에 데리고 나갔어.

올리버가요? 아빠가 그러라고 하셨어요?

해리는 흥분을 최대한 가라앉히고 말했다. 올리버가 잠깐 애를 보고 싶어 해서.

뭐라고요?

주디가 아빠를 쳐다보았다. 해리는 딸의 그런 표정은 처음이었다. 말문이 막힌 주디가 무슨 소리를 냈다. 비명은 아니었다. 크지도 작지도 않게 외치는데 벼락 치는 소리가 났다.

헤이지한테 무슨 짓을 하신 거예요?

주디가 양손으로 얼굴을 감쌌다가 손을 떼더니 양손을 뚫어져라 보았다. 아빠, 도대체 어떻게 이러실 수 있어요? 주디가 고개를 돌리더니 한숨과 비명을 번갈아 내뱉었다. 우리 헤이지 어떡해.

코니 라이스가 돌아왔다. 놀이터마다 돌아다니면서 샅샅이 뒤졌는데……

주디가 소파에 주저앉았다. 어깨가 축 처지고 얼굴이 일그러졌다.

헤이지를 두 번 다시 못 볼지 몰라. 주디가 한탄했다.

무슨 소리야, 주디. 헤이지는 잘 있을 거야. 코니가 달랬다.

헤이지는 죽었어.

주디가 절망에 찬 눈으로 해리를 노려보았다. 애를 넘겨준 게 아빠라고요. 해리는 자녀에게 비난을 받은 적이 한 번도 없었다. 이 말에 충격을 받은 순간, 뭔지 모를 섬뜩함이 온몸을 휘감았다.

주디가 벌떡 일어났다. 경찰에 신고하세요. 아빠가 직접 하시라고요. 헤이지를 넘긴 장본인이시잖아요. 주디가 해리를 노려보았다.

그는 그러는 편이 타당하다고 여겨 전화기로 향했다. 코니가 주디를 부드럽게 달래는 소리가 들렸다. 교수님께 심하게 그러지 마, 주디. 모르셨잖아.

아셨어야지. 주디가 원망을 쏟아냈다. 그러다 잠시 후 사과했다. 아빠, 죄송해요.

해리가 경찰에 신고했다. 그의 입에서 마침내 '납치'라는 단어가 튀어나왔고 이로써 사건이 접수되었다. 일단 일이 벌어지자 다른 건 모조리 잊혔다. 오늘 오전에 죽음을 인정하고 받아들이게 되었다는 사실만 머리에 남아 있었다. 어쩌다가 그런 결론에 이르렀는지는 기억나지 않았다. 죽음과의 화해에 이르게 된 이성적 과정을 추적할 기회가 원천 봉쇄됐다. 이제 그게 아주 먼 옛날 일처럼 느껴졌다. 모든 게 그랬다. 그가 준비하던 원고며, 가짜 과학, 사이비 과학, 유사 과학에 반기를 드는 캠페인이며, 과거의 연인 레나가 보낸 편지에 답장하고 싶은 마음마저. 손녀가 어이없이 유괴당한 사건에 초점이 쏠리자 모두 상관없고 어긋나 보였다.

2 닉 포스터

짐을 다 싸고 차에 타서 안전벨트를 맸다. 흐리던 날이 갰다. 내가 집을 쳐다보는 사이, 올리버가 차를 몰고 길로 나갔다. 집이 뒤로 멀어졌다. 길도 보이지 않았다.

닉, 우리 지금 어디 가게? 올리버가 물었다.

밀러 교회요. 내가 대답했다.

그 전에 한두 군데 더 들러야 해. 올리버가 주유소에 차를 세웠다. 여긴 왜 들렀을까?

기름 넣으려고요.

기름은 왜 넣지?

기름이 있어야 차가 굴러가니까요.

맞아. 잘 아네.

올리버가 내게 주유를 시켰다. 나는 그에게 받은 돈을 주유기 옆에 있는 남자에게 건넸다. 우리는 차를 계속 몰았다.

닉, 한 군데 더 들러야 해. 이 동네 알아?

몰라요.

여긴 주택가야. 대학 사람들이 사는 동네지. 대학 사람들이 뭐 하는지 알아?

대학 다녀요.

맞아. 대학 다니는 사람 알아?

아저씨도 대학 다니잖아요.

반은 맞고 반은 틀려. 전에 다녔지만 지금은 안 다녀. 옛날에 다니다가 그만뒀어.

도로 끝에 원형 교차로가 있었다. 저택들로 길이 막혀 있었다. 올리버가 차를 세우고 어떤 집에 들어갔다. 나는 차에서 기다렸다. 그가 한참이 지나도 나오지 않았다. 학교에서 돌아오는 아이들이 지나가며 나를 힐끔거렸다. 땅이 젖어서 진흙탕이 된 잔디밭 위에 새들이 보이고, 헐벗은 나뭇가지가 햇살에 반짝였다. 까마귀가 나무 위로 떼 지어 날아가면서 서로 까악까악 거리더니 어디론가 사라졌다. 내가 까마귀였다면 나도 그랬을 것이다.

잠시 후, 올리버가 산타 할아버지처럼 붉은색과 흰색이 섞인 꾸러미를 들고나왔다. 꾸러미가 아니라 아기였다. 내가 뭘 안고 왔게? 같이 여행할 친구야.

그가 아기를 뒷자리 카시트에 태웠다. 내가 카시트를 단 이유를 알겠지? 카시트가 없으면 아기를 차에 태울 수 없어. 그게 법이야.

법이군요.

법은 꼭 지켜야지.

아기가 얌전히 우리를 쳐다보았다.

내 딸이랑 인사해.

만나서 반가워.

아기가 갈색 눈으로 나를 쳐다보았다. 올리버가 차에 시동을 걸었다. 나한테 딸이 있는 거 몰랐지? 헤이즐이야. 자기 이름 알아듣는지 한번 불러봐.

나는 뒷자리로 몸을 틀고 물었다. 네가 헤이즐이니? ……대답이 없는데요.

네가 너무 들이대서 그래. 애를 다루려면 요령이 있어야지. 요령부터 배워. 잘 봐. 올리버가 상점가 옆에 있는 주차장으로 들어갔다. 여기서 기다려. 애가 딴 데 못 가게 잘 보고 있어. 사람들이 오가는 창밖을 내다보는 아기와 차에서 기다렸다. 사람들이 들어갔다가 쇼핑백을 들고나왔다. 잠시 후, 올리버가 꾸러미가 하나 든 분홍색 비닐봉지를 두 팔로 껴안고 오더니 아기 옆 뒷자리에 실었다.

저 안에 뭐가 들었을까?

아기 물건이요.

아기 물건 뭐?

모르겠어요.

맞춰 봐. 아기 하면 뭐가 떠오르지?

우는 거요.

그거 말고.

엄마요. 우유하고 주스.

뒷자리에 앉은 아기를 보고 뭐 떠오르는 모양 없어?

동그라미요.

어디가 가장 동그랗고 도톰하지?

엉덩이요.

그렇지. 왜 엉덩이가 도톰할까?

기저귀를 차서요.

이제야 맞췄군. 그럼 저 분홍색 비닐봉지 속에 뭐가 들었을까?

기저귀요.

좋아. 기저귀는 왜 차지?

그거 모르는 사람이 있나요? 내가 멋쩍게 대답했다.

그래서 산 거야. 이번에 아기하고 같이 갈 줄 몰랐지?

내가 예상했어야 했는데.

예상해서 뭐 하게?

아저씨가 하는 일이면 내가 다 알아야죠.

거 대답 한번 똑똑하네. 넌 천재야, 닉.

차가 계속 달려 이제 도시를 벗어났다. 교외가 평평했다. 평야가 하늘로 뻗어 있었다. 초원과 홀로 선 나무 사이를 지나는 시내 옆 대지에 오두막을 짓고 살면 외로울 것 같았다.

애 이름이 헤이즐인데, 애당초 뭐라고 지어야 했는지 알아? 올리버가 물었다.

뭔데요?

조지라고 지었어야지. 난 조지처럼 애국심이 넘치는 이름으로 짓고 싶었어.

남자 이름인데.

그건 이유가 안 돼. 여자도 조지라고 부를 수 있어. 조지라는 이름의 여류 작가도 있고, 「조지 걸」이라는 영화도 있고, 〈조지 온 마이 마인드〉라는 노래도 있잖아. 여자아이한테는 조지나 샘, 폴이라고 짓는 게 최고야. 그래야 눈에 확 띄거든. 인도 음식에 넣는 향신료 같은 거라서 평범한 여자 같지 않거든. 닉이라고 했어도 괜찮았을 거야.

내가 닉이잖아요. 남자애한테 메리나 도로시라고 이름을 짓는 것하고 마찬가지겠네요. 그래야 남들 눈에 띄니까요. 나는 내가 얼마나 이해하고 있는지를 보여주려고 이렇게 말했다.

농담이 아니라, 역사상 이블린, 마리아, 레즐리라는 이름을 지닌 근사한 남자들이 있었지. 지금 당장 도로시라는 이름으로 불린 괜찮은 남자는 생각나지 않지만 말이야.

애 엄마가 주디인데, 지금 뭘 할까?

저녁 차리겠죠.

그것 말고 또?

화장실에 가겠죠.

그럴지도 모르지. 애가 어디 갔는지 궁금해하지 않을까?

궁금해하겠죠.

그 여자 아비한테 헤이즐을 놀이터에 데려간다고 했거든. 운전하다가 놀이터가 보이면 그 옆에 차를 대자.

평야를 가로질러 전봇대가 보였다. 평야 위로 쭉 뻗은 길, 농가 주위를 두르고 선 나무, 헛간과 곡식 창고. 놀이터는 안 보이는데요.

안타깝군. 우리가 놀이터를 못 찾는다고 주디가 걱정할까?

걱정하겠죠.

울까?

울겠죠.

그럼 우리 돌아갈까?

나는 생각에 잠겼다. 하늘이 점점 그윽해졌다. 내가 살던 곳 하늘은 저렇지 않았다. 평야도 그랬다. 농장에서 동물로 살면 어떤 기분일까.

돌아가?

모르겠어요.

아기가 울음을 터뜨렸다.

젠장, 돌아가긴 뭘 돌아가. 그럴 거면 아예 시작도 안 했어. 우리가 어디로 간다고?

밀러 교회요.

맞아. 사흘 걸릴 거야. 어떻게 생각해?

아기가 카시트에서 온몸을 비틀며 자지러졌다.

입 좀 다물라고 해.

내가 몸을 돌렸다. 입 다물어!

아기가 온몸으로 악을 썼다. 안 다무는데요.

젠장, 사흘간 재를 어쩐다.

나는 생각했다. 애 볼 사람을 구하면 되잖아요.

누구? 애를 봐줄 사람이 있어, 닉?

평야 건너편에 농가가 보였다. 저 집에 사는 사람이요.

무슨 집? 집이 사라졌다. 누가 있다고 그래?

애를 길에 버리면 누가 구해주지 않을까요?

무슨 소릴 하는 거야? 잰 내 딸이야. 내가 뭐 하러 카시트도 달고 기저귀까지 샀겠어? 내가 말했잖아. 내 딸을 밀러한테 데리고 간다고, 이 멍청이야.

나는 아무 말 하지 않았다.

밀러한테 데려가는 이유가 뭐라고 했지? 밀러가 누구라고 했지? 이건 꼭 알아야 해.

밀러가 '누구'라서요.

밀러가 누군데?

밀러는 신의 오른팔이에요.

아니야. 그 이상이야.

밀러는 신의 아들이에요.

제길, 또 멍청한 소리 하네. 내가 명심하랬잖아.

내가 기억하는 말은 그게 아니었지만, 겁이 나서 감히 입에 올릴 수 없었다. 밀러는 신이에요.

밀러는 뭐라고?

밀러는 신이다.

신이 누구라고?

밀러가 신이다.

거의 이해했군. 신이 뭘 해주셨지?

지금의 날 만드셨다.

다시 말해 봐.

신께서 지금의 날 만드셨다.

나는 생각했다. 올리버에게 차마 하지 못한 말이 떠오르자, 앞일은 생각하지도 않고 일단 내뱉었다. 아저씬 날 바보 취급해요.

넌 바보야.

아니에요.

네가 그걸 어떻게 알아? 증거 있어?

확실한 증거가 있어요.

어쭈, 네 입으로 확실한 증거가 있다고 했겠다.

우리 학교 심리상담사 선생님이 나더러 바보가 아니랬어요.

상담사 선생이 그랬다고? 네가 부탁했겠지. 선생한테 가서 제발 진실을 말해달라고 애원했겠지. 내가 바보인가요, 아니면 그런 생각이 드는 것뿐인가요? 하고 말이야.

선생님이 나한테 그런 게 아니라 우리 반 애들한테 말했어요.

선생이 너희 반에 가서 네가 바보라고 했다고?

선생님이 우리 학교엔 바보가 없다고 했어요. 내가 바보면 학교를 다닐 리가 없다고 했어요.

덕분에 난처한 상황을 모면했겠군.

생각해 봤는데요. 학교를 다니면 바보가 아니에요. 학교를 다니니까 난 바보가 아니에요.

말은 그럴듯하네. 그런데 말이다. 네가 그렇게 똑똑하다면 이 말도 명심해. 우린 지금 밀러를 만나러 가고 있어. 내 딸을 데려가 밀러에게 보여줄 거야. 내가 너까지 데려가는 건 밀러가 누구라서 그렇다? 밀러가 누구라고?

밀러는 신이다.

그리고 또?

지금의 날 만드셨다.

맞아. 저 녀석한테 입 다물고 지옥에나 가라고 해.

입 다물고 지옥에나 가! 내가 소리쳤다.

3 주디 필드

올리버 퀸이 내 딸을 데려갔다. 일이 손에 잡히지 않는다. 아침에 눈을 떴는데 우리 헤이즐이 없는 게 현실이라니. 지금까지 14시간 동안 그랬고, 앞으로 16, 18시간으로 늘어날지 모른다. 뭐라도 해야 한다. 올리버 얼굴에 손톱자국을 내는 상상을 해봐야 무슨 소용이랴. 경찰서에 있는 위치 추적 장치나 연락망을 동원해야 하니 경찰을 들들 볶아야 한다. 귀찮을 정도로 전화해서 계속 상기시켜야 한다. 엄마의 애끓는 심정에 경찰이 데도록 해야겠다.

지난밤 우리는 사설탐정을 고용하느냐를 두고 상의했다. 경찰에 신고한 다음, 나는 코니와 함께 올리버가 출몰했던 장소를 추적했다. 그의 최근 주소지로 알려진 웰섹으로 향했다. 작고 허연 집이 한 층에 한 가구씩 사는 아파트 사이에 끼여 있었다. 창문에서 희미한 불빛이 새어 나왔다. 문을 두드렸다. 여자들이 살고 있었다. 다들 대학생이었는데 올리버 퀸이라는 이름은 못 들어봤다고 했다. 2층에 사는 맥페어 부부가 나를 보더니 반가워했지만, 1년 전 올리버가 이사 나간 후론 소식이 끊겼다면서 나더러 변호사를 구하라고 했다. 올리버가 아이 양육에 기여한 바가 전혀 없다면 데려갈 권리도 없지 않느냐고 말이다. 현재로선 그게 문제가 아니다.

그다음으로 루크와 베로니카가 살던 집에 갔지만 불이 꺼져 있었다. 타바스코 바에 가서 마이크에게 물었다. 마이크는 지난주 금요일에 올리버가 왔었다고 했다. 사흘 전이었으니 아주 최근은 아니다. 이제 달리 어쩔 도리가 없어서 집으로 돌아왔다.

오늘 아침, 간밤에 전화로 신고했는데도 나는 출근복으로 차려입고 직접 경찰서로 향했다. 차를 몰아 언덕길을 내려가 디스트릭트파이브 경찰청으로 갔다. 유괴 신고 하러 왔는데요. 내가 이렇게 말하자 경찰청 전체에 또다시 소식이 퍼졌다. 누런 콧수염을 덥수룩하게 기르고 흰 셔츠를 입은 뚱뚱한 경찰관이 내게 질문하기 시작했다. 텔레비전에 나오는 코미디언이나 어린이 프로그램 사회자처럼 말이다. 그는 대놓고 부성애를 드러내지는 않았지만, 은연중에 몸을 움찔거리고 혀를 찼다. 경찰이 된 지 꽤 됐는데도 세상에서 벌어지는 악행에 여태 적응하지 못한 모습이었다. 맙소사, 어머닌 어디 계셨는데요? 나는 그에게 지난밤에 이 일로 경찰에 신고했다고 말했다. 아, 그러셨습니까? 그러더니 그가 파일을 계속 찾았다. 그가 한참 폴더를 뒤적이는 모습을 보니 의아한 마음이 들었다. 여기 있네요. 접수가 됐군요.

이제 어쩌실 건가요? 내가 물었다.

질문 좀 더 하겠습니다. 답해주실 수 있죠? 경찰이 같은 질문을 하고 또 했다. 아기의 나이와 이름, 올리버 퀸이라는 납치범으로 추정되는 자의 이름과 가장 최근 주소지. 직업은요? 몰라요. 대학원을 한 학기 다니다가 그만둔 후 식당에서 일했어요. 식당 이름, 차종과 운전면허번호를 아십니까? 내가 그걸 어떻게 알아요? 그 사람이 왜 아이를 납치했을까요? 마음이 꼬인 사람이에요. 양육권이나 면접권을 두고 다툰 적이 있습니까? 아이를 자주 만나러 왔습니까? 왜 안 왔죠?

좋습니다, 어머니. 무슨 소식이라도 들리면 저희에게 알려 주세요. 착한 경찰관이 말했다.

집에 돌아와 컴퓨터 앞에 앉아 글을 쓰는 아빠에게 갔다. 아빠와 점심을 같이 먹었다. 기다리는 것 말고는 할 일이 전혀 떠오르지 않았다. 오후에는 출근했다. 회사로 차를 몰고 가서 주차한 다음 사무실로 들어갔다. 책상에 앉은 헨리에타가 보이자마자 나는 불쑥 털어놓았다. 우리 애가 납치당했어.

뭐라고?

직원들이 자리에서 벌떡 일어났다. 어디에 가든 바다가 따라다니듯 눈에서 눈물이 줄줄 흘렀다. 다들 나를 품에 안고 위로하며 이것저것 물었다. 내가 처음부터 끝까지 털어놓자 울음바다가 되었다. 나는 마음을 가라앉힌 다음 코트를 걸고 자리에 앉았다.

퇴근해. 우리가 네 몫까지 일할게. 신시아가 말했다.

집에 있기 싫어서 출근한 거야.

일을 하는 둥 마는 둥 했다. 겟츠 씨에게 올릴 보고서를 작성하느라 컴퓨터에 집중해 키보드를 두드리고 마우스를 클릭했다. 겟츠 씨가 오더니 이렇게 말했다. 오늘은 퇴근하고 내일 봅시다. 내 눈에서 다시 눈물이 흘렀다. 집에 가기 싫어요.

오후 늦게 다른 경찰관이 찾아왔다. 스카우트 대장처럼 전자 장비로 머리부터 발끝까지 중무장한 모습을 보니 통제당하는 인간 로봇이 떠올랐다. 새로 들어온 소식은 없고, 질문을 몇 가지 드리려고 왔습니다. 나는 그와 커피 라운지로 들어가 문을 닫았다. 그가 내 대답을 수첩에 받아 적었다. 그 역시 오늘 오전 부성애를 풍기던 경찰관이 했던 질문을 반복했다. 수사에 진척 사항이 있느냐는 내 질문에, 그는 이 정도 정보로는 할 수 있는 게 없다고 했다. 이건 경찰도 이미 알고 있습니다. 사실, 하나 알아낸 게 있긴 있는데요. 퀸 씨가 그 집에서 이사 갔더군요. 어머나, 그런가요? 내가 대답했다.

그날 밤, 올리버가 전화했다. 아이를 납치해 데려가던 도중에 직접 전화한 것이다. 코니와 데이비드 레오가 식탁에 앉아 있는데, 아빠가 전화를 받았다. 올리버? 아빠가 말했다. 올리버라고요? 내가 아빠 손에서 수화기를 낚아챘다. 우리는 통화했다. 그 망할 자식이 침착하고 차갑게 말했다. 여기 모텔이야. 헤이즐은 잘 있으니 걱정하지 마. 이게 다 헤이즐을 위해서야. 헤이즐이 믿음 안에서 행복을 누릴 수 있게 데려가는 거야. 애하고 통화해 볼래? 그러더니 그가 전화기를 헤이지에게 갖다 댔다. 정확히 말하면, 갖다 댔다고 그가 말했다. 헤이지는 아무 소리도 내지 않았다. 내 귀에 들리는 거라곤 적막뿐. 헤이지가 전화기를 귀에 대고 내 목소리를 듣는 모습이 떠올랐다. 우리 아기, 내가 눈앞에 떠오른 얼굴에 대고 말을 걸었다. 눈물이 났지만 울음을 삼키며 말했다. 엄마야, 헤이지, 엄마 목소리 들리지? 나는 헤이지가 진짜로 전화기를 귀에 대고 있기를 바라면서 올리버가 날 비웃지 않기를 바랐다. 동시에, 그가 말한 믿음 안에서 행복을 누린다는 게 무슨 뜻인지 이해하려고 기를 썼다. 막연히 뭔가 떠오르긴 했으나 구체적으로 생각나지 않았다. 올리버가 전화를 끊었다.

뒤늦게 지명이 하나 떠올랐다. 스텀프아일랜드. 올리버가 헤이지를 스텀프아일랜드로 데려가고 있어! 내가 외쳤다.

거기가 어딘데?

올리버가 마지막으로 찾아왔을 때 자칭 신이라고 하는 남자 얘기를 꺼냈다. 농담이 아니었다. 정신 나간 올리버는 자칭 신이라고 하는 사이비 교주를 내가 진지하게 받아들이기를 원했다. 그는 스승과 같이 살고 싶다면서 헤이지와 나도 같이 가기를 바랐다. 이 일만 봐도 올리버가 미쳤다는 게 확실히 드러난다. 그에 관해서라면 나는 양심에 찔릴 게 없었다. 목적지는 스텀프아일랜드야.

이제 실마리를 찾았으니 쫓아가야지. 데이비드 레오가 말했다.

데이비드 레오는 진지한 남자이자 영문과 주니어 교수다. 그는 내 아빠를 존경하고 내가 백인임에도 나와 사귀길 원한다. 매끈한 갈색 피부를 지닌 아프리카계 미국인으로, 눈망울은 큼직하고 목소리는 조심스럽다. 사려 깊고 유능하면서도 외모는 서글퍼 보인다. 지난 이틀간 데이비드가 옆에 있어서 위로가 되었다. 무슨 일을 할지 의논할 때면 데이비드 레오는 두 손을 모아 손끝을 세운 채 생각에 잠긴다. 올리버 퀸을 판단하면서도 내색하지 않는 요령을 부릴 줄 안다.

스텀프아일랜드가 어디에 있어? 데이비드가 물었다. 메인주에 있어. 내가 대답했다. 정확한 지명이야? 우리가 지도책을 가져오자 데이비드와 아빠가 그곳을 찾았다. 인덱스에 그런 이름이 없는데, 확실해? 두 사람이 물었다. 스텀프아일랜드 맞아? 범프아일랜드나 스톤아일랜드, 브로큰레그아일랜드가 아니고? 잘 모르겠어. 더 자세한 지도가 있어야겠군. 아빠가 말했다. 아빠가 컴퓨터로 지명을 검색했다. 메인주 페놉스코트 카운티에 스텀프아일랜드가 있었다. 아빠가 지리학과 교수인 헨리치에게 전화를 걸었다. 내가 다시 전화하지. 헨리치가 대답했다.

나는 경찰서에 전화해 방금 받은 통화 내용을 설명했다. 젠크스라는 남자가 받았다. 나는 그에게 이미 세 번이나 진술한 내용을 줄줄 읊었다. 거기에, 사이비 교주라는 작자와 스텀프아일랜드 얘기까지 더했다. 정보 주셔서 고맙습니다. 젠크스가 대답했다.

헨리치 교수에게 전화가 왔다. 스텀프아일랜드는 페놉스코트에 속하는 작은 섬인데, 사유지야. 우편물이 블랙하버를 거쳐서 가고 그리 크진 않아.

우리가 직접 전화해보자. 데이비드 레오가 제안했다.

누구한테?

누구긴, 메인주 경찰한테 해야지.

뉴잉글랜드에 이런 작은 마을이 있는지 몰랐네. 나는 몰랐어. 어서 걸어보게. 이 밤에 블랙하버에 경찰이 있는지 알아보게. 아빠가 재촉했다.

데이비드가 전화를 걸겠다면서, 메인주 전화번호 안내국에 전화를 걸었다. 어찌어찌해서 교환원이 블랙하버를 찾아냈다. 금요일 밤 9시 반인데, 블랙하버 어디로 연결해 드릴까요? 맥마흔 창고라는 데가 있습니다. 우체국은 문을 닫았고, 행정위원회엔 자동 응답기가 없습니다. 내가 뭐랬어. 뉴잉글랜드에 있는 작은 마을이라고 했잖아. 아빠가 말했다.

교환원이 흥미를 보였다. 그럼 주 경찰은 어떨까요? 오거스타에 경찰서가 있어요. 무슨 일로 전화하셨습니까? 메인주 경찰이 궁금해하며 물었다. 설명을 하자니 얘기가 길었다. 데이비드가 설명했다. 일당이 스텀프아일랜드로 향하는 것 같습니다. 거기가 어딥니까? 메인주 경찰이 물었다. 블랙하버 근처예요. 데이비드가 덧붙였다. 거기가 어딘데요? 메인주에 있어요. 죄송합니다만 거긴 저희 관할이 아닙니다. FBI에 전화 안 해보셨죠?

FBI라. 아빠가 말했다. 그럼, 그쪽으로 전화해봐요. 내가 재촉했다. 아빠가 전화번호부에서 번호를 찾아서 수신자 부담 전화번호로 걸었다. 이번에도 질의응답이 이어졌고 더 많은 질문이 쏟아졌다. 그사이 데이비드는 생각에 잠겼다.

FBI에서 내일 아침에 사람을 보내겠대. 아빠가 설명했다. 잘됐네요. 제가 스텀프아일랜드로 가겠습니다. 데이비드가 말했다.

무슨 소리야? 여기에서 수백 킬로나 떨어진 곳이야.

제 차를 몰고 가겠습니다. 농담 아닙니다.

수업은 어쩌고?

보강하죠, 뭐.

당신이 가면 나도 갈게. 내가 말했다.

당신도 가려고? 그가 화색이 도는 얼굴로 물었다. 그러다가 힐끔거리며 아빠의 눈치를 살폈다. 나와 미국을 횡단한다니, 장차 연인이 될 사람이 이보다 뭘 더 바랄까? 그런데 그는 감히 같이 가자는 말을 하지 못했다. 그럴 순 없었다. 아직은 아니었다.

나 혼자 갔다 올 테니, 당신은 여기에 있어. 내가 알아보는 사이 당신은 FBI하고 해야 할 일이 있잖아.

데이비드가 영웅이 되려고 했다. 알았네. 그럼 비행기로 뱅거까지 가서 거기에서 렌터카를 빌리는 편이 나아. 돈은 내가 대지. 그럼 올리버 일당보다 블랙하버에 자네가 먼저 도착할 걸세. 아빠가 제안했다.

일당이 그리로 가는 중이라고 해도 우리 너무 희망에 들뜨지는 말죠. 코니가 달랬다.

침대에 누웠다. 헤이지 없이 잠자리에 든 둘째 날 밤이었다. 첫째 날 밤보다 더 힘들었다. 온종일 복잡한 머리를 그대로 두었더니 더 엉망진창이 됐다. 나는 중얼거렸다. 머릿속에서 떠다니는 토막 난 말들을 온종일 지껄이는 인간이 되어버렸다.

매일 밤, 벽에 매달린 가로등이 흐릿하게 빛을 내뿜으면 나뭇가지가 레이스처럼 창 위에 걸렸다. 야밤에 산업용 밸리를 관통하는 고속도로를 질주하는 차들의 소음이 들렸다. 지금은 들리지 않지만 조만간 사이렌 소리도 날 것이다. 늘 그랬다. 침대 발치에 놓인 아기 침대가 텅 비었다. 휑한 침대 때문에 지하세계가 열렸다. 종일 휑한 아기 침대를 잊고 있었다. 컴컴해진 지금까지도 휑하다.

스물여섯 살이 되기 전까지 아기 없이 살았다. 아기를 갖고 싶어 한 적이 한 번도 없었다. 내가 내는 소리와 밖에서 들어오는 소리를 제외하면 고요한 내 방에서 혼자 자는 게 익숙했다. 그러다 아기를 낳았다. 홀로 지내던 시간이 그리울 때도 있었지만 이 변화가 반가웠다. 내 몸으로 낳은 작은 생명이 울면 아기를 안아 젖을 물렸다. 그러면 아이가 울음을 그치고 내 것이 되었다. 아이를 아기 침대에 살살 눕히고 나도 침대에 누웠다. 아이가 쌔근거리면서 뒤척이는 소리가 들렸다. 아이가 징징거릴 땐 다시 안아주면 조용해졌다. 엄마가 된 후 내 생활은 긴장의 연속이었다. 긴장의 끈을 놓았을 경우 자칫 생길지도 모를 위험을 경계했다. 귀를 계속 열고 사느라 예전처럼 깊이 잠들지 못했다. 내 방, 내 옆에서 움튼 이 새싹에 위협이 될지도 모를 경미한 사고라도 일어날까 봐 나는 영원히 경계를 서게 되었다.

그런데 지금, 전에 한 번도 방해받지 않았던 시절처럼 다시 이 방에서 혼자가 되었다. 아기 침대에서 쌔근거리는 소리가 나지 않으니 지난 1년 반이 아예 존재하지도 않은 것 같다. 헤이지는 살아 있어. 혼잣말을 했다. 지금은. 지금만 생각하자. 나는 아기를 상상했다. 이 집과 스텀프아일랜드 사이 어딘가에 있을 모텔에서 헤이지를 찾는다. 미치광이 올리버가 헤이지를 돌본다. 자기가 할 수 있다는 듯이. 단단히 기대고 살던 유일한 존재였던 엄마가 보이지 않자 혼란스럽기만 한 세상에서 헤이지가 익숙한 존재를 찾으며 칭얼거린다. 엄마의 빈자리가 어설픈 무언가로 대체된다. 아무도 없는 방에서 목소리를 높였다. 기다려, 헤이지. 우리가 널 찾을게. 엄마가 약속할게.

4 올리버 퀸

뭐든 준비하기 나름이다. 그래서 카시트를 샀다. 뭔가 하려면 차근차근 준비해야 한다. 닉을 훈련하려면 마찬가지로 시간이 걸린다. 얼마나 입이 아프게 설명해야 했는지. 훈련하는 데에 시간이 꽤 걸렸다. 그런 다음 날짜를 정했는데, 변수가 많아서 쉽지 않았다. 늘 예측 불가능한 일이 터지기 마련이다. 그저 그런 어느 날 아침에 시리얼을 먹다가 심장 마비로 죽을 수도 있다. 다행히 날씨는 좋았다. 기저귀도 샀다. 아기에게 기저귀가 필수품이라는 건 상식이니까.

사흘을 운전하고 모텔에서 두 밤을 자야 목적지에 닿는다. 방을 두 개 빌렸다. 하나는 아기용, 또 하나는 나와 닉이 잘 방이었다. 식사는 식당에서 해결하기로 하고, 아기에게 뭘 먹이면 되는지 여종업원들에게 묻기로 했다. 대부분 엄마였다.

우는 건 예상하지 못했다. 오후가 되자 아기가 악을 썼다. 원초적인 괴성이 울려 퍼지는 들판을 가로지르는 동안 나 같은 사람은 듣고 있기가 힘들었다. 우는 소리 때문에 화가 치밀고 곤욕스러웠지만, 그저 못 들은 척하는 수밖에 없었다.

아기용품이 필요했다. 애가 없는 동네는 없기에 남들처럼 상점에서 아기용품을 살 수 있었다. 머리 위로 네온사인이 번쩍거리는 상점가를 빠져 나왔다. 하늘이 어두워졌다. 서정적 성정을 지닌 이라면, 질리도록 밋밋하기만 한 오하이오 한복판 공화당의 땅에 황혼이 내려앉는 모습이 시야에 들어왔을 것이다. 농가와 곡식 창고 뒤편이 짙어지더니 발그레한 황금빛으로 물들었다. 이런 색을 배경 삼아 출구 옆에 선 광고판들이 적록색 악마처럼 봉기하며 떠나려는 태양을 막아섰다. 우리 눈엔 그렇게 보였다. 차 안에는 원하는 걸 말로 표현하지 못하는 아기 울음소리가 폭풍우처럼 휘몰아쳤다.

주유소 옆에 괜찮은 할인점이 보였다. 붉은색으로 큼직하게 케이마트라고 적혀 있었다. 우리는 차에 아이를 둔 채 안으로 들어갔다. 아기 얼굴 스티커가 붙은 작은 유리병 이유식을 여러 개 샀다. 균형을 맞추려고 이것저것 섞인 걸로 샀다. 노랗고 푸릇푸릇하면서도 갈색이 감돌았다. 웬 여자가 도움이 필요하냐고 물어서 유아복을 찾는다고 했다. 여자는 어떤 옷을 찾느냐고 했다. 죄다 필요해요. 내가 대답했다. 죄다 몇 장씩 필요하다면서 사이즈를 대충 말했다. 여자는 내 말이 농담인 줄 알고 웃었다. 부인께서 마음에 안 들어 하시면 환불해도 된다고 했다. 그런데 내겐 아내가 없다. 장난감도 샀다. 내가 아기였다면 좋아했을 법한 걸로 골랐다. 불도저, 장난감 총, 딸랑이. 딸랑이를 산 건 내 딸이 아직 어려서 갓난아이용 장난감을 더 좋아할 것 같아서였다. 장난감을 종류별로 잔뜩 사다 안기면 입을 다물겠지.

차에 가니 닉이 아이를 안은 채 인도를 오가고 있었다. 닉이 이유식을 사서 차로 먼저 돌아갔을 때 주변에 아줌마 셋이 모여 있었다고 했다. 다들 까칠하게 굴면서 아빠란 작자가 애를 차 안에 혼자 두고 가면 어떡하느냐면서 경찰에 신고하겠다고 했단다. 닉은 애 아빠가 아니라고 해명하려 했지만, 차 문을 여는 순간 울음소리를 듣고 본능이 발동한 덕분에 위기를 모면했다. 닉이 아기를 안자 아기가 구원자라도 만난 듯이 울음을 뚝 그쳤다. 진이 빠져서 그런 것 같았다. 이렇게 되자 머리에서 김을 내뿜던 아줌마들의 분노가 식었다. 내가 아이를 뒷자리에 도로 앉히려 하자, 닉이 내 손을 뿌리치더니 앞자리에 앉아 훌쩍거린 게 가장 이상했다. 다 큰 사람이 왜 우냐고 묻지 말아요. 닉이 말했다. 네가 도로 애가 됐나 보군. 내가 닉을 놀렸다. 그렇게 우리는 여정을 이어갔다.

밤에는 다시 주간 고속도로를 달렸다. 맥도날드에서 식사를 때웠다. 아기한테 냄새가 나긴 했지만 너무 가까이 가지 않으면 고약하진 않았다. 헤이즐을 유아용 의자에 앉힌 다음 그 위에 시금치 이유식 병을 올려놓았다. 스푼을 쥐여 주자 헤이즐이 그걸로 두드리다가 바닥에 내동댕이쳤다. 닉이 자기가 먹이겠다고 해서 그러라고 했다. 헤이즐이 얼굴과 쟁반에 시금치 이유식을 잔뜩 묻혔지만 우리는 최선을 다했다. 닉이 콜라에 빨대를 꽂아 헤이즐에게 건넸지만, 헤이즐은 빨대가 뭔지 몰랐다. 옆 테이블에 앉은 멍청한 여자가 유치한 소리를 냈다. 재롱떠는 아기를 보고 싶은 마음에 그러는 것 같았다. 잠시 후 헤이즐이 다시 울음을 터뜨렸다. 닉이 까칠해졌다. 애를 안고 주차장을 돌아다니다가 마음 한구석이 여려졌는지 엄마로 변신한 것이다. 닉은 내 허락도 받지 않고 아이를 번쩍 안더니 주위를 돌아다녔다. 아이가 울음을 그쳤다. 자고로 본능이란 인류의 지성이 발달하면서 사라졌다는 게 정설이다. 예를 들어 철새와 비교했을 때 인간의 본능은 열등하다. 우리에겐 식욕과 성욕, 위험을 피하려는 본능 등 고작 몇 개만 남아 있으나 인간은 지능으로 이를 만회한다. 그러다 보니 별로 똑똑하지 않은 닉이 나보다 본능이 더 발달했을지도 모른다는 추정이 가능하다. 그의 본능은 여성스러운 모성애를 내뿜으며 성별을 넘나든다.

우리는 카시트에 아이를 앉히고 출발했다. 레드루프나 칩커플스 같은 모텔을 찾았다. 아기가 잠잠했다. 저녁밥을 뱉어 버리긴 했지만 뭔가 먹긴 먹은 줄 아는 것 같았다. 덕분에 어둠 속에서 차분하고 편안히 운전할 수 있었다. 다른 차들이 부르릉거리며 지나갔다. 그러자 새로 발현된 모성애가 발동했는지 닉 포스터가 아기를 내내 얼렀다. 나는 아기가 좋더라. 정말 좋아.

나는 닉에게 입을 다물라고 했다. 데이스인 호텔이 보이자 차를 세웠다. 방을 두 개 빌렸다. 하나는 나와 닉이, 다른 하나는 아기가 쓸 방이었다. 아기는 2층 방, 우리는 1층 방으로 잡았다. 아기를 침대에 뉘었다. 모성애가 인 닉에게 아기를 안으라고 했다. 애한테서 냄새가 진동했는데 누가 기저귀를 가느냐가 문제였다. 닉을 떠봤다. 얼마나 똑똑한지 테스트해야겠어. 아기 기저귀는 어떻게 해야 하지?

갈아줘야 해요.

왜?

그래야 아기가 더 좋아하니까요.

얘도 우리랑 같아. 문제는 아기가 좋아해서라기보다 건강 때문이지. 기저귀를 갈아줘야 더 건강해지거든. 기저귀 갈아 봤어?

아뇨. 내가 침대 위에 신문지를 펼쳤다. 아기 엉덩이가 엉망진창이었다. 휴지가 잔뜩 필요했다. 한 사람이 보통 쓰는 수준을 넘었다. 엉덩이 사이사이까지 범벅이었다. 다 닦고 나니 내가 내 딸이었다면 성에 차지 않을 것 같다는 생각이 들었다. 그래도 우리는 최선을 다했다.

아까 가게에서 산 기저귀로 갈아준 다음 잠옷을 입혔다. 닉이 똥 기저귀와 휴지를 변기에 버렸다. 나는 변기가 막히지 않게 버리는 법을 몰랐다. 변기 물이 내려가지 않아서 청소부가 치우게 내버려 두었다. 우리는 침대 한가운데 아기를 눕히고 보호 차원에서 문을 걸어 잠근 다음 1층 우리 방으로 내려왔다.

잠들기 전까지 텔레비전을 보았다. 아기가 우는지 어떤지 나는 모른다. 우리 방에서는 들리지 않기 때문이다. 우리가 나올 때 아기가 울긴 했지만 악을 쓰진 않았다. 잠이 들었거나 깨어 있거나 둘 중 하나겠지 뭐. 아침에, 나는 아기가 유괴당한 줄 알았는데 창가 바닥에서 자고 있었다. 고생을 했는지 정신을 차린 것 같았다. 정신을 차렸다는 건 어제보다 얌전해졌다는 뜻이다.

닉에게 설명했다. 꼭 알아둘 게 있어. 애 엄마가 얼마나 무능한지 알아? 그 여잔 모성애를 타고난 게 아니라 어쩌다 보니 엄마가 된 여자라 나쁜 상황을 최대한 우려먹는 중이야. 앤 랜더스의 인생 상담 칼럼을 보면, 최악의 상황을 이용하는 사람은 믿을 수 없다고 했어. 그게 그 여자에게 화살을 돌려야 할 첫 번째 이유지. 두 번째는 이 아이를 키우는 환경인데, 엄마라는 작자가 9시부터 5시까지 일하느라 애를 남의 손에 맡기는 것도 모자라, 새 남자까지 끌어들였어. 그 여자 눈엔 그놈의 시커먼 낯짝이 아예 안 보이나 봐. 이것만 봐도 색맹이란 게 말이지, 신체적 결함이 아니라 도덕적 결함이라는 걸 알 수 있어. 눈에 보이는데도 그러는 거면 더 나빠. 자기가 세상 누구보다 현명하고 똑똑한 줄 아는 교수의 딸이거든. 이건 내가 잘 알아. 이 아이를 잉태하던 순간이 절대로 잊히지 않아. 해터러스 곶의 철썩이며 서핑하는 소리가 들려오던 컴컴한 모텔 방이었어. 그때 애 엄마가 얼마나 몸이 달았던지. 낄낄거리고 히득거리느라 조신한 맛이 하나도 없어서 얼마나 민망했는지 몰라. 그러더니 나중에 앙심을 품었지 뭐야. 흑인인 것도 기가 찬데, 타고난 주제에 비해 출세하려고 안달이 난 남자하고 사귀다니. 이 여자가 내 딸을 흑인 남자 밑에서 키우려고 해. 옥수수빵과 당밀에 찌든 흑인 문화에 심취한 자기처럼 말이지. 아기가 생부를 거부하며 자라서 줏대 없는 도덕성이나 갖춰 봤자 장차 무슨 개혁을 하겠어? 그래서 내가 이러는 거야. 그 여잔 날 비웃고 깔볼 권리가 없어. 이 아이에 대한 내 지분, 내 권리를 부정할 권리도 없어. 나를 무시하려고 내가 하는 경고는 귓등으로 듣더군. 애만 챙기느라 다른 건 전혀 신경 쓰지도 않아.

그래서 밀러한테 헤이즐을 데려간다고 둘째 날 밤에 애 엄마한테 통보했어. 날 미친놈 취급하더라. 그 여잔 날 이해 못해, 아무도 못해. 전에도 설명하려 했는데 듣지를 않더군. 관심도 없어. 그 여자가 아이를 키울 자격이 없다는 말은 하나 마나 아니겠어?

사람들이 나더러 설교자의 자녀라고 했는데, 아버지 때문이었다. 아버지는 고딕풍 교회 앞에 서서 여자들에게 거들먹거리며 설교하고 성경을 해석했다. 아버지는 신과의 거리에 대해 연신 말하며 여자들에게 신의 의미를 설명했다. 아버지의 직업은 사람들을 신에게 인도하는 게 아니라, 신과 격리하는 것 같았다. 신과 얘기하고 싶으면 중계인인 아버지를 거쳐야 했다. 남들이 교회에서 기도하듯 아버지의 언어로 기도를 올려야 했다.

어릴 때 나는 너무 예민한 나머지 남들을 울려서 이를 극복했다. 풀숲에 숨어 있다가 가방을 메고 어슬렁거리며 집에 가는 아이들에게 달려든 다음 흠씬 두들겨 팼다. 아버지는 내가 당신의 부족한 면을 닮기를 소원했다. 아버지 허락하에 나도 아버지처럼 신을 섬기는 사람이 될 운명이었다. 아버지는 내게 신을 소개했음에도, 나하고 신이 너무 가까워지지 않도록 우리 둘을 감시했다. 나는 거절했다. 아버지와 나는 뭐든 굳이 말로 하지 않고 침묵으로 대화했다. 아버지는 규칙을 입 밖에 꺼내어 말씀하신 적이 없었다. 10대 시절, 아버지는 통금이 몇 시라고 하지 않았지만 내가 통금을 어기면 벌을 내리셨다. 아버지가 내리는 체벌은 침묵이었다. 그래서 내가 후회하게 만드셨다. 아버지가 뻔한 방식으로 혼내지 않자, 나는 규칙이란 규칙은 모조리 어겼다. 통금 시간을 어기고, 시험도 엉망으로 봤다. 그런데도 아버지는 시원치 않은 내 성적에 흡족해하셨다. 그 후 나는 아버지가 얼마나 무식한지 알려고 공부했다.

나는 신이 존재하지 않는 세상을 묘사한 글을 읽었다. 그런 세상이 존재하리라고는 상상조차 못했다. 『클리프노트』(세계적 석학들이 작품을 분석한 고전 명작 가이드북)에 실린 라스콜니코프(『죄와 벌』의 주인공)에 대해 읽었다. 라스콜니코프는 강인한 자라면 원하는 건 뭐든 할 수 있다고 믿고, 이를 증명하려고 전당포 모녀를 살해했다. 나도 그런 짓을 저지를 수 있을지 궁금했다. 『트윔블리의 학습 가이드 사르트르와 실존주의 편』(실재하지 않는 책이다. 『클리프노트』에 '사르트르의 실존주의 편'이 있기는 하다)을 읽고, 이 세상에 신이 존재하지 않기에 내가 잘할 수 있는 걸 해야 할 의무가 있음을 터득했다. 그러지 않으면 내 인생은 낭비일 테니 말이다.

어머니는 돌아가신 지 한참 됐다. 아버지는 멜리사 드류라는 가정부가 차려준 식탁에 내가 같이 앉아 먹기를 바랐다. 같이 먹을 때도 있었고, 그러지 않을 때도 있었다. 나는 친한 척을 연습했다. 예를 들어 아침이면 안녕히 주무셨어요, 아버지. 라든가, 오늘 하루는 어떠셨어요. 이렇게 물었다. 나는 잘할 수 있는 걸 연습했다. 과속해도 걸리지 않는 법을 연습했다. 나는 손이 빠른 절도범이었다. 여성용 스웨터며 카메라며 동물 인형을 훔쳐서 거실에 갖다 놓았다. 이게 뭐냐? 여자 스웨터로 뭘 하려고? 벌써 카메라도 샀니? 아버지가 묻곤 하셨다.

성에 차지 않았다. 뭔가 헛헛했다. 동네를 떠나 신시내티로 가서 혼자 살 방을 구했다. 아버지에게 얘기도 안 하고 편지도 보내지 않았다. 나중에야 아버지가 집에서 외로이 돌아가셨다는 말을 전해 들었다. 아버지가 교회에 나오지 않자 사람들이 발견한 것이다. 아버지가 유산을 좀 남겼지만 넉넉하진 않았다.

내가 마을을 떠나야 할 이유가 하나 더 있었다. 프리실라 맨틀 때문이었다. 우리는 꽤 사이가 좋았다. 그녀는 레코드 가게 종업원이었고, 내가 뭘 하든 신경 쓰지 않았다. 그녀는 섹스를 좋아했다. 주말이면 우리는 그 짓에 몰두했다. 그녀는 위험을 무릅쓰길 좋아했다. 우리는 그녀의 아파트에 틀어박혀 금요일 밤부터 월요일이 오기 전까지 옷을 홀딱 벗고 있었다. 그녀가 알몸으로 3층 창가에 서서 번잡한 길거리를 내려다볼 때도 있었다. 아이들이 줄넘기하다가 고개를 들고 쳐다보면 그녀는 손을 흔들었다. 가끔 호텔에 가서 부부인 척했고, 야밤에 공원에 가서 오솔길 바로 뒤 풀숲에 몸을 숨기고 산책하는 사람들을 쳐다보면서 그 짓을 하기도 했다. 사람들이 쳐다봤지만 그들은 우리가 뭘 하는지 몰랐다. 우리는 즐거웠다. 그녀가 임신하기 전까지는. 임신하자 모든 게 엉망이 되었다. 그녀에겐 임신할 권리가 없었다. 그녀는 내가 관심을 보이길 바랐지만, 오판이었다. 그녀가 임신하는 바람에 흥미가 뚝 떨어졌다. 그녀는 내게 버림받자 격분했다. 그러더니 자녀 양육을 핑계로 내 발목을 잡으려 했다. 그래서 마을을 떠났다. 마침내 그 여자를 떼어냈다. 그녀는 내 행방을 전혀 몰랐다. 두 번 다신 안 돼. 나는 스스로에게 경고했다.

나는 유나이티드 데이어리 팜스(미국의 상점 체인으로 유제품과 커피, 기름 등을 파는 곳)에서 야간 근무를 하다가 닉 포스터를 만났다. 그는 옆 주유소에서 일하고 있었다. 부스에 앉아 한숨 돌리면서 밀크셰이크를 마시는 그에게 말을 걸었다. 닉 포스터는 열등감에 사로잡혀서 말로 설명하기 힘들 때면 눈물을 흘렸다. 조련하기에 좋은 대상 같았다. 나는 그가 똑똑하지 않다는 걸 그에게 일깨웠다. 그는 이미 알고 있지만 내가 한 번 더 확실히 짚어주자 충직한 개처럼 날 따랐다. 그는 빌리 햄브렐과 동거 중이었다. 여자가 곁에 있어서 닉이 타인에게 더욱 의지했다. 그래서 닉에게 그 여자를 버리고 나하고 같이 살자고 했다. 여자가 난동을 부렸다. 편지를 써서 여자에게 보내라고 닉을 부추긴 건 나였다. 빌리 햄브렐은 답장을 보냈고, 그게 마지막이었다. 닉은 울면서도 내 충직한 친구가 되었다. 내가 시키는 일을 배웠고, 덕분에 나는 내가 더더욱 괜찮은 사람이 된 것 같았다.

주디 필드는 그리 괜찮은 사람이 아니었다. 그녀를 '익명의 알코올 중독자 모임'에서 만났는데, 그녀가 남들보다 나아 보였다. 책을 쓰는 교수의 딸이라고 하니 그녀가 똑똑해 보여서 쫓아다녔다. 내가 라스콜니코프와 실존주의적 행동에 관해 얘기하자, 주디는 나더러 가면을 쓴 지식인이라고 했다. 나는 내 아버지가 목사였다고 밝혔다. 그녀는 나더러 반항하는 중이냐며 상당히 흥미로워했다. 그녀의 아버지는 신이 아니라 과학을 신봉했다. 그녀가 사귀자고 했다. 나는 그녀의 아버지에게는 관심이 아예 없었다. 그녀는 내가 괜찮은 남자라고 생각했다. 내가 그녀의 집으로 가겠다고 했는데, 주디가 바빴다. 그다음 주에 둘이 맥도날드에 들렀다가 교외로드라이브를 나갔고 결국 그녀의 아파트까지 갔다. 그녀는 곧잘 했지만 최고는 아니었다(프리실라보다 별로였다). 자의식이 너무 강한 여자라 그렇다. 아예 없는 것보다야 낫지만. 난 아직은 그만 만날 준비가 되지 않았다. 그녀는 고작 그다음 만남에서 날 본가로 초대해 자기 아버지에게 인사시키고 신앙에 대해 토론하는 자리를 마련했다. 난감했다. 그녀가 자기 아버지한테 내가 라스콜니코프와 사르트르를 읽는다고 얘기했기 때문이다. 교수는 나에 관한 모든 걸 안다는 듯 웃더니 내가 과학과 빅뱅과 인간의 의식에 관해 알고 싶어 하는 줄 알고 그걸 주제로 주절주절 떠들었다. 과학과 종교는 화해할 수 있지만, 인간의 사사로운 일마다 신이 개입한다고는 기대도 말라고 했다. 이게 무슨 개소리지. 교수가 내 신경을 살살 긁었다. 내가 하는 생각은 남들이 이미 했던 생각이라고 폄하했다. 자기 같은 과학자들만 신에 대한 진실을 알 수 있으니 내가 그의 혜안을 고마워한다고 착각했다. 나는 집에 돌아와 주디와 욕구를 채웠다. 그녀는 흥건히 젖은 채 내 밑에서 버둥거렸다. 나는 우리를 쳐다보며 어찌할 바 모르는 교수를 상상했다.

나는 주디에게 임신하면 안 된다고 경고했다. 그랬다간 책임지지 않겠다고 못을 박았다. 그녀가 알아들은 줄 알았다. 그녀는 무슨 말인지 모르겠다는 소리를 한 적이 없었다. 해터러스 곶에 갔을 때 바닷가에서 서핑을 즐기던 사람들을 아랑곳하지 않고 주말 내내 안에다 사정했다. 주말이 끝나가는데도 전혀 아쉽지 않았다. 이걸로 끝이라고 생각했다. 그런데 몇 주 후, 그녀가 임신했다고 전화로 통보했다. 내가 안 된다고 경고했던 그 사태가 벌어졌다. 믿기지 않았다. 자기 딸도 간수 못하는 교수 때문에 헛웃음이 나면서 역겨움이 차올랐다. 프리실라 맨틀처럼 그녀도 노리고 임신한 것이다. 여자들이란 매번 뒤통수를 치는군. 홀랑 벗고 가식을 떨며 유혹의 말을 쏟아내며 남자를 꾀더니 임신했다며 한 방 먹인다. 두 번이나 이런 꼴을 당하자 참을 수 없었다. 뭐라도 해야 했다. 어떻게든 앙갚음해야 하는데 어쩐다? 그녀를 그만 만나기로 했다. 자동 응답기를 사다 달고 전화가 와도 받지 않았다. 그녀를 단칼에 떼어내는 게 최선이라 생각했고, 그렇게 해서라도 분이 풀리기를 바랐다. 익명의 알코올 중독자 모임에 나가도 시선을 피했다. 효과가 있었다. 그녀가 본가로 도로 들어갔다. 그 집 사람들은 그래도 싸다. 그녀는 나와 잠자리를 하고도 임신하지 않을 줄 알았으니 당해도 싸다. 신 때문에 생긴 결과니 다들 깨달아야 한다. 일을 저질렀으니 결과도 감내해야 한다. 이 세상에 공짜는 없다.

나는 베이글스 러시안 팔러에 요리사로 출근했다. 대학가에 있는 근사한 레스토랑이었다. 에스텔 게인스에게 주디가 산달이 다 됐다는 얘기를 듣는 순간, 내 머리에 딴생각이 들었다. 몸소 겪기 전까진 어떤 기분이 들지 알 수 없다. 배 속에 있다가 갓 태어난 아기를 보는 건 흔치 않은 일이다. 임신은 섹스의 당연한 결과니 아비 노릇을 하는 게 내가 보일 적절한 반응 같았다. 여자에게 모조리 떠미는 대신, 남자로서 해야 할 일을 하자. 주디는 좋아하지 않겠지만 그건 그녀의 문제다. 며칠 후, 에스텔이 주디가 병원에 있다고 전화했다. 나는 병원에 가서 주디의 병실을 찾았다. 애 아빠라고 하자 들여보내 주었다.

병실 침대 주위에 사람들이 모여 있었다. 해리 필드 부부며 주디의 거슬리는 친구 조와 코니 라이스 부부도 와 있었다. 간호사가 물었다. 아기 아버지 되시나요? 들어오세요. 주디가 신음하는 소리가 들렸다. 누구라고요? 배가 산만 한 그녀가 등을 대고 누워 있었다. 민낯이라 얼굴이 추하고 칙칙했다. 그녀는 자기를 문 개를 쳐다보듯 나를 보며 인상을 찌푸렸다. 여긴 무슨 일이야?

아기 보러 왔지.

지옥에나 가. 부모와 친구들, 간호사까지 지켜보는 앞에서 주디가 애 아빠인 나한테 폭언했다.

아내하고 아이 보러 왔다니까.

아내 좋아하시네.

이리로 오세요. 지금은 기뻐하실 때이지 가족 문제로 다투실 때가 아니에요. 간호사가 끼어들었다.

나는 나가지 않았다. 모니터에 태아의 심박이 보였다. 간호사가 들락거렸다. 녹색 가운을 입은 의사는 별말이 없었다. 산모가 신음하고 비명을 질렀다. 아기가 나올 때가 되자 의료진은 산모의 부모는 나가고 애 아버지만 남으라고 했다.

병실에 주디하고 나만 남았다. 아기가 너무 작아서 사람 같지 않았다. 주글주글하고 못생긴 녀석이 주디의 젖가슴에 안기니 잘 보이지도 않았다. 주디는 날 절대로 용서하지 않겠다며 으르렁거렸다. 나는 이 애가 내 아이니 아이 인생에 내가 해야 할 응당한 노릇을 하고 싶다고 했다. 지난 9개월 동안 대체 어디 갔었냐며 주디가 따졌다. 나는 그건 당신이 알 바 아니라고 반박했다. 그동안 내 인생을 챙겼으니 이젠 하늘이 내린 아빠 역할을 하면서 주디의 인생에 다시 개입하고 싶었다. 아기라기보다 땅돼지, 아니 동물원에 있는 괴물 석상에 더 가까운 내 딸이 울음을 터뜨렸다. 종이컵에 대고 우는 것처럼 크지 않은 울음소리가 답답하게 들렸다. 이 아이를 만들던 당시가 기억났다. 사정하던 순간이 떠올랐다. 엄마로서 능력이 검증되지 않아 못 미더운 주디와 같이 만든 순간이었다. 작고 안쓰러운 존재. 컵에 대고 우는 듯한 소리가 너무 가냘프고 가여워서 30분, 아니 밤새 아이를 이 무능한 엄마에게 맡겼다간 애가 죽을 것 같았다. 평생 방치당한 나를 보는 것 같았다. 마취된 누에고치처럼 안대를 쓰고 걷는 느낌이랄까. 고독사한 아버지. 내가 곁에 없었다고 분개하며 원망을 쏟아내는 주디. 저들이 시작도 하기 전에 몸을 낮춰 기꺼이 밟히기로 자청한 나. 이 아이가 내 아이라니. 그런데 아빠로서 전혀 허락받지 못했으니 이 아기는 익명으로 정자 기증을 받아서 태어난 듯 자라리라.

그녀는 내가 잠깐 들러도 된다고 했다. 아이를 보러 잠시 집에 와도 되지만 데리고 나가지는 못한다고 했다. 날 못 믿는 주디가 혐오스러웠다. 우리는 아이를 유모차에 태우고 산책하면서 어떻게 아이를 기를지 의논하다가 언성이 높아졌다. 나는 아이 양육과 교육에 도움을 주고 싶었다. 아이가 아빠를 알아보고 존경하기를 바랐다. 나는 주디가 아이의 인생에 끌어들일지 모를 외간 남자에 대한 거부권을 갖고 싶었다. 내가 생부이니 몇 가지 통제권을 쥐는 게 당연했다.

그녀는 앙심과 악의를 품었다. 그 정도가 심해서 어이가 없었다. 투덕투덕 살이 붙고 추해진 9개월 동안 자기 곁을 지키지 않았다는 게 이유였다. 나는 더는 끌리지 않는 상대에게 비위를 맞추기가 지긋지긋하다고 털어놓았다. 지금 옆에 있는 것만으로도 호의를 베푸는 거라고 정곡을 찔렀다. 그 말에 화가 났는지 주디가 나가라고 했다. 내게 잘 보여도 모자랄 판에 오히려 나를 내쫓고 나와 연을 끊은 다음 싱글맘으로 아이를 키우겠다고 했다. 이것만 봐도 그동안 내가 알던 그녀가 어떤 사람인지 증명이 가능했다. 주디는 사랑이나 섹스를 최우선 순위에 절대로 두지 않았다. 아이를 독차지하기 위한 꼼수였을 뿐. 아이를 그리 원한다니 그건 주디의 문제다. 내가 옆에서 조용히 아무것도 안 하리라는 기대는 접어야 한다.

그때 아이를 데려와야겠다고 결심했다. 아이가 태어난 지 2주 만에 애 엄마가 날 몰아냈다. 날 애 아빠로 인정하지 않을 거면 주디가 엄마 노릇하는 꼴을 두고 보지 않겠다. 아이를 데려와 아이를 진심으로 원하는 이에게 주면 어떨까. 입양을 원하는 부부에게 돈을 약간 받고 거래를 성사시킬 수도 있다. 그게 힘들면, 아이를 바구니에 담아 성당 문 앞에 갖다 놓는 방법도 있다. 그럼 내가 아이의 영혼을 구원했다는 소리는 듣겠지. 그래도 그건 너무 심하다. 그런 과격한 행동을 할 준비가 아직은 되지 않았다.

이 무렵, 밀러가 내 삶에 들어왔다. 제이크 루머라는 남자가 익명의 알코올 중독자 모임에 참석했다. 주디와 말다툼한 저녁에 모임에 나갔는데, 루머가 자신의 인생을 바꿔 놓은 스승에 대해 일장 연설을 하더니 다음 날 저녁에 체육관에서 같이 농구 할 사람들을 구했다. 나는 농구를 하겠다고 신청했다. 여덟 명이서 꽤 팽팽하게 경기를 펼쳤다. 경기를 마친 후 벤치에 앉아 있는데 루머가 두어 사람에게 말을 걸었다. 루머는 미국 전역을 돌아다니다가 고향인 밀러 교회로 돌아가는 길이라고 했다. 밀러 교회에 대해 알고 싶습니까? 그가 주황색 전단지를 건넸다.

밀러 교회

메인주, 스텀프아일랜드

신을 사사로이 알게 되는 곳

루머가 물었다. 당신에겐 무슨 문제가 있습니까? 나는 아무 문제없다고 했다. 그랬더니 그가 바로 그게 문제라면서 나더러 꼭 스텀프아일랜드에 가서 직접 확인하라고 했다. 밀러를 만나셔야 합니다. 세상에서 가장 위대하신 분이죠. 그분이 당신에게 뭘 해줄 수 있는지 직접 보셔야 합니다. 그가 설득했다.

밀러가 뭘 해줄 수 있냐고 내가 물었다. 밀러는 당신을 새롭게 만들어줄 수 있습니다. 당신을 싹 뜯어고쳐서 지금의 모습과 정반대로 만들어줄 수 있습니다. 그가 설명했다. 나는 루머에게 신이라면 질렸다고 했다. 신의 유일한 친구라는 내 아버지 얘기를 털어놓은 다음, 라스콜니코프와 사르트르를 믿기 때문에 신 얘기는 내 앞에서 꺼내지도 말라고 했다. 그랬더니 루머가 핏대를 올리며 거칠게 말했다. 상태가 심각하군요. 이러니 당신한테 밀러가 반드시 필요합니다. 밀러가 왜 꼭 필요한지 제게 물어보시겠습니까?

나는 어디 말이나 한번 해보라고 한 다음 다른 사람들을 물리고 알렉스 터번으로 갔다. 우리는 맥주를 시켜 놓고 익명의 알코올 중독자 모임 사람들 없이 조용히 얘기했다. 루머가 말했다. 일단 당신이 이해하지 못할 말부터 해야겠습니다. '신을 사사로이 알게 되는 곳'이라는 말은 전단지에서 보셨죠? 밀러 교회 사람들은 밀러가 예언자나 설교자가 아니라 신 그 자체라고 말합니다. 그렇다고 당신이 그걸 꼭 믿어야 하는 건 아니니 걱정하지 마세요. 반드시 생각해보시란 말입니다.

나는 그게 그런 뜻이라면 루머가 정신 나간 사람인 것 같아서 기대를 접었다. 그런데 루머가 계속 설득하자 솔깃해졌다. 밀러는 신입니다. 당신을 새로운 사람으로 만들 수 있기 때문이죠. 밀러가 꾸리는 공동체에 가서 살 수도 있어요. 그곳에 살면서 수행하면 달라질 겁니다. 애쓰지 않아도 밀러가 다 알아서 당신을 딴사람으로 만들어줄 겁니다. 딴사람이 되고 싶지 않나요?

나는 내가 달라질 수 있다고 생각해본 적이 없었다. 생각조차 해보지 않았다. 그럴 가치가 있는지 몰랐다. 루머가 계속 설득했다. 밀러 얘기는 이쯤에서 그만하고, 신에 대해 생각해봅시다. 당신이 신을 탐탁지 않게 생각하는 건 당신 아버지가 신을 독차지했기 때문입니다. 신이라는 본질과, 당신과 신과의 본질을 오독했기 때문이 아닐까요? 생각해보십시오. 여기에서 말하는 신이란 과연 누구를 말하는 걸까요? 신은 당신이 사는 세상에서 일상이 벌어지는 주변 곳곳에 모습을 드러냅니다. 새가 죽고, 사냥하고, 고속도로에서 사고가 나고, 사람이 죽어서 부고란에 실리는 걸 보십시오. 지금껏 살면서 당신은 신이 살인자라는 걸 전혀 인지하지 못했을 겁니다. 신은 대량 학살자이자, 전범이자, 테러리스트입니다. 이런 생각은 아예 안 해봤을걸요? 누군가를 죽이고 싶은 마음이 든다고 해도 신이 허락하지 않을 거라고 생각하겠죠? 정신 차려요. 신이 행하시는 일의 절반이 살인입니다. 살인자를 벌하는 건 신이 아니라 인간입니다. 만물은 절반이 태어나 성장하고, 절반이 남을 죽이고 죽습니다. 신이 만물보다 살기(殺氣)가 덜할 것 같습니까?

나는 이게 밀러하고 무슨 상관이냐면서 밀러가 살인자냐고 물었다. 루머가 설명했다. 밀러는 당신에게 어울리는 신입니다. 밀러는 자칭 신이라고 말하고 다닙니다. 그런다고 누가 밀러를 때려죽일까요? 아닙니다. 그렇다면 그게 무슨 의미일까요? 밀러는 자기가 신이라는 걸 압니다. 우리는 우리가 신이라는 걸 알까요? 전혀. 우리는 우리가 신이 아니라는 걸 압니다. 밀러는 이 세상에 살인과 미움이 가득하다는 걸 압니다. 이걸 모르면 신이 될 자격이 없죠. 당신 아버지는 당신과 신 사이를 방해했습니다. 자, 이제 당신 아버지에게 불만을 토로한 다음, 늘 가슴에 품고도 한 번도 허락받지 못한 사람이 될 기회가 생긴 겁니다. 덕분에 모두에게 이렇게 말하게 될 것입니다. 밀러가 신이다. 장로교인과 침례교도에게, 천주교도와 그리스 정교회인에게요. 유태인과 이슬람교도, 불교 신자에게 말하세요. 그들에게 보여주세요. 밀러가 말합니다. 밀러라는 존재를 믿기 위해 밀러를 믿어야 하는 건 아니라고요. 무턱대고 믿겠다고 한다는 점을 제외하면 믿음이란 게 대체 무엇일까요? 당신이 밀러가 신이길 바라는데 밀러가 왜 신이어서는 안 될까요?

루머가 설득했다. 이렇게 생각해보십시오. 우리는 밀러를 신이라고 부릅니다. 그러면 우리가 바라는 대로 그 뜻을 지니게 됩니다. 어떤 이는 밀러가 하느님에게 통하는 창이라고 합니다. 밀러가 태어나기 전 신이 어디에 있었고, 밀러가 죽으면 신이 어디로 가는지 생각해보면 신이 돌고 돈다는 걸 알게 됩니다. 환생한다는 소리죠. 이 단어를 이해한다면 말이죠. 아바타도 괜찮은 표현입니다. 아바타란 저마다 각기 다른 형상을 취한다는 것을 뜻합니다. 이런 것들이 뭘 뜻하든 뜻은 다 똑같기에 우리는 계속 그렇게 믿는 것입니다. 우리가 이런 표현에 동의하는 한, 그게 무엇을 뜻하든 상관없습니다. 밀러는 신입니다. 그게 저 소리니까요. 뭘 뜻하든 간에요.

루머가 설명을 이었다. 밀러 교회에 살면 이 세상에서 종적을 감추게 됩니다. 어디로 갔는지 아무도 몰라서 추적이 불가능합니다. 밀러 교회는 미국 내에 존재하는 일종의 독립국입니다. 뭐라고 불러도 좋습니다. 안식처, 성역. 이런 말 아시죠? 문제를 집에 놔두고 떠나 왔기에 행방을 모릅니다. 죽은 거나 다름없죠.

그래서 나는 자동 응답기에 뉴올리언스로 간다고 메시지를 남기고 루머와 스텀프아일랜드로 향했다. 메인주 해안가를 따라 소나무와 전나무가 늘어서 있었다. 열악한 곳이었다. 닉도, 주디와 아이까지도 두고 왔으니 집에 돌아가야 한다고 다짐했다. 밀러를 만나서 시험해 볼 예정이었으니 포기한 건 아니었다. 루머가 말했다. 교수라는 당신 장인처럼 똑똑한 사람이 물으면 이렇게 말하세요. 당신이 올리버 퀸을 직접 겪어봐서 알 듯, 사람들도 신을 직접 겪어봐서 아는 거라고요.

스텀프아일랜드에서 밀러를 만났다. 만나서 반갑습니다. 그가 평범한 사람처럼 인사하고 악수했다. 저희 공동체에 오신 걸 환영합니다. 도착하는 순간 주디가 키우는 내 딸을 밀러 공동체에 맡겨야겠다는 생각이 들었다. 곧장 깨달았지만 루머에게는 말하지 않았다. 저녁이면 강가 헛간에서 그에게 개인 강의를 들었다. 앞으로 새롭게 변신할 올리버에 대해 얘기를 나누었다. 루머가 밀러 공동체 안에 존재하는 비밀 단체인 '라스콜니코프 사회'에 대해 털어놓았다. 라스콜니코프 사회란 신의 은밀한 소원을 수행하기 위해 조직된 신자들의 모임이었다. 라스콜니코프 사회에 대해서는 그 누구에게도 발설하면 안 되었다. 내가 거기에 가입하려면 어떻게 해야 하냐고 묻자, 그가 직접 알아내라고 했다.

나는 루머의 말뜻을 간파했다. 라스콜니코프라면 저질렀을 과격하고 급진적인 행동을 의미했다. 내 머리에 떠오른 생각이면 충분할지 궁금했다. 이곳을 둘러보면 볼수록, 점점 괜찮은 생각 같았다. 일요일 모임에서 마리아라는 여성이 자리에서 일어나 발언했다. 내가 도착하던 날 요와 이불을 챙겨준 여자였다. 밀러 공동체엔 아이가 필요합니다. 아이가 있어야 우리의 미래가 길게 이어질 수 있습니다. 맞아. 주디에게 본때를 보이는 동시에 모두에게 도움이 될 일을 하자. 아이를 데려오면 돌봐줄 수 있냐고 루머나 밀러가 아니라 마리아에게 물었다.

나는 아기를 데리러 돌아왔다. 하지만 기다려야 했다. 밀러 공동체가 다른 곳으로 이사할 예정이었기 때문이다. 스텀프아일랜드를 떠나다니, 신이여 고맙습니다. 닉 포스터를 다시 만나 세뇌시키고, 주디를 만나 밀러 얘기를 꺼냈다. 그녀에게 기회를 주고 싶었다. 그래야 주디가 내 맘대로 했다며 내게 비난의 화살을 돌리지 못할 테다. 우리 셋이 스텀프아일랜드에 가서 밀러와 같이 살자면서 타당한 이유를 제시했다. 방계 가족처럼 사는 곳이니 주디가 이 세상을 버리고 온통 사랑이 가득한 환경에서 아이를 기르기에 좋을 거라고 했다. 주디가 나더러 미쳤다고 했다. 나는 놀라지 않았다. 그래서 위커폴스가 아니라 스텀프아일랜드라고 말한 것이다. 우리 부녀가 사라져도 주디가 추적하지 못할 테니 말이다. 주디가 흑인 남자 밑에서 내 아이를 키우려는 걸 알고 때가 됐다고 생각했다. 닉에게 알렸다. 우리는 민첩하게 움직였다. 그래서 지금 우리 모두를 바꿔줄 신에게 아이를 데려가는 중이다.

5 데이비드 레오

창가석과 복도석 사이에 낀 자리에 앉았다. 좌석이 너무 좁아서 좌측 앞에 앉은 남자 쪽으로 몸을 숙이지 않으면 밖이 전혀 보이지 않는다. 펜실베이니아, 뉴욕 어디쯤인 것 같다. 비행기를 타는 건 별로다. 왼쪽에 앉은 남자는 노트북을 하고, 오른쪽에 앉은 여자는 책을 읽는다. 승무원이 주고 간 땅콩 봉지를 주물럭거리는 것 말고는 아무것도 할 게 없다. 플라스틱 컵을 올려놓을 자리조차 없다. 등을 기대고 천장을 쳐다본다. 머리 위 짐칸, 섹션 사이에 쳐진 미닫이문이 보인다. 해가 나긴 했지만 창이 없는 원통처럼 생긴 거북한 자리에 끼어 있다. 영웅 데이비드 레오가 납치범을 쫓는다니. 대체 내가 뭐라고.

이제 보스턴에 착륙했다. 내릴 차례를 기다린다. 짐칸에 머리를 찧을까 봐 허리를 제대로 펴지 못하고 서 있다. 램프를 지나 중앙홀로 나가 뱅거행 비행 편을 찾는다. 높은 천장에 깃발이 휘날리는 로비와 중앙 홀을 가로질러 몰개성의 공간에서 다시 대기한다. 옆에 있는 통유리로 계류장과 유도로, 활주로에 있는 비행기들이 보인다. 공항 저 너머, 인파의 시선이 닿지 않는 산등성이 위에 가정집 목조 주택이 있다. 바람을 가르며 활주로를 걸어서 프로펠러가 달린 소형기에 오른다. 기장 조정석이 한눈에 들어온다. 활주로에서 스르르 미끄러지자 굉음이 들린다. 귀가 먹먹하다. 비행기가 활주로를 내달리다가 땅을 박찬다. 이제 광활한 입체 지도처럼 펼쳐진 해안가 위를 날며 메인주로 향한다.

뱅거 공항에 내리니 더 볼품없다. 렌터카 업체를 찾는다. 낯선 사람에게 말 걸기가 싫다. 나는 어디를 가든 낯을 가린다. 내가 임무 수행 중인 영웅이란 걸 아무도 모른다. 기다리다 보니 친절한 여인이 컴퓨터 앞으로 나온다. 이 여자를 친구로 생각하고 의지한다. 시간이 걸린다. 서류에 서명하고 열쇠를 받는다. 옆에 있는 주차장 3열 24번에 차가 서 있다. 출발하기 전에 지도를 사야 한다. 상점에 가서 랜드 맥널리 지도를 구입한다. 주차장으로 가서 24번에서 차를 찾는다. 출발한 곳보다 위도상 북쪽이라 날이 쌀쌀한데 상쾌하다. 외투를 입고 올걸. 한쪽 어깨에 가방을 멘다. 메인주의 바람이 몰아친다. 두툼한 구름이 환한 하늘 위로 휙 지나간다. 이런 날씨에는 외로움으로 온몸이 떨린다.

이 차는 어떻게 조작하나. 처음 보는 차다. 최신형이라 새 차 냄새가 난다. 시동 단추, 기어 변속, 브레이크, 파킹 브레이크, 라이트의 위치를 확인한다. 와이퍼는 아직 필요 없다. 지도에 블랙하버가 나오지 않는다. 어젯밤 거실에서 필드 교수가 보내준 지도에서 봤던 블랙하버의 위치를 상기한다. 지도 인덱스에서 벅스포트, 브룩빌, 데어이슬 사이 어디 즈음에 블랙하버라는 이름이 있어야 했다. 명함에 경로를 적어서 대시보드 위에 올려놓는다. 2번 국도를 타고 뱅거까지 가서 주도 15번으로 빠져서 벅스포트, 올랜드 방향으로 가자. 이제 시동을 건다. 차가 새 차 엔진 소리를 내면서 주차장을 가로질러 고속도로로 향한다. 뱅거 시내로 진입하자 표지판을 살피고 다리를 건너, 마을을 관통하는 강과 나란한 도로를 달린다. 운전할수록 편하긴 하네. 잠깐 운전하는 건 즐겁다. 잠깐은 그렇다.

이 동네엔 아무것도 없다. 도로와 교통 법규 표지판. 차에서 들리는 엔진음이 근육질 몸으로 역동적으로 질주하는 듯하다. 달릴수록 목적지와 가까워진다. 가서 뭘 하지? 영웅이 되자. 바로 그거야.

제대로 가면 오후 늦게 블랙하버에 도착한다. 제일 먼저 뭘 하나? 우체국에 가서 스텀프아일랜드가 어딘지 확인부터 할까? 시골 황야에 고립돼 잘 데가 없으면 안 되니 잠자리부터 찾자. 영웅 노릇 하다가 배곯고 경기를 일으키거나 욕지기에 시달리지 않으려면 식당도 알아봐야 한다.

벅스포트를 지나 올랜드다. 갓길에 차를 세우고 지도를 다시 들여다본다. 카스틴에 가기 전에 왼쪽으로 빠져야 한다. 차가 얼마나 부드럽게 굴러가던지. 울퉁불퉁한 도로도 매끄럽게 지난다. 거친 들판과 숲, 농가와 오두막, 은근히 보이는 오후의 은빛 만. 반짝거리는 작은 만과 해협이 도로와 맞닿을 것만 같다. 지대는 평평하나 도로는 굴곡지다. 쭉 뻗은 길이 휘어지고 누런 평야가 경사져 기울어진다. 느닷없이 표지판이 나타난다. 블랙하버. 아, 다 왔네.

나무 그늘이 드리운 도로를 따라가니 막다른 T자 도로와 마주한다. 양쪽으로 길이 갈라졌다. 어디가 어디라고 알리는 표지판이 없다. 문이 닫힌 저택들이 띄엄띄엄 보인다. 여름 별장으로 쓰는 집인가. 시내로 가려고 우회전하니 도로가 언덕을 따라 오른다. 아래로 누런 평야가 펼쳐지면서 만을 낀 시골 풍경이 근사하다. 저 멀리 바다와 섬, 지협과 작은 만까지 보인다. 골고루 짙은 상록수와 늦은 오후의 은빛 바다가 시야를 꽉 채운다. 수평선에 푸르른 언덕이, 아니 산이 걸려 있다. 마을은 보이지 않는다.

왔던 길로 도로 내려가자 저택들이 더 나온다. 반대편 갈림길로 들어선다. 좌측 길도 오르막이다. 가파른 절벽 밑으로 바다가 보인다. 이리로 가야겠군.

수백 미터를 달리자 작은 항이 나온다. 항구를 마주하고 소나무로 뒤덮인 시커먼 섬이 보인다. 도로 한쪽 끝에 노란 목조 건물이 서 있다. 목재로 기반을 다진 3층 건물이다. 잡화점이라는 간판과 주유기가 보인다. 흙바닥으로 된 주차장. 좁은 길을 따라가자 부두가 나온다. 소형보트와 낚싯배가 한 줄로 늘어선 정박소다.

여기가 블랙하버인가?

노란 건물 오른쪽 뒤로 갈색 테두리를 두르고 회반죽 칠을 한 건물이 서 있다. '하버인'이라는 간판이 보인다. 보이는 저기에 차를 세우자. 내가 중얼거린다. 차 안에서 혼잣말하는 버릇이 생겼다.

버릇처럼 낯가림하는 내가 여관으로 차를 몰아 흙바닥 주차장에 세운다. 다른 차는 안 보인다. 이 계절에 문을 닫진 않았으면. 입구로 다가간다. 창가에 하얀 레이스 커튼이 드리워져 있다. 열린 문으로 들어간다. 실내가 근사하다. 반질반질한 바닥, 가정집 같은 가구, 전등, 마호가니 난간이 달린 계단통. 작은 책상 위에 포근한 램프가 올라가 있다. 투숙객 체크인 카운터에 직원이 없다. 음식 냄새가 솔솔 풍기고 뒤쪽 주방에서 인기척이 느껴진다. 인적 드문 곳에서 흑인이 노크도 안 하고 불쑥 들어오면 저들이 어떤 기분일지 궁금하다. 책상 위에 놓인 쇠종이 18세기 가발을 쓴 여인의 모습을 닮았다. 직원 호출용 종인가? 잠결에 들으면 꽤 크게 들릴 것 같다.

방어적으로 낯가림을 한 채 기다린다. 복도에서 발소리가 들리더니 금발을 길게 기르고 데님 셔츠를 입은 젊은 여인이 다가온다. 나는 그녀가 내 얼굴색을 보고 놀라거나 불안해하는지 유심히 살핀다. 이번엔 아니다.

그저 쿨하게 묻는다. 무엇을 도와드릴까요?

여기가 블랙하버인가요?

네, 그런데요. 놀란 눈치다.

방 있습니까?

좋았어. 나는 숙박계에 서명한다. 신용카드 번호를 적고 가방을 안으로 들인다. 가방을 질질 끌어 2층으로 올리고 항구가 내다보이는 앞쪽 방에 들어간다. 흠잡을 데 없는 경치. 보는 사람마다 근사하다고 하겠지. 창에 레이스 커튼이 걸려 있다. 마호가니 침대 프레임, 오돌토돌한 베드 스프레드.

근사하다. 용건 때문에 온 게 아니라면 좋았을 것이다. 영웅은 무슨 영웅. 씻기부터 하자. 그런 다음 둘러봐야지. 어디에서부터 시작할지 곰곰이 생각한다. 뭘 묻나. 맨 먼저 뭐부터 물어야 할까.

좀 쉬다가 밖으로 나가 가장 소박한 욕심부터 채운다. 근처 잡화점 주유기 옆 정면 입구 앞에 '블랙하버 우체국'이라는 간판이 붙어 있다. 내가 찾던 곳이군. 우체국이 안에 있다니 안으로 들어가야겠어. 왼편으로 탄산음료 판매기가 보이고, 앞쪽에 흔히들 쓰는 소형 낫과 대형 낫이 있다. 뒤로 전동 잔디깎이와 냄비와 팬이 보인다. 뚱뚱한 남자가 정원 호스 옆에 접이식 의자를 놓고 앉아 있다. 우체국이 어디죠? 그가 뒤를 가리킨다. 우체국 창구가 뚫린 사무실과 벽면에 걸린 우체통이 보인다. 열었나요? 그가 고개를 끄덕인다. 창구에 여자가 앉아 있다. 그런데 내가 준비가 덜 됐다. 어떤 식으로 접근해야 할지 정해야 한다.

식사부터 하고 마을 모습을 익히는 편이 낫겠다. 차로 돌아가 길을 따라 언덕길을 올라 반대 방향으로 달린다. 나무 밑 굽은 도로를 돌자마자 기름과 먹거리, 기념품을 파는 판잣집이 나온다. 햄버거 하나에 코울슬로

하고 감자튀김 주세요. 카운터 앞에 놓인 스툴에 앉는다. 노란 앞치마를 두른 여자가 멍한 눈빛을 보낸다.

내가 자청한 완전히 얼빠진 영웅 놀이를 깊이 생각해 본다. 아는 사람 하나 없는 이 동네까지 와서 광신도 교회를 등에 업은 유괴범을 저지하겠다니. 주류에서 완전히 벗어난 정신 나간 집단이다. 아무한테나 말을 걸었다간 그쪽 소속이거나 동조자여서 낙담할 일이 생길지 모른다. 나까지 흠씬 두드려 패려나? 흑인이라는 이유로 시선이 쏠리는 것만으로도 상황은 대단히 나쁘다. 노란 앞치마를 두른 저 여자를 어떻게 믿지.

아무튼, 아무도 못 믿으면 절대 아무것도 얻을 수 없다. 햄버거 가게 너머로 이 동네에 뭐가 더 없다는 걸 확인한 다음 항구로 돌아온다. 스텀프아일랜드 어느 편으로든 닿는 수로가 만을 따라 나 있다. 낚싯배가 수로 오른편에서 들어온다. 부두에 있는 남자 둘이 쳐다본다. 스텀프아일랜드로 가는 배편이 있는지 물어볼까?

아냐. 나중에. 나는 우체국으로 돌아간다. 우체국 사람을 못 믿으면 누굴 믿겠어? 그런데 지금은 문을 닫았다. 접이식 의자에 앉은 뚱뚱한 남자가 호기심 어린 눈으로 쳐다보지만 말을 걸지는 않는다. 궁금한 게 있으면 물어보겠지. 남자는 괜한 수고를 할 필요가 없다는 걸 안다.

다시 여관으로 돌아오자 금발의 젊은 여성이 데스크에 있다. 그녀에게 묻는다. 실례합니다만, 혹시 스텀프아일랜드에 대해 뭐든 말씀해주실 수 있나요?

여자가 얼굴을 찡그린다. 글쎄요.

밀러 교회에 대해서 아시는 거라도요.

무슨 교회요?

밀러 교회라고, 스텀프아일랜드에 있다던데요.

글쎄요. 근처에 교회가 두 군데 있어요. 오른쪽으로 800미터쯤 올라가면 성당이 나오고요. 왼쪽으로 400미터쯤 가면 조합 교회(회중정치로 교회를 운영하는 개신교 교회. 회중교회라고도 함)가 나와요.

네. 고맙습니다.

부두로 돌아가자 이제 한 명만 남아 있다. 남자가 부두 끝에서 바다 너머를 바라본다. 그의 얼굴이 보이지 않는다. 그에게 스텀프아일랜드까지 가는 배편이 있는지 물어볼 수도 있지만, 그가 그쪽 사람이라면 위험하다. 경찰이나 보안관이 있어야 한다. 법을 집행하는 사람이 있었으면. 오늘은 뭘 하기에 너무 늦었다. 공략 계획을 세워서 내일 시작하자. 그러면서도 올리버 퀸과 헤이지가 도착할지 모르니 눈을 부릅뜨고 있어야 한다.

여관방에 텔레비전도 없고 읽을거리도 없다. 따분한 저녁에 뭘 하나. 영웅이 되는 대가가 따분함인가? 다시 잡화점에 가서 밤에 읽을 잡지와 싸구려 책자를 산다. 햄버거를 배불리 먹었으니 저녁은 건너뛴다. 나중에 자판기에서 감자 칩이나 빼먹지 뭐.

여관 침대에 누웠다. 공중전화기 가로등에 매달린 투광 조명기가 내뿜는 빛이 방 안으로 쏟아지자 나는 잠든 척했다. 불편한 침대에 누우니 삐거덕거리는 소리가 그치고 머릿속이 잠잠해진다. 해안을 따라 조용히 움직이는 항구의 물소리가 커지면서 철썩, 쏴, 하는 소음이 들린다. 고요함이 깊어지자 부표가 흔들리며 뭔가를 알리는 종소리를 낸다. 삐거덕거리는 소리는 부두에 있는 보트가 말뚝을 비빌 때 나는 소리일 것이다. 머릿속이 오늘 낮에 있었던 일들로 꽉 찼다. 승무원, 복도를 따라 끌고 온 가방, 낯선 시골길을 달리던 새 차, 계획과 배신. 무엇보다, 내일을 대비해 리허설해야 하는데 앞이 보이지 않아 무슨 상황인지 파악이 제대로 안 되는 것 같다.

아침이다. 좋은 아침. 아침 식사를 하는데 여관 식당에 쳐진 커튼 사이로 빛이 새어 들어온다. 긴 머리 젊은 여인이 또 보인다. 달걀로 하실래요, 팬케이크로 하실래요? 참, 영국 성공회 교회도 있다는 걸 깜빡했어요.

아침을 먹고 간밤에 세운 계획에 따라 다시 잡화점에 가서 우체국 여직원에게 이 마을에 경찰이나 보안관이 있냐고 물어야지. 그런데 우체국이 10시 반에 문을 연다는 걸 몰랐다. 사람들이 기다린다. 안녕하세요. 사람들이 내게 인사하며 호기심을 보인다. 내 낯가림은 타고났거나 환경적 요인에 의해 생성된 산물이다. 뭐가 됐든 난 어쩔 수 없이 예의 바른 사람이 된다. 그런데 우편물을 보낼 것도 아닌데 기다리고 있자니 바보 같다. 얼마나 간단한 질문인지 생각해 보니 더더욱 그렇다. 결국 뚱뚱한 남자에게 묻는다. 그가 오늘도 접이식 의자에 앉아 있다. 밤새 그러고 있었던 것 같다. 실례합니다. 이 마을에 경찰이나 보안관이 있습니까?

경찰 찾으세요?

혹시나 해서요.

법과 관련된 일 때문인가요?

그럴 수도 있죠.

그건 그렇고, 여긴 처음 오셨죠?

그는 내가 외지인임을 눈치챈 것 같다. 어쩌면 이게 예의를 보이는 다른 방식일지 모른다. 마틴 빌로도라고 있어요. 법과 공공의 안녕에 관한 문제라면 마틴 빌로도가 제격이죠.

어디 가면 뵐 수 있을까요?

빌로도 지도 상점이라고, 메인 도로를 타고 곧장 올라가다 보면 보일 겁니다.

고맙습니다. 이제 우린 뭐든 진행 중이다. 영화에서처럼 경찰 빌로도, 혹은 보안관 빌로도가 부패한 세력과 결탁한 게 아니라면 말이다. 그런 건 가정해서는 안 된다.

알고 보니 빌로도 지도 상점이 주유기도 있고 기념품과 음식도 팔고 노란 앞치마를 두른 여자에게 햄버거도 주문했던 곳이다. 간밤엔 간판을 미처 보지 못했다. 오늘 아침엔 다른 여자가 노란 앞치마를 두르고 있다. 나는 마틴 빌로도를 찾는다.

빌로도가 커튼 사이로 나온다. 퉁퉁하고 발그레한 얼굴에 은테 안경을 쓰고 있는 모습이 과음한 자동차 영업사원 같다. 안녕하세요. 뭘 도와 드릴까요? 그는 붉은 플란넬 체크 옷을 입었다.

경찰이신가요?

뭐, 그렇게 부르고 싶으시다면야.

스텀프아일랜드에 있는 밀러 교회에 대해 얘기를 듣고 싶습니다.

이런, 나가서 얘기합시다. 그게 왜 궁금한지 이유를 털어놓아야 할 거요.

우리는 입구에 앉는다. 잡아야 할 기회를 잡는 것 말고 내가 뭘 할 수 있을까? 말씀해 주세요. 제 친구의 아이를 누가 납치해 갔습니다. 아이를 돌려받고 싶습니다.

마틴 빌로도가 등을 의자에 기대고 있다가 납치란 말에 눈이 휘둥그레진다. 맨 처음 커튼 사이로 나오면서 내 얼굴을 쳐다봤을 때와 같다.

밀러 교회 얘기는 왜 물으시죠?

납치범이 아이를 그리로 데려가는 것 같아서요.

그가 잠시 생각에 잠겼다가 입을 연다.

만나고 싶은 사람이 저입니까, 아니면 주 경찰입니까?

그걸 제게 알려주시면 좋겠습니다.

그러려면 무슨 일인지 털어놓으셔야 합니다.

낮게 깔리는 그의 동부 억양이 과장되게 들린다. 외지인인 나더러 들으라고 일부러 호들갑을 떠는 것 같은데, 내가 뭘 알겠는가? 그에게 주디와 올리버 퀸, 헤이지 얘기를 털어놓는다. 올리버가 아기를 스텀프아일랜드로 데려갔다고 주디가 추측하는 이유를.

그럼 유괴범 일당을 찾으러 여기까지 온 겁니까?

해볼 만한 일이라고 생각했습니다.

혼자 왔나요, 애 엄마도 같이 왔나요?

저 혼자요.

찾으면 어쩌려고요?

저 좀 도와주시겠습니까? 도와주실 다른 분이 계실까요?

말해봐요. 어디에 관심이 있죠? 왜 이리 기를 쓰고 돕나요?

친구니까 돕고 싶어서요.

로맨틱한 쪽으로 관심이 있는 건 아니고요?

음흉하게 웃는 건가? 이 남자가 나 같은 흑인하고 주디 같은 백인이 사귀는 데에 반감이 드나? 아니, 그게 아닐지도 모른다. 이자는 주디도 나와 같은 흑인이라고 생각할 것이다. 한술 더 떠 우리가 말하는 아이를 내 아이로 착각할지도 모른다. 내가 그걸 왜 감춰야만 하는지 이 남자는 아직 모른다.

아직은 아닙니다. 나는 바보같이 대답한다.

고백을 안 했군요? 사실을 말하자면, 안타깝지만, 현재 스텀프아일랜드에는 아무도 살지 않는 것으로 압니다. 원래 살았는데 다 이사 갔어요. 당신한테 위로가 될지 모르겠지만, 내가 받은 인상을 당신도 받았다면, 밀러 교회는 미치광이들의 공동체예요. 턱수염을 기른 늙은 남자들, 분노에 찬 눈빛을 한 젊은이들, 가정주부 같은 사람들이 모여 있거든요. 뭐 그래도 자기네들끼리 어울렸지 누굴 귀찮게 하진 않았어요.

이사 갔다고요?

부두로 같이 가서 알아봅시다. 나보다 더 잘 아는 사람이 있어요.

우리는 내 차를 타고 내려간다. 달리는 동안 따져본다. 영웅 놀이가 미뤄졌다는 안도감과 달리 실망감이 밀려온다. 아이를 찾는 우리는 어찌 될까.

우리는 출발점으로 되돌아간다. 이렇게 되자 포기할 마음이 전혀 없는 지적인 남자가 벽에 부딪히고, 출발할 때 유리했던 남자의 위치가 흔들린다. 운이 따르지 않는 이상 우리가 어떻게 아이를 찾을 수 있을까? 그가 내놓지 않는 한 달리 손을 쓸 길이 있을까? 이런 생각이 꼬리에 꼬리를 물자 내 영웅 놀이가 일개 쇼로 전락한다.

부두에 있는 남자는 잭 카머디다. 화강암 같은 얼굴에 운모 같은 주근깨가 뿌려져 있다. 60년간 바다를 지켜본 자다.

빌로도가 소개한다. 이분이 스텀프아일랜드로 납치당한 아이를 찾는대요.

카머디가 말한다. 스텀프아일랜드는 석 달째 비어 있어. 크리스마스가 되기 전에 다 이사 나갔거든.

빌로도가 설명한다. 웬 남자가 이분 친구의 아이를 코앞에서 납치해 갔대요. 놀이터에 놀러 나간다면서 데리고 도망갔대요.

세상에, 뭐라고?

셋이 둘러서서 생각에 잠긴다. 보아하니, 주 경찰에 신고해서 밀러 사람들이 어디로 갔는지 알아봐야 할 거 같아요.

바로 그때, 카머디가 불쑥 말한다. 어제 그 사람들 봤어. 남자하고 여자가 아이를 안고 모터보트를 타고 저쪽으로 가던데.

당신이 말한 남자가 아이를 봐줄 여자를 구했나 보군요. 우리 가볼래요? 빌로도가 묻는다.

언제든지요. 지금 가실래요?

빌로도가 내게 묻는다. 지금이요?

여럿이라 마음이 놓인다. 수줍던 내 마음이 이제 위험과 흥분으로 콩닥거린다. 물론이죠. 내가 대답한다.

빠를수록 좋겠죠?

비린내가 진동하는 가재잡이 배 바닥에 로프가 얽혀 있고 가재 냄비가 쌓여 있다. 녹슨 고리며, 부표 마커며, 그물까지 나뒹군다. 나는 부두에서 배로 넘어가 조종석에 앉는다. 카머디가 시동을 걸어 항구로 들어간다. 수로 오른편으로 갑시다.

작은 모터보트 한 척이 저 멀리 보이는 섬과 함께 시야에 들어온다. 항구로 들어오는 중이다. 많이 탔는지 보트가 가라앉을 듯이 수면 위로 고개만 내민 것 같다. 카머디가 그쪽으로 배를 틀자 또렷이 보인다. 모터가 바깥에 달린 배에 두툼하게 옷을 입은 두 사람이 타고 있다. 한 명은 몸을 숙이고, 한 명은 서 있다. 선수는 높고 선미가 물에 잠길 정도다. 카머디가 곧장 보트로 향한다.

빌로도가 묻는다. 저 사람들이었어요?

저 사람들이었어.

확실해요?

당연하지.

맥캐스킬인데요.

그래?

보트가 스쳐 지나가자 수로가 출렁거린다. 남자와 꽁꽁 싸맨 아이를 안은 여자가 스쳐 지나가며 우리에게 손을 흔든다.

어제는 저렇게까지 자세히 안 보였거든. 카머디가 해명한다.

빌로도가 내게 설명한다. 피그 섬에 사는 맥캐스킬이에요. 요맘때 섬에서 나올 줄은 몰랐네요.

돌아갈까? 카머디가 묻는다.

무슨 소립니까? 가서 봐야죠. 여기까지 왔는데.

카머디가 엔진 속도를 올리고 바다로 향한다. 만에 섬들이 가득하다. 가까운 곳에도, 먼 곳에도 섬투성이다. 온통 바위뿐인 섬 두 곳이 보인다. 다른 섬들이 수 킬로미터 뻗어 있다. 어디가 시작이고 끝인지 분간이 안 된다. 죄다 똑같이 생긴 시커먼 상록수가 바위 위로 보인다. 차가운 햇빛 속에 만이 반짝인다. 보트가 지나가며 골을 내자, 희푸르스름한 포말이 와르르 일었다가 사그라진다.

밀러 사람들이 떠난 섬에 가는 이유가 뭘까. 궁금하다. 내가 생각하는 단 하나의 이유는 호기심이다. 경찰과 가재잡이 배 선장이 실패한 영웅들만큼 호기심을 보인다. 그 와중에 올리버와 아기를 놓치고 비행기 표와 렌트비까지 낭비하다니. 죄송합니다, 교수님.

저기야. 카머디가 말한다.

앞쪽에 섬이 보인다. 크지 않다. 다른 섬들처럼 나무로 뒤덮여 사람이 보이지 않는다. 바위 틈새로 드러난 부두로 들어가 배를 묶어 놓고 섬에 오른다.

넓은 길이 숲으로 이어진다. 긴장된다. 부끄럽다. 광신도들이 매복을 위해 보초를 남겨두었으면 어쩌지. 숲으로 들어가자 도로가 문에 가로막힌다. 양쪽에 철망이 달리고 문에 통 자물쇠가 걸렸다. 빌로도가 넘어가자 우리도 따라 넘는다. 아무 문제없다. 길이 계속 이어진다.

공터가 나온다. 겨울에 누렇게 뜬 잔디가 깔려 있다. 양쪽으로 구조물 두 개가 서 있다. 하나는 낡은 목조 주택이고, 또 하나는 골이 진 철판으로 굽이진 지붕을 덮은 오두막이다. 주택 안으로 성큼 들어간다. 잔디 대신 흙이 밟힌다. 빌로도가 문을 열려 했지만 잠겨 있다. 창문으로 들여다본다. 싹 비웠네. 그가 말한다. 헛간으로 들어가는 문은 열려 있다. 회의실 같아 보인다. 창이 없어서 컴컴한데 천장 사이 벌어진 틈으로 빛이 새어 들어온다. 망가진 접이식 의자가 벽에 기대 있다. 셋이 돌아다닌다. 별채, 쓰레기통, 낡은 침구, 다 쓴 프로판 가스통, 쓸모없는 도구와 등유 램프. 카머디가 말한다. 흠, 싹 비웠군.

몇 명이나 살았을까요? 빌로도가 묻는다.

스물, 스물다섯? 그 많은 사람이 저 집에 다 살았을까?

글쎄요. 왔다 갔다 하는 사람이 많았겠죠.

물건 대려고 몇 명은 왔다 갔다 했겠지. 죄다 밖에서 들여왔을 테니. 카머디가 말한다.

섬 주인은 누군가요? 픽킨스?

아마도. 주변 땅을 그가 거의 다 갖고 있으니 뭐.

픽킨스가 뭘 알고 있는지 궁금하네요.

플로리다에 갔어. 날씨가 따뜻하니 열대 망고나 먹겠지.

플라밍고하고 악어도 구경하지 않겠어요?

보아하니, 잡은 꿩을 놓아주는 꼴이 됐네요. 빌로도가 말한다.

꿩이라뇨? 내가 묻는다.

'잡은 꿩 놓아주고 나는 꿩 잡자고 한다', 이런 표현 알아요? 헛수고했다는 뜻이죠.

신도들이 어디로 갔는지 아는 사람이 있을지도 몰라요. 우체국에선 알지 않을까요? 내가 묻는다.

우체국은 당연히 알겠죠. 우편물을 받으려면 알려줬을 테니.

이제 다시 보트를 타고 섬들 사이를 누비며 항구로 돌아온다. 시간과 거리가 제일 중요하다. 돌아올 때 날이 차서 얼어 죽는 줄 알았다. 1년 중 이맘때 메인주 해안가 날씨가 이럴 줄은 꿈에도 몰랐다. 나는 발을 동동 구르고 두 팔을 떤다. 턱이 달그락거린다. 콧물이 줄줄 흐르고 눈가에 얼음이 들러붙어 눈이 감긴다. 죽음이 반긴다. 잠시 후, 카머디가 바닥을 더듬으며 누런 고무 레인코트를 찾는다. 축축하고 축 늘어진 게 텐트 같다. 대단한 도움이 되진 않아도 살 것 같다. 간신히 고문을 참아낼 정도는 된다. 해안까지 거리가 좁혀진다.

뭍에 거의 다 왔다. 앞으로 온갖 일이 터질 게 또다시 확실해진다. 빌로도와 카머디에게 도와줘서 고맙다고 인사한다. 비록 아무것도 얻지 못하고 우체국으로 돌아오긴 했지만. 통통한 우체국 여직원이 책상에 앉아 공책에 뭔가 적고 있다.

스텀프아일랜드에 살던 사람들이 새로 이사 간 주소를 아냐고 그녀에게 묻는다.

누구 말씀이세요? 이름이 여럿이라.

밀러 교회라고 있나요?

밀러 교회요? 기억이 잘 안 나는데요. 여자가 파일을 뒤적인다. 나라면 더 빨리 찾을 것 같았다. 밀러 교회는 없어요. 그 이름은 어디에서 들으셨어요? 그냥 밀러는 있네요. 이름 없이 성만. 기억나요. 밀러 앞으로 온 우편물이 있었는데 그때도 성만 적혀 있었어요. 밀러의 새 주소가 궁금하신 거죠? 뉴햄프셔주 위커폴스네요.

위커폴스요? 알겠습니다. 고맙습니다.

여관으로 다시 돌아온다. 내가 산 랜드 맥널리 지도에 따르면, 위커폴스는 고르함 북쪽 엔디콧을 지나 뉴햄프셔주 황야에 있다. 지도에 나오지만 블랙하버보다 넓지 않다. 차에 가방을 싣고 체크아웃한다. 잡화점 바깥에 공중전화가 있다. 연결 상태가 나빠서 교수의 목소리가 커졌다 작아졌다 지지직거린다.

그에게 철자를 부른다. 위커, W-I-C-K-E-R이랍니다. 이 밀러가 그 밀러가 맞는지는 모르겠지만 아무튼 거기로 가려고요. 나중에 연락드리죠.

또다시 종일 운전대를 잡는다. 여태 영웅 놀이를 하고 있다. 이제 메인주 내륙을 가로질러 서쪽으로 향한다. 오후가 무르익고 어둠이 내려앉는다. 완만한 전원이 몇 킬로미터 이어지지만, 오하이오만큼 평평하진 않다. 들판과 숲, 헛간과 농가와 황무지가 2번 국도를 따라 이어진다. 마을을 벗어나 또 다른 마을이 나올 때까지는 빠르게, 마을을 관통할 때는 느리게 달린다. 다시 전원이 펼쳐진다. 메인주를 지나는 동안 마음이 몹시 불편하다. 거칠고 울퉁불퉁한 도로. 렌터카가 전보다 덜 매끄럽고 덜 우아하게 달린다. 가다가 보이는 카페에서 저녁을 서둘러 먹는다. 영웅 놀이에 대한 의문은 뒤로 미루고, 대신 어디에서 잘지부터 따져본다. 몇 시에 위커폴스에 도착하느냐, 그 시간에 잘 곳을 찾을 수는 있느냐에 따라 묵을 곳이 달라진다. 이런 황무지를 뚫고 가야 하는 경우라면, 거리와 시간을 몇 번이고 계산한다. 구름이 메인주 중부로 밀려오자 날이 점점 어두워진다. 3월의 오후가 물러나고 3월의 저녁과 밤이 밀려든다. 자정을 넘겨 도착할 것 같다.

앞을 본다. 뉴햄프셔주 북부 험한 산악 지대로 향한다. 워싱턴 마운틴과 리조트를 지나친다. 여행객들이 가는 방향과 반대다. 관광 철이 아니라서 관광객용 편의 시설이 도로에 그리 많지 않은 데다가, 가면 갈수록 모습을 감출 것이다. 밤늦게 운전하는데 잘 데도 못 찾으면서 대체 난 뭘 얻으려고 이러는 걸까?

가다가 제일 처음 보이는 그럭저럭 괜찮은 모텔에서 묵기로 한다. 내일은 반나절 정도나 그보다 짧게 운전해야지. 그럼 찬찬히 살펴볼 시간이 충분하겠지. 나는 혼잣말을 한다. 그렇다면 오늘 밤엔 영웅 놀이를 할 필요가 없겠군.

6 해리 필드

해리 필드는 자신이 의지가 굳고 전문 지식으로 무장한 사실에 자부심을 가졌다. 그는 부질없는 합리화에 얼마나 쉽게 속아 넘어가는지 잘 알고 있었다. 죽음을 과학적 관점에서 확고하게 바라보며(죽음은 죽음이다) 속지 않으려 했다.

그가 어렸을 때 삼촌이 세상을 떠났다. 해리는 삼촌의 영혼이 그의 방을 둥둥 떠다니며 내려다본다고 상상했다. 할아버지의 영혼도 그의 행동거지를 일일이 살피고 그의 머릿속을 들여다본다고 생각했다. 할아버지가 말씀하셨다. 살아서보다 죽어서 너에 대해 더 많이 알게 되는구나. 해리는 믿을 수가 없어서 곧잘 이런 걱정에 사로잡혔다. 죽으면 어떻게 될까? 아버지께서 말씀하셨다. 그건 아무도 모르지. 산 사람 중에 죽음을 경험한 이는 아무도 없거든. 겪은 사람이 없으니 증거도 없지. 아버지는 불가지론자였다. 죽음은 인간의 이해를 넘어서는 일이란다.

어머니가 다니던 교회에서는 근엄하고 어르신 같은 목사가 천국이 실재하는 장소라고 했다. 할머니가 그곳에서 내려다보고 계신단다. 어린 시절 해리는 이 말에 충격을 받았다. 자식까지 둔 다 큰 어른이, 타인에게 조언하는 일을 업으로 삼은 남자가 저 말을 진심으로 믿는다고? 10대 시절 해리는 뭐든 쉽게 속아 넘어가는 주변 사람들이 놀랍기만 했다.

해리는 의지가 굳은 사람이 되려고 과학을 파고들었다. 과학 그 자체가 아니라 과학 법칙을 파고들어 과학사를 연구하는 학자가 되었고, 희망 사항에 불과한 소망들을 평생 비판했다. 어디서든 단호하게 실체를 까발리다 보니 과학의 오용 및 사기와 협잡 분야의 전문가가 되었다.

그는 죽음을 냉엄한 과학적 개념으로 파악해 그 냉엄함에 내포된 공포에서 달아나려 했다. 이러다 보니 겉으론 평온해 보여도 속에선 갈등이 일었다. 만물은 죽는다. 죽는 게 당연하기에 끔찍한 일이 아니다. 그런데 왜 그리 끔찍해 보일까? 수년간, 그는 논쟁을 통해 스스로 다독였다. 이를테면, 시간은 착각이다. 따라서 변화도 착각이며, 목숨이 다해 죽는 것도 마찬가지다. 이 논쟁에서의 문제는 시간이 보이는 것과 다르다고 여길 이유가 없다는 점이었다. 이 논쟁 역시 그가 천국입네 영혼입네 하며 공격하던 희망 사항만큼 부질없었다. 그런데, 만일 우리가 신의 눈이며 과학이 신의 지식이라면? 위로가 되긴 하나, 이 역시 지나친 희망 사항에 불과했다. 아무리 우리가 신이 가진 두 개의 눈 중 하나라고 해도, 우리가 죽으면 신의 눈 한쪽이 빠질 테고, 그걸로 우리는 종말을 맞이해 무의 상태로 되돌아간다. 그러면 신도 무의 상태에서 오래도록 절대로 벗어날 수 없을 것이다.

그래서 그런 것이다. 손녀가 납치되었음을 알게 된 그날, 사람이라면 죽을 수밖에 없다는 운명을 받아들이게 된 것이다. 죽음의 공포에서 벗어나게 된 논리를 되짚어보고 싶었지만, 지금 벌어진 일이 워낙 시끄럽고 위중해서 머리가 계속 멍했다.

그는 아무도 없는 집에서 컴퓨터 앞에 앉아 창밖으로 시선을 보냈다.

날이 우중충했다. 봄이 오다가 멈췄다. 오후 내내 속이 더부룩했는데 점점 더 심해졌다. 한 시간가량 꼼짝하지 않고 마법에 걸린 듯 굳어 있었다. 생각을 정리하자, 해리. 그는 다소 노쇠한 두뇌를 굴렸다. 단순화 작업에 도가 튼 머리로 마음에 걸리는 일들을 네 가지로 추렸다. 한 가지 일만으로도 나머지 셋이 마비될 정도였다. 죽음과 화해하게 된 과정을 복기하고 싶었으나 기억나지 않는다는 점. 애프터눈클럽 문화센터 여성 회원들에게 할 강연 원고 작성하기. 레나가 보낸 편지에 답장하기. 손녀의 납치 사건. 이건 이 세상 모든 힘과 싸워야 했다. 뭐라도 하자. 시간을 이용하자. 시간이 영영 기다려 주진 않는다.

확진 받은 건 아니지만 복부에 암이 있는 것 같았다. 통증이 간헐적으로 반복되었다. 심하진 않지만 일상적인 통증이 아니라서 메스껍고 불쾌했다. 매년 한 번씩 받는 내시경 정기 검진이 다음 달에 있는데, 그 때 잡아내야 한다. 앤덜루전 박사가 걱정하지 않기에 해리는 자기 생각을 말하기가 두려웠다. 그의 마음속 깊은 곳에서는 그에게 너무 늦었다고 했다.

여성 회원들에게 해야 할 강연문을 써야 한다. 가짜 과학, 사이비 과학, 유사 과학. 쓰다가 중간에 꽉 막혀서 오늘은 한 줄도 쓰지 못했다. 지도에서 위커폴스를 찾았지만, 상상력이 작동하지 않았다. 위커폴스든 스텀프아일랜드든 손녀하고 아예 상관없는 곳이었다. 데이비드가 추격에 나선 것도 마음만 심란했다. 한 가지 일이 나머지 일의 집중을 방해했다. FBI 직원과 나눈 얘기도 별 볼 일 없었다. 잭 포드라는 직원이 해리와 악수하더니 기다리라고 했다. 기다리시는 수밖에 없습니다. 이럴 줄 알았다. 시간이 지나면 일이 터지기 마련이다. 그때까지 무슨 일이든 벌어질 수 있었다. 그가 기다리는 소식도 잠잠하다. 데이비드가 위커폴스에서 수소문하는 사이, 해리는 올리버 퀸이 손녀를 캘리포니아에 있는 보육원에 맡겼다는 소식이 들리기를 기다렸다.

레나에게 답장을 보냈다간 그가 다시 흔들릴지도 모른다. 친애하는 레나, 소식 들어서 정말 좋았어. 집에 큰일이 있어서 답장 못 했어. 이건 빼자. 엄청난 사건이 터지지 않는 이상 잘 가꿔온 그의 인생이 휘청거릴 리 없다는 듯이 침착하게 굴자.

레나의 편지를 다시 읽었다. 책갈피에 끼워 놓은 낙엽처럼 파일에서 꺼내 조심스레 매만졌다. 깔끔하게 써 내려간 작은 글씨를 보자 외도하는 기분이 들었다. 편지가 살랑살랑 꼬리를 치면서도 그 안엔 무지와 무시가 가득했다.

해리에게,

설마 기절하는 건 아니겠지? 당신이 내 편지를 보고 질색하지 않았으면 좋겠어. 내가 결혼해서 바뀐 성은 모를 거야. 나야, 레나 파울러. 예전에 사귀었던. 당신이 노망이 나지 않은 한 잊지 못했을 텐데. 2주 전인가, 『저널 오브 아테나』에 실린 당신 논문을 보니 당신이 노망날 일은 없어 보이더라. 내가 원래 『저널 오브 아테나』를 읽는 사람은 아니야. 당신도 내가 저걸 볼 거라곤 기대조차 안 했을 테고. 당신은 내가 왼쪽 어금니 뿌리를 치료받아야 한다는 것도 몰랐을 테고, 솜씨 좋은 우리 치과 의사 선생이 지적인 허세를 부릴 줄도 전혀 몰랐을 거야. 솜씨가 굉장히 좋아서 국소 마취를 얼마나 안 아프게 잘하는지 몰라. 주삿바늘로 찌르는 데도 하나도 안 아파. 훌륭하지만 가식적인 우리 치과 의사 선생께서 『저널 오브 아테나』, 『다이달로스』, 『피플』을 구독하더

라. 나는 『저널 오브 아테나』라는 게 있는 줄도 몰랐는데, 표지에 당신 이름이 보여서 봤더니 당신 글이 실렸더라.

과학사 교수가 되셨더군. 50년이나 흘렀으니 오해는 다 털어버리고 좋은 감정만 되살아나리라는 희망으로 용기를 내서 편지를 쓰고 있어. 우리 둘이 같이하려 했던 미래가 달라졌어. 내 이름이 레나 파울러 암스트롱으로 바뀌었지. 내게 당신만큼 소중한 다른 누군가가 생겼고, 그 남자의 성이 암스트롱이란 뜻이야. 호머 암스트롱 덕분에 내겐 당신과 연애하던 시절엔 존재하지 않았던 소중한 사람들이 생겼어. 안타깝게도, 그이가 얼마 전 세상을 떠났어. 그래서 여유가 생겼지 뭐야. 지금이라도 가능하다면 오래된 그 간극을 메우고 싶어. 정말 그러고 싶어.

물론 당신에게도 소중한 이들이 생겼겠지. 그분들이 서글픔이라는 인간의 상태를 백분 이해해서 날 껄끄러워하지 않았으면. 누구나 죽음을 향해 걸어가잖아. 일흔이 되니 세상이 달라 보여. 비극적인 색채로 물든 것 같아. 우린 차례차례 희생당하지. 매슈 아널드(영국의 시인 겸 비평가)처럼 서로에게 충실하길.

해리, 당신에게 소중한 아내와 아이들이 있다고 해도 날 경계하지는 마. 난 그저 안부를 전하고 싶고, 당신을 찾아서 기쁘다고 말하고 싶었어. 몇 마디 답장이라도 보내주면 좋겠어. 끝을 어떻게 맺어야 할지 모르겠네.

옛 연인,

레나가

그가 곧바로 답장하지 않은 건 가슴으로 피가 쏠렸기 때문이다. 이것만 봐도 이 일이 별일임을 보여준다. 3주 정도 지나자 훨씬 무덤덤하게 답장할 수 있을 것 같았다. 일단 여성 회원을 대상으로 강연할 원고부터 끝낸 후에 답장할 생각이었다. 그런데 올리버 퀸이 주디의 딸을 유괴했다. 이런 난리 통에 옛 연인에게 편지가 써지겠는가? 다급한 일이 수습되지 않았는데 과연 편지가 써질까? 데이비드 레오는 영웅이 되겠다고 떠났고, 주디는 출근했다. 코니 라이스는 아기가 없으니 오후에 집에 올 이유가 없었다. 해리는 혼자 집에서 길고 긴 하루를 보냈다. 생각할 수도, 움직일 수도 없었다. 레나에게 뭐라고 적나. 레나, 그 시절은 이제 존재하지 않아. 당신 자리를 메우려고 오래전 당신을 내다 버렸어. 당신을 버리려고 당신을 쓰레기 취급했어. 세상은 변해. 대체 당신이 뭐라고 생각하는 거야? 누구라도 해리를 봤다면 그가 머릿속으로 글을 구상하는 줄로 착각했을 것이다. 해리는 앉은 채로 그렇게라도 그의 마음을 속이고 뭐라도 시작하고 싶었다.

코니 라이스가 저녁 식사를 차리러 왔고, 주디가 퇴근해 돌아왔다.

오늘 밤이면 사흘째네. 코니가 말했다.

닷새째지. 주디가 정정했다. 금요일이라니. 세상에, 아빠, 우리 헤이지가 돌봐주는 사람 없이 어떻게 닷새 밤을 버틸 수가 있어요?

그날 밤, 주디가 영화를 보러 갔다. 필리스가 영화 보재. 주디가 말했다. 어서 갔다 와. 기분 전환도 하고. 코니가 말했다. 집중이 될지 모르겠어. 주디가 말했다. 그래도 시간 보내고 와. 코니가 말했다.

주디는 영화를 보러 나가는 바람에 데이비드 레오가 전한 극적인 뉴스를 놓쳤다. 데이비드가 위커폴스에서 전화했다. 정확히 말하면 위커폴스가 아니라 거기에서 좀 떨어진 '슬리피위커 모터 코트'라는 모텔이었다.

찾았어요.

찾았다고? 해리가 목소리를 높이며 흥분했다. 헤이지를 찾았어? 아직 그건 아니고요. 그럼 봤나? 본 것도 아닙니다. 그럼 자네가 어떻게 아나? 압니다. 그쪽 사람들이 잡아떼는 모습이 수상해서 눈치를 챘어요.

해리는 수화기 너머로 들리는 데이비드 레오의 이야기에 귀를 기울였다. 문학을 사랑하는 영문과 주니어 교수는 그 과정에서 벌어진 일과 일 사이의 여백을 채워가며 차근차근 신중하게 결론을 도출했다. 그는 샛길을 놓쳐 캐나다 국경까지 올라갔다가 다시 내려와 오후 늦게 위커폴스에 도착한 경위를 풀어놓았다. 데이비드는 묘사에 꽤 공을 들였다. 다음은 그가 전한 내용이다. 데이비드가 돌아오는 길에 보니 덤불 뒤로 작고 하얀 표지판에 '위커폴스'라는 글자가 보였다. 언덕 기슭에 있는 마을에는 교회도 있고 주유기가 딸린 하얀 상점도 있었다. 바닷가가 아니라는 점과, 숲 속에 여름용 별장이 없다는 점만 빼면 블랙하버와 별반 다르지 않았다. 주위엔 바위가 많은 들판이 보였고, 숲과 나무로 뒤덮인 험악한 산도 보였다. 우체국으로 들어가니, 작고 하얀 건물에 사무실 하나와 창구가 있었다. 우체국장은 뉴잉글랜드에 사는 늙은 악마처럼 눈은 자상하게 웃는 듯한데 표정은 차가웠다. 데이비드가 밀러 교회에 대해 묻자 우체국장이 이렇게 말했다. 이런, 이런, 이런. 데이비드가 그게 무슨 뜻이냐고 묻자 우체국장이 다음과 같이 대답했다. 그게 왜 궁금하신데요? 데이비드가 누가 내 친구의 아이를 납치했다고 하자, 우체국장이 진지하게 호기심을 보였다.

우체국장이 말했다. 그쪽 사람들이 밀러 농장이라고 부르는 그곳은 위커폴스에서 조금 떨어진 립록로드라는 곳에 있어요. 립록이라고요? 립록로드요. 밀러 얘기가 나와서 말인데, 그가 누군지 아십니까? 지상으로 내려온 신입니다. 실례 좀 하자면, 본인이 신이랍니다. 데이비드가 예의상 놀라는 척하자 우체국장이 껄껄거렸다. 그는 자기가 지난 40년간 조합 교회를 이끌었으며 학교 위원회 임원이라서 신이라고 주장하는 밀러에게 조금 회의적이라면서, 그게 솔직한 심정이라고 털어놓았다. 그런데 납치 소식을 듣더니 놀랐다. 이런저런 소문이 돌긴 했어도 밀러 교회 사람들은 여태 조용히 잘 지냈거든요. 무슨 소문이요? 소문이 소문이죠, 뭐. 믿어서 소문을 퍼뜨리는 게 아니잖습니까? 우체국장이 조언을 하나 했다. 먼저 수완부터 발휘하세요. 뭐부터 발휘하라고요? 데이비드가 물었다.

과격한 무력 작전은 위험할 수도 있어요. 데이비드가 과격한 무력 작전을 고려하지도 않았는데 우체국장이 대뜸 조언부터 했다. 그쪽 사람들하고 대화부터 하세요. 밀러 사람들이 저런 말을 할 수밖에 없는 이유부터 이해하시라고요.

데이비드는 우체국 바깥에 있는 공중전화로 밀러 교회 농장에 전화를 걸었다. 수화기 너머로 들리는 목소리로는 성별을 분간할 수 없었다. 데이비드는 나중에야 여자 목소리라고 결론을 내렸지만 확신이 서지 않았다.

밀러 교회 농장 사람이 퉁명스레 대답했다. 데이비드가 올리버 퀸에 대해 물었다. 올리버가 거기에 있습니까? 목소리가 대답했다. 그 사람은 왜 찾으시는데요? 여자 목소리가 정확히 이렇게 말한 것으로 데이비드는 기억했다. 데이비드는 자신이 무슨 수완부터 부려야 할지 몰랐고, 아직 아무 대책도 없다는 걸 깨달았다. 그 순간, 타이밍이 신경 쓰였다. 그는 준비가 되지 않았다. 중성적인 음성이 반복해서 말했다. 올리버는 여기에 없다고요. 데이비드는 포기하지 않고 올리버가 데려온 아이에 대해 뭐라도 얘기해달라고 매달렸다. 그랬더니 여자가 물었다. 그 여자애는 왜 찾으시죠? 여기에 주목해야 한다. 데이비드가 여자에게 물었다. 아이가 잘 있는지 궁금해서요. 여자가 대답했다. 잠시만요. 잠시 후, 누가 들어도 남자임이 확실한 음성이 들렸다. 올리버 퀸을 찾으신다고요? 그런 이름은 금시초문인데요. 전화 잘못 거셨습니다.

이미 그들의 정체가 드러났어요. 그 여잔 내가 무슨 말을 하는지 알고 있었다니까요. 올리버가 데려온 아이가 여자애라는 걸 알고 있었어요. 더는 소득이 없었지만 그건 알겠더라고요. 데이비드가 설명했다.

데이비드가 해리에게 물었다. 이제 뭘 할까요? 데이비드는 우체국장이 무력 사태가 벌어질까 봐 두려워한다면서 조금 더 둘러보겠다고 했다. 직접 밀러 농장에 가봐야겠습니다. 해리가 말렸다. 기다리게. 위험한 일은 하면 안 돼. 좋아, 자네가 알아낸 내용을 내가 FBI에 보고하겠네.

해리는 데이비드에게 전화로 들은 얘기를 주디에게 전했다. 제가 위커폴스로 가야겠어요. 이로써 모든 게 명확해졌다. 해리가 말했다. 그럼 같이 가자.

아빠는 안 돼요. 여기에서 하실 강연이 있잖아요. 저희가 계속 연락드릴게요.

주디가 데이비드 레오에게 전화하더니 비행기 표를 끊었다. 정오에 보스턴에 내린 다음 장거리 버스를 타고 밤 10시경 엔디콧에 도착하는 일정이었다. 데이비드가 버스 정류장으로 마중 나올 것이다.

그날 밤늦게 해리는 캘리포니아에 있는 바버라에게 전화를 걸어 모두 털어놓았다. 레나가 보낸 편지 얘기는 하지 않았다. 그 얘기까지 듣지 않아도 바버라는 이미 충분히 놀랐다. 그가 잠자리에 들자 주디가 쿵쿵거리며 짐 싸는 소리가 들렸다. 뉴햄프셔에서 작전을 짜고 있을 데이비드 레오가 떠올랐다. 너무 위험하지만 않으면 이번 일은 모험이 될 것이다. 감히 남들에게 자기를 신으로 부르라고 시키는 간 큰 사람이 누가 있을까. 해리는 이 일로 그자가 위험을 자초할는지 궁금해졌다. 그런 사람이라면 인터뷰해 책을 낼 수 있을 것 같았다. 그런 작자의 손아귀에서 납치당한 손녀를 빼내 올 방법을 궁리했다. 해리는 상황이 수습 불가능하게 치달아 참사로 끝나는 모습이 떠올랐다. 그걸 머릿속에서 지우려고 다시 레나 파울러로 생각을 돌린 다음 답장을 쓰려고 했다. 답장은 가짜 과학과 사이비 과학에 관한 내용이었다. 레나에게 너는 죽음을 인정하고 받아들였냐고 물어보고 싶었지만, 그런 질문을 할 때 반드시 들어가야 할 말이 떠오르지 않아서 자기가 무슨 생각을 하는지도 모른 채 잠이 들었다.

2부

7 주디 필드

버스에 몸을 실은 지 다섯 시간 반. 오후가 밤으로 짙어진다. 샌드위치에 과자에 우유까지 챙겨 왔다. 밤이 되자 비가 눈으로 바뀌고, 뉴햄프셔 산들이 모습을 감춘다. 헤드라이트에 눈발이 비친다. 어렴풋이 보이는 공원 표지판이 근처에 산골짜기나 스키 슬로프가 있다고 알려준다. 버스 와이퍼가 삐걱거리고 승객들은 잠들었다. 눈발이 가늘어지자 나무 기둥이 보인다. 고르함이라는 마을이 나온다. 버스 정류장과 주유소가 보인다. 버스가 계속 달린다. 어둠이 끝없이 펼쳐진다.

다 왔습니다. 생각보다 그리 늦진 않았네요. 운전기사가 말한다. 여기에도 주유소가 있다. 바람을 가르며 대합실로 들어간다. 신발에서 물이 흘러 바닥이 질척하다. 날 기다리는 데이비드가 보인다.

꽁꽁 싸맨 그가 내 더플백을 차에 싣는다. 눈이 그쳤다. 하늘이 컴컴해서 잘 보이지 않는다. 산악 지대에 있는 작은 공업 도시다. 데이비드가 새 차에 나를 태우고 예쁘장한 도로를 따라 시내를 빠져나가 계곡으로 들어간다. 경치가 어둠에 가려졌다. 눈이 벌써 녹아서 시커먼 아스팔트 위에 그려진 중앙선이 드러난다. 다른 길로 빠져 한참을 달린다. 얼마나 왔을까. 슬리피위커 모텔이 커다란 나무 밑에 있다. 뒤는 공터다. 옆에 방을 하나 더 잡았어. 괜찮지? 그가 묻는다.

물론이지. 내가 대답한다. 데이비드는 우리가 아직 논의하지 않은 질문에 대해 생각하며, 남녀가 외진 모텔까지 와서 방을 따로 잡는다니 말도 안 된다는 분위기를 내뿜는다. 말하지 않아도 그가 뭘 원하는지 나는 안다. 데이비드가 그 얘기를 하면 어찌해야 할지 마음을 정하지 못했다. 우리가 이곳을 나가기 전에 데이비드가 말을 꺼내겠지.

평소 같았더라면 이곳을 나가기 전에 말을 했겠지만, 그 얘기를 꺼냈다간 우리를 여기까지 오게 한 불상사를 무시하는 처사가 된다. 그 일로 내 속이 다 뭉그러졌다. 헤이지 때문에 내 속이 말이 아니다.

자정이 다 됐으니 내일까지 기다리는 수밖에 없다. 근심은 기다려주지 않는다. 얘기를 나눈다. 오늘 뭐 했어?

별일 없었어. 당신 기다렸지 뭐. 립록로드에 가서 둘러봤어. 길 한쪽에 우편함이 있고 들판에 진입로가 나 있더라. 건물은 안 보였어. 안에 못 들어갔거든. 당신 올 때까지 기다려야 할 것 같아서.

내일. 데이비드가 세 가지 가능성을 제시한다. 나의 여성스러운 목소리가 동정심을 조금이라도 더 자아낼지 모르니 전화는 내가 한다. 혹은 FBI에 신고한다. 그게 아니라면, 우리가 직접 밀러 농장에 찾아간다. 데이비드는 우리가 FBI에 신고하기 전에 그곳에 가야 운신의 폭이 더 넓어질 거라고 한다. 얘기를 들으니 겁이 난다. 그들이 누구던가. 한 남자를 신이라고 떠받드는 미치광이들이다. 그들이 내 아이를 데리고 있다.

아침이 되자 두 사람은 위커폴스로 가서 보니비스타라는 카페에서 아침부터 먹는다. 준비됐지? 눈이 그쳤다. 추레한 담요 같은 구름이 파란 하늘 위에 군데군데 뭉쳐 있고 그 틈새로 내리쬐는 햇볕이 나무 위에 내려앉은 깨끗한 눈을 밝힌다. 조만간 구름이 걷히고 쌀쌀해질 것이다. 립록로드는 소위 위커폴스라고 불리는 마을에서 언덕으로 올라가는 도로다. 산속 숲을 따라 구불구불 휘어지다가 뒤쪽 들판으로 빠져나오자 온통 눈밭이다. 들판 너머로 보이는 산이 얼룩덜룩 허옇다. 헐벗은 나무 사이로 보이는 눈이 꺼슬꺼슬한 개 등가죽 같다. 길에 눈이 두껍게 쌓였다. 데이비드가 조심한다. 도로에 타이어 자국이 나 있지만 다른 차는 보이지 않는다.

오른편으로 철망 펜스를 두른 허연 들판이 보이고, 앞쪽에 은색 우편함이 보인다.

저기야. 데이비드가 말한다.

우편함에 '밀러'라고 적혀 있다. 펜스가 달린 문이 허연 진입로를 가로막고 서 있다. 진입로가 들판을 가로질러 숲으로 이어지는데, 숲은 내리막이라 보이지 않는다. 얼마 전 지나간 타이어 자국이 진입로에 나 있다.

잠겼나?

내가 차에서 내려 살핀다. 눈이 그치고 해가 나자 공기가 굉장히 쨍하다. 문에는 자물통이 달리지 않았다. 방범용 알람이 있다는 안내판도 없다. 걸쇠만 걸려 있다. 펜스에 절연체가 감긴 모습을 보고 나는 몸을 사린다. 걸쇠를 툭 건드려 본다. 전기는 통하지 않는다. 차가울 뿐.

둘이 차 안에서 고민에 빠진다. 차를 타고 들어가면 누가 막으려나? 데이비드가 안절부절못한다.

올리버만 만나면 돼. 올리버하고 얘기만 하면 된다고.

내가 문을 열자 데이비드가 차를 몰고 진입한다. 들판을 지나 숲으로 들어간 다음 울퉁불퉁한 길을 천천히 달린다. 숲속에서 누군가 우리를 주시하는 모습을 상상한다. 내리막길로 접어들려는 찰나, 지프가 우리 쪽으로 올라온다. 이런! 데이비드가 소리를 낸다. 지프가 오른쪽으로 비켜 공간을 벌린 덕분에 두 대가 스쳐 지나간다. 지금까지는 괜찮군. 데이비드가 말한다. 길이 경사로에서 휘어지더니 탁 트인 공터가 나온다. 건물이 몇 채 보인다. 커다란 석조 건물 하나, 집 한 채, 창고 두 채, 개조된 축사 하나. 탁 트인 공터 한복판에 자동차 서너 대와 픽업트럭 한 대가 서 있다.

할 말 다 외웠지? 데이비드가 확인한다. 우리는 기자고, 종교 단체에 관심이 있는 거야. 호의적으로.

총을 가져올 걸 그랬어. 그가 말한다.

그건 안 돼. 내가 말한다.

숲 주변에 허연 오두막이 최소 세 채가 보인다. 개조된 축사 지붕에 작은 첨탑이 올라가 있다. 큰 건물 옆에 위성 접시가 달려 있다. 트랙터도 보인다.

한 남자가 집에서 나오더니 우리를 맞이한다. 길을 잃으셨습니까?

밀러 교회를 찾고 있습니다.

제대로 오셨네요. 무슨 일이십니까?

밀러 교회에 대해 말씀을 좀 들을 수 있을까 해서요.

어설픈 계획 때문에 속이 상한다. 남자가 팔짱을 끼더니 쳐다본다. 나이가 좀 있다. 평생 밖으로 나다닌 얼굴 같다. 왜요?

그냥 궁금해서요. 데이비드가 대답한다.

궁금해서? 왜 궁금한데요?

조금 더 알고 싶어서요. 데이비드가 둘러댄다. 할 말을 까먹은 것 같다.

싫으신가요? 내가 끼어든다. 내 귀에 들리는 내 거짓말에 내가 놀란다. 밀러 교회에 관심이 있는 대중이 호의적인 시각에서 쓴 기사를 보는 게 싫으신가요?

기자 양반들이시군.

아마추어 기자입니다. 수습기자랄까요. 내가 둘러댄다.

인터뷰를 하시겠다?

인터뷰 해주시면 좋죠. 저희에게 이곳을 구경시켜 주시고 이곳 분들 얘기도 들려주시고 신앙에 대해 말씀해주시면 좋겠습니다.

집에서 다부진 몸매의 여자가 나온다.

기자들이 인터뷰 하겠다네. 남자가 여자에게 설명한다.

여자가 쳐다본다. 한 분은 흑인이네요.

호의적으로 쓰겠습니다. 싫어하실 내용은 일절 쓰지 않겠습니다. 내가 대답한다.

기사는 안 쓰셔도 돼요. 우린 당신들이 말하는 거 다 싫어요. 기사 그런 거 필요 없다고요. 여자가 말한다.

필요 없어요. 남자가 말한다. 신문에 나오려고 우리가 여기에 사는 게 아닙니다.

전하고 싶은 메시지가 있을 것 아닙니까?

그런 건 질릴 만큼 질렀다고요. 여자가 말한다.

꼭 기사를 쓰려고 온 것만은 아닙니다. 저희가 개인적으로 관심이 있어서요. 종교적 의미를 찾고 있거든요. 데이비드가 둘러댄다.

잠시 둘러봐도 될까요? 내가 묻는다.

둘러보다니, 미쳤어요? 여자가 소리친다. 여긴 사유지예요. 우린 신앙으로 장사하는 사람이 아니라고요.

남자가 여자한테 말한다. 우리가 신앙으로 장사하지 않는다고는 말 못하지.

지도자나 목사님이 계십니까? 그분을 만나 뵐 수 있을까요? 내가 묻는다.

아뇨. 여자가 자른다.

남자가 말한다. 밀러를 만나고 싶으면 집에 가서 전화로 약속 잡고 오세요. 그럼 만나주실지도 모르니.

여자가 인상을 찌푸린다.

밀러가 누구죠? 내가 묻는다.

농사짓는 분이세요. 여자가 대답한다.

약속을 잡겠습니다. 데이비드가 차에 시동을 건다. 떠나려고 하니 살짝 속이 상한다.

여기에 애들도 사나요? 내가 묻는다. 아기도 있어요?

여자가 눈을 가늘게 뜨더니 날 쳐다본다. 그녀의 날카로움에 나도 지지 않는다. 빈손으로 돌아가진 않을 테다.

여기에 온 이유가 따로 있어요. 개인적으로 좀 도와주세요. 내가 애원한다.

여자가 얼굴을 굳힌 채 어디 한번 말해봐, 하는 눈빛으로 쳐다본다.

이곳에 제 지인이 있습니다. 그 남자를 만나야 해요. 올리버 퀸이라고 하는데, 그 사람이 아이를 데리고 있어요. 그 아이가 제 아이예요.

여자의 눈이 번쩍인다.

제 아이가 여기에 있는지 꼭 알고 싶어요. 잘 있는지도 궁금하고요.

그렇다면 오기 전에 먼저 생각부터 하셨어야죠. 난 모르는 일이에요. 여자가 데이비드를 쳐다보며 말한다. 어제 전화하신 분이군요. 여기엔 아기가 없다고 했잖아요. 우리 말을 들었어야죠. 여기까지 쳐들어와서 우릴 난

처하게 할 권리가 당신들한텐 없다고요. 여긴 사유지니 그만 나가 주세요.

밀러 씨하고 얘기하고 싶습니다. 데이비드가 간청한다.

나가요. 나가라니까요. 여자가 말한다.

우리는 차를 타고 나온다. 내가 다 망쳤어. 나는 울음을 터뜨린다.

최선을 다했잖아. 이제 FBI에 신고하자. 데이비드가 말한다.

워낙 외진 숲이라 언저리까지 나오는 데에 한참 걸린다. FBI가 4시경에 직원을 보냈다. 예상보다 훨씬 빨리 왔다. 아주 어린 직원이 왔다. 보아하니 견습 직원인 것 같다. 정장을 입었고 예의가 바르다. 이제 소년 티를 갓 벗은 듯한 얼굴이다. 그가 자신을 번이라고 소개한다.

번이 내 모텔 방에서 이야기를 듣는다. 의자가 모자라서 데이비드가 서 있다. 말씀을 들어보니 일단 위에 보고한 후에 제가 뭐라도 움직일 수 있을 것 같군요. 번이 말한다. 이를테면 영장 발부가 가능한지부터 따져봐야 합니다. 시간이 좀 걸리겠지만 일단 청구는 해볼 수 있습니다. 부인께서 진실을 알고 싶어 하시니 말인데, 수색영장이 나올지 우려가 됩니다. 지금으로서는요.

왜요?

이 단체는 신을 경외하는 종파가 아닙니다. 듣자 하니, 신앙인이 아니라 무장 단체라고 합니다.

그쪽에서 영장 집행을 거부할지도 모른다는 말씀이세요?

부인, 그쪽에서 어떻게 나올지는 전혀 모릅니다. 제가 들은 바로는, 그 사람들은 세계 종말을 기다린다고 합니다. 이 세상을 종말로 몰고 갈 도발의 기회를 노린다고요.

번이 내 표정을 살핀다. 꼭 그렇다는 말은 아니지만, 저렇게 무기를 잔뜩 쌓아두고 뭘 하려고 할까요?

번 요원이 신중하게 말을 고른다. 예를 들겠습니다. 만약 저희가 영장을 들고 나갔는데 들어가지 못하면 어떻게 될까요? 무슨 말인지 아시겠습니까? 제 말은 그러니까, 저들한테 영장을 집행하려다가 이 세상이 끝나기를 바라시냐는 뜻입니다.

저쪽에서 발포할까 봐 겁이 난다는 말인가요?

FBI 요원이 당황한다. 종말론을 추종하는 저런 무장 단체가 어떻게 나오는지 전혀 모르시는군요. 저들은 필사적이라서 무슨 일이 벌어지든 상관을 안 합니다.

밀러 사람들이 종말론자란 얘긴가요? 데이비드가 묻는다.

저한테 묻지 마십시오. 사이비 종교 집단이야 여기저기 있죠. 광신도들, 파고들어가 보면 다 똑같아요.

아뇨, 그렇지 않아요. 다 달라요. 데이비드가 반박한다.

다를지도 모르죠. 그래도 다 같다고 가정하고 행동하는 편이 나아요. 그래야 당황하지 않습니다. 실무적 차원에서는요.

그래서 FBI가 돕지 않겠다는 얘긴가요?

당연히 도와야죠. 아이도 되찾고요. 그 전에, 상부에 보고하겠습니다.

무슨 조치라도 해주세요.

위에 보고부터 한 다음에요. 다시 연락드리죠. 내일 아침에 이 일부터 처리하겠습니다.

내일이라뇨? 이 말에 눈에서 다시 눈물이 흐른다.

오늘 밤에는 뭘 하나. 일단 어디에서 먹느냐가 우선이다. 우리는 남은 저녁 시간에 뭘 할지는 얘기하지 않고 뭘 먹을지에 대해서만 얘기한다. 위커폴스에는 먹을 데가 없다. 보니비스타 카페는 문을 닫았다. 작은 마을 사람들은 외식을 안 하나 보다. 10킬로미터를 넘게 달려야 플린이라는 마을에 카페가 하나 나온다. 데이비드가 언덕이 자취를 감춘 밤하늘 밑을 달린다. 맛은 그저 그렇다. 먹으면서 할 얘기가 별로 없다. 오늘 있었던 일마저 말하지 않는다. 밀러 농장에서 만난 남녀며, FBI 직원이며, 데이비드까지 머릿속에서 계속 맴돈다. 그의 머릿속에서도 계속 맴돌겠지.

식사를 마친다. 모텔로 돌아갈까? 딱히 할 일이 없다. 돌아오는 길은 더욱 고요하다. 데이비드와 내게 부족한 건 수다로 시간을 때우는 능력이다. 그렇다고 우리가 편안히 대화하지 않는 건 아니다. 수다를 떨 때도 있고, 그러지 않을 때도 있다. 분위기에 좌우된다. 오늘 같은 경우엔 침묵이 도드라진다. 헤드라이트 불빛이 갓길에 쌓인 눈에 닿는다. 이 휑한 도로가 동계 올림픽 루지가 열리는 얼음 트랙 같다. 생각에 잠긴다. 데이비드가 명목상 내 남자친구가 되었다. 우린 오랫동안 친구로 지냈다. 내가 임신하기 전까지 점심도 같이 먹었다. 나는 그에게 늘 뭔가를 배웠다. 그런 그가 내 남자친구가 된 지 몇 주 되지 않았다. 그가 나하고 잠자리를 하고 싶어 한다는 뜻이다. 자고 싶다는 말은 한 번도 하지 않았지만 나는 그의 눈빛으로 짐작할 수 있다. 아빠의 세미나가 끝난 후에 서성대고, 뭐든 계속 도와주려는 모습을 보면 안다. 그는 낯을 가리고 약간 어려워했다. 교수진 중에서 아빠를 멘토로 삼았기 때문에 더더욱 그렇다. 그는 자신이 흑인이란 사실을 내가 어떻게 생각하는지 확신하지 못한다(생각이 아니라 감정 말이다. 내 생각은 알고 있다). 하고 싶으면서도 우리 둘 중 누구든 좋아, 준비가 됐어, 하고 말하기 전까진 주저하며 그 시기를 앞당기지 않는다. 나를 태운 채 눈 내린 어둑어둑한 뉴햄프셔의 시골길을 달려 방을 따로 잡아 놓은 모텔로 향한다. 1,600킬로미터 반경 이내에 우리를 아는 이가 아무도 없다(내 딸과 우리가 추적 중인 내 딸의 생부를 빼면). 그가 상황을 따진다(난 그가 무슨 생각을 하는지 안다). 모텔에 나와 단둘이 있고, 달리 할 게 없다. 그러자 마음이 동한다. 그런 마음을 품은 채 내 마음을 궁금해한다. 그는 내가 내 딸을 되찾을 생각에 푹 빠져 있다는 걸 안다. 미적지근한 경찰도 이상하고, 우리가 접촉한 단체도 의심스럽다. 그러면서 나도 그와 같은 마음인지 궁금해한다. 이런 난리 통에 주디가 그걸 고민한다는 게 말이나 돼? 주디가 불쾌해할까? 나더러 눈치 없다고 하겠지? 그 말을 꺼내는 순간 나의 영웅다운 모습이 빛바랠 거야. 보아하니 그가 이런 생각을 하며 모텔로 돌아가는 것 같다.

그가 그 얘기를 꺼내면 내가 어떤 반응을 보여야 하는지가 문제다. 말이 안 나오면 아무 문제없지만, 혹시라도 말이 나오면 무슨 대답이든 해줘야 한다. 아냐, 됐어, 이 일 마무리한 다음에 하자. 혹은 좋아, 못 할 거 뭐 있어? 기다리는 동안 잃을 것도 없잖아. 상황이 닥치기 전에 마음을 정해야 한다.

모텔에 도착하니 그의 욕정이 식는다. 내 눈엔 그래 보인다. 잘 자. 우리는 인사하고 각자 방으로 들어간다. 로비에 서서 각자 방 키를 들고 있다. 그가 무슨 말을 하려다가 삼킨다. 나는 그걸 포착했다. 그가 무슨 말을 하려다가 꾹 참았다. 너무 안타깝다.

방에 들어온 지 30초도 안 됐는데, 데이비드가 내 방문을 두드린다. 흑심이 있어서가 아니라 할 말이 있어서 그래. 올리버가 메시지를 남겼어.

와서 들어 봐. 심장이 잠시 멈췄다가 다시 뛴다. 옆방에 가자 데이비드가 메시지를 다시 튼다.

데이비드 레오, 나 올리버다(말과 말 사이에 숨소리가 또렷이 들린다). 내 딸을 찾고 싶어 하는 거 이해한다. 젠장, 네놈이 내 딸을 데려갈까 봐 내가 밀러에게 보여준 거야. 내가 원한 건 그것뿐이야. 그러니 밀러한테 부탁해 봐. 내 딸을 내어줄 사람은 오로지 밀러뿐이거든. 내일 10시까지 와라. 내가 널 소개해주마. 일행 없이 혼자 와라. 널 찾는 건 내가 하마.

첫 번째 메시지를 남기고 3분 후 두 번째 메시지가 녹음됐다. 이봐, 나 올리버 퀸인데. 그가 다시 전화했다. 미안한데, 생각만큼 일이 그리 간단하지 않네. 이곳에도 파벌이 있어서 아이를 내놓지 않겠다고 날을 세우네. 걱정하지 마. 밀러가 우리 편이니. 대신 뒤로 와라. 남들 눈에 띄지 않게. 립록 평지 쪽에 있는 숲으로 들어와라. 오다 보면 농장이 나오고 집들이 보일 거야. 거기에서 기다려. 내가 널 찾아가마. 걱정할 거 없어. 그저 조심만 하라고.

이야! 무슨 농구 경기에서 이긴 것 같은데! 데이비드가 말한다. 통통 튀던 공에서 바람이 너무 빨리 빠진 것 같아. 이거 너무 쉽잖아. 함정인가? 내가 말한다. 이 말에 데이비드가 놀란다. 그는 올리버를 믿으려 한다. 우리는 의견을 나눈다. 빤히 보이는 함정인가? 데이비드가 의심한다. 거기라고 파벌이 왜 없겠어? 올리버가 없는 파벌을 있다고 지어낼 이유가 있을까? 데이비드는 올리버를 만나 밀러와 얘기한 다음 뭔가 하려 한다. 생각하면 할수록 함정 같아. 나는 의심한다. 생각하면 할수록 함정이 아닌 것 같은데. 데이비드가 반박한다. 데이비드가 가면 나도 따라가겠다고 한다. 그런데 데이비드가 올리버가 시키는 대로 하자고 한다. 내키지 않지만 올리버를 믿어보자. 우리가 응하지 않으면 그냥 제안으로 끝나겠지. 그랬다간 어쩌려고? 내가 묻는다. 데이비드가 날 달랜다. 내가 조심할게. 함정에 빠지지 않을게. 이 말을 듣자 나는 두려움에 몸서리친다.

아빠에게 장거리 전화를 건다. 어찌 되고 있나? 데이비드가 아빠에게 올리버가 남긴 메시지와 밀러 농장에 갈 계획을 전한다. 그건 아닌 것 같아. 나도 그리로 가마. 아빠가 나선다. 데이비드가 말리지만 아빠는 단호하다. 스스로 신이라고 칭하는 이 작자에 대해 더 알아야겠네.

데이비드가 내게 말한다. 번 요원에게 우리의 계획을 설명하고, 일이 틀어질 경우 도와달라고 하자.

데이비드가 자기 방으로 돌아갔다. 마음속에 딴생각을 품은 채. 내 눈엔 보였다. 그런데 그가 그 얘길 입 밖으로 꺼내지 않았다. 데이비드는 우리가 벌써 헤이지를 구한 거나 다름없으니 자기가 영웅이 될 거라 생각한다.

8 올리버 퀸

구내 뒤편에 자리 잡은 협곡으로 폭포가 쏟아진다. 물줄기가 3미터를 도움닫기 한 후 낭떠러지를 박차고 깎아지른 좁은 활강로를 따라 떨어지다가 연무를 일으키며 12미터 아래 바위로 추락한다. 아래에서 위를 올려다보면 폭포수가 하늘에서 쏟아지는 것 같다. 산등성이에 이보다 더 가파른 비탈은 보이지 않는다.

숲을 요리조리 타고 오르는 오솔길을 따라가면 폭포 상단과 조우한다. 폭포수가 머무는 물웅덩이 주위를 에둘러 가면 건너편 산마루로 이어지고, 계속 걸음을 옮기면 '명상의 자리'에 닿는다. 지름길을 선호하고 물살이 빨라도 겁내지 않는 자라면 폭포 정상을 가로질러 놓인 징검다리를 건너 산마루로 갈 수도 있다. 명상의 자리에 있는 쉼터에 다다르면 나무 틈새로 남쪽 산 전경이 펼쳐진다.

내가 아기를 데리고 도착하자 밀러는 나더러 명상의 자리에 올라가서 그날을 되짚어 보라고 비서 에드 한셀을 통해 전했다. 밀러는 못마땅해 했다. 나는 이곳에서 보낼 여생을 받아들이는 수련을 해야 했다. 폭포를 본 건 처음이다. 오솔길을 따라 올라갔다. 고생스레 산을 오르니 다리가 뻐근하고 숨이 가빠져서 심장 마비에 걸린다는 게 뭔지 알 것 같았다. 정상에 오르니 폭포수가 아래로 떨어지기 직전의 위치에 징검다리가 놓여 있었다. 이곳은 여기에서 자살해도 사고사로 보일 이 세상 최적의 장소 같았다. 삐끗하는 순간 12미터 아래 소용돌이치는 물살을 가르며 바위틈으로 추락할 것이다.

나는 징검다리를 건넜다. 물줄기를 엮어서 만든 동아줄 같은 폭포수가 다리를 쓸고 지나더니 낭떠러지 아래로 자유 낙하했다. 사방으로 물을 뿌리며 떨어지다가 바위 위에 뿌옇게 인 물보라 속으로 사라져 버렸다. 쳐다보고 있자니 다리가 후들거려 중심을 잃을 뻔했다. 그 순간, 여기에서 떨어졌다간 나도 물보라가 되어 사라질 것만 같았다. 간신히 그곳을 지나 솔잎이 융단처럼 깔린 오솔길을 묵묵히 걸어 명상의 자리까지 갔다. 그곳에 있는 벤치에 앉아 생각해야 할 일들을 생각했다. 밀러 농장에서 음식 냄새가 솔솔 올라왔다. 우중충한 구름을 끼고 앉은 산들을 바라보았다. 산속 적막함, 조용히 삐거덕거리는 솔숲 소리. 나는 밀려드는 미움을 흘려보냈다. 폭포 밑으로 내려와 저 폭포를 써먹을 방법을 고심했다. 제대로 떨어지기만 한다면 자살인지 타살인지 아무도 분간하지 못할 텐데. 운때가 맞아 떨어지기만 한다면.

여기까지 오느라 고생을 너무 많이 했다. 우리가 도착했을 때 아기는 울고 있었다. 정확히 말하면 악을 쓰고 있었다. 닉 포스터와 내가 달래고 달래다가 두 손을 들었다. 아기를 달래는 발명품을 만들어야 한다. 그걸 만들어 특허를 내면 떼돈을 벌 것이다. 우리는 라디오 볼륨을 끝까지 올리고 아이를 달랬다. 랩과 헤비메탈이 교외로 울려 퍼져 나무와 잔디에 새로운 사운드를 전달했다. 산 절벽 면에 메아리가 새로이 울려 퍼졌다. 그런데 소음의 진원지가 워낙 가깝다 보니 우리 귀엔 다른 소리는 잘 들리지 않았다. 음파가 과도하게 진동해 주파수 대역을 모두 차지하는 바람에 아기 울음소리를 담을 여력이 없기 때문이다.

위커폴스에 있는 밀러 농장은 처음 와봤는데, 스텀프아일랜드에 있을 때보다 건물이 더 많았다. 그래서 좋아해야 하는데, 어둑어둑한 밤공기가 나무 꼭대기를 휘감자 온몸이 덜덜거렸다. 집 뒤편에 있는 주방에서 솔솔 피어오르는 음식과 기름 냄새에 전율이 일었다. 날 벌벌 떨게 만들어 무릎이든 뭐든 꿇리게 하려는 건가. 추운 날씨에 명확한 생각이 크게 울려 퍼졌다. 여기에 내 뼈를 묻어야겠어.

라디오를 끄자 아기가 악쓰는 소리가 농장으로 울려 퍼졌다. 마리아를 찾아야 했다. 닉이 안아주는데도 아기가 울음을 그치지 않았다. 열다섯 살 정도 된 소녀가 오두막에서 달려 나왔다. 얘는 누구예요? 마리아에게 줄 선물이야. 소녀가 아기를 받아들자 아기가 울음을 뚝 그친다. 남자에게 편견이 있나.

신도 두 명이 주변을 서성인다. 밀러 계신가요? 내가 묻는다. 밀러는 신이십니다. 그들이 말한다. 불길한 느낌이 독가스처럼 이곳에 내려앉는다. 나는 큰 건물로 들어가서 내가 왔다고 말한다. 닉도 같이 들어간다. 밀러가 서재에 있다. 스텀프아일랜드에서 봤을 때보다 훨씬 근사하다. 조용한 서재에 양쪽으로 책장이 놓이고 술이 달린 커튼이 빅토리아풍 창에 쳐져 있다. 책상에 앉은 밀러가 나더러 와서 앉으라고 한다. 밀러를 쳐다보면서도 쳐다보기가 너무 벅차다. 뭐라 설명할 수 없다.

그에게 내가 누군지 상기시킨다. 그동안 어디에 있었으며 왜 돌아왔는지 설명한다. 아이를 데려왔습니다. 왜 데려왔습니까? 그가 인상을 쓰며 묻는다. 그가 신이라면 신이 인상을 쓰는 것이니, 그가 신이라는 걸 내가 받아들여야 한다. 그에게 아이를 데려온 경위를 설명한다. 애 엄마가 키우던 내 아이를 데려왔다고. 닉하고 사흘간 운전하고 오면서 아이를 돌본 끝에 마리아에게 맡겼다고 말한다.

그에게 책자를 건넨다. 아이를 데리고 닉과 함께 해리의 집을 나설 때 해리 필드 교수의 기사가 실린 책자를 들고 나왔다. 대중이 과학은 이해하지 못하면서 신은 쉽사리 믿는다는 내용의 글이었다.

이게 뭡니까? 밀러가 묻는다.

이 애 외할아버지가 쓴 글입니다.

이걸 왜 나한테 줍니까?

신에 반기를 들고 신을 모독하는 글이니까요. 저런 데 휘둘리지 않게 하려고 제 딸아이를 구원해야 했어요.

밀러의 시선에 내 몸이 굳는다. 신. 그가 말한다. 아이를 몰래 데려왔다고 하니 루머가 뭐라고 하던가요?

루머요? 제가 루머 얘기를 듣고 아기를 데려올 생각을 한 겁니다. 루머가 데려오라고 대놓고 말하진 않았지만 대체로 그런 분위기를 풍겼거든요.

그럼 가서 루머하고 얘기해요. 신이 말한다.

나는 신에게 화가 난 채 서재를 나섰다. 신을 위해서 내가 그 고생을 했는데. 핏불처럼 생긴 로레인이라는 여자가 여호와 오두막에 묵을 방을 내준다. 오두막에는 신을 달리 부르는 호칭이 제각각 붙어 있다. 나는 자동차 키를 수리공 제이컵에게 넘긴다. 이제 차는 더는 내 것이 아니다. 아이도 더는 내 아이가 아니다. 나도 더는 내 것이 아니다. 나를 따르는 닉 포스터만 유일한 내 것일 뿐. 방이 휑하다. 깔끔하고 하얀 방에 메이플 서랍장 하나, 미군 담요가 놓인 간이침대, 직각 의자뿐이다. 수도승을 선례로 삼아야지. 고단하네. 신에게 불만을 품은 채 간이침대에 눕는다. 내일이면 할 일이 주어지겠지.

루머가 들어온다. 젠장, 대체 무슨 짓을 벌인 겁니까? 루머가 따진다.

무슨 말을 그렇게 해요?

누가 당신더러 아이를 이리로 데려오라고 했습니까?

그렇게 말한 사람은 없어요. 나 혼자 생각한 겁니다.

밀러 앞에서 내가 데려오라고 했다는 말은 대체 왜 했죠?

당신 얘기를 듣고 그런 생각이 들었으니까요.

빌어먹을, 이건 당신이 벌인 일이잖아요!

내가 너무 놀라서 가만히 있자 루머가 나가버린다.

식당에서 저녁을 먹는데, 다들 나를 안다. 밀러 농장에 있는 유일한 아기라서 여자들이 좋아한다. 이 아이가 오니 여기가 사람 사는 곳 같네요. 이렇게 귀여운 아이를 우리 공동체에 데려와줘서 고마워요. 실비아가 말한다. 나는 루머를 쳐다본다.

들었죠? 내가 따진다.

헛소리 집어치워요. 루머가 일갈한다. 나는 그를 따라잡으려고 걸음을 재촉한다. 오두막을 빠르게 지나가면서도 그가 어디로 가는지 모른다.

대체 왜 그럽니까? 나더러 뭘 더 어쩌라는 겁니까?

루머가 픽업트럭을 향해 간다. 당신더러 뭘 더 어쩌라는 거냐고요? 루머가 기억을 되살리더니 트럭에 몸을 기댄다. 라스콜니코프? 이렇게 말하더니 웃는다. 설마.

난 위험을 감수하고 내 딸을 데려왔습니다. 위험을 무릅쓰고 납치를 했다고요. 아이를 훔쳤어요. 잡히면 감옥에서 20년을 썩어야 합니다. 도망자로 전락하거나. 내 품에서 애가 죽을 수도 있었는데, 나하고 닉이 멀쩡히 데려왔잖아요.

멍청하긴. 루머가 비웃는다.

왜 그따위로 말합니까? 내가 뭐가 멍청하다는 겁니까?

루머가 능글맞게 웃는다. 능글맞은 웃음 뒤에 야비함이 보인다. 태생이 야비한 게 분명하다. 라스콜니코프라면 어떻게 했을까, 이게 당신 생각 아닌가요?

내가 아는 라스콜니코프는 『클리프노트』에서 읽은 게 전붑니다. 라스콜니코프가 자기도 할 수 있다는 걸 증명하려고 노파와 딸을 죽였다, 내가 아는 건 이게 다라고요.

당신도 할 수 있다는 걸 증명하려고 똥오줌도 못 가리는 애를 납치한 거 아닙니까? 당신도 라스콜니코프와 같은 부류라고 생각하는 거잖아요?

나 때문에 벌벌 떠는 사람들이 많죠. 아직도 벌벌 떨고 있을걸요.

그래서 멍청하다는 겁니다. 지금 그 사람들이 당신을 찾고 있어요. 애 때문에 당신 목이 졸리고 있다고요.

애는 마리아에게 맡겼습니다. 이제 마리아의 아이예요.

로빈 후드 납셨네. 라스콜니코프가 무슨 로빈 후드라도 되는 줄 압니까? 저 사람들이 당신을 찾아낼 거요. 그럼 어쩔 겁니까? 그랬다간 밀러 농장에서 어떻게 나올지 생각이나 해봤어요?

무슨 수로 찾겠어요? 내가 대답한다.

그건 당신 희망 사항이겠죠. 밀러가 싫어한다고요. 나도 싫고. 이렇게 된 마당에 당신한테 일거리를 하나 맡겨야겠군요. 당신이 납치한 아기의 가족들이 여기까지 쫓아오면 우리가 그들을 막을 작전이나 궁리해봐요.

지켜보겠습니다.

금요일에 농장을 한 바퀴 둘러본다. 나와 닉 포스터를 에드 한셀이 에스코트한다. 스텀프아일랜드보다 더 좋긴 한데, 난 여기가 싫어질 것 같다. 산속에 갇힌 듯한 느낌이 들었다. 나무가 우리를 향해 쏠려 있다. 가파른 오솔길과 죽음의 향기가 가득한 숲속이 짙은 서늘함을 안긴다. 여생을 여기에서 보내는 생각을 한다. 축사에서 밀러라는 신이 직접 주도하는 예배가 열린다. 기분이 좋아야 하는데 그렇지 않다. 있는 그대로 보는 게 아니라, 내 영혼이 이곳에 투영한 빛을 통해 보는 거라며 혼자 똑똑하게 중얼거린다. 이곳이 우울해 보이는 건 내 우울함이 투영된 것일 뿐. 우울함이 걷히면 농장과 숲, 산과 들판도 훤해지리라(숲과 산과 들판이 싫긴 해도). 그때까지는 우울하겠지. 이게 얼마나 오래 가느냐가 문제다.

온종일 돌아다니며 농장 사람들을 돕는다. 주방에 가서 거들고, 오후에는 에드 한셀이 전하는 신의 메시지를 듣는다. 폭포와 명상의 자리까지 가는 오솔길을 가르쳐준 이가 바로 한셀이다. 나는 오솔길을 따라 나무껍질로 엮은 지붕이 얹힌 쉼터까지 간다. 그 아래 놓인 벤치에 한참 앉아 남쪽으로 펼쳐진 산 정상을 바라본다. 이런 시골이 싫다고 외치는 목소리가 내 속에서 들린다. 이런 시골이 싫다는 건 밀러가 싫다는 것과 같은 뜻이라면서 따끔하게 경고하는 또 다른 목소리도 들린다. 미움의 말들이 내 숨통을 통해 튀어나오자 두 손으로 그것들을 움켜쥐고 비틀어 불경함을 짜낸다. 나는 믿지 않는 자가 밉다. 나는 그들의 입을 열게 하려 한다. 저 멀리 보이는 시골도 싫고, 시내와 도시도 싫다. 사상가며, 과학자며, 관료도 밉다. 엄숙한 신앙 제일주의자, 고리타분한 근본주의자, 최첨단 근대주의자도 싫다. 그들의 눈과 고동치는 심장도 싫다. 군인도 싫고, 도서관 사서도 싫다. 회계사, 속기사, 자동차 영업사원, 노점상, 스포츠 작가도 싫다. 내가 이런 것들을 싫어하는 건 밀러 농장도 싫고 여기에서 여생을 보내기로 한 것도 싫다는 착각에 속죄하기 위함이다. 그러자 개인적으로 감정이 있는 사람들이 생각났다. 내가 싫어하는 사람들이.

나는 다시 구내로 내려온다. 마리아가 내 방에 아이를 데려와 보여준다. 아기 보고 싶으셨죠? 그녀가 묻는다. 아이가 나를 보더니 낯을 가린다. 불만은 모두 잊은 듯하다. 저분이 아빠야. 마리아가 말한다. 마리아가 내게 아이를 건네려 하지만 서로 싫어한다. 아이는 마리아의 품에서 고개를 돌리고, 나는 물러선다. 사흘을 투자해 여기까지 왔다. 나는 지금 내가 있는 이 천국에서 아이를 안고 있는 모습이 상상이 가지 않는다.

마리아가 말한다. 애 이름을 바꿨어요. 이렇게 어린 여자애한테 조지는 아닌 것 같아서 홀리라고 부르기로 했어요. 이 아이가 성스럽잖아요. 성스러운 꼬마, 안 그래, 홀리?

나는 반대하지 않는다. 이 아이가 스스로 결정할 만큼 자란 다음 조지라고 개명하면 된다.

러그를 털고 다시 까는데 나를 찾는 전화가 왔다고 펄이 전한다. 올리버 퀸, 전화 왔어요. 데이비드 레오라니, 망할 자식. 쥐뿔 흑인이면서 내 빈자리를 차지하다니. 드디어 날 찾아냈군. 아이 안부도 묻는데요? 미란다가 시킨다. 애는 없다고 하세요. 밀러 농장엔 올리버 퀸이라는 사람도 없고, 홀리라고 불리는 조지도 없다고 둘러대세요. 처음 들어보는 이름이라고요.

이 일로 회의가 소집되었으나 밀러는 참석하지 않는다. 루머가 열변을 토한다. 내가 뭐랬습니까? 이렇게 될 거라고 했잖아요? 루머가 입을 열 때마다 날 들들 볶는다. 이게 다 당신이 일을 벌여서 그래요. 이제 어쩔 거요?

나는 대책을 세우며 남은 오후를 보낸다.

루머가 픽업트럭 오일을 교환하고 있다. 그는 작업하고 나는 나무 그루터기 위에 앉아 말한다. 라스콜니코프는 살인자다, 이게 내게 하고 싶은 말인가요?

난 아무 말도 안 했는데, 당신 생각이니 당신에게 달렸겠죠. 루머가 말한다.

라스콜니코프는 사람을 죽이죠. 일이 다 끝나면 보여줄 게 있어요. 내가 말한다.

쓸데없기만 해보쇼.

날 선택한 건 당신입니다.

누구나 실수하죠.

대체 왜 이럽니까, 루머.

미안해서 어쩌나.

신은 미움이다, 이 말에 동의합니까? 내가 묻는다.

그 말은 당신이 했지 내가 한 게 아닙니다.

이래야 논리가 섭니다. 신이 사랑이라면, 신은 미움이다.

당신이 그렇다면 그렇겠죠.

신이 지금의 날 만드셨으니, 이건 내 잘못이 아니라고요.

당신 말이 그렇다면야. 루머가 허리를 세우더니 손에 묻은 오일을 셔츠에 닦는다. 나한테 뭘 보여주려고요?

명상의 자리까지 올라가는 오솔길이요. 가봤죠?

보긴 했죠.

제가 다른 모습을 보여드리겠습니다.

둘이 폭포 아래로 간다. 그곳에 오솔길이 굽이져 올라간다. 농장에 총이 있다고 들었습니다. 밀러 농장 공동체는 정당방위에 필요한 무기를 갖추고 있다, 내가 제대로 알고 있는 거 맞죠?

당신이 봤다면 총이 있는 거겠죠. 루머가 대꾸한다.

게다가 폭포도 있어요. 폭포를 올려다보면 물줄기가 벼랑에서 떨어지는 자리가 보이죠? 호랑이 혀처럼 생긴 곳이요.

내 눈엔 코끼리 거시기 같아 보이는데요.

아무튼, 폭포수가 바로 저 자리에서 오줌 줄기가 발사되는 것처럼 보여요. 저 위에 안 올라가 봤죠?

올라가 봤죠.

그럼 이 오솔길을 따라 올라가서 저길 넘어가면 명상의 자리까지 이어지는 것도 알겠네요?

넘어가는 게 아니라 폭포 뒤 물웅덩이를 돌아서 가야죠.

쉽게 가려면 웅덩이를 돌아가면 되고, 원한다면 낭떠러지 바로 앞에 놓인 징검다리를 밟고 건너갈 수도 있어요. 호랑이 혓바닥 바로 앞에서요. 저기 바로 앞에요.

그래서요?

내가 루머에게 폭포를 활용할 나만의 은밀한 생각을 털어놓는다. 루머가 비웃자, 나는 그에게 상상력이 부족하다고 말한다.

당신이 발휘한 상상력을 제대로 써먹을 방법이 떠올랐어요. 당신 때문에 우리 공동체가 어쩔 수 없이 무장해야 하는 일이 생긴다면, 밀러가 가만있지 않을 겁니다. 그건 밀러가 추구하는 우리 공동체의 목표가 아니니까요.

실망스럽군요, 루머. 당신한테 실망했어요.

실망? 실망은 내가 했는데. 당신이 이렇게 멍청한지 몰랐어요.

나더러 믿으라며 당신이 설득했잖아요. 당신 때문에 그런 생각을 한 건데. 그래서 그 생각을 한 건데.

무슨 생각이요?

됐습니다.

그들이 서두르지 않는 것 같다. 하루가 지났건만 아무 소식도 들리지 않았다. 다음 날 아침이 되었다. 미란다가 말한다. 하얀 차를 타고 두 명이 찾아왔어요. 눈이 내린 후 진흙탕에 뒹굴었는지 얼굴이 시커멓게 번들거리는 흑인 남자하고 아이 엄마라고 하는 여자가 왔어요. 주디 필드가 직접 왔군. 더 물어볼 것도 없었다. 주디가 직접 날 찾으러 오다니. 그러자 부산해지기 시작한다.

주디는 단 한 번도 자기 권리를 빼앗겨 본 적이 없다는 듯 홀리를 자기 애라고 우깁디다. 아이를 빼앗긴 엄마가 갈 리가 있나. 루머가 이 상황을 즐기듯 말한다.

두 사람이 주디 일행을 사유지에서 쫓아냈다. 그런데 경찰서에서 전화가 온다. 소위 법을 들먹이는 자들에게 올리버 퀸이라는 남자도 한 살짜리 여아도 없다고 우긴다.

이제 경찰이 수색영장을 들고 올 텐데, 무슨 대책이라도 있습니까? 루머가 따진다.

계획을 세우려면 밀러 농장에서 얼마나 날 밀어줄지 파악해야 한다. 회의에서 마리아가 아이를 돌려줄 수도 있다고 한다. 그러시구나. 내가 덧붙인다. 이 농장을 자연보호협회에 기부할 수도 있고, 우리 무기를 군대에 기증할 수도 있죠. 내가 목숨을 걸고 내 딸을 데려왔는데.

누가 당신더러 목숨 걸라고 했습니까? 루머가 반박한다.

경찰이 밀고 들어오면 우리 밀러 사람들이 저항할 건가요? 기관총하고 라이플까지 다 있잖아요. 누군가 이렇게 묻는다.

이번엔 그럴 때가 아닙니다. 명분도 없고요. 루머가 말한다.

쓰지도 않을 걸 뭐 하러 갖고 있죠? 내가 따진다.

내가 존경하지 않는 에드 한셀이 말한다. 현실적으로 봤을 때, 우리가 총을 쏠 기회는 평생 단 한 번뿐입니다.

그래서 나는 내 계획을 입 밖에 내지 않는다.

내가 고민하는 사이 사람들이 보초를 선다. 나는 오후 첫 번째 조다. 해빙기라서 눈이 녹아 진입로가 온통 질척거린다. 나는 숲 옆에 있는 그루터기에 라이플을 들고 앉아 들판 너머 도로를 바라본다. 미래를 그리다가 폭포를 떠올린다. 저녁때가 되자 뭘 할지 감이 잡힌다. 그루터기 위에서 닉 포스터에게 인계한다. 닉이 워키토키를 들고 있다. 경찰이 쳐들어오면 뭘 해야 하지? 절대로 타협하지 않는다. 단, 루머가 보초들에게 뭘 하든 절대로 경찰은 쏘지 말라고 말할 경우엔 예외다.

석양이 내리는데 닉이 그루터기에 앉아 있다. 숲이 점점 어두워진다. 울창한 나뭇잎과 바위에 올라탄 눈덩이가 아이스크림처럼 녹아내린다. 새 울음소리가 숲속에 메아리친다. 나는 새 종류를 구별할 줄 모른다. 이곳에 살아야 한다면, 남은 세월 공부해서 죄다 똑같아 보이는 새들을 구별할 줄 알아야 한다. 그래야 하지 않을까.

재잘거리는 새는 울새다. 학교 때 배웠다. 평생 매일 아침저녁으로 종알

거리려면 얼마나 넌더리 날까.

닉에게 상기시키려고 대화한다. 닉은 아직 밀러에게 동화되지 않았다. 내가 밀러를 믿는 신자라면, 닉은 나를 믿는 신자다. 닉의 임무는 나를 통해 세상을 이해하고 내 명령을 수행하는 것이다. 총을 들고 그루터기에 앉아 있긴 해도 경찰을 쏘려는 건 아니다. 신도로서 내가 닉에게 말한다. 넌 나하고 이곳에 오는 바람에 세상을 뒤로하고 세상과 연을 끊은 거야. 어디까지 갈 거야?

끝까지요. 닉이 말한다.

암, 그래야지. 아무도 쏘면 안 돼. 나한테 데려와. 그럼 내가 얘기해볼게.

알겠어요.

여생을 여기에서 살려고 네가 뭘 포기했더라?

여생?

남은 인생이라는 뜻이야. 여기 사는 사람들은 다들 희생했어. 나는 라스콜니코프 사회에 들어가려고 조지를 바쳤어. 넌 라스콜니코프 사회에 절대로 가입할 수 없지만, 네가 희생하면 군인은 될 수 있어. 여기에 살면 아쉬운 게 뭐가 더 있지?

영영 못하는 게 뭐냐고요? 닉이 묻는다.

그걸 묻는 거야.

소프트볼이 하고 싶을 것 같아요.

그건 아니지. 여기에서도 소프트볼은 할 수 있어.

황금시간대 텔레비전 방송이요.

그건 네게 도움이 될 거야. 운동하면 텔레비전이 그립지 않을걸.

여자친구요.

여자친구는 뭐 하게?

알면서.

걱정하지 마. 밀러는 남자의 욕정을 이해하거든. 그래서 넌 뭘 희생할 거지?

몰라요.

아무것도 희생하지 않아도 돼. 충성할 이유는 얼마든지 많으니 내가 시키는 대로 해.

완전히 컴컴해지자 새소리가 그쳤다. 이제 자리를 뜰 시간이다. 닉을 그루터기에 앉혀 둔 채 건물로 내려와 전화를 건다. 그자가 아직 들어오지 않아서 녹음기에 음성 메시지를 남긴다. 확인차 메시지를 하나 더 남긴다. 남기길 잘했다. 남기지 않았더라면 문제가 됐을지도 모른다. 이제 신들의 손에 달렸다. 무슨 신이든 간에.

9 데이비드 레오

어리석게도 올리버의 음모에 휘말렸다. 숲에서 어디로 가야 하지? 주디가 내가 빌린 렌터카를 몰고 굽이진 길을 따라간다. 나무가 도로 쪽으로 기울어진 지점에 날 내려준다. 나는 삐딱하게 선 자작나무를 디디고 절연재가 감긴 펜스를 넘은 다음 나뭇잎을 밟고 풀숲을 헤치며 들어간다. 방향을 어림잡는다.

무슨 꿍꿍이일까, 올리버 퀸은. 구역질 난다. 칼은 챙겨 왔지만 여기 오기 전에 FBI에 신고하는 걸 깜빡했다. 주디가 하겠지. 해서는 안 될지도 모른다. 나의 문제는, 남들도 나만큼 이성적이라고 믿는다는 것이다. 낙엽 위에 질퍽거리는 눈이 깔려 미끄럽다. 숲이 아래로 기울어져 있다. 저 아래 보이는 검은 슬라브가 알고 보니 지붕이고, 그 아래가 건물이다. 탁 트인 공터가 나온다. 이쯤 왔으니 밀러 농장 오두막에 시선을 두고 조용조용 내리막을 내려간다. 다른 건물이 시야에 들어온다. 풀숲 뒤에 있는 나무 옆에 앉는다.

아무한테도 들키면 안 돼. 올리버가 시키는 대로 한다. 올리버가 무슨 수를 써서라도 날 찾겠지. 자리를 잡고 앉아 기다린다. 몸을 꼭꼭 숨긴 채 구내를 바라본다. 나 말고는 아무도 널 보지 못할 거야. 올리버가 말했다.

승용차 두 대, 픽업트럭 두 대, 지프 한 대. 한참 기다려도 아무 일도 일어나지 않고, 아무도 보이지 않는다. 그래도 창문 뒤에서 숨어서 쳐다볼지 모를 눈들을 경계해야 한다. 남자 둘이 자동차를 고치기 시작한다. 후드를 올리고 몸을 숙인다. 중년 남자가 큰 집에서 나와 작은 집으로 들어간다. 10시가 훌쩍 지났다. 올리버가 나를 못 찾는 건가? 근처 오두막에서 여자가 아기를 안고 나온다. 심장이 쿵쾅거린다. 우리가 찾는 애가 쟤인가? 여자가 붉은색과 파란색이 섞인 겨울용 패딩 점퍼를 입은 아이를 안고 큰 집으로 들어간다. 생각해보자. 저 아이가 주디의 애라면?

두 다리가 얼얼하다. 몸을 좀 펴자. 혈전이 없어야 뇌졸중에 걸리지 않을 테니. 몸을 살살 흔든다. 올리버 말고 남들 눈에 띄면 안 되니 조심한다. 남들 눈에 띄지 않는 것과 올리버의 시선을 끄는 것 중 뭐가 더 중요할까? 차를 고치던 남자 둘이 모습을 감춘다. 그들이 어디로 갔는지 놓쳤다. 또 다른 여자가 빨래 바구니를 들고 다른 오두막에서 나오더니 빨래를 넌다. 어이가 없다. 나더러 뭘 더 어쩌라고? 나의 위치를 알릴 수도 있다. 그랬다간 위험해질까? 아니면 그저 위험해 보이는 것일까? 이 농장에도 이성적인 사람들이 분명 있을 것이다. 빨래를 너는 여인, 차를 고치는 남자, 아이를 돌보는 여자, 이름은 모르나 밀러라는 성을 지닌 지도자(기독교식 이름은 아니다). 올리버가 밀러에게 날 소개하고 싶다면 내가 내 발로 걸어 나가 인사하면 된다.

지금 여자가 아기를 안고 현관에서 다시 나온다. 정면이 뚜렷이 보이려는 찰나, 오두막 쪽으로 몸을 돌린다. 저 애가 주디의 딸이 확실한가? 여자가 오두막 현관에 앉아서 아기를 내려놓자 아기가 아장아장 돌아다닌다. 빨갛고 노란 장난감, 뭐가 뭔지 분간이 가지 않는다. 아기가 뭘 밀면서 굴리더니, 상자 옆에 앉아서 물건을 주섬주섬 꺼낸다. 주디의 딸이 맞다.

이제 알았으니 주디에게 말하고 경찰에 신고하면 된다. 그다음엔? 아기를 도로 데려올 수 있을까? 아기가 저 오두막에서 저 여자와 같이 사는지 확인해야 한다. 보호자들이 다 잠든 밤에 다시 와야 하나. 평면도를 알면 좋겠는데. 숲으로 잠입해 아무도 깨우지 않고 어딘지 모르는 그 방으로 살금살금 들어가서 아기가 울지 않게 살살 안고 다들 잠든 미로 같은 방들을 지나 까치발로 오두막을 빠져나온다. 그런 다음, 자기도 거들겠다며 아무 소리도 내지 않는 아기를 안고 여기 언덕으로 올라와 널브러진 나무를 뛰어넘고 이파리로 뒤덮인 함정을 빠져나와 주디가 기다리는 도로로 나간다.

오전 11시. 고요하다. 올리버가 말한 시간에서 한 시간이나 지났다. 내가 숲을 돌아다녀서 올리버가 쉽게 찾을 수 있게 거들어야 하나? 이제 날 만날 마음이 없어졌나? 변심한 걸까? 아니면 애당초 만날 마음이 없었던 게 아닐까? 뒤를 돌아 내가 온 길을 올려다본다. 숲속 나무와 나무 사이를 흐르던 개울 바닥의 흔적이 보인다. 어떤 남자가 10미터 뒤에서 날 쳐다본다. 올리버는 아니다. 검은 직모를 지닌 남자가 라이플을 무심히 들고 있다. 내가 쳐다보자 그도 날 쳐다보더니 내가 있는 쪽으로 다가온다.

좀 신기한 곳 같아 보이죠? 남자가 묻는다. 아웃도어 웨어 같은 두툼한 셔츠를 입고 목도리를 두르고 있다. 카우보이처럼 생겼다. 젊지는 않다. 부산스럽거나 징징대는 타입이 아니라 능수능란한 말 조련사 같다. 나의 두려움이 희망으로 바뀐다. 이 남자도 나처럼 외지인인가? 동네를 둘러보는 뉴햄프셔 사람일지도 모른다.

저 아이, 내가 아는 애예요. 내가 말한다.

남자가 쳐다본다. 그래요?

아이 엄마가 아이를 빼앗겼거든요.

그래요? 그래서 둘러보면서 상황을 파악하러 오셨군요. 그가 다정히 말한다.

그렇습니다.

그럼 내려가시죠. 저 사람들을 소개해드리죠.

알고 보니 이곳 남자다. 그가 라이플을 살랑살랑 흔드는 사이 내가 자리에서 일어난다.

이쪽으로 가시죠. 그가 내 오른편에서 길을 안내한다.

이제 난 포로가 됐다. 둘이 내려가 구내로 들어간다. 한참 앉아 계시던데. 남자가 말을 잇는다. 저 애한테 관심이 아주 많으신가 봐요. 그가 라이플을 무심코 흔들며 나더러 아기가 노는 오두막 현관으로 가라고 손짓한다.

이봐, 마리아. 이분이 당신 아기한테 관심이 많대.

애가 좀 귀여워야 말이지. 마리아가 말한다.

헤이즐 필드가 저 아이 이름입니다. 여자가 가만히 날 쳐다본다. 워낙 잠깐 본 사이라 여자가 날 못 알아보는 것 같다.

애 엄마가 걱정하고 있어요. FBI도 우려하고요. 내가 까칠하게 덧붙인다.

그렇다면 애 아빠하고 얘기를 해보시죠. 남자가 말한다.

이 아이는 이제 내 아이예요. 여자가 침착하게 대답한다. 따지는 말투는 아니다.

사람들이 주위로 몰려든다. 올리버 퀸이 다른 오두막에서 나온다. 주머니에 붉은색으로 올리버라고 쓰인 청바지를 입고 있다.

올리버는 얼굴이 둥그스름하다. 가늘어지는 붉은 머리칼과, 붉은 눈썹 밑으로 가늘게 뜬 눈이 보인다. 나에게 쾌활하게 인사를 건네는데, 볼 때마다 위선적이다. 데이비드 레오, 만나서 반갑군. 여기서 뭐해? 그가 자동차 영업사원처럼 손을 내민다.

지난밤 음성 메시지를 남겼다는 말은 입에 올리지도 않는다. 나는 무슨 일인지 대충 감 잡은 다음 즉석에서 장단을 맞춘다.

아이를 찾으러 왔어.

당신이 해결하쇼. 그쪽이 해결해야 할 문제니. 카우보이가 올리버에게 내 얘기를 한다. 카우보이가 나를 보며 말한다. 만나서 반가웠습니다. 그가 라이플을 들고 자리를 뜬다.

아기는 왜? 올리버가 묻는다.

주디가 아기를 돌려 달래.

올리버가 어깨를 으쓱한다. 같이 가지.

주위에 있는 사람들이 슬그머니 자리를 뜬다. 구불구불한 금발 남자만 여전히 주시하는 중이다. 올리버가 자기 오두막으로 날 데려간다. 금발 남자도 따라온다. 올리버가 계단에 앉고 나는 그 옆에 앉는다.

내가 왜 못 나갔는지 봤지? 올리버가 말한다.

라이플을 든 남자 때문이라는 거야?

꼼짝 못 했지만 당신이 잘 보이더군.

대체 무슨 생각이지?

별생각 없는데.

내가 밀러하고 얘기하면 밀러가 해결해 준다면서?

흠, 내가 말은 그렇게 했는데 말야.

그런데 이게 뭐야?

글쎄.

이건 납치야. 경찰이 유괴 사건에 촉각을 세우고 있어, 올리버.

친구 사이의 문제잖아, 데이비드. 친구 사이에 벌어진 일에 경찰까지 끌어들일 참은 아니지?

나더러 친구라니 웃음이 터진다. 필드 교수의 집에 드나들면서 고작 두 번 마주친 사이다.

못 끌어들일 건 뭔데? 당신이 아기를 데리고 튀었고, 주디는 네 여자가 아니니 경찰이 개입하는 게 당연하지.

올리버가 앉아서 한참 생각에 잠기다가 뺨을 토닥인다. 햇살이 그의 얼굴에 닿는다. 길고 붉은 눈썹과 까칠한 피부. 평생 머리로 싸워온 사람처럼 그의 얼굴에 생각이 스친다. 마스크를 뒤집어쓴 듯한 얼굴 위로 또 다른 얼굴이 겹쳐 보인다. 보고 있자니 올리버가 낯선 얼굴로 변한다. 저 남자가 진짜 올리버 퀸이 맞나. 내가 올리버 퀸을 과대평가했나. 실제론 장사치에 지나지 않는데. 이쯤 되자 올리버의 모습이 뭔지 모르겠다. 올리버임을 알아볼 만한 것이 전혀 없고, 알 수 없는 생각과 광기가 가득한 모호한 표정만 보인다.

올리버가 머리를 털며 말한다. 원하는 게 뭐야?

주디가 아이를 돌려 달래.

내 손을 떠난 일이야.

바로 저기에 아이가 있잖아?

잰 내 딸이 아니야. 이제 저 아이는 신의 손에 달렸어.

그런 말은 죽은 사람한테나 하는 소리지. 애가 코앞에 보이는데? 내가 다시 말하자 여자가 아기를 데리고 들어간다.

아이 얘기라면 할 말이 없어. 밀러한테 얘기해보든가.

그러려고. 네가 네 입으로 밀러를 소개시켜 준다고 그랬지?

그랬지, 맞아. 어디로 가면 되는지 일러주지.

좋아, 말해.

무시하는 말투로 말하지 마.

이렇게 말하는 올리버가 갑자기 추해 보인다. 내가 못 들은 척하자 올리버도 그냥 넘긴다. 그가 자리에서 일어나자, 금발 남자도 따라 일어나는데 무슨 보디가드 같다. 잔디를 질겅이며 바닥에 앉아 있던 남자.

어디 가는 거야?

명상의 자리까지 올라가 봐. 올리버가 고개를 들더니 구내 뒤편으로 어렴풋이 보이는 우거진 산기슭을 올려다본다. 밀러는 저 위에서 명상하면서 산을 바라보지. 저 위로 올라가서 물어보면 밀러가 말해줄 거야.

나는 이 말이 믿기지 않는다. 올리버가 날 데리고 오두막 뒤 숲으로 들어간다. 널따란 오솔길을 따라 산을 오른다.

가 봐. 이 길을 따라가면 폭포 정상이 나와. 거길 건너서 계속 가다 보면 저 너머에서 쉬고 있는 밀러가 보일 거야. 내가 올라가도 좋다고 했다고 밀러한테 말해.

나 혼자 가라고?

아기를 되찾고 싶은 건 너잖아.

나는 여전히 망설인다.

망할 놈의 아기를 찾고 싶으면 올라가서 밀러한테 물어보라고, 젠장. 내가 멍청하다는 듯이 올리버가 지껄인다.

불안감 때문인가? 내가 멍청해서인가? 오솔길을 오른다. 갑자기 가팔라진다. 뒤돌아보니 오솔길이 시작되는 지점에서 올리브와 금발 남자가 날 쳐다보고 있다. 폭포 소리가 들리고 물보라가 인다. 폭포 자체는 장관이다. 물줄기가 하늘에서 쏟아지더니 거품을 일으키며 길고 가파른 바위 틈새로 쏟아진다. 폭포 위로 하늘만 보인다. 구름 한 점 없이 푸르다. 내가 경치에 취한 사이 날이 갠다. 폭포 옆 오솔길을 지그재그로 오른다.

산등성이가 가팔라서 다리가 뻐근하다. 어떤 생각이 언뜻 스친다. 좀 전에도 언뜻 스쳤다. 내가 내 발로 함정으로 걸어 들어가다니. 저들이 시키는 걸 맹목적으로 따르다니. 밀러라는 마술사, 추측건대, 그리 젊지 않은 밀러가 명상하겠다고 매일 이렇게 가파른 길을 오른다는 걸 나더러 믿으라고? 우릴 그토록 피해 다니던 올리버가 아이를 이렇게 쉽게 내준다고? 머릿속이 올리버 생각으로 터질 듯하자 정신이 아득하고 머리가 띵해진다. 말하고 머리가 따로 노는 것 같다. 밀러가 저 위에서 휴식 중이라고 한 올리버의 말이 거짓말처럼 들린다. 거짓말이 틀림없어. 말투를 보면 알아.

발걸음을 멈춘다. 오솔길 중간, 반쯤 올라온 것 같다. 더 빨리 눈치채지 못했다니 기가 막힌다. 올리버가 거짓말했다면 내가 여기에 왜 이러고 있지? 곧장 몸을 돌린다. 여태 올라온 길을 내려다보며 휘청 선다. 불안감이 온몸을 휘감는다. 균형을 잃지 않으면서 통통 튀기는 공처럼 내리막을 내달린다. 몇 분이나 걸려 올라온 길을 몇 초 만에 뛰어 내려가는 시늉 같다.

아무도 없다. 구내가 텅 비었다. 올리버가 있던 오두막으로 간다. 그가 뒤에서 걸어 나온다.

벌써 갔다 왔어? 밀러는 만나 봤고?

너 때문에 헛걸음했어.

밀러가 없어? 그럼 조금 더 갔었어야지.

가다 말고 돌아왔어. 밀러가 거기에 있다는 말을 못 믿겠어.

정상엔 올라갔어? 폭포는 건넜고?

가다가 돌아왔다니까.

왜 그랬어?

그가 잠시 날 주시하더니 목소리를 바꾼다. 같이 가자고?

(내 주머니엔 칼이 들었다. 혹시 몰라서.)

내가 같이 가서 소개시켜 줄 걸 그랬네. 좋아. 같이 올라가지.

꽤 가파르던데?

너무 가팔라서 못 올라가겠다는 소리야?

(내 주머니에 칼이 들었다. 필요할지도 모른다.)

올라갈 수는 있어. 내가 말한다. 그래, 같이 가자. 먼저 가. 내가 권한다.

그가 어깨를 크게 으쓱하더니 내 비위를 맞춘다.

폭포 밑 반대편에 있는 오솔길로 다시 들어간다. 금발 남자가 무릎에 라이플을 올려놓고 바위에 앉아 있다. 올리버가 그를 부르더니 수풀을 헤치고 성큼성큼 걸어가 그와 얘기한다. 둘이 얘기하더니 돌아온다. 내 조수야. 다람쥐 잡고 있대.

길이 가팔라지자 내가 올리버에게 앞장서라고 손짓한다.

그러시든가.

올리버가 먼저 걷는다. 앞에 사람이 있으니 나 혼자 올라갈 때만큼 힘들지 않다. 오솔길에서 가장 가파른 지점에 이르자 올리버가 두 팔과 두 다리를 잽싸게 허우적거린다. 배가 많이 나온 그가 내 머리 위에서 몸을 잔뜩 숙이니 엉덩이가 펑퍼짐해 보인다.

폭포 소리가 시끄럽다. 이따금 올리버의 발이 미끄러지는 바람에 돌멩이가 내 근처로 떨어진다. 정상 근처까지 가기가 생각보다 그리 멀지 않다. 폭포 소리가 변한다. 낙하하며 때리던 소리에서 폭포 정상을 흐르는 물소리로 바뀐다.

정상에 오르자 올리버가 몸을 펴고 스트레칭한다. 마음이 놓이나 보다. 나도 그 옆에 선다. 이곳을 제대로 서술해 보겠다. 위에 있는 산비탈이 시야에 들어온다. 저 산비탈을 따라 흘러 내려온 물이 웅덩이에 고였다가 낭떠러지로 떠밀려가서 아래로 추락한다. 오솔길이 폭포 주변에 이르렀다가 뒤에 있는 물웅덩이를 싸고 돈다. 물살이 세 개의 징검돌 사이를 스치며 매끈하게 빠져나간다. 멀지 않은 반대편으로 오솔길이 돌아 나와 절벽 끝을 나란히 지나는 숲으로 이어진다.

이쪽으로 건너자. 올리버가 말한다.

나더러 빠른 물살 위에 놓인 징검다리를 건너라고 한다. 디딤돌이 반질반질한 게 미끄러워 보인다.

미끄러지면 절벽에서 떨어질 테고, 떨어지면 죽는다. 올리버가 살인할 마음이 있다면 내가 여기에서 죽을지도 모른다. 올리버가 누구던가. 주디의 옛 연인이자, 해리 필드 교수의 집을 드나들었으니 배운 사람일 것이다. 나는 이 사실을 떠올리며 피해망상을 물리친다. 올리버를 두려워한다는 건 그를 모욕하는 일이다. 빌러 농장 사람들이 신앙적인 측면에서 유별나긴 해도 위험한 사람들은 아니다. 저쪽에서 명상하고 있는 밀러를 만나러 가는 중이잖아. 올리버가 말한다. 그럴지도 모르니 조심이나 하자, 나는 스스로 다짐한다. 올리버더러 앞장서라고 하고, 폭포 근처에 가면 올리버가 너무 가까이 다가오지 못하게 막자. 내 주머니엔 칼이 들었다.

앞장서. 내가 말한다.

올리버가 짜증 난 눈치다. 날 못 믿으시겠다?

올리버가 자길 못 믿느냐는 말을 꺼내면 안 되었다. 그 말에 내 믿음이 흔들린다.

당신이 건너가는 걸 봐야지. 시범으로. 내가 둘러댄다.

어련하시겠어. 그가 말한다.

그가 물살이 양 갈래로 갈라지는 첫 번째 디딤돌을 밟고 선다. 다리를 살짝 벌려서 한쪽 다리를 두 번째 디딤돌로 옮기자, 가랑이 아래로 두 번째 물살이 지나간다. 두 번째 디딤돌은 두 발을 다 올려도 될 만큼 널찍하다. 올리버가 그 위에 바로 선다. 주변의 물살이 깊고 빠르다. 그가 왼 다리를 뻗어 세 번째 돌에 갖다 댄다. 이 돌만 넘으면 건너편 단단한 땅을 밟는다. 그 순간, 올리버가 삐끗한다.

어떻게 된 건지 순식간에 일이 벌어졌다. 나는 올리버의 다리만 쳐다보고 있어서 뭐가 어떻게 잘못됐는지 제대로 모르겠다. 따라 하기에 간단하고 쉬워 보였는데. 나는 올리버가 무슨 실수를 저질러서 추락했는지 보지도 못했고, 이해할 수도 없었다. 세 번째 디딤돌이 올리버가 예상한 것보다 훨씬 미끄러웠나 보다. 나는 앞으로 내가 본 것 이상을 쥐어짜면서 자주 되돌려 볼 것임을 안다. 그래봤자 다시 확인할 수 있는 건 이것뿐일 것이다. 올리버의 한쪽 다리가 허공에 떠 있는 사이, 반대편 다리가 디딤돌 위에서 미끄러졌고, 그 순간 청바지를 입은 올리버가 붕 날아오르면서 추가 떨어지듯 낭떠러지로 떨어지더니 시야에서 사라져 자동 사망으로 받아들일 수밖에 없는 곳으로 추락하고 말았다.

엉겁결에 나만 덩그러니 남았다. 나는 충격에 휩싸여 그 자리에서 굳어버렸다. 사고. 순간, 시간을 거꾸로 돌리려고 했지만 그럴 수 없었다. 일순간 혼돈이 밀려왔다. 우리가 개입해서 얻는 게 이거란 말인가? 누가 뭘 얻었지? 뭘 개입했더라?

낭떠러지로 걸음을 옮겨 어린 나뭇가지를 부여잡고 아래를 본다. 올리버가 안 보인다. 물보라가 일어서 물줄기가 보이지 않고 아무것도 바뀌지 않았다는 듯이 연신 소용돌이가 친다. 순간 의심이 든다. 혹시 올리버가 마술을 부려서 내 뒤에서 기어 나오지 않을까? 집어치워. 내가 본 게 있는데.

내 기억이 절반은 날아갔다. 올리버의 얼굴이 아니라 발을 보느라 그가 미끄러지는 순간 표정을 못 봤다. 얼굴을 쳐다봤다고 해도 그가 등을 진 상태라 안 보였을 것이다. 그의 발만 보고 있어서 다행이다. 덕분에 무슨 일이 벌어졌는지 알았다. 그런데도 왜 이런 일이 벌어졌는지 여전히 이해가 가지 않는다.

왼편에 있는 수풀로 자리를 옮기자 물거품이 이는 바위 위에 드디어 청바지가 살짝 보인다. 올리버가 입은 청바지가 우리가 걷기 시작한 오솔길 근처에서 보인다. 올리버가 그곳에 누운 모습이 보이자 불순하게도 마음이 놓인다. 나는 죽음을 겁내며 검열한다. 올리버가 살아 있을지도 모른다는 가능성이 대두되자 응급조치를 해야 한다는 의무감에 사로잡힌다. 내려가서 살피자.

이번에도 돌멩이가 데굴데굴 굴러가듯 오솔길을 내려간다. 폭포수처럼, 올리버가 몸소 보여준 것처럼 떨어지듯 내려간다. 나는 제어를 잘하며 내려가지만, 올리버는 단순한 물리적 낙하였다.

내려가면서 생각한다. 이곳을 아는 올리버가 하필 그때 왜 그리 경솔하게 목숨을 잃었는지 의아하다. 낭떠러지 양쪽으로 난 오솔길 어디를 따라가도 길이 잘 닦여 있다. 밀러를 포함해 수많은 이들이 그 징검다리를 건너다녔다. 유일한 위험 요소라면, 낭떠러지가 있다는 심리적 부담감뿐. 플랫폼에 서 있다고 기차가 들어오는 철로로 떨어지진 않는다.

정신없이 내려가자 마음이 들뜬다. 사악한 마음이 속삭인다. 올리버가 그냥 죽게 내버려둬. 그래야 우리가 주디의 딸을 되찾아올 수 있어. 또 다른 공포가 밀려온다. 내가 목격한 게 사실이라고 사람들을 설득해야 한다.

내려가는 동안 바위틈으로 청바지가 띄엄띄엄 보인다. 보일 때마다 보이는 면적이 점점 늘어난다. 올리버가 물살을 가르는 바위 위에 뻗어 있다. 양팔을 벌린 채 한쪽 다리는 쭉 뻗고 다른 다리는 접혔다. 고개가 뒤로 젖힌 상태라 얼굴이 보이지 않는다. 물에 잠긴 것 같다. 폭포 밑 폭포수가 때리는 지점 바로 옆으로 추락했다. 나는 추락 지점에서 보이는 것들을 주워 맞추려고 지금 가고 있다.

올리버가 폭포수 반대편 오솔길을 벗어난 곳에 누워 있어서 건너가기가 만만치 않다. 건너가야 하나? 정말 모르겠다. 도움을 청해야 하는데 어디에다 말하지? 구내까지 뛰어 내려가 사람을 불러오자. 뭐라고 하지? 올리버가 먼저 건너가다가 세 번째 디딤돌을 밟고 미끄러져서 떨어진 다음에야 내가 봤다고?

뒤에서 누군가 나뭇잎을 힘차게 밟으며 다가온다. 아까 본 그 카우보이다. 이번에도 라이플을 들고 있다. 내가 어디를 가든 라이플을 든 남자들이 따라다닌다. 이곳은 금발 남자가 다람쥐를 잡겠다고 앉아 있던 곳이자 우리가 올라가기 시작한 지점이다. 바로 저기 바위 말이다.

검은 머리 남자가 폭포수 건너편을 살핀다. 저거 올리버 아닙니까?

맞아요.

올리버한테 무슨 짓을 한 거죠?

올리버가 떨어졌어요. 폭포를 건너다가 미끄러졌어요. 3분의 2쯤 건넜는데 미끄러졌다고요.

미끄러질 리가. 그렇게 멍청할 리가.

내가 봤어요. 내가 거기에 있었다니까요.

그래요? 어디 봅시다.

그가 주변을 이리저리 쑤시더니 건너갈 길을 찾는다. 나도 뒤따르려 한다.

그냥 거기에 있어요. 공간이 없어요.

그가 올리버가 누운 바위로 가서 올리버를 굽어본다. 피가 언뜻 보인다. 나는 얕은 물에 서 있다. 물이 신발 안으로 들어와 발을 적신다.

숨이 붙어 있습니까?

지금 농담이 나와요?

남자가 폭포 위를 쳐다본다.

저기에서 사람이 떨어질 리가 없는데. 누가 밀었군요. 남자가 주장한다.

아무도 안 밀었어요.

그러니까 당신은 안 밀었다?

당연히 안 밀었죠. 올리버가 절 밀러에게 데려가는 중이었다고요.

저 위에서요?

올리버가 저 위에서 밀러가 명상하고 있다고 그랬어요.

올리버가 그랬다고요?

네, 그랬어요.

검은 머리 남자가 올리버를 한참 살핀다. 올리버의 머리를 살피는데 내 눈엔 보이지 않는다. 그의 셔츠를 젖혀 속을 들여다보고, 어깨와 팔도 살핀다. 남자가 뭘 하는지 보이지 않는다. 금발 남자도 라이플을 들고 숲속에서 다시 나오더니 살짝 뒤로 물러나 바라본다. 검은 머리 남자가 금발 남자를 못 본 척한다.

서둘러요. 시내까지 태워다 줄 테니. 어디에 묵어요? 슬리피위커 모텔?

거기까지 데려다주신다고요?

에드 한셀이 태워줄 겁니다.

올리버는 어쩌고요?

어쩌다뇨?

죽었다고 신고 안 해요?

사고였다면서요. 사고였다고 당신 입으로 말했잖아요.

신고하실 건가요?

내가 할 테니 걱정하지 말아요. 밀러 농장 일은 우리가 다 알아서 처리합니다.

경찰에 신고해야 합니다.

카우보이가 목소리를 살짝 높인다. 내가 당신이라면 혼자만 알고 있겠어요. 이번 사건에서 당신이 얼마나 가까이 있었으며, 뭘 봤는지를 종합해본다면 말이죠.

당신은 뭘 봤는데요?

나는 내가 본 걸 목격했을 뿐입니다.

난 아무 짓도 안 했어요. 올리버 근처엔 가지도 않았다니까요.

그럼 걱정하지 말아요. 우리가 알아서 할 테니. 법적으로 필요한 일을 할 겁니다. 당신하고 아무 상관없어요.

나는 그를 따라 구내를 가로지른다. 금발 남자가 뒤따른다.

픽업트럭에 타자, 하려고 했던 일이 떠오른다. 제 친구가 아이를 되찾고 싫어 합니다.

직접 와서 데려가라고 해요. 와서 밀러를 만나라고 전해요. 남자가 말한다.

저 위에까지 올라가야 합니까?

젠장. 남자가 역겹다는 듯이 말한다. 애 엄마한테 전해요. 내일 아무 때나 와도 된다고요. 오늘 오후도 좋고.

오늘 오후에 와도 돼요?

와서 아이를 데려가라니까! 그가 쏘아붙인다. 데려다줄 테니 여기에서 기다려요.

갑자기 그가 내 등을 토닥이며 달래듯 은밀히 속삭인다. 잘 들어요. FBI 신고는 취소하는 겁니다. 알겠죠?

아이를 돌려받으면요.

좋아요. 애를 돌려받으면 그렇게 해요. 내가 당신이라면 사고 얘긴 입도 뻥끗 안 하겠어요. FBI가 황당해하겠지만요. 당신이 들쑤시지만 않는다면 우린 이 일을 사고사로 처리할 겁니다.

나이 든 남자가 오더니 나를 태우고 시내로 향한다. 나를 슬리피위커 모텔에 데려다주는 중이다. 나는 충격을 받아 온몸이 부들부들 떨린다. 저 위에서 무슨 일이 있었소? 누가 죽었어요. 누가 죽었는데요? 올리버 퀸이요. 새로 왔다는 남자? 사고였소? 폭포에서 떨어졌어요. 내가 대답한다. 거 참 안됐네. 그는 이런 일이 종종 있다는 듯이 말한다. 이제 우리는 아무 말 하지 않는다. 더는 할 말이 없는 것 같다. 그런데도 내 머릿속엔 의문이 가득하다.

10 주디 필드

데이비드가 밀러 농장에 갔다 오더니 내 방문을 쾅쾅 두드렸다. 충격을 받았는지 헉헉거렸다.

올리버가 죽었어.

올리버가 죽어? 그럼 헤이지는?

헤이지는 무사해. 언제든 데려올 수 있어.

데려올 수 있다니? 방금 데려올 수 있다고 했어?

오늘 오후에 데리러 가자.

그가 의자에 털썩 주저앉아 온몸을 부들부들 떨었다.

나는 잠시 뜸을 들였다가 물었다. 무슨 일 있었어?

코앞에서 사고가 났어. 올리버가 죽는 걸 내 눈으로 봤어.

무슨 사고였는데?

데이비드가 설명했다. 사고 이야기는 순식간에 끝이 났고, 대화가 이어졌다. 그는 사고 당시 상황을 설명하고 헤이지 소식을 전했다. 두 가지 얘기를 몇 번이고 반복했다. 이게 무슨 기분인지 모르겠다. 상상할 수 없는 일이 벌어졌다. 원수 같은 올리버에게 벗어난 기쁨을 발산하고 싶었는데, 올리버가 어설프게 발을 디뎌 별안간 저세상으로 가버렸다. 신이 과하게 개입한 게 아니라, 내가 내 손으로 올리버를 해치운 것 같은 기분이 들었다. 헤이지 생각을 하면서 올리버가 청바지 차림으로 폭포 아래로 떨어진 꼴을 상상하니 그가 천벌을 받은 것 같았다. 이 상황을 이기적으로 받아들이자.

내가 다시 물었다. 오늘 오후에 헤이즐을 데려올 수 있다는 거지?

언제든 데려가래.

그럼 가자.

잠시 후, 데이비드와 차를 타고 립록로드로 향했다. 총을 든 남자가 내리막길이 막 시작되는 지점에 있는 숲에서 나왔다. 내가 그에게 신분을 밝히자 이번에는 막지 않았다. 우리는 구내로 들어갔다. 어떤 남자가 큰 건물에서 나왔다. 저 남자야. 데이비드가 말했다. 데이비드가 조련사같이 생긴 카우보이라고 했던 게 무슨 말인지 이해가 갔다. 표정이 일그러지고 냉소적인 영화배우 같았다. 안녕하십니까, 무슨 일이시죠? 카우보이가 인사를 건넸다.

아이를 찾으러 왔어요.

같이 가시죠. 친구분은 여기에서 기다리시고.

잠시만요. 혼자는 못 보냅니다. 데이비드가 저지했다. 나는 일을 그르치지 말라며 데이비드를 쿡쿡 찔렀다.

일단 밀러부터 만나시죠. 불신할 필요 없습니다. 밀러는 선하신 분이죠. 만나시면 감사해할 일이 생길 텐데요. 무척 행복해지실 테고.

좋아요. 밀러를 만나게 해주세요.

여기 사람들만 있는 데에 당신 못 보내. 데이비드가 말렸다. 카우보이가 짜증을 냈다. 당신 대체 뭐야? 여기 사람들, 신을 두려워하는 착한 사람들이야. 모욕하지 마.

제발 나 좀 보내줘. 내가 애원했다.

나는 남자를 따라 빅토리아풍 건물로 들어갔다. 어떤 여자가 큰 창이 달린 방으로 안내했다. 한 남자가 창문 앞에 놓인 책상에 앉아 있었다. 햇빛이 뒤통수에서 쏟아져 얼굴이 보이지 않았다.

밀러라고 합니다. 아이 엄마군요.

제 아이를 돌려주신다고 들었어요.

잠시 후, 밀러가 물었다. 올리버 퀸이 오늘 아침에 사망했다는 비보 들었습니까?

네, 들었어요.

너무 안됐습니다. 이게 무슨 날벼락입니까, 부인. 그래서 말인데, 오늘은 여기서 자고 내일 장례식에 참석하겠습니까?

나더러 밀러 농장에서 하룻밤을 자라니? 뭐라고 대답해야 할지 난감했다. 겁이 났다.

하룻밤 묵는 것도 겁이 나서 그런가요, 아니면 장례식에 참석하는 게 찜찜해서 그런가요?

제 딸을 데리고 있어도 되나요?

물론이죠. 꼭 자고 가요. 그래야 이치에 맞아 보입니다. 애 아빠한테도 그렇고, 그동안 아이를 봐준 착한 여자들한테도 그게 도리에 맞습니다.

나는 고민했다. 그러죠. 자고 갈게요.

카우보이가 나를 다시 구내로 데려갔다. 내가 자고 가겠다고 하자 데이비드가 화를 냈다. 그럴 것 같았다. 그를 설득하고 조르다가 결국 우겼다. 카우보이가 거들었다. 이 여자 말 들어요. 당신은 택시 운전사나 마찬가지잖아. 모텔로 갔다가 내일 오후에 데리러 오라니까.

데이비드가 안쓰러웠다. 모욕을 당하고 화가 난 상태로 모텔로 돌아가 홀로 밤을 보내야 한다. 데이비드가 돌아가자 카우보이가 물었다. 아기 보고 싶죠?

보고 싶냐니, 이걸 말이라고 하는지. 푸근한 봄날임을 불현듯 깨달은 것처럼, 그을리고 반질반질한 그의 얼굴이 다정해 보였다. 카우보이가 날 데리고 구내를 가로질러 나무 밑에 있는 오두막으로 데려갔다. 데이비드한테 들은 그대로였다. 헤이지가 보였다. 저런 모습은 처음이었다. 우리 헤이지가 내가 처음 보는 옷을 입고 오두막 문가를 아장아장 돌아다녔다. 아이 옷이 무슨 상관일까. 옷은 예뻤고 깔끔했다. 몸이 다부진 여자가 그 옆에 의자를 놓고 앉아 있었다. 머리에 스카프를 두른 모습이 유럽에 사는 시골 아낙 같았다.

정말 고맙습니다. 내가 카우보이에게 말했다.

장례식장에서 봅시다.

무슨 장례식을 말하는 거지? 헤이지, 우리 딸, 엄마야, 엄마 왔어.

헤이지가 걷다 말고 나를 쳐다보았다. 손에 장난감 쥐를 들고 웃음기 없이 쳐다보기만 했다. 내가 누구인지 알아내려고 애를 썼다. 엄마가 모습을 감춘 지 일주일이 지났다. 이제 갓 돌을 넘겼으니 일주일 전 일을 기억하기엔 너무 어렸다. 내가 낯익은 사람이라는 건 알았다. 꽤 중요한 사람이긴 한데, 세상에서 제일 중요한 사람 같긴 한데, 누군지 맞추지는 못하고 누구더라? 하고 고심하고 있었다. 가슴이 아렸다.

헤이지가 머리에 스카프를 두른 여자에게 몸을 돌리더니 옹알거리면서 걸어갔다. 헤이지가 스카프를 두른 여자에게 엄마라고 했다.

그걸 보는 순간, 울음이 터졌다. 바닥에 주저앉아 머리를 움켜쥐었다. 헤이지, 이리와. 목소리에 맥이 없었다.

헤이지가 여자 무릎께에 멈춰 서서 놀란 듯 아리송한 표정을 지었다. 아무 소리도 내지 않았다. 나는 여자를 쳐다보기가 두려웠다. 여자가 표정으로 따지는 것 같았다. 내가 우는 걸 보고 자기에게 유리하게 해석할까 봐 겁이 났다. 쳐다보지도 못하고 있는데, 여자가 아이에게 조용히 말하는 소리가 들렸다. 저기 엄마 오셨다, 홀리.

순간 전율이 일면서 동시에 마음이 놓였다. 여자가 날 부정하지 않고 인정해주다니. 여자에게 고개를 들었다. 얼마나 고맙던지 우는 모습을 그대로 내보였다. 이젠 두려울 게 없었다. 게다가 여자가 내 아이를 홀리라고 불렀다. 아이의 신성함과 사랑스러움을 인정해준 것이다. 여자는 내 친구였다. 우리는 하나였다. 마리아라는 저 여자와 내가 하나가 되었다.

안아주면 누군지 금방 알 거예요. 여자가 말했다.

나는 헤이지를 안고 현관에 섰다. 헤이지는 낯을 가리면서 무슨 일이 벌어지고 있는지 어리둥절했다. 나는 헤이지를 품에 안고 뺨을 비비고 어깨를 쓸며 눈물을 흘렸다. 헤이지, 우리 공주님.

그 심정 내가 알죠. 여자가 말했다.

헤이지가 두 팔을 내 목에 두르고 날 용서했다. 이제 꼬무락거리더니 내려달라고 버둥거렸다. 헤이지를 바닥에 내려놓았다. 아이가 벙긋거리며 내게 뭔가 보여주려고 했다. 상자에서 꺼낸 장난감 캥거루를 줬다 뺏으며 놀아 달라고 했다. 아무 말 하지 않고도 내게 생각을 전했다.

나는 문가에 주저앉았다. 마리아가 의자에 앉아 바라보았다. 저 여자가 헤이지와 날 갈라놓지 않아서 고마웠다. 어젠 왜 그랬을까?

아이를 조금 더 챙겨주는 게 좋겠어요. 여자가 조언했다.

네?

그 남자한테 아기를 보냈잖아요?

올리버 말인가요? 올리버가 훔쳐간 거예요.

여자는 까칠하게 굴지 않았다. 따사로운 중년의 표정이 성인군자 같았다. 그 남자가 그런 짓은 꿈도 못 꾸게 했었어야죠.

올리버가 보모를 속였어요. 보모가 우리 아빠였음을 털어놓자니 뭔가 꺼림칙했다.

보모를 쓰면 안 되죠. 이렇게 성스러운 아이를 어떻게 보모에게 맡길 수 있어요?

제가 출근해야 해서 어쩔 수 없었어요.

이제 이 아이는 내 자식이에요. 여자가 주장했다.

말조심하세요. 이렇게 튀어나오려는 말을 꾹꾹 누르고 조심스레 입술을 뗐다. 그동안 돌봐주셔서 고맙습니다. 아주 정성껏 봐주신 것 같아요. 나는 숨을 들이마시고 요점을 말했다. 제 아이는 납치당했고 전 제 딸을 집으로 데려가려고 여기에 왔어요.

홀리는 누구의 소유물이 아니에요. 그 누구도 이 아이를 가질 수 없어요.

알아요. 그래도 누군가는 아이를 돌봐주면서 아이에게 사랑도 받아야죠.

여자가 시선을 피했다. 사람들이 몰려와서 내게 말을 걸었다. 아기가 정말 귀여워요. 그러더니 내가 누군가를 떠나보냈다며 날 동정했다. 올리버를 말하는 것 같았다. 에드 한셀이라는 노인, 미란다라는 여자. 나는 남은 오후 내내 마리아의 오두막에서 내 딸을 데리고 여자들과 같이 있었다. 우리는 개조된 축사로 저녁을 먹으러 갔다. 박공지붕에 등이 달린 공간은 넓었고, 창이 나 있어서 훤하고 공기도 잘 통했다. 기다란 식탁이 놓인 이곳으로 오두막 수용 인원보다 훨씬 더 많은 사람이 모였다. 온갖 사람들이 보였다. 남녀노소가 모두 모여 있었다. 작업복, 오버롤, 청바지, 재킷, 부츠 등등 옷차림도 각양각색이었다. 이 사람들이 어리석은 짓을 벌이는 광신도라니. 겉보기엔 다들 멀쩡하고 평범해 보였다. 내가 뉴햄프셔까지 와서 그런지 시골 사람들 같았다. 혹시나 볼티모어에서 온 도시 사람도 있을지 내가 알 턱이 있나. 난 밀러가 어디 출신인지도 몰랐다.

식탁 한쪽 끝에 나와 마리아가 앉고, 헤이지를 아기 의자에 앉혔다. 식당엔 활기 넘치는 대화가 가득했고, 저녁 식사는 푸근했다. 식사를 마치고 마리아의 오두막으로 돌아갔다. 다들 거실에 내 잠자리를 마련해 주었다. 다 같이 둘러앉아 얘기를 나눴다. 평범한 대화였다. 날씨 변화, 스텀프 아일랜드에 비해 이곳이 좋은 점. 올리버 얘기도 나왔는데 다들 올리버를 잘 몰랐다. 사고 얘기를 하더니 사람이 미끄러져서 폭포 아래로 추락했다는 게 놀랍다면서, 혹시 말 못할 동기가 있었던 건 아니냐고 했다. 그들은 올리버에게 자살할 기미가 보였는지, 최근 그런 의도가 조금이라도 엿보였는지 내게 물으면서 아이를 여기까지 데려온 게 자살하려는 첫 번째 징후가 아니었겠느냐고 반문했다. 그들의 얘기를 들으니 올리버가 헤이지를 내게서 빼앗아간 이유를 제대로 아는 사람이 아무도 없어 보였다. 내가 지적했다. 올리버가 내 딸을 훔쳐 갔어요. 유괴했다고요. 마리아가 말했다. 아, 그랬군요. 올리버가 허락을 받았어야죠. 애 엄마 허락 없이 아이를 여기로 데려오면 안 되는 거였다고요.

다들 불을 껐다. 우리도 잠자리에 들었다. 헤이지를 옆에 나란히 뉘었다. 우유를 따끈하게 데워 놓았으니 자다 깨도 아이를 챙길 수 있었다. 헤이지의 체온이 따스했다. 어둠 속에서 내 옆에 누운 헤이지가 간질간질 킁킁 찡찡거렸다. 내가 다녀본 장소 중에 이곳이 가장 컴컴했다. 눈이 적응되자 창문도 보이고 창밖으로 나무도 보였다. 뉴햄프셔 황야에 안긴 듯한 느낌이 들었다. 숲과 산이 나를 품은 것 같았다. 고요한 구내, 우리 집에서 아주 멀리 떨어진 곳에 내 딸과 같이 있다. 그제야 데이비드 레오가 10킬로미터 남짓 떨어진 모텔에서 투덜거리다가 잠이 들 사실이 떠올랐다.

아침이 되자 우리는 개조된 축사에서 아침을 먹고 오두막으로 돌아왔다. 잠시 후, 카우보이가 나타났다. 장례식에 갈 시간입니다.

장례식은 까맣게 잊고 있었다. 장례식도 개조된 축사에서 열렸다. 내가 올리버를 추모하는 동안 마리아가 헤이지를 봐주었다. 입구에서 어떤 여자가 내게 말을 걸었다. 연인과 작별하실 시간이네요?

연인 사이 아닌데요.

상관없는 사이인가요?

이 남자는 내게 나쁜 소식만 안기던 사람이었어요.

그럼 죽어서 좋으시겠네요? 나 대신 고인에게 입이나 맞춰 주세요.

아주 오래된 것 같은데, 데이비드가 올리버의 추락사를 목격한 게 고작 어제였다니. 개조된 축사가 지금 교회로 변신했다. 접이식 의자를 줄줄이 놓고 정면에 책상을 놓았다. 옆에 텔레비전과 피아노가 보였다. 다른 책상 위에 대형 스피커 두 개와 전자 장비가 올라가 있었다. 그 옆 바닥에 나무 상자, 그러니까 관이 놓였다. 옆에 가죽 손잡이가 달려 있었다.

자리가 거의 찼다. 검은 머리 남자가 나를 자리로 안내했다. 옆에 앉은 여자는 살집이 많았는데 비대한 몸이 장례식 내내 내게 닿았다. 여자도 어쩔 수 없었을 테니 이해하기로 했다.

밀러가 앞으로 나왔다. 고급스러운 붉은 플란넬 셔츠를 입고 멜빵을 한 덩치 큰 남자. 햇살이 뒤에서 들어오지 않아서 밀러의 얼굴이 훨씬 잘 보였다. 얼굴은 랠프 월도 에머슨(미국의 사상가)을 닮았고, 머리는 프란츠 리스트처럼 흰 머리칼을 길게 길렀다. 그가 등장하자 다들 고개를 숙였다.

마이크를 통해 그의 낭랑한 목소리가 울려 퍼졌다. 그가 계속 목소리를 깔고 편안한 말투로 얘기했다. 눈매는 깊고 그늘져 눈이 잘 보이지 않았다.

1년여 만에 열리는 장례식이자, 이곳 밀러 농장에서 처음 열리는 장례식입니다. 스텀프아일랜드와 동일한 식순으로 진행하겠습니다. 멜리사가 연주하면 침묵을 지켜도 좋고, 나와서 얘기해도 좋습니다. 그다음 멜리사의 연주를 조금 더 듣고 마무리하겠습니다.

멜리사는 열아홉 살 정도 되어 보였다. 〈엘리제를 위하여〉를 매끈하게 연주한 다음, 허락을 받으려는 듯 밀러를 쳐다봤다. 밀러가 고개를 끄덕이자 쇼팽의 〈강아지 왈츠〉가 흐르기 시작했다. 속도가 굉장히 빨랐다. 그런 다음 자리로 돌아와 얼굴을 가렸다.

이제 고요해졌다. 밀러가 입을 열었다. 여러분이 좋아하는 것을 생각하되 우리가 이 자리에 모인 이유를 명심하십시오. 올리버 퀸이 세상을 떠났습니다. 무슨 생각을 해야 할지 모르겠다면, 앞서 세상을 떠난 이들을 떠올립시다. 이제 5분간 추모하는 시간을 갖겠습니다. 누구든 발언해도 좋습니다. 그럼 긴장을 풀어보겠습니다. 시간은 신경 쓰지 마세요.

주변 사람들이 자세를 풀었다. 등을 기대고 천장을 보는 사람도 있었다. 옆에 앉은 여자는 팔짱을 끼더니 한숨을 내쉬었다. 온통 침묵이 우리를 감싸자 여자는 숨을 참지 못하고 내뿜었다. 내 앞에 앉은 남자는 몸을 앞으로 숙이더니 턱을 두 손으로 받쳤다. 잠시나마 안절부절못하는 사람들이 보였다. 의자 끄는 소리, 기침 소리, 마루 소리. 참을성이 부족한 사람들이 뭔가 끝나기를 고대했다. 그러더니 상황이 변했다. 침묵이 도넛처럼 서서히 부풀어 오르며 모든 걸 집어삼켰다. 사람들이 사라지고 소음이 뚝 끊겼다. 나만 홀로 있는 것 같았다. 침묵은 내 주변이 아니라 내 속에 있었다. 나의 상상력이 유리, 아니 호박 안에 갇혀서 굳어버린 것 같았다. 눈은 보이나 소리는 들리지 않았다. 멜리사가 연주한 두 곡이 메아리치며 데이비드와 내 아빠, 내 목소리까지 가두고 공기 중에 떠도는 소음과 고속버스 여행과 코니 라이스와 카우보이의 목소리까지 굳혀버렸다. 내 딸 목소리, 아이를 더 잘 챙기라는 마리아의 조언, 이 모든 소리가 굳어서 호박 같은 결정체가 되었다. 소리는 들리지 않아도 보면 기억나게 할 결정체가 된 것 같았다.

시간이 조금 흐르자, 지금 올리버의 장례식 도중이라는 사실이 떠올랐다. 올리버를 잊고 있었다. 남들은 슬퍼할지 모르겠지만(지금은 슬퍼하는 것으로 보였다) 나는 기뻤다. 올리버 생각은커녕, 그의 죽음이 죽음 같지 않았다.

이제야 올리버가 생각났다. 그가 우리를 쳐다본다고 상상했다. 그가 추저분하게 변했다. 왔네. 올리버가 앙심을 품고 인사를 건넸다. 오기 싫었을 텐데 왔네. 내 딸을 그가 납치하는 바람에 어쩔 수 없이 내가 그의 장례식에 참석한 것이다. 날 오게 하려고 올리버가 폭포에서 뛰어내린 것이다. 자살한 올리버의 장례식을 지금 치르는 중인가? 자살이었으면. 그가 스스로 목숨을 끊었기를. 죄책감이 밀려왔다. 올리버가 말했다. 한때는 날 사랑했잖아. 그때를 떠올려 봐.

그때를 회상했다. 그의 집과 나의 집, 해터러스 곶, 모래사장에서 떨어진 곳에 있던 모텔, 벅스턴이라는 마을, 묘한 줄무늬가 칠해진 등대, 대낮이라 모텔 방에 블라인드를 쳤지만 빛이 반쯤 뚫고 들어오던 모습, 바람을 가르며 근처에서 서핑하는 소리가 들리는 가운데 오후 내내 알몸으로 있던 일. 그때 그 욕망이 떠올랐다. 코를 비비면서 낄낄대던 모습, 그의 미소, 불끈 솟은 음경, 그땐 귀여웠지만 나중에는 기괴한 짐승이 내는 것 같았던 울부짖음. 오후 내내 하고 또 하고 또 하느라 밤에도, 다음 날에도 쉬지 않았다. 그때 나는 실현 불가능한 미래를 설계했었다.

실현 가능한 미래가 아니었기에, 중력에 끌리듯 아래로 곤두박질쳤다. 떨어지다 못해 내 딸까지 납치했다. 절대로 용서할 수 없다. 그가 폭포 정상에서 수직 낙하해 여기에 놓인 관속으로 직행한 것이다. 사랑했던 흔적도, 슬픈 마음도 깡그리 지워졌다. 해터러스 곶에서는 그저 광기였을 뿐. 감정은 사라지고 남들이 욕정이라고 부를 게 뻔한 상스럽고 얼얼한 감각이 불러온 놀라움만 남았다. 지나고 보니 어떻게 그런 감정이 들었는지 의아했다. 올리버를 잘 알지도 못하면서 욕망을 만끽한 것도 모자라 그걸 사랑이라 착각했다니.

올리버가 떠난 후 임신했음을 알게 된 나는 순응하기로 했다. 머릿속에 있는 그를 도려냈다. 출산 당일 저녁에 그가 병실로 밀고 들어와 자기가 애 아빠이니 아빠의 권리를 행사하겠다고 했다. 그런데 나는 올리버 퀸에게서 완치된 상태였다. 올리버는 얼쩡거리다가 사라졌고, 잠시 돌아왔다가 다시 모습을 감추었다. 그가 아예 떠나서 천만다행이나, 아이 양육에는 도움이 됐을지도 모른다는 생각이 들었다. 그런데 그가 다시 돌아오더니 스텀프아일랜드라는 곳에 밀러라는 신이 산다고 지껄였다. 나는 저런 말을 하는 그를 대체 어떻게 진지하게 받아들여야 할지 당혹스러웠다. 결국 올리버가 헤이지를 데리고 떠났다. 데이비드 레오 같은 흑인 밑에서 헤이지가 크는 걸 보고 싶지 않다면서.

그동안 참석한 장례식 중 이번이 가장 장례식 같지 않았다. 남자 목소리가 들렸다. 설명을 좀 해주시겠습니까? 폭포를 건너다가 어떻게 떨어질 수 있죠? 그동안 떨어진 사람이 아무도 없었잖아요? 밀러가 마이크에 대고 설명했다. 사고였습니다. 사고가 벌어졌습니다.

사고도 신께서 행하시는 거 아닙니까?

맞습니다. 밀러가 대답했다.

그래요?

또 다른 목소리가 물었다. 소문에 듣자 하니, 올리버가 떨어질 때 옆에 누가 있었다던데요?

확인할 수 있다면 그게 소문이겠습니까? 확인할 수 없으니 소문일 뿐입니다. 밀러가 대답했다.

침묵이 더욱더 짙어졌다. 졸음이 밀려왔다. 여자 목소리가 들리는 바람에 졸음이 날아갔다. 여자가 말했다. 난 올리버 퀸이 누군지도 몰라요. 다들 슬퍼하는 추모제라면 모를까, 추모할 이유가 전혀 없거든요. 세상 사람들 모두 신을 추모하는 자리도 아니고요.

그래도 여기에 온 건 정말 잘한 일입니다. 밀러가 말했다.

내 앞에 앉은 남자가 일어났다. 할 말이 있습니다. 깡마르고 젊은 남자였다. 얼굴엔 잡티가 보였다. 풍성한 금발이 구불거렸다. 목소리는 높다랗고 자신감이 없었다.

할 말이 있습니다. 그가 이 말만 반복했다.

할 말이 있다며, 그래서 뭐? 누군가 따졌다.

이제 난 뭘 해야 하나요?

아무도 대답하지 않았다.

이제 난 뭘 해야 하나요? 그가 다시 물었다.

아무것도 하지 마쇼! 누군가 외쳤다.

뭘 해야 할지 모르겠어요.

거기 앉아요!

그런 식으로 말하지 맙시다. 저 청년에게 신을 믿으라고 말해주자고요. 다른 사람이 옹호했다.

멜리사가 피아노 앞에 다시 앉았다. 거의 들러붙으려던 내 눈꺼풀이 크게 울려 퍼지는 첫 음에 번쩍 떠졌다. 고요함과 극과 극을 이루었다. 드뷔시의 〈달빛〉이 흘러나왔다. 내가 듣던 연주보다 속도가 빨랐다. 연주가 끝나자 밀러가 일어났다. 이제 끝났습니다. 저 아래 풀밭에서 화장할 예정이니 다들 참석해도 좋습니다.

모두 일어났다. 사람들이 갑자기 나를 감싸고 서서 입을 모아 외쳤다. 크고 깊은 목소리로 세 번 복창했다.

밀러는 신이시며 지금의 날 만드셨네!

밀러는 신이시며 지금의 날 만드셨네!

밀러는 신이시며 지금의 날 만드셨네!

장례식을 통틀어 이 복창만이 유일하게 정신 나간 짓처럼 보였다. 그런데 너무 장엄해서 동조하지 않을 수 없었다. 사람들이 흩어졌다. 남자들이 관 옆에 달린 손잡이를 쥐고 관을 들고 나가 지프 뒤에 실었다. 일부는 언덕을 따라 내려갔다. 오두막이나 큰 집으로 들어가는 사람도 있었다. 위로 올라가는 사람도 있었다. 검은 머리 카우보이는 보이지 않았다. 그가 모텔에 있는 데이비드에게 날 데리러 오라고 전화해주기로 했는데. 나는 그를 찾지 못해 헤이지를 보러 오두막으로 돌아갔다.

11 데이비드 레오

나같이 멀쩡한 남자가 주디 필드 같은 백인 여자에게 관심을 두느냐며 의아하게 생각하는 사람이 있을 것이다. 매사추세츠에서 교수 생활을 한 아버지 밑에서 자란 내 성장 배경을 들며, 흑인이 드문 대학가에서 자라다 보니 내가 흑인 사촌들과 평생 소원해졌다거나, 내가 흑인을 별로 좋아하지 않아서 그렇게 됐다고 이유를 대는 사람도 있다. 이유가 뭐가 됐든, 내가 같은 흑인들과 거리를 둔 모습이 어색하다면서 그게 내가 누군지를 말해주는 거라고 하는 사람도 있다. 이제 설명해보겠다.

3년 전, 나는 교수진 중 처음으로 제프 메이버리와 함께 글쓰기 모임을 만들었다. 학과 여기저기에 홍보지를 돌리자 첫 모임에 10명이 참석했다. 그중에 흑인은 아무도 없었다. 영문학과의 유일한 흑인 교수였던 내겐 이런 경우가 익숙했다. 10명 중에 학장 비서인 주디 필드가 있었다. 주디는 창백한 얼굴로 쑥스러운 듯 긴장하면서도 검은 앞머리 사이로 바다를 내다보듯 날 쳐다봤다. 나는 샬린과 동거 중이었다. 주디는 글쓰기에 관심을 보인 유일한 백인 여성이었다.

그녀의 아버지가 나의 지인이라는 걸 모르고 있다가 몇 주 후 알게 되었다. 나는 그녀의 아버지를 점심식사 자리에서 만났다. 다 같이 모여서 식사하던 교수들 중 하나였다. 지질학과 교수 한 명과 역사학과 교수 둘이 고정 멤버였고, 나머지 교수들은 번번이 바뀌었다. 뉴스와 대학 행정, 화요일자 『뉴욕 타임스』 과학 기사 등을 화제에 올리며 전공을 넘나드는 대화를 나누었다. 나는 영문학과 교수들보다 이쪽 교수들과 어울리는 게 마음이 더 편했다.

그러다가 얘기가 나왔다. 내 딸이 자네가 하는 글쓰기 모임에 나가는데, 자네가 근사하다더군. 근사하다? 이 강렬한 단어에 기분이 짜릿했다. 글쓰기 모임은 매주 열렸다. 나는 필드 교수 딸의 시선을 의식하며 제시된 주제를 열심히 비평했다. 다른 사람이 말할 때도 그녀는 감탄하는 눈으로 날 바라보았다. 나는 그게 고마워서 말이 술술 나왔다. 그녀가 쓴 글은 어설펐다. 내 글도 토론 대상에 올랐는데 그녀는 찬사를 아끼지 않았다. 그녀가 날 우러러보는 모습에 전율이 일었다. 주디의 뜨거운 마음이 식지 않았으면.

나는 필드 교수가 좋았다. 그는 당시 은퇴를 1년 남기고 있었다. 그가 기고한 글들을 읽어보았지만, 나는 그쪽 분야엔 문외한이었다. 그는 과학 관련 질문을 쉽게 풀어서 설명하는 능력을 지닌 학자로, 과학이 과학 이외의 분야에 끼치는 영향에 관심을 보였다. 나는 과학은 전혀 몰랐기에 그가 강의하는 다윈 수업을 들었다. 그는 지평을 넓히고 싶어 하는 날 보고 반색하며 샬린까지 저녁 식사에 초대했다. 그렇게 넷이 모였다. 해리 교수와 부인 바버라, 나와 샬린. 주디는 없었다. 따로 나가 살았기 때문이다. 그래도 난 실망하지 않았다. 실망할 정도로 기대하지도 않았으니.

사실 주디의 사생활에 대해서는 아는 게 거의 없었다. 그녀가 내 비평을 존경하는 건 알았지만, 올리버 퀸하고 사귀는 건 몰랐다. 나는 주디에게 남자친구가 있는지 알고 싶지 않았다. 그녀가 평범한 일상을 누렸으면 하는 마음에 남자친구가 있었으면 하면서도, 한편으론 없기를 바랐다. 있든 없든 나하고 상관없는 일이지만.

다음 해, 해리 필드는 은퇴한 후 집에서 개인 세미나를 열었다. 매주 과학을 전공하지 않은 자들의 이해를 돕고자 뉴턴, 갈릴레오, 다윈, 프로이트 등에 대해 토론했다. 나는 해리 필드에게 배울 게 있다는 생각에 세미나를 들었다. 그는 멘토, 나는 제자 같았다. 조와 코니 라이스 부부도 세미나에 참석했다. 두 사람은 필드 교수 밑에서 정식으로 배웠으니 특혜를 더 많이 누린 제자들이었다. 부부는 필드 교수 기념 논문집을 편집하고 있다면서 교수의 전기를 쓰는 것에 대해 얘기를 했다. 두 사람이 늘어놓는 찬사에서 왠지 모를 광기가 보였다. 그에 비하면 내가 하는 찬사는 과하지 않고 건전했다.

올해 들어 글쓰기 모임의 규모가 줄었다. 모이는 빈도도 점차 뜸해졌다. 내가 하는 비평이 식상해지자 주디가 지겨워하는 건 아닌지 궁금했다. 주디의 관심을 되살리고 싶었지만 방법을 몰랐다. 어느 날, 학생 회관에서 점심을 먹는 그녀를 발견하고 합석했다. 이틀 후, 또다시 그녀와 점심을 먹었다. 그게 일상이 되었다. 글쓰기 모임은 망했지만, 주디 필드와는 꼬박꼬박 점심을 먹었다. 월수금은 주디와 점심을 먹고, 화목에는 그녀의 부친과 동료 교수들을 만났다. 나는 그녀가 내 친구 같았다.

그해 가을에 주디가 임신 사실을 털어놓았다. 깜짝 놀랐다. 나는 주디가 결혼한 줄 몰랐다. 알고 보니 미혼이었다. 주디는 마치 계획했던 일이었다는 듯 임신한 사실에 놀라지 않았다. 그게 계획했던 일이었는지는 나로서는 알 수 없지만 말이다. 주디가 말하길 올리버라는 남자가 애 아빠인데 떠났다고 했다. 떠났다뇨?

꺼졌다니까요. 주디가 농담하듯 말했다. 올리버가 포크너 소설에 나오는 남자처럼 임신한 여자를 두고 도망갔어요. 나는 놀랄 각오가 되어 있었다. 노 교수 가족이 구설에 오르면 어쩌지. 그런데도 주디는 분개하지 않았고, 자기 인생이 망가졌다고 생각하지도 않았다. 내게 털어놓아서 속 시원하다는 듯이 종알거렸다. 망할 놈의 올리버 퀸이라면서 나도 맞장구를 쳤다. 나라면 그렇게 도망치진 않을 텐데. 나라면 안 그랬을 텐데. 샬린이 떠올랐다. 내게 사귀는 여자가 없고 주디가 흑인이라면 내가 주디를 품었을까? 그제야 그런 생각이 들었다.

주디가 필드 교수의 집으로 들어갔다. 점점 불러오는 배를 하고 아버지가 여는 세미나에 참석했다. 이제 주디를 자주 보게 되었다. 일주일에 세 번 점심시간에 보고, 매주 한 번 세미나에서 만났다. 워낙 일상이 되다 보니 조금이라도 깜빡하는 날엔 불안해졌다. 주디의 관심이 사그라들까 봐 두려웠다. 그게 무슨 관심인지 꼬집어 말할 순 없어도, 그녀가 시들해지는 게 싫었다.

꼬집어 말할 수도 있었다. 나는 그녀가 내 지성을 계속 존경해주기를 바랐다. 나의 날카로운 비평적 통찰력, 논리, 명석함, 명쾌한 사상을. 거기에 점심 먹을 때 보여준 내 지혜와 공감하는 능력까지도. 주디와 필드 교수가 감탄했으면. 나는 필드 가족이 좋았다. 마치 내 가족 같았다. 그들이 내 얘기를 하며 칭찬하는 모습을 상상했다.

3월에 아이가 태어났다. 아무도 말해주지 않아서 며칠 후에야 알았다. 내가 집으로 주디를 보러 가도 될 자격이(어쩌면 의무라도) 있는지 궁금했다. 코니처럼 동성 친구도 아니고, 그녀 인생에 애매한 남자였기 때문이다. 자연스레 주디를 다시 볼 일이 생길 때까지 기다리기로 했다. 점심시간에도 못 보는데 세미나에서도 만나지 못했다. 집에 아기가 있다는 이유로 필드 교수가 세미나를 조 라이스의 집으로 옮겼기 때문이다. 주디가 빠지니 세미나가 지루했다. 쉬는 시간에 해리와 조 라이스가 올리버 퀸 얘기를 해주었다. 몇 달간 코빼기도 보이지 않다가 주디가 아기를 낳으려고 입원한 병실에 등장해 부모와 친구들(나는 여기에 포함되지 않았다)은 밖에서 기다리라고 하고 자기만 분만실에 들어가는 특권을 누렸다고 했다.

올리버가 다시 나타나자 주디를 보러 갈 수 없었다. 주디에겐 올리버가, 내겐 샬린이 있었으니. 그러다가 세미나가 다시 필드 교수의 집에서 열리게 되었다. 주디가 조막만 한 아이를 안고 있는 모습이 예뻐 보였다. 나는 그녀에게 예쁘다고 하기 싫었다. 지적이고 매력적이지 예쁜 건 싫었다. 주디가 나하고 인사를 하다가 오래된 친구에게 하듯 뺨을 돌리더니 내가 입을 맞춰주기를 기다렸다. 나는 그 모습에 당황했다. 세미나가 열리던 어느 날 밤, 올리버를 만났다. 덩치가 큰 빨간 머리의 사내였다. 트럭 운전사나 이삿짐센터 직원처럼 생긴 그가 아기를 안고 있었다. 그는 학계 쪽은 자기와 맞지 않는다고 지껄였다. 나는 그를 한 대 갈기고 싶은 충동이 일었다. 경찰견을 부르고 싶었다. 주디가 이렇게 상스럽게 생긴 남자에게 어쩌다 관심을 가진 걸까.

그날 밤, 샬린이 옆에서 자는데도 나는 이 의심쩍은 남자 때문에 조용히 분노했다. 걱정할 필요는 없었다. 그는 또 사라졌고 주디는 두 번 다시 그를 입에 올리지 않았다. 코니와 조, 필드 교수까지 다들 주디를 돕자며 얘기를 나누었다. 아기가 생기자 자기만의 시간을 가질 수 없는 주디에게 베이비시터가 여럿 생긴 것이다. 부모님과 착한 친구들, 나도 그중 하나였다. 믿음직스러운 가족같이 살가운 사이가 되었다.

샬린과 나는 서로에게 질리고 말았다. 샬린이 이사 나갔다. 집에 있으면 샬린이 그리웠지만 생각보다는 덜했다. 여자가 없으니 이상했다. 딴 여자를 찾아야겠다는 마음이 들었지만, 서두를 생각은 없었다. 이런 내가 놀라웠다. 여자가 별로 궁하지 않다니.

나는 필드 교수의 세미나에서 주디를 계속 만날 수 있었다. 아기가 쑥쑥 컸다. 3개월, 6개월, 거의 돌이 되었다. 코니와 조와 내가 주디 모녀를 잘 챙겼다. 필드 교수 부부가 카리브해로 여행을 떠났다. 그사이 아기는 내가 보고 코니와 조가 주디를 데리고 나가 영화를 보여주었다. 얼마 후, 코니와 조가 아기를 봐줄 테니 나더러 주디하고 영화를 보고 오라고 했다. 나는 그녀의 코트를 들고 차 문을 열었다. 긴장한 내가 꼴사나웠다. 애처럼 이게 다 뭐야? 데이트니, 사랑이니. 정확히 말하면 아니었다. 이건 데이트도, 사랑도 아니었다. 게다가 주디는 백인이었다. 우정을 나누고 듣기 좋은 소리만 하는 사이일 뿐 코니와 조처럼 나와의 관계도 다르지 않았다. 그런데도 나는 어색하게 문을 열어주고, 그녀와 나란히 걷다가 표를 사서 극장에 들어가 그녀 옆에 앉았다. 차라리 데이트라면 나을 것 같았다.

이 일을 계기로 드디어 고민에 빠졌다. 주디에게 이렇게 집착하는 게 사랑의 또 다른 모습이 아닐까? 그건 아니었다. 섹스가 결여됐기 때문이다. 섹스라는 측면에서 보면 그녀는 내가 생각하는 여자가 아니었다. 나는 그녀의 벗은 모습을 상상하지 않았고, 그녀를 만지고 싶다는 충동조차 일지 않았다. 내가 원한 건 그녀의 손길이 아니라 그녀의 존경이었다.

그런 생각 때문에 다가갈 수 없었다. 전기가 흐르는 담장처럼 인종이라는 태생적 장벽에 가로막혀 있었다. 내가 백인으로 변하는 중일까 봐 두려워하던 시기에 느꼈던 그때 그 장벽이 지금도 건재하다는 사실에 마음이 놓였다. 아버지 덕분에 대학 세계라는 방탄유리 뒤에서 흑인 세계를 조망했던 나. 흑인임에도 나는 저들과 다르다고 느끼기도 했다. 내 잘못이든 아니든, 가끔은 이런 내가 부끄러워서 고쳐나갈 계획을 세웠다. 흑인 형제들과 화해해야 하나? 아직은 아니었다. 내가 해야 할 첫 임무는 아버지의 기대에 부응해 내 분야에서 출세하는 것이었다.

나는 주디를 향한 집착을 플라토닉한 애착이라고 불렀다. 그렇게 부르자 집착이 고귀해졌다. 이번에도 마음도 놓였다. 하지만 당연히 모순이 없을 리가 없었다. 주디를 건드리고 싶지 않으면서도 품고 싶은 마음이 간절했다. 극장에서 나오면서 박력 있게 팔을 둘러 그녀를 확 끌어당기고 싶었다. 섹스는 하고 싶지 않았다. 주디를 만지고 싶지 않았기 때문이다. 두 달간 내 욕망을 억누르면서도 그녀를 만지고픈 욕구는 일지 않았다. 사실, 플라토닉이라고 부르는 순간, 내 가슴속에 플라토닉한 애착이 멈추고 말았다.

그때, 올리버가 주디의 딸을 납치했다. 영웅이 될 기회였다. 왜 영웅이 되고 싶냐고? 묻지 말길. 뱅거행 비행기에 오르는 모습이 그 옛날 기사도의 사랑처럼 보였을지도 모르겠다. 겉모습만 그랬을 뿐, 사랑은 아니었다. 학습된 가식이랄까. 마치 그런 척 연습한 것이다. 나는 주디를 사랑하는 척했다. 만일 사랑을 믿지 못하거나 그걸 사랑으로 착각하는 거라면 그냥 착각한 척하면 된다. 나는 사랑하는 척하느라 뱅거로 날아갔다. 사랑하는 척하느라 차를 빌려 스텀프아일랜드까지 몰고 가서 여관에 묵었다. 사랑하는 척하느라 스텀프아일랜드에서 위커폴스까지 이동했고, 사랑하는 척하느라 밀러 농장에 내 목을 내놓고, 사랑하는 척하느라 올리버 퀸이 끔찍하게 죽는 장면을 목격했다. 척한 게 뭐가 어때서. 그저 친구에게 호의를 베풀었을 뿐인데.

슬리피위커 모텔에서 내 방 옆에 주디의 방을 하나 더 잡았다. 한 달 전 주디와 영화를 보러 간 게 데이트인 척 시늉만 했다면, 내 방과 나란히 주디의 방을 잡은 것 역시 연애하는 척 시늉한 것이다. 그녀의 방으로 짐을 옮겼다. 잠자리에 관한 질문이 내 머릿속에 떠올랐다. 생각을 하다가 그 생각을 떨쳐버렸다.

이런 식이었다. 남녀가 모텔에 들어가는 상황, 이런 경우, 닳고 닳은 온갖 시나리오를 짜게 된다. 내가 흑심을 품었다고 해서 내게 손가락질을 해서는 안 된다. 그걸 상상하는 것과 실행하는 건 다르다. 나는 그 짓을 할 마음이 없다. 주디를 향한 내 사랑은 플라토닉이기에.

바로 이게 내가 토요일에 주디를 기다리면서 한 생각이었다. 나는 그다음 날을 준비하며 납치당한 아이를 되찾을 전략을 짰다. 뻔한 장면이 떠올랐다. 남자가 여자에게 모텔 방을 잡아준 다음 자연스럽게 그 방에 찾아간다. 제 발로 찾아가든, 여자의 초대를 받든 말이다. 여자가 초대에 응하면 당연히 진도가 나갈 수밖에 없다. 대낮에는 전혀 그런 기미를 보이지 않았더라도, 야밤에 그렇고 그런 상황이 조성되면 다들 끝까지 가게 된다. 확언하건대, 우리에겐 이런 상황이 적용되지 않는다. 우린 다르다. 우린 이런 걸 원치 않는다. 한참 그 생각에 빠져 있다 보니 내가 하고 싶은 게 바로 그거라는 생각이 들었다. 진짜 원하는 게 바로 그거였다.

그래서 나는 나의 사랑에 섹스가 결여되어 있음을 깨달았다. 미치도록 하고 싶었다. 끝까지 가보고 싶었다. 주디 필드와 침대에 나란히 누워 섹스하고 싶었다. 당신도 놀랐겠지만, 나도 정말 놀랐어. 이것은 자신이 입

양아라는 사실을 알게 되는 것과 비슷했다. 부인하고 거부했다. 난 이 백인 여자하고 자고 싶지 않아. 끌리지 않는다니까. 내가 무슨 변태인가, 나는 중얼거렸다. 그녀의 마법에 내 몸을 맡긴다면 그 어떤 반전의 매력과 유혹이 펼쳐질까? 이 여자에게 넘어갔다간 백인 여자라면 사족을 못 쓰게 될지도 모른다. 그랬다간 무슨 추태가 벌어질지 모른다. 아무에게나 끌리게 되는 건 아닐까? 친척들, 숙모들, 사촌들, 아이부터 아줌마, 할머니까지. 성도착자들도 많다. 수염이 난 여자에게 끌리는 괴짜도 있고, 곱상한 남자 양아치들에게 끌리는 남자도 있다. 끓어오르는 욕정이 만들어낸 혼돈. 어떻게 해야 내가 내 감정을 다시 믿을 수 있을까.

버스 터미널에서 그녀라는 존재가 눈앞에 나타나자 나는 냉정을 되찾았다. 어쨌든 그녀를 보니 기뻤다. 겨울 코트를 입은 모습이 보기 좋았다. 버스 터미널 바닥에 고인 웅덩이를 돌아가는 그녀의 우아한 자태에 가슴이 설렜다. 날 알아보는 그녀의 익숙한 미소에 가슴이 흐뭇했다. 내가 느끼는 감정은 단순한 끌림이 아니라, 이렇게 특별한 것이었다. 이건 친척이나 수염이 난 여자에게 끌리는 것하고 완전히 달랐다. 그녀가 백인이라는 사실 딱 하나가 마음에 걸렸다. 그런데 갑자기 이것마저 상관이 없어졌다. 그녀와 친하게 지내면서 그녀가 백인이라는 사실이 무뎌지다 보니 우리가 태생적으로 성별이 다르듯 인종이 다르다는 인식마저 희미해졌다. 이제는 그 흔적조차 찾을 수 없었다. 대신 섹스하고 싶다는 욕구가 불현듯 내 머릿속을 채웠다. 권한을 가진 자에게 허락받은 것 같았다. 어둠 속에 주디를 태우고 내가 찾은 이 시골 동네를 누비며 구경시키면서도 내 머리엔 온통 섹스, 섹스, 섹스로 꽉 찼다. 운전하는 동안 내 아랫도리를 가린 옷을 벗어버린 것 같았다. 혈기가 치솟아 나를 휘감는 것 같았다. 우리 사이가 도로 어색해졌다. 내가 차마 그 말은 할 수 없었기에. 나중에 하자. 오늘 밤은 안 돼. 무르익을 때가 오겠지. 그러자 괜찮아졌다. 우리에겐 할 일이 있었기 때문이다. 풀어야 할 문제, 우리 앞에 놓인 임무가 있었다. 그녀는 정신이 온통 그쪽에 팔려 있었다. 다음 날인 일요일 날이 밝자 전날 밤 일은 묻어두었다. 우리는 애쓰고 신경 쓰며 그다음 날을 보냈다. 둘이 차를 타고 밀러 농장까지 갔다가 쫓겨난 뒤 경찰에 신고한 다음, 밤에는 플린에 있는 하이잭 카페에 가서 저녁을 먹었다. 그리고 밤이 되었다. 내 아랫도리가 이런 질문을 다시 던졌다. 이제 해도 돼? 어둠을 가르며 하이잭 카페에서 돌아오는 길이었다. 옆에는 주디가 앉았다. 헤드라이트를 켜고 시골길을 달리자 풀숲과 나무 기둥이 보였다. 입을 다문 채 생각에 잠겼다. 이제 날 옥죄던 것들을 모조리 벗어버리자 주디가 흑인이 아니라는 사실이 신경 쓰이지 않았다. 태초부터 정해진 사실에 무덤덤해졌다. 지금 주디가 어떤 마음일지 모르다는 두려움만이 날 말리고 있었다. 그런데 아직도 확신이 서지 않았다. 아직은 때가 아닌 것 같다. 나는 여태 모른다고 쳐도, 주디는 왜 아직도 모르는 걸까?

그것을 알려면 부딪혀보는 길밖에 없었다. 내가 용기를 낸다면. 자칫 잘못했나간 내 평생 가장 소중한 우정이 망가질 수도 있었다. 인종 문제와는 별개로, 주디는 유괴당한 딸 때문에 넋이 나가 있다. 나더러 무심하고 배려가 없다고 하겠지. 우리는 그녀의 방문 앞에 서서 잘 자라고 인사했다. 그녀가 눈동자로 날 초대하는 것 같았다. 그런데 내가 망설이자 초대의 눈빛에서 고마움의 눈빛으로 바뀌더니 다정하게 악수한 후 잘 자라고 했다.

내일은 부딪혀봐야지. 나는 혼잣말을 했다. 사실 나는 다시 초대받지 못하리라는 걸 알았다. 방에 들어가자 자동 응답기에 빨간 불이 깜빡였다.

놀랍게도 올리버 퀸이 메시지를 두 개나 남겼다. 나는 주디를 데려와 들어보라고 했다. 잠시 그녀가 내 방에 머물렀다. 세워 놓은 계획이 위험이 따르는 모험으로 변했다. 내가 영웅 노릇을 할 기회가 또 생기자 마음이 놓였다. 주디가 함정 같다면서 걱정했다. 나는 걱정하지 않는 척했다. 필드 교수에게 전화를 걸었다. 그 역시 위험하다고 했다. 위험해야 영광이 더 커지지. 그런데 필드 교수가 내일 합류한다면 또 다른 걸림돌이 되어 내 희망이 사라지리라는 걸 나는 알고 있었다. 주디의 딸을 구출하는 것만큼이나 이것 역시 심각한 문제 같았다. 섹스에 너무 집착하는 내가 이기적이었다.

알다시피, 그다음 날 아침, 나는 농장에 가서 올리버를 만나고 그와 같이 오솔길을 따라 올라갔다가 예상치 못한 참사를 목격했다. 그 후, 실망스럽게 일이 끝나려는데 농장 사람들이 주디더러 아이를 데려가라고 했다. 아이를 데려오려고 주디를 차에 태우고 밀러 농장에 갔다. 그런데 황당하게도 주디가 하룻밤 자고 올리버의 장례식까지 보고 오겠다고 했다. 혼자 모텔로 돌아와 필드 교수를 기다렸다. 화가 치밀었다. 남들은 내게 화살을 돌리겠지만. 올리버의 두 다리가 허공에 붕 뜨며 추락하는 장면을 몇 번이고 떠올리자 내 분노의 본질이 흔들렸다. 이쯤 되자 모든 게 불확실해졌다.

결단을 내리기 전까지 내 기분이 이랬다. 나는 그날 밤, 일이 다 마무리되면 주디 필드와 결혼하기로 마음먹었다. 내가 가진 편견, 그녀가 가진 편견을 모두 지우리라. 헤이즐도 키우고 우리 아이도 키워야지. 남들이 눈에 불을 켜고 볼 텐데. 볼 테면 보라지. 의식이 깨인 사회라면 우리를 환영할 것이다. 대학이 있는 도시, 내가 자란 동네처럼 말이다. 차를 타고 식당에 가고 호텔에 묵는 모습도 상상했다. 근사한 친구들도 생기겠지. 집도 사고 돈도 많이 벌어서 늙을 때까지 행복하게 살겠어.

그런 생각을 하면서 오늘 밤 주디 대신 내 벗이 되어줄 필드 교수를 기다렸다. 썰렁한 방에서 교수를 기다리는 동안 가슴 뛰는 상상이 펄떡거렸다. 가슴속 저 아래 밑바닥에서 어떤 기분이 꿈틀대기 시작했다. 뭣 때문에 속이 부글거리는지도 모르는데 속이 부글거리기 시작했다. 기다리면 기다릴수록, 나의 영웅 놀음이 실없는 짓이라는 기분이 심해졌다. 이 모든 사태가 법을 어겨서 받는 벌일지도 모른다는 느낌이 더욱 짙어졌다. 무슨 법을 어겼는지는 모르겠다. 그저 짐작만 할 뿐.

12 해리 필드

5시 반 알람 소리에 잠에서 깼다. 면도하고 짐을 싼 다음 공항에 가서 푸드코트에서 식사했다. 보스턴에 도착해서 바람을 맞으며 아스팔트를 가로질러 소형기에 몸을 실었다. 두 다리 때문에 고생이었다. 잠깐만 걸어도 욱신거려서 걸음을 늦추거나 아예 서서 쉬어야 했다. 조만간 지팡이를 짚고 다니거나 차에 장애인 마크를 붙여야 할지도 모른다.

소형기가 뉴햄프셔주 중앙에 있는 작은 공항에 내렸다. 20년 전 아버지 장례식에 참석하려고 이 공항에 왔었다. 공항은 마을 위로 보이는 언덕 위 평지에 있었다. 비행기가 급격히 기수를 틀어 공항으로 들어서자, 짐승의 등에 솟은 털처럼 나무가 자라는 산기슭이 시야에 들어왔다. 실처럼 얽힌 허연 도로를 따라가니 장난감 집이 늘어선 좁은 길이 나왔다.

시골 공항에 태양이 떴다가 졌다. 우뚝 솟은 산에 구름이 뭉쳐 있었다. 작은 대합실에 식당 카운터가 있고, 콜라 자판기와 긴 의자가 놓여 있었다. 해리는 차를 빌린 다음 슬리피위커 모텔로 전화했지만, 데이비드와 주디는 나가고 없었다. 차를 몰고 시내를 지나 뉴햄프셔 시골길을 가로질렀다. 들판을 지나 숲을 통과했다. 굽은 도로를 올라 양쪽 언덕 사이로 쭉 뻗은 길을 지났다. 조각난 구름이 탁 트인 하늘에 떠 있고, 햇살과 그림자가 군데군데 대지를 누볐다. 낡은 축사와 외딴집들이 보였다. 나무들이 물 쪽으로 기우뚱하게 서서 호숫가를 둘러쌌다. 근처에 폐쇄된 청소년 캠프장이 있었다. 작은 농장이 있는 평지가 보이더니 북쪽으로 높은 산맥이 급작스레 솟으면서 들쭉날쭉한 지평선이 저 멀리 펼쳐졌다. 허기를 채우려고 휴양지 마을에 차를 세웠다. 하지만 휴가철이 아니어서 그런지 대부분 문이 닫혀 있었다. 갈색 표지판에 '뉴햄프셔 화이트 산맥 국유림'이라고 적힌 곳을 관통했다. 날이 어두워졌다. 구름이 밀려와 산 정상을 가리고 기슭을 검게 물들였다. 시골 풍경이 서글퍼 보였다. 전면 와이퍼가 끽끽거렸다.

해리는 여기까지 온 이유를 떠올렸다. 앉아서 초조하게 기다릴 수만은 없어서였다. 딸과 남자친구에겐 그의 합류가 좋지만은 않을 것이다. 도와주러 온다는데 대체 무슨 도움이 될까? 마지막 희망이라도 놓지 않으려고 오긴 왔는데 희망이 있기나 있을까? 마음이 무거웠다. 어젯밤 데이비드에게 들은 올리버가 남긴 묘한 음성 메시지 때문이었다. 밀러를 만나서 애를 데려가라니. 주디가 아니라 데이비드더러 오라니. 앞길로 오지 말고 숲에서 숨어들어오라니. 음모인가? 올리버의 음흉하고 천박한 상상력이 불타오른 것일까? 해리는 마음에 들지 않았다. 곰곰이 생각하니 미칠 것 같았다. 사이코패스일 가능성, 이 말이 떠오르자 올리버가 데이비드에게 남긴 메시지가 처음부터 끝까지 함정 같았다. 해리는 그 함정을 상상하며 여러 가지 버전으로 그림을 그렸다. 데이비드가 붙들려 죽임을 당한다. 주디가 홀몸으로 뉴햄프셔 황야에서 광인들에게 노출된다. 그래서 해리가 온 것이다. 다른 선택지는 없었다. 상상하지 않으려 했다. 차창으로 스쳐 지나가는 뉴햄프셔의 무표정한 전원이 그의 끔찍한 상상을 꾸짖었다.

산에는 선친의 모습이 가득했다. 1900년대 초에 산에 올라가 지도를 그리던 아버지. 해리는 어린 시절을 떠올리며 그 모습을 다시 그려보았다. 해리의 어린 시절은 평온하긴 했지만, 가슴 깊은 곳에는 그 옛날 묻어둔 두려움이 가득했다. 차창 밖에 보이는 것들 모두가 아버지를 떠올리게 했다. 참수당한 산비탈에 뭉게뭉게 피어오른 구름을 보자 외로움에 몸서리쳤다. 도로에서 숲으로 진입하는 길과, 부모님과 같이 오두막으로 향하던 길이 겹쳐 보였다. 오두막이 생각났다. 추운 시골에서 맞이하는 아침이라 나무에서 물이 뚝뚝 떨어져서 축축했다. 낙엽 진 척척한 길을 헤치며 등산하는데, 길 따라 미끄러운 바위가 늘어서 있었다. 이제 유명한 화이트 산맥 국유림 정상에 올랐다. 하얀 자작나무며 소나무며 전나무를 헤치고 몇 킬로미터를 오르니 잿빛 하늘에 가려졌던 경치가 보였다. 신기하게도 구름이 걷히더니 해가 쏟아지는 높은 바위 봉우리가 드러났다. 곧이어 골짜기 너머로 장엄한 산맥이 위용을 뽐냈다. 미국의 역사와 문학가 응집된 이곳. 대통령의 이름을 딴 누런 산봉우리(화이트 산맥 중 가장 높은 봉우리가 워싱턴산이다. 일곱 개의 봉우리에 역대 대통령의 이름을 붙였는데, 워싱턴·아담스·제퍼슨·매디슨·먼로·프랭클린·아이젠하워산이 있다)에 눈이 내려앉았다. 눈에 햇살이 반사되자 바위 봉우리가 번쩍거렸다. 산의 날씨에 따라 그의 기분도 바뀌었다. 어릴 때도 그랬다. 산봉우리에 해가 뜨면 들떴다가, 구름이 덮이면 울적하고 우울해졌다.

산에서 목숨을 잃었다는 사연은 많고 많았다. 거친 눈보라에 코앞에 있는 정상 별장을 찾지 못해 미국 건국의 아버지 워싱턴산 비탈에서 죽어간 사람들. 너새니얼 호손(『주홍글씨』를 쓴 미국 작가)이 쓴 단편 속 주인공들이 가득했다. 폭풍우가 치던 밤, 한 손님이 산 중턱에서 가족이 운영하는 여인숙에 묵었다. 저녁에 담소를 나누면서 이 손님이 미래의 포부를 말하는 순간, 돌들이 쏟아져 구르는 소리가 들렸다. 다들 눈사태 대피소를 향해 내달렸다. 굴러 내려오던 돌무더기가 갈라지면서 여인숙은 멀쩡했지만, 대피소로 달려간 가족과 야망이 큰 손님은 그만 깔려 죽고 말았다. 해리는 산장에 있던 빨간색 표지에 제목이 각인된 낡은 책에서 이 단편 소설(너새니얼 호손의 단편 '야망이 큰 손님')을 읽었다. 그의 아버지와 어머니, 형과 여동생도 등유 불 아래에서 이 책을 읽었다. 비가 지붕 위에 후두두 떨어지고 바람이 신음했다. 독서와 독자, 단편 소설과 책을 읽던 시간이 해리의 기억 속에서 하나의 매듭으로 엮어졌다. 이제 딸을 도우려고 온 이 여행도 하나의 매듭이 될 것이다. 모든 게 하나로 묶였다. 아버지의 등산, 정상에서 바라보던 풍경, 산장에 쏟아지던 비, 죽음의 기운. 어려서 그는 몸소 경험한 산에서의 우울한 기억을 홀로 간직하며 그걸 자신의 약점이라 여겼다. 그러나 선친에겐 우울함이 기쁨만큼 소중했으며, 죽음의 기운이 물씬 풍기던 과거도 살아 있는 미래만큼 없어서는 안 된다는 걸 이제야 깨달았다. 그 어떤 경험도 홀로 존재할 수 없다.

몽상에 빠져 운전하다 보니 잠시 시름을 잊었다. 레나 파울러가 떠올랐다. 편지는 한참 전에 받았는데 답장은 여태 보내지 않았다. 해리는 위커폴스에서 레나가 사는 앵커아일랜드까지 거리를 가늠해보았다. 뉴잉글랜드 북쪽 끝에서 보스턴까지 가려면 한참 내려가야 한다. 유괴당한 손녀를 찾은 다음, 집에 돌아가기 전에 앵커아일랜드에 잠시 들르면 어떨까? 그런다면 보통 일이 아니다. 그는 현실적인 질문을 던졌다. 만약 일이 잘 해결된다면 다들 뭘 해야 하나? 데이비드는 렌터카를 뱅거 공항에 반납하고 비행기를 타야 한다. 해리는 주디와 손녀를 태우고 일전에 내렸던 작은 공항에 가서 렌터카를 반납해야 한다. 앵커아일랜드에 들렀다 가려면 두 사람을 공항에 내려주며 거기까지 내려가야 할 핑계를 대야 한다. 그런데 둘러댈 말이 전혀 떠오르지 않았다. 혹여 일이 어그러지기라도 한다면?

이 기괴한 모험을 그간 피할 수 있었다는 게 기괴했다. 주디가 어리석게도 올리버 퀸의 아이를 가졌다는 사실은 빅토리아 시대에나 볼 법한 고전 비극이다. 돌아가신 어머니가 살아 계셨더라면 얼마나 충격을 받으셨을까? 주디는 철없는 짓을 저질렀다. 대학을 나오고도 역사의식은 부족했다. 자기가 무슨 선구자라도 된 줄 알았을 것이다. 텔레비전에서 유명인사와 배우 들이 응원하는 미혼모나 여주인공이라도 된 양 착각했을 것이다. 해리는 주디가 일을 그르칠 대로 그르친 것 같았다. 일이 이 지경이 된 건 주디가 임신해서 아이를 낳았기 때문이 아니라, 미치광이라는 사실이 까발려진 올리버 퀸 때문이었다. 그의 치명적인 광기는 밀러라는 교주가 부리는 광기의 연장선에 불과했다. 문제는, 밀러 농장이 대체 무슨 단체냐는 것이다. 밀러 농장을 신문 잡지에 나오는 다른 컬트 단체와 비교하면 어떨까? 통일교. 불교. 중산층 어린이를 세뇌해 찬양하며 공동생활을 시키는 사이비 종교 단체. 아마겟돈(지구 종말에 펼쳐지는 선과 악의 대결)을 기다리며 시골 촌구석에 모여 사는 운명론자들. 존스타운(남미 가이아나에서 짐 존스를 추종하는 신도 1,100여 명이 집단 자살). 웨이코(기독교의 종말을 주장하던 다윗파 광신도들이 경찰과 장기 대치하다 교주 코레시의 명령에 따라 텍사스 웨이코에서 집단 자살)처럼 미치광이 지도자를 추종한 자살 단체. 혐오 단체. 백인 우월주의. 신나치주의자. 아리안 네이션스(아리안계의 혈통에 유색 인종의 피가 섞이지 않도록 해야 한다는 백인 우월주의 집단의 일종). 큐클럭스클랜(일명 KKK. 미국의 백인 우월주의 비밀결사단). 내전과 인종 전쟁에 대비하는 무장 단체. 아마겟돈까지 살아남으려고 지하실을 깊이 파고 무장하여 모두를 배척하는 생존주의자.

맨슨 패밀리(캘리포니아 사막 지대에서 활동한 컬트 공동체. 환각제를 습관적으로 복용함).

앞으로 무슨 일이 닥칠지 모르니 정신을 바싹 차리자. 해리는 스스로 신이라고 칭하는 자가 궁금해졌다. 대체 어떤 사기꾼이기에 사람들 앞에서 저렇게 뻔뻔하게 행동할까? 대체 무슨 짓을 했기에 남들을 믿게 한 것이며, 대체 왜 그러는 걸까? 상황이 달랐다면 해리는 그를 인터뷰하고 싶었을 것이다. 그에게 진지한 질문을 던져 사고 체계를 들여다보고 어떻게 작동하는지 파악하고 추종자들까지 살펴봤을 것이다. 그는 여전히 사람들이 쉽게 속아 넘어가는 이유의 해답을 찾고 있었다. 인터뷰는 불가능해 보였다. 아무것도 모르고 밀러라는 이름만 아는 상태라, 해리가 상상하는 그자의 모습은 마치 풍선 같았다. 웅변조로 말하는 남자가 부풀어 오른다. 기름진 뺨이 빵빵해지고 돼지 같은 눈이 미소 짓는 눈매로 차오른다. 나를 따르라, 이 멍청이들아, 내가 신이다. 해리는 어떤 인터뷰가 될지 알았다. 밀러는 신인 척 연기할 테고 느끼한 언변으로 질문을 귀신같이 빠져나갈 것이다. 눈 하나 깜짝하지 않고. 인터뷰는 또 하나의 홍보의 장으로 전락해서, 해리는 자신이 일조하는 것 같아 민망해질 것이다.

데이비드가 일러준 대로 안드로스코긴 강가에 있는 제지 공장의 도시 엔디콧을 지나 샛길로 빠져 들판을 달렸다. 마침내 슬리피위커 모텔에 도착했다. 모텔은 길가에 있었지만 차가 많이 다니진 않았다. 아직도 벌거벗고 있는 거대한 침엽수 아래에 모텔이 있었다. 나무가 가파르게 선 산비탈이 한쪽으로 보였다. 어둠이 낮게 깔려서 그런지 모텔이 우중충해 보였다. 체크인한 다음 방에 들어가 주디의 방으로 전화했지만 응답이 없었다. 데이비드에게 전화를 걸었다. 오셨어요? 잠시만요. 수화기 너머로 데이비드의 음성이 들렸다. 무슨 일이 있었는지 말씀드릴 테니 기다리세요. 곧 건너가겠습니다. 데이비드의 목소리가 깔깔한 게 그답지 않게 들떠 있었다. 데이비드가 얼빠진 모습으로 건너왔다.

주디는 어디 있나?

밀러 농장에서 하룻밤 자고 온대요.

뭐라고?

아기를 돌려받긴 했는데, 내일 있을 올리버 퀸의 장례식까지 보고 온대요. 올리버가 오늘 아침에 죽었거든요. 사고로요.

깊은 안도감과 충격이 동시에 밀려왔다. 두 사람은 이 얘기를 하고 또 했다. 일련의 사건들을 떼어 놓고 보더라도, 올리버 퀸이 사고로 죽었다는 소식은 경악 그 자체였다. 데이비드는 이 사고를 대단히 방어적으로 설명했다. 코앞에서 벌어진 사고였으니 그럴 수밖에. 데이비드는 자기가 올리버를 밀지 않았다고 했다. 밀 정도로 가까이 있지도 않았다는 것이다. 데이비드가 밀지 않았다는 건 해리가 보장한다. 데이비드가 올리버를 민 거 아니냐고 말하는 사람이 있을 수도 있다. 어쨌거나 올리버의 추락은 천만다행인 일이었다. 단둘이 있을 때 벌어진 사고를 데이비드가 무슨 수로 증명한단 말인가? 해리는 죄책감이 들었다. 그런데 왜 죄책감이 드는 걸까? 데이비드가 올리버를 폭포에서 떠밀었을지도 모른다고 의심의 눈초리를 보냈다가 급히 거둬들이는 사람이 있을지도 모른다는 일말의 가능성만으로도 데이비드는 물론 주디와 자기까지 줄줄이 이 사건에 연루된 것 같은 느낌이 들었다. 누구보다 해리는 선험적 죄책감에 휩싸였다. 그리고 원인이 무엇이든, 그 죄책감은 일련의 사건들을 얼룩지게 했다.

두 사람은 얘기하다가 적막으로 빠져들었다. 시간이 무르익었다. 그게 시간이 하는 일이다. 시간은 가장 화가 치밀고 말도 안 되는 일들을 반죽해 역사라 불리는 케이크를 구워냈다.

결국 해리가 밀러 농장으로 전화했고, 주디와 통화하고 싶다고 했다. 잠시 후 주디의 목소리가 들렸다. 아빠, 오셨어요? 괜찮니? 정말 괜찮은 거냐? 감시당하는 거 아니지?

저 괜찮아요, 아빠. 헤이지도 되찾아서 정말 좋아요.

그 사람들하고 하룻밤을 보낼 거냐?

여기에서 자고 올리버 장례식에 참석하래요, 아빠.

그러고 싶어?

죽은 사람을 생각하면 그게 최소한의 도리인 것 같아요. 여기 사람들 다 좋아요. 마음에 들어요. 밀러하고 얘기도 한 걸요. 좋은 사람이더라고요. 놀라실걸요.

밀러가 좋은 사람이라고?

자상하고 나이가 좀 있어요.

자기 입으로 신이라고 하는 사람이잖니.

신처럼 굴진 않아요. 굉장히 다정한 어른처럼 행동해요.

이 말에 해리의 흥미가 발동했다. 그가 생각하는 모습과 밀러가 다르다면?

그 사람이 인터뷰하는 거 좋아할까?

어머나, 아빠! 주디가 웃음을 터뜨렸다.

30분 뒤 해리의 방으로 전화가 왔다. 잠결에 들리는 전화벨 소리에 그는 화들짝 놀랐다. 해리 교수님, 남자의 음성이 들렸다. 저는 밀러 농장의 밀러라고 합니다.

밀러요?

인터뷰를 원한다는 얘기를 들었습니다.

정말입니까? 인터뷰 해주시겠습니까?

안 될 거 뭐 있나요? 그의 목소리는 부드럽게 울렸다. 나이가 있는 사람이 또박또박 말하는 목소리였다. 뉴잉글랜드 말투 같긴 한데, 꼭 그런 것 같지는 않았다.

몇 가지 말씀드릴 게 있습니다. 해리가 말했다. 저는 회의적인 시각에서 접근할 겁니다. 그리고 저에게 당신의 믿음을 설교하려 하지 마십시오. 저는 사기꾼과 가짜의 실체를 드러내는 일에 힘쓰는 사람입니다. 당신이 꼭 그렇다는 말은 아닙니다만.

긴장 풀어요. 당신이 쓴 글을 봤습니다. 밀러가 말했다.

봤다고요?

내일 농장에서 봅시다. 뭐든 물어도 됩니다. 난 당신이 무섭지 않아요.

해리 역시 그가 무섭지 않다고 말하고 싶었지만 하지 않았다. 밀러가 그가 쓴 글을 읽었다는 게 믿기지 않았지만, 아무튼 기분이 우쭐했다.

13 닉 포스터

올리버가 창밖을 내다보았다. 닉, 저것 봐.

쳐다봤지만 아무것도 안 보였다.

건물 뒤 숲속을 보라고. 큰 바위 위쪽 말이야.

얼굴이 하나 보였다.

저기 저놈을 봐. 흑인이라 얼굴이 검어.

갈색이지 검지는 않았다. 하지만 올리버가 검다고 하니 검은 것이다.

저놈이 뭘 원하는지 알아? 네 아이를 빼앗아가겠대.

나는 검은 남자가 내 아이를 빼앗아가는 게 싫었다.

저놈은 악마야. 흑인 주제에 네 아기를 데려간다니 막아야 하지 않겠어?

막아야죠.

산책이나 하러 가자. 올리버가 말했다. 우리가 뒤로 나가면 저놈이 못 볼 거야. 네게 일을 하나 맡기려는데, 날 위해 해주겠어?

나는 늘 올리버를 위해 일한다. 그게 내 일이다.

올리버가 옷장에서 총을 꺼냈다. 우리는 숲으로 들어갔다. 명상의 자리까지 오솔길이 이어진다. 그동안 사격 연습을 했으니 꽤 잘 쏘겠네?

잘 쏴요.

얼마나 잘 쏘는지 쏴 봐.

우리는 폭포 아래에 있는 바위로 가서 정상을 올려다보았다. 저거 보여? 저기를 건너야 명상의 자리로 갈 수 있어. 말갈기처럼 생긴 나뭇가지 보여?

갈기가 달린 말 대가리가 보였다.

저 갈기를 맞춰 봐.

나는 라이플을 들고 갈기처럼 생긴 가지를 조준한 다음 방아쇠를 당겼다. 갈기가 터지면서 나뭇잎이 폭포수와 함께 쏟아졌다.

제법이군. 어제 내가 루머한테 한 말을 명심해.

뭐라고 했는지 까먹었어요.

너하고 나하고 루머 이렇게 셋이 여기 폭포 아래에 있었잖아. 그때 내가 루머한테 이랬어. 어떤 작자를 쏘고 싶으면 밀러 농장 탄약고에서 라이플을 들고 와서 여기에 서 있겠다고. 그 작자가 저 위 징검다리를 건너는 순간, 쏘겠다고 말이지.

맞아요. 그때 루머는 이렇게 말했어요. 누굴 쏘고 싶으면, 저녁 밥상머리에서 쏴버리라고요. 그랬더니 아저씨가 징검다리를 건널 때 쏘면, 폭포 아래로 떨어져 바위에서 박살이 날 테니 총에 맞았는지 아무도 모른다고 했어요. 그랬더니 루머가 완전 범죄가 되겠네, 이랬어요. 그자가 명상의 자리로 가려고 징검다리를 건너는 순간, 폭포 밑에서 총을 쏘면 완전 범죄처럼 보일 거라고요. 그랬더니 아저씨가 그자가 명상의 자리로 가려고 징검다리를 건너는 타이밍을 맞추는 게 중요하다고 했어요. 그래야 다들 그 사람이 발을 헛디딘 줄 알 거라고요. 그랬더니 루머가 물웅덩이를 돌아서 가는 쉬운 길을 놔두고 굳이 징검다리를 건넜다면 다들 미끄러졌다고 생각할 거라고 했어요. 징검다리를 건너는 걸 더 좋아했다면 다들 그렇게 생각할 거라고요. 그래서 징검다리를 건너는 게 핵심이라고 아저씨가 말했어요.

기억하네.

기억해요.

좋아, 닉. 네 아기를 데려가려는 흑인 악마가 명상의 자리로 가려고 디딤돌을 밟는 순간, 그놈 머리에 총구멍을 낼 수 있겠어?

나는 눈을 가늘게 뜨고 흑인이 징검다리를 건너는 모습과 그의 머리에 라이플을 겨누는 모습을 상상했다. 그럼요.

그럼 흑인이 명상의 자리를 향해 건너가는 모습이 보이는 순간, 총을 쏠 거야?

아뇨.

왜 안 쏴?

사람을 죽이면 안 돼요.

내가 쏘라고 하면 쏠 거야?

나는 생각했다. 아저씨가 하라고 하면 난 다 해요.

내가 쏘라고 해서 쏘았다가 사람을 죽이면 안 되지 않아?

모르겠어요.

그건 진짜로 죽이는 게 아니야. 왜냐, 그 흑인은 악마거든. 사람은 죽이면 안 되지만 악마는 죽여도 괜찮아.

악마는 죽여도 괜찮다.

그렇지. 흑인이 네 아기를 빼앗아가려고 해. 백인 여자하고 결혼해서 그 애를 흑인이자 백인으로 키우겠다는 건데, 착한 사람이라면 화가 날 일이야.

내 아기는 흑인이면서 백인이 될 수 없어요.

안 되지. 흑인 남자가 백인 여자를 데려다가 결혼하면 흑인이자 백인이 되는 거야. 신이 흑인이자 백인을 좋아하실까?

신은 흑인이자 백인을 좋아하지 않아요.

잘 들어. 신은 백인을 좋아해. 그리고 흑인도 좋아해. 그건 신이 백인도 만들고 흑인도 만들었기 때문이지. 신이 싫어하는 건 흑인과 백인이 섞이는 거야.

신은 흑인과 백인이 섞이는 걸 안 좋아한다.

네 평생 가장 중요한 임무를 하나 맡기겠어. 라이플을 들고 저기 그루터기에 앉아서 기다려. 루머가 흑인 남자를 데려오면 내가 그놈을 명상의 자리로 올려보낼 거야. 그놈이 오솔길을 따라 올라가다가 모습이 멀어지면 이쪽 바위로 넘어와서 보고 있어. 그놈이 명상의 자리로 가려고 디딤돌을 밟는 순간, 제대로 조준해서 머리를 맞춰.

나더러 흑인 머리에 구멍을 내라는 거군요.

올리버가 나를 쳐다보자 나는 시선을 내렸다.

나더러 흑인을 죽이라는 거네요.

싫어?

아뇨.

왜 안 싫어?

그놈은 악마니까, 악마는 죽여야죠. 내 아기를 빼앗아가려고 하니까요.

붙들려서 감옥에 갈까 봐 걱정돼?

나는 무서웠다. 나 잡혀가요?

깔끔하게 처리하지 못하면 그럴 수도 있어. 그러니 그놈이 정확히 폭포

중간까지 건너갔을 때 총을 쏘는 게 관건이야. 저 위에 긴 바위 보이지? 물줄기가 양쪽으로 갈라지잖아. 호랑이 혓바닥같이 생긴 바위. 호랑이 혓바닥 보여?

호랑이 혓바닥인지는 모르겠고 바위가 보이긴 했다.

어디, 한 발 더 쏴 봐. 저기 저 호랑이 혓바닥을 맞춰 봐.

나는 총으로 호랑이 혓바닥을 맞췄다. 호랑이 혓바닥에서 돌가루가 튀었다. 올리버가 아니었더라면 나는 저 바위가 강아지 혓바닥을 닮았다고 생각했을 것이다.

바로 저기야. 그놈이 저기를 지나가는 순간 총을 쏴. 딱 그때 쏴야 해. 이게 왜 중요한지 알지?

몰라요.

그래야 그놈이 폭포 밑으로 떨어져서 사고처럼 보이거든. 떨어지면서 바위에 부딪히면 총에 맞았는지 아무도 모를 거야.

나는 올리버가 하는 말을 이해하기까지 시간이 좀 걸렸다. 나는 웃으며 올리버와 악수했다.

혹여 총구멍이 보이면 내가 여기에 있다가 바위로 조금 더 아작을 내놓겠어. 그럼 너더러 총을 쐈냐고 아무도 묻지 않을 거야. 왜냐, 아무도 그런 생각을 못하거든.

나는 또 웃었다.

자, 그럼, 네가 뭘 하면 된다?

그루터기에 앉아서 흑인을 기다린다.

흑인이 보이면 뭘 한다?

보고 있다가 디딤돌을 밟는 순간 총을 쏜다.

정확히 언제 그놈 머리를 향해 방아쇠를 당긴다?

호랑이 혓바닥을 건너는 순간 당긴다.

그럼 어떻게 된다?

폭포 밑으로 추락해서 아무도 모른다.

사고사야. 네가 신의 뜻을 받들어 봉사했기 때문에 평화를 얻게 될 거다.

나는 올리버를 따라 다시 건물로 돌아왔다. 루머가 창밖으로 우리를 쳐다봤다.

당신 똘마니군. 나도 데리고 다녀야겠어. 루머가 말했다.

나는 그를 쳐다보았다. 잠시 후, 올리버가 흑인 남자와 얘기하더니 오솔길이 시작되는 곳으로 데려가는 모습이 보였다. 올리버가 그에게 어디로 가면 되는지 일러주었다. 올리버만 검다고 부를 뿐, 피부가 갈색인 흑인이 오솔길로 올라갔다. 남자가 숲속 깊이 들어가 보이지 않자 나는 폭포 밑 바위로 자리를 옮겼다. 거기로 가야 남자가 보여서 총을 쏠 수 있다. 잠시 대기하고 있는데 뒤에서 루머가 나타나 깜짝 놀랐다. 루머도 라이플을 들고 있었다.

뭐 해? 루머가 물었다.

다람쥐 잡으려고요.

올리버가 시켰나 봐?

나는 대답하지 않았다.

검은 다람쥐를 잡으려고 하는군.

갈색 다람쥐예요. 이렇게 대답하고 나니 내가 똑똑한 것 같았다.

올리버가 너더러 죽이라고 했군. 언제 쏠 거야?

명상의 자리로 가려고 징검다리를 건너는 순간에요.

그때 쏠 작정이군.

나는 대답할 짬이 없었다. 부스럭거리는 소리와 함께 아까 그 흑인이 벌떼처럼 오솔길을 정신없이 뛰어 내려왔다. 그가 후다닥 뛰어 내려오느라 우리를 보지 못했다.

딱 보니 마음이 변했나 보군.

그럼 이제 난 뭘 하죠?

올리버가 시킬 때까지 기다려.

루머가 숲으로 사라졌다. 나는 그루터기로 돌아갔다.

잠시 후, 올리버와 흑인이 나란히 오솔길에 등장했다. 나를 보더니 올리버가 다가왔다.

올리버가 뱀눈을 하고 있었다.

정신 똑바로 차려. 나도 같이 올라간다. 저놈이 건너는 순간, 내가 시킨 대로 해.

알았어요.

호랑이 혓바닥을 건너는 순간 저놈을 제대로 쏴. 내가 아니라.

바보 같은 소리 마세요. 아저씬 절대로 안 쏴요.

올리버가 흑인에게 다가가더니 둘이 산길을 올랐다.

루머가 돌아왔다. 이번에도 저 남자를 쏘는 게 네가 할 일이군.

맞아요.

폭포수를 건너는 순간.

네.

저자가 바닥으로 떨어져도 남들이 네 탓은 안 할 거야. 떨려?

아뇨.

빗맞거나 실수할까 봐 겁나? 저 남자가 아래로 떨어지는 대신 물웅덩이 쪽으로 고꾸라질까 봐 겁나지 않아?

호랑이 혓바닥을 건널 때 쏘면 그럴 리 없어요.

호랑이 혓바닥? 그게 뭔데?

저 위에 강아지 혓바닥같이 생긴 바위요.

루머가 고개를 들었다. 글쎄, 힘들 것 같은데. 네가 쏘는 순간 흑인이 뒤로 쓰러져서 웅덩이에 빠지면 피가 철철 흐르는 머리로 둥둥 떠 있을 텐데. 그럼 다들 총구멍을 보고 네가 무슨 짓을 했는지 알 거야. 그럼 넌 경찰에 끌려가는 것도 모자라 밀러의 분노까지 살 테고.

남자가 떨어질 거라고 아저씨가 말했어요.

흑인이 코끼리 거시기를 넘어가는 순간 쏘라고 했다고?

그게 뭔데요?

호랑이 혓바닥. 왼쪽에 물이 뿜어져 나오는 곳 말이야. 봐, 코끼리 거시기처럼 생겼잖아.

코끼리 거시기가 보였다. 내가 보기엔 스패니얼 거시기와 더 닮았다. 우리 집 스패니얼은 바닥에 앉으면 툭 튀어나온 시뻘건 거시기가 뒷다리에 닿았다.

올리버가 왜 너더러 데이비드 레오를 죽이래? 루머가 물었다.

그게 그 흑인이에요?

흑인 이름이 데이비드 레오야. 올리버가 너더러 왜 그를 죽이라고 했을까?

그가 악마라서요. 아기를 데려가려고 하니까요.

아기 때문이군. 엄마도 그러더니 죄다 한 패거리네. 망할 자식.

네?

잘하는 짓 같아?

뭐가요?

나쁜 짓이야. 올리버는 미친놈이야. 우리 밀러 농장을 벌집으로 만들려는 거라고. 안 그래?

모르겠어요. 내가 뭘 해야 할지 모르겠어요. 나는 루머가 두려웠다.

올리버한테 제대로 못 들었으니 네가 알 리가 있나.

아저씨가 나한테 잘해줘요.

당연하지. 그래야 네가 데이비드 레오를 죽여줄 테니. 있잖아, 닉. 총은 너보다 내가 더 잘 쏘니, 내가 하지.

아저씨가 나더러 쏘랬어요.

내가 올리버 대신 말하겠어. 오두막으로 내려가.

이제 곧 쏴야 해요.

맞아.

흑인이 호랑이 혓바닥을 건널 때 쏴야 한다고요.

호랑이 혓바닥이 아니라 코끼리 거시기라니까.

그럼 아저씨한테 나 대신 쏜 이유를 말해줄 거예요?

말해줄게. 넌 가서 다람쥐나 잡아. 많이. 총소리나 많이 내라고.

다람쥐는 한 마리도 보이지 않았다. 폭포 소리 때문에 총성도 전혀 들리지 않았다. 나는 왔다 갔다 하다가 루머가 보이는 곳에 섰다. 올리버가 나한테 시킨 일이었으니 확인하고 싶었다. 잠시 후, 총성이 한 발 들렸다. 루머가 폭포 밑 바위에 서서 라이플을 아래로 내리는 장면이 보였다. 총성을 낸 주인공이 루머 같았다. 딴 데서 난 소리 같지 않았다.

루머가 그루터기로 돌아와 날 쳐다보았다. 그가 내려오고 있어.

급히 오솔길을 내려오는 소리가 또다시 들렸다. 이번에도 흑인 남자가 모습을 드러냈다. 그가 폭포수 밑으로 곧장 달려가더니 물가에 서서 뭔가를 살폈다.

가서 좀 거들어야겠군. 넌 여기에서 잠시 기다려. 루머가 말했다.

나는 뒤에서 기다렸다. 루머가 물가에 선 흑인 남자에게 다가가는 모습이 보였다. 올리버는 어디에 있을까.

루머가 물을 가로질러 반대편 바위로 넘어가더니 몸을 숙여 뭔가를 보았다. 나는 좀 더 가까이 갔다. 바위 위에 파란 옷을 입은 남자가 누워 있었다. 올리버가 입은 옷하고 같은 색이었다.

나는 저 남자가 올리버인지 궁금했다. 올리버가 아니길 바랐다. 루머가 흑인에게 말을 걸었다.

잠시 후, 루머와 흑인 남자가 구내로 내려갔다. 나는 물가로 가서 건너편에 누워 있는 파란 옷의 남자를 쳐다보았다. 올리버가 나타나 나더러 뭘 어떻게 하라고 시켜주었으면. 나도 루머처럼 물을 건너가려고 했지만 너무 어려웠다. 발이 미끄러지는 바람에 신발이며 양말이며 바지까지 홀딱 젖었다. 올리버가 왔으면. 파란 옷을 입은 남자가 올리버가 아니었으면. 아, 정말 아니기를.

사람들이 구내에서 우르르 올라왔다. 루머도 그 틈에 섞여 있었다. 이제 흑인은 보이지 않았다. 사람들이 물속으로 들어가 파란 옷의 남자를 들어 들것에 뉘고 녹색 비닐 포로 덮더니 구내로 데리고 내려갔다. 나는 루머를 따라잡으려고 큰 건물로 향했다.

무슨 일이에요?

미끄러졌어. 루머가 말했다.

누가요?

올리버가.

아저씨가 죽었어요?

응.

당신이 쐈죠?

소설 쓰지 마. 사고였어.

당신이 잘못 쏜 거잖아요.

난 실수 안 해. 올리버가 미끄러진 거야.

당신이 쏘는 거 내가 봤어요.

아니, 넌 못 봤어.

총소리를 들었다고요.

눈에 보이는 게 늘 사실은 아니야. 폭포 위에서 무슨 일이 있었는지 네가 어떻게 알아? 올리버가 방심하는 바람에 발이 미끄러져서 아래로 추락했어. 그래서 다행이야.

다행이라뇨?

데이비드 레오보다 올리버가 죽은 게 낫잖아. 데이비드가 죽었다간 FBI가 밀고 들어와서 우리 밀러 농장이 끝장났을 거야. 그런 상황은 너도 바라지 않을걸.

아저씨가 데이비드를 죽이라고 했어요.

그리되지 않아서 다행이야. 사고였어. 너 사고가 뭔지 알지? 그건 하느님이 행하신 일이야. 신께서 정하신 운명이라고.

신이라니. 나는 밀러의 생김새를 떠올렸다. 지금 밀러 얘기죠?

밀러는 큰 집에서 명상하고 있었어.

그렇다면 신이 한 일이 아니잖아요.

신이 올리버의 한쪽 발을 미끄러지게 했다면 신이 한 일이 맞지.

그럼 이제 난 뭘 해야 하죠?

뭐든 하던 대로 해.

못해요.

왜 못해?

아저씨가 시켜야 할 수 있어요.

올리버는 죽었어. 이제 너한테 일을 시킬 다른 사람이 필요하다면, 그거 내가 해줄게. 원한다면.

나는 대답하고 싶지 않았다.

내가 시켜줄게. 내가 시키는 대로 해. 내가 널 이끌어줄게. 어때?

나는 슬펐다.

울지 말고. 그놈한텐 눈물도 아까워.

그날 밤 올리버와 같이 쓰던 방에서 홀로 올리버를 생각했다. 다시 눈물이 흘렀다.

다음 날, 사람들이 축사에 장례식장을 차렸다. 올리버를 상자에 넣고 다들 모였다. 다들 아무 말이 없었다. 밀러가 얘기했다. 여자가 보였다. 누가 그러던데 애 엄마라고 했다. 나는 그 여자와 아기 얘기를 하고 싶었다. 그런데 무슨 말을 해야 할지 몰라서 얘기하지 않았다. 나는 가끔 무슨 얘기든 하고 싶지만 할 말이 없어서 입을 다문다. 내가 말을 걸지 않아도 누구든 무슨 얘기라도 해줬으면. 나는 올리버가 죽었다고 말하고 싶었지만, 이 역시 할 말이 없었다.

장례식이 끝나자 사람들이 올리버를 데리고 웅덩이로 내려가 화장했다. 장작을 높이 쌓아 그 위에 관을 올리고 기름을 들이붓고 불을 붙였다. 불꽃이 일자 연기가 피어올랐다. 한참 걸렸다. 나는 틈새로 올리버를 보려 했지만, 아무것도 보이지 않았다. 올리버가 불타는 모습을 보니 가슴이 아팠다. 그가 보이지 않았다.

루머가 내 옆에 앉아 있었다. 이게 화장이야. 총알구멍이 어딘가에 났어도 이제 아무도 몰라.

구멍 안 났을걸요.

말하자면 그렇다는 거지. 없다고 해도 있을지도 모르는 거고.

다 봤어요. 당신이 쏘는 거 봤어요.

아니, 넌 못 봤어. 넌 네가 뭘 봤는지 몰라.

억울해요. 왜 아저씨를 죽였어요?

그럼 안 억울한 건 뭘까?

안 억울한 게 뭔지 나는 말할 수 없었다. 아는 줄 알았는데, 말이 안 나왔다.

올리버를 죽인 사람이 아무 대가를 치르지 않는다면 그게 억울한 거야. 누군가 벌을 받아야 할까?

그래야 해요.

이해해. 사실 내가 전부 말한 건 아니야. 우리끼리 하는 얘긴데, 만일 데이비드 레오가 올리버를 죽였다면?

흑인이 죽였군요.

아무한테도 말하지 마. 둘이 징검다리를 건너다가 데이비드가 올리버를 넘어뜨렸을지도 모르잖아. 안 그래도 올리버가 못마땅했는데 기회가 오자 떠밀었을지 누가 알아? 잘 가라, 올리버, 이러면서.

흑인이 아저씨를 밀었군요.

내가 올리버한테 총을 쏘기도 전에 흑인이 먼저 밀어버렸다면 내가 뭘 어쩌겠어?

억울해요. 흑인이 당신한테 총 쏠 시간을 줬어야죠.

유감이야. 사람은 죽이면 안 되는데.

미치겠네.

우리 둘만 알고 있자. 우리만 아는 비밀이야. 다들 올리버가 삐끗해서 떨어져 죽은 걸로 아는데, 그렇게 두는 편이 훨씬 나아. 왜 그런지 알아?

몰라요.

밀러 농장으로선 그게 더 나아. 경찰이나 FBI가 기웃거리지 않아도 되잖아. 혹시 알아? 네가 숲에서 총을 들고 있었다고 널 기소할지. 경찰이 농장으로 들어오는 거 우린 바라지 않아. 우리가 파놓은 함정이니 우리만 입 다물고 있으면 함정 따윈 없는 거야. 우리끼리 알아서 장례를 치르고 화장하면 남들은 아무도 몰라.

데이비드가 아저씨를 밀면 안 되는 거잖아요. 나는 가슴이 아렸다. 다른 감정도 같이 밀려왔다.

네가 원하는 게 정의군. 억울한 게 싫으니 누구든 대가를 치러야겠네. 그렇지?

대가를 치러야 해요.

누가 치르면 좋을까?

모르겠어요.

세상에서는 이런 걸 어떻게 정하더라?

모르겠어요.

재판이란 걸 해, 닉. 흑인을 재판에 세우고 싶지? 너하고 내가 세울까?

그러고 싶어요.

우리끼리 재판하자. 경찰이나 변호사는 빼고. 이번 사건에서 네가 판사가 되는 거야. 어때?

좋아요.

우리가 데이비드를 재판하고 우리가 벌주자. 데이비드의 죄를 까발려 죗값을 치르게 하자. 무슨 벌을 내리고 싶어? 경범죄, 중형, 극형?

제일 무거운 게 뭐예요?

극형. 데이비드가 가장 무거운 벌을 받아야 할까?

가장 무거운 벌을 받아야 해요.

우리가 재판해서 가장 무거운 벌을 내리자. 살인죄에 대한 가장 큰 벌이 뭐게?

똑같이 당하게 해야죠.

뭐 비슷해. 내가 좀 알아볼게. 네가 올리버를 소중하게 생각하는 만큼, 데이비드가 소중하게 생각하는 사람을 찾아서 죽이자. 그럼 기분이 나아질 거야.

나아질 것 같아요.

문제가 하나 있어.

그게 뭔데요?

재판을 하려면 일단 그놈부터 잡아야 해.

당신한테 계획이 있겠죠.

똑똑한데? 그러려면 잠깐 멀리 가야 해. 흑인을 잡아 죗값을 달게 치르게 하려면 네가 날 기꺼이 도와야 해.

그래야 안 억울해요.

네가 올리버한테 신세 진 게 얼만데.

내가 올리버 아저씨한테 신세 진 게 얼만데요.

14 해리 필드

해리는 일흔이 되어서도 10대 시절처럼 죽음에 대한 두려움을 여전히 떨쳐 버리지 못했다. 죽으면 무슨 일이 벌어질까? 그는 자연과 언쟁한다. 자연이 이치를 들먹이며 눈앞에 보이는 이 광경과 지식을 다 없애버리는데, 이걸 다 알면서도 사람들이 꾸역꾸역 살아간다고? 자연이 반문한다. 넌 네가 죽은 걸 절대로 모를 텐데, 걱정은 해서 뭐 해?

종종 거스 웨셀이 생각났다. 해리의 교수이자 장인이었던 그는 작년 가을에 타계했다. 거스는 자신이 사라진다는 사실에 흡족해했다. 아흔을 넘긴 나이에 감정의 잔재나 기억의 숨결도 남기지 않고 죽는다며 기뻐했다. 해리는 이해가 가지 않았다. 시간의 영원함. 그가 존재하지 않았던 것처럼 만드는 죽음의 영원.

거스는 여러 번 이런 말을 했나. 자연이 해리에게 한 말과 같았다. 잊힐까 봐 두렵다고? 그건 허영이야. 다들 인생이라는 수프에 익사하는 거야.

해리가 두려움을 토로하는 사람은 오직 장인뿐이었고, 노인이 되어서도 그 대상은 장인이 유일했다. 노스승은 죽음의 그림자가 휘두른 권위에 힘입어 새로운 멘토가 되었다. 두 사람이 장난치듯 투덕거릴 때면 해리는 두려운 척했다. 사실 척이 아니라 진짜로 두려웠다. 거스는 윙크하며 농담을 즐기던 사람이었다. 그는 기억이 생생히 떠올랐다. 떠오른 기억은 닻을 잃은 배처럼 이리저리 흘러갔다. 교수와 차를 타고 캐딜락산을 오르다가 기름이 떨어져 멈춰서서 둘이 바라보던 자둣빛 하늘이 기억났다. 거스가 세상을 떠났는데도 세상은 평화롭고 예전과 다름없었다. 그리고 끔찍했다. 모든 죽음이 그렇듯 죽은 거스와 토론하는 게 불가능해지자, 해리는 거스가 했을 법한 말을 지어냈다. 실재하던 거스의 의식이 상상 속으로 쪼그라들었다. 그의 부모가 죽었을 때도 그랬다. 앞으로 누군가 세상을 떠나도 그럴 것이다. 그는 거스 웨셀이 이 세상 사람이 아니라는 걸 참기 힘들었다.

해리는 죽음이 끔찍한 이유를 알 것 같았다. 일생 배우고 생각한 의견을 말하면서 터득한 만고불변의 선이라는 개념 때문이었다. 현인들은 이렇게 가르쳤다. 선한 일도 있고, 대단히 선한 일도 있다. 목숨보다 가치 있는 일도 있다. 온몸에 휘발유를 끼얹은 것처럼 어떤 가치에 푹 빠져 사는 인생도 있다. 그 가치란 예술이 될 수도 있고, 도덕이나 사랑이 될 수도 있다. 그렇게 살다 보면 죽음은 너와 나를 죽음으로 몰아넣고 그 가치를 활활 태워버린다. 선악, 미추, 그간 우리가 배운 것들이 모조리 화염에 휩싸이고 죽음이라는 불멸의 공허 속으로 사라진다. 해리는 이 말을 깜빡하고 장인에게 하지 못했다. 이제는 영영 말할 수 없게 되었다.

해리는 겉으로는 과학적 시각을 견지한 글을 썼지만, 속으로는 손녀딸이 납치당하기 직전에 터득한 죽음과 화해에 이른 길을 다시 되짚어보고 싶었다. 그는 뜯어보지도 못한 선물을 도둑맞은 기분이 들었다.

해리 필드는 밀러 농장으로 가서 신과 인터뷰했다. 그는 자칭 신이라고 사기 치는 밀러가 그가 묻는 말에 대답해줄 거라고 기대했지만, 그건 가봐야 아는 일이었다. 인터뷰를 하러 가면서 대답을 기대하는 것 자체가 모욕적인 일이었다. 해리는 데이비드가 모는 차를 타고 밀러 농장으로 향했다. 그는 외손녀의 귀환을 자축하는 의미로 밀러와의 인터뷰에 기대를 걸었다. 그러나 남들 눈에는 인터뷰를 해봤자 대답도 제대로 안 하고 용납할 수 없는 민망한 말만 늘어놓을 텐데 무슨 기대냐며 암울하게 보였을 것이다.

하늘이 침울하고 칙칙하고 먹먹해서 아무것도 보여주지 않았다. 어떤 여자가 나와서 둘에게 인사하더니 해리에게는 큰 집으로 가라고 하고 데이비드에겐 필드 부인과 아기 옆에서 기다리라고 했다.

집은 빅토리아풍으로 꾸며진 동굴 같았다. 문에 스테인드글라스가 끼워져 있었다. 넓은 중앙 복도에 계단과 발코니가 보였다. 해리가 안으로 쑥 걸어가자 훤한 실내가 드러났다. 한 남자가 배우 같은 음성으로 2층으로 올라오라고 했다.

남자는 발코니에 서 있었다. 큰 키에 머리는 허옜다. 붉은 플란넬 셔츠와 청바지를 입은 모습을 보는 순간, 주디에게 들은 묘사가 떠올랐다. 랠프 월도 에머슨을 닮긴 했으나 프란츠 리스트처럼 흰 머리칼을 길게 기른 남자라고 그랬었다. 그런데 해리 눈엔 영화 「악마와 다니엘 웹스터」에서 악마로 분한 월터 휴스턴 같아 보였다.

민망하게도 해리는 소변이 급했다. 화장실이 어딥니까? 저쪽에 있습니다. 남자가 대답했다. 해리는 남자 암 환자 중 전립선암이 사망 1위라는 걸 알면서도 미련하게 검진을 받지 않았다.

드디어 자칭 신이라고 하는 밀러와 만났다. 둘은 서재로 향했다. 컴퓨터가 보였다. 고양이가 서류 틈새에서 그루밍하고 있었다. 와주셔서 기쁩니다. 신이 말했다. 해리는 창가 옆 등받이가 높은 천을 씌운 의자에 앉았다. 신도 비슷하게 생긴 의자에 해리와 마주 보고 앉았다. 자상해 보였다. 신의 눈이 보이기 전까지는. 눈이 어딘가 이상했다. 어떤 눈으로 쳐다보는지 분간이 가지 않았다. 한쪽 눈은 매섭고, 반대편 눈은 그늘져 있었다.

둘은 구내를 내다보았다. 중앙에 개조된 축사가 자리하고, 숲 언저리에 오두막이 여러 채 있었다. 밀러라고 합니다. 필드 씨 맞죠? 뭘 도와드릴까요? 신이 물었다.

여기까지 온 가장 큰 이유는 제 딸과 손녀 때문입니다.

모녀는 언제든 떠나도 좋습니다. 당신이 요청해서 마련한 인터뷰입니다. 뭐가 궁금한가요?

해리는 뭐가 궁금했을까? 당신이 진정으로 주장하는 바가 뭔지 알고 싶습니다.

당신이 종교적 신념에 관해 쓴 글을 찾아서 읽어 보았습니다. 당신 의견에 동의합니다. 사이비 과학자와 사기꾼의 정체가 드러나서 나도 좋습니다.

그러십니까?

과학과 종교를 주제로 한 다른 글들도 찾아보았습니다.

그가 해리를 응시했다. 그런데 해리는 그가 어느 쪽 눈으로 쳐다보는지 분간이 되지 않았다. 눈빛이 선한 건지, 독기가 어린 건지 구별할 수 없었다. 밖에서 들어오는 햇볕 때문에 월터 휴스턴이 연기한 악마 같은 그의 얼굴에 그림자가 졌다. 밀러가 말했다. 남들이 날 뭐라고 부르는지 알고 있지 않나요? 해리는 그의 광기 앞에 온몸을 떨었다.

남들이 당신을 신이라고 부른다면서요? 어이없는 호칭이라 차마 입 밖에 낼 수가 없어서 해리는 어물어물했다.

그렇게 부르는 사람들이 있습니다.

그렇게 부르라고 시킨 겁니까?

밀러가 눈을 감고 팔짱을 끼더니 윌리엄 버클리(미국 작가)처럼 등을 기댔다. 지금 인터뷰 중이니 인생 얘기를 해볼까 하는데, 괜찮을까요?

괜찮습니다.

밀러가 이야기를 풀어나갔다. 목사로 임명받았지만 교인들이 날 너무 따르는 바람에 그곳을 떠나야 했습니다. 그래서 필라델피아에 있는 어느 아파트에 교회를 세웠는데, 그게 지금 이렇게 커진 것입니다.

그의 말투는 리허설을 거친 후 연설하는 것 같았다. 나는 종교적 체험을 했습니다. 이걸 계시라고 하는데, 계시가 밀러 교회의 뼈대가 된 것입니다. 필라델피아의 어느 공원 벤치에 앉아 생각하던 중에 계시를 받았습니다. 어떤 목소리가 들리더니 내가 누구인지 말해주더군요. 그건 과연 누구 목소리였을까요?

밀러는 해리의 대답을 기대했고, 해리는 밀러가 말해주기를 기다렸다. 밀러가 고개를 끄덕였다. 그렇게 밀러 교회가 탄생했습니다. 처음 계시를 받고 교회를 세웠을 때 필라델피아 아파트에 보인 사람은 고작 다섯 명이었는데, 지금은 40명이 넘습니다. 필라델피아에서 코드 곶으로 자리를 옮겨 텐트 생활을 하며 세를 키웠습니다. 어느 후원자가 메인주에 있는 섬을 하나 내주어서 그곳에서 살다가, 작년에 이곳 밀러 농장으로 옮겨왔죠. 우리 신도들은 야생에서 자립 생활을 합니다. 먹거리를 키우고, 내다 팔 물건과 옷과 작은 목공예품을 만들어 푼돈을 법니다. 세상을 등지고 배타적으로 사느라 신도들을 모집하지도 않습니다.

우리 신도들은 다들 각자 나락에 빠진 삶에서 구원받았습니다. 나의 교리를 믿겠다며 심사숙고하여 고른 신앙으로 새로이 태어난 사람들이라는 것이 당신에겐 가장 놀라운 점일 겁니다. 신도들은 야망을 내던지고 자아에게서 벗어났기 때문에 교리는 신경 쓰지 않습니다. 우리 신도들은 선택하고, 선택하고, 선택하라고 요구하는 권위적인 목소리를 듣지 않습니다. 우리는 저들에게 쉼터를 제공하고 인도하여 책임감에서 벗어나게 해주죠. 나는 선을 행합니다. 선을요. 창밖을 보십시오.

여자 둘이 오두막 현관 앞에 서서 수다를 떠는 모습이 보였다. 통통한 남자가 빨래 바구니를 들고 있었다.

교인을 대상으로 재활 치료도 하십니까? 해리가 물었다.

저 사람들을 세상으로 돌려보내는 걸 묻는 거라면, 아닙니다. 우리 신도들은 세상을 피해 달아난 사람들입니다. 빈칸을 모두 채우지 않으면 벌을 주겠다며 위협하는 기관이라면 다들 치를 떨죠. 잘난 척하는 여교사 같은 사회 자체가 적입니다. 비난하는 언론, 쪼아대는 세무서, 손가락질하는 이웃, 꾸짖는 교회. 나는 그들을 갱생시켜 야망이라곤 없는 세상, 이 밀러 농장에 살게 했습니다. 여기에 있으면 아무도 건들지 못합니다. 여긴 독립 자치 단체거든요.

내가 신이니 날 믿으라고 신도들에게 얘기합니까?

그래야 신도들의 재활이 가능합니다. 날 믿어야 저들이 자유로워지거든요.

스스로 신이라고 믿습니까?

당신이 쓴 글에 설명이 나오던데요.

그런가요?

과학이 지배하는 객관적 세상이 존재하는 반면, 우주가 마음이며 자연이 그 화신이라고 믿는 주관적 인식이 존재한다. 현명한 사람들은 이 두 가지 세상이 조화를 이루길 바라며 양쪽 세상을 믿는다. 당신이 당신 글에서 이렇게 말하지 않았습니까? 내가 여기에 있으니 당신의 바람에 대한 해답이 아닐까요?

뭐라고요?

자연과 마음은 서로 교차합니다. 우주가 마음이라면, 마음은 신성합니다. 나는 의식하기에 고로 신성합니다. 고로 내가 신입니다. 어떻습니까?

이 말에 해리가 웃음을 터뜨렸다. 당신이 신이라면, 나도 신입니다. 그럼 우리 둘 다 신이라는 말이겠네요?

밀러도 웃음을 터뜨렸다. 그러나 수심이 생각보다 깊으니 조심하라고 경고하는 것 같았다. 당신의 신성함과 내 신성함은 다릅니다. 당신의 의식이 신의 성질을 띠긴 합니다만, 당신이 지닌 의식으로는 당신은 신이 될 수 없습니다. 난 가능하고요.

그걸 어떻게 압니까?

자, 주변 사람들에게 당신이 신이라고 진심으로 말할 수 있습니까?

그런 말을 어떻게 합니까?

나는 말합니다. 그게 다릅니다.

당신은 늙은 사기꾼이 맞는군요. 말은 이렇게 하면서도 해리는 밀러가 마음에 들었다.

아닙니다. 내 진짜 정체는 신입니다.

그러니까 당신은 거짓말쟁이고 난 아니라는 뜻이네요.

전혀 그렇지 않습니다. 난 내가 신이라는 걸 압니다. 지식은 믿음이고, 종교는 믿음에 좌우됩니다. 나는 내가 신이라는 걸 압니다. 반면 당신은 당신이 신이 아니라는 걸 알죠. 둘 다 증명할 필요조차 없습니다.

신도들한테도 이렇게 얘기하나요?

나는 신도들에게 욕심을 버리고, 자아에서 벗어나라고 가르칩니다. 고성의 도면 같은 영혼을 옥죄는 금기에 맞서라. 익숙함은 죽음이니 익숙함을 떠나 낯선 것을 찾아 떠나라. 용납할 수 없는 걸 받아들이고, 생각할 수 없는 걸 생각하라. 그렇다고 밖으로 나가 모험을 찾아 헤매라는 말은 아닙니다. 내면의 변화를 말하는 거죠. 우리 신도들은 밀러 농장에서 조용히 지내면서 노래하는 새들과, 사냥하고 쉬고 짝짓고 잠자는 동물들과 생활을 공유합니다.

당신을 신으로 믿으면서요.

세상을 등지고 왔으니 옆에 신이 있으면 위로가 되지 않겠습니까?

신도들을 보면 껄껄 웃음이 나오겠네요.

전혀 그렇지 않습니다. 신이라는 자리는 막중한 자리거든요.

그렇겠죠.

믿음이 필요한 자리입니다. 나는 영적인 존재인 신을 구현한 존재입니다. 대부분 종교에는 신이 인간의 모습을 하고 이 세상에 왔다고 하는 강생 혹은 성육신이라는 개념이 있습니다. 믿음이 신성을 만듭니다. 인간의 몸을 하고 이 땅에 내려오지 않았다면 지각하는 우주에 흩어진 상태로 소통했겠지만, 인간의 몸을 하고 있기 때문에 신이 인간에게 다가가게 된 것이죠. 그래서 지금 우리가 대화하는 것처럼 신과 인간이 대화할 수 있습니다. 사람들은 자기들처럼 신체라는 틀에 갇힌 나를 보는 걸 좋아합니다. 나는 인간의 모습을 하고 지상으로 내려왔기에 육신이 할 수 있는 것만 행할 수 있습니다.

기적을 일으키진 못한다?

나는 기적을 행하지 않는 편을 선호합니다. 내가 인간으로서 지닌 지식이 한정적인 것도 내가 원해서 그런 거죠.

그럼 모든 걸 알지 못한다는 말인가요?

신이 육신으로 사는 동안에는 일시적 기억상실에 걸립니다. 신은 딱 보기만 하면 압니다. 보는 순간 그게 뭔지 곧장 인식할 수 있습니다. 인간은 자신이 선 위치에 따라 보는 게 달라지죠. 내가 인간의 몸을 하고 이 세상에 내려오자 딱 보기만 해도 알던 능력이 막혀 버렸습니다. 제안을 하나 하죠. 당신이 쓴 글을 보니 신에게 물어볼 게 많다고 하던데요. 자, 그렇다면, 당신이 늘 궁금해하던 우주와 관련하여 신에게 뭐든지 물어볼 일생일대의 기회를 주겠습니다.

대답을 들을 수 있다는 겁니까?

내가 신이라는 걸 믿지 않는다면, 내가 신이라는 걸 믿는다고 가정하고 질문하세요.

게임을 좋아하는군요.

맞아요. 신은 게임을 좋아합니다.

이제부터 질의응답 한 장면을 시술하겠다. 해리 필드는 늘 궁금하던 것을 신에게 물어볼 일생일대의 기회를 잡았다. 밀러가 빨간 플란넬 셔츠를 입고 두 손을 깍지 끼고 머리 뒤에 대더니 의자에 앉아 빙그레 웃으며 고개를 젖혔다. 그 모습은 월터 휴스턴이 분한 악마 같기도 했고, 랠프 월도 에머슨과 프란츠 리스트의 향기가 묻어나기도 했다. 그의 한쪽 눈이 좀 이상해 보였다. 좋습니다. 질문하겠습니다. 해리가 말했다.

질문: 당신은 인간이 가진 신체 부위를 모두 지니고 있나요?

대답: 네. 열거해 볼까요? 췌장, 간, 비장, 맹장, 담낭, 계속할까요?

질문: 당신도 죽습니까?

대답: 밀러는 죽겠지만, 신은 영생을 누립니다.

질문: 전에도 인간의 모습으로 태어난 적이 있었습니까?

대답: 여러 번 있었습니다.

질문: 당신이 인간의 몸으로 태어나느냐는 누가 통제합니까?

대답: 신이 합니다. 신 위에 신은 존재하지 않습니다.

질문: 그렇다면 당신은 당신이 인간의 몸으로 태어났다는 걸 깨달았을 뿐이지, 인간의 몸으로 태어나겠다고 결정한 건 아니네요?

대답: 그건 신이 기억상실증에 걸려서 그렇습니다.

질문: 그렇다면, 당신이 신이라면 자연과는 무슨 관계죠? 당신이 자연의 창조주인가요, 아니면 감독자인가요? 신과 자연이 서로 맞서기도 합니까?

대답: 자연이 나의 보편적 육체라면, 밀러는 나의 특정한 육체인 셈이죠.

질문: 당신이 당신의 몸을 직접 창조했나요? 스스로 몸을 빚은 건가요?

대답: 창조라는 말에 문제가 있습니다. 창조라는 단어에는 전후라는 개념이 내포되어 있습니다. 그런데 영원은 시간을 초월하죠. 내가 창조하지 않았어도 난 나에 대해 압니다. 나를 넘어서는 건 알 수 없습니다.

질문: 그렇다면 이건 어떻습니까? 만약 무슨 일이 터졌고 사태가 점점 심각해질 경우 그저 관망만 하나요, 개입할 때도 있나요? 당신이 시간이란 걸 없애버린다면, 이 질문은 아무 의미 없겠지만요.

대답: 그러니까, 지금 나더러 자연의 법칙을 막아서느냐고 물어보는 겁

니까? 기적이니 귀신이니 하는 것들에 대해 물어보는 거라면, 내 대답은 다음과 같습니다. 신은 절대로 신의 법칙을 어기지 않습니다. 다만……

질문: 다만?

대답: 내가 여기에 있는 것도, 벌어지는 일들도 모두 신이 행한 일입니다.

질문: 그럼 당신이 방금 말한 우주의 근원, 빅뱅, 생명의 시작, 종의 진화, 원자 내부 구조, 강점과 약점, 반물질과 양성자에 대해 내가 과학계에 뭘 보고해야 할까요?

대답: 과학자들더러 나를 존경하라고 하십시오.

질문: 당신이 공을 차지하겠다?

대답: 당신네 과학자들은 나를 연구하고 있습니다. 실수하긴 하지만 방향은 맞아요.

질문: 그 실수라는 게 정확히 뭡니까?

대답: 그걸 말하면 간섭이 될 겁니다. 과학자들이 알아내야죠.

질문: 그렇다면 모른다는 뜻이네요?

대답: 다른 질문으로 넘어가죠.

질문: 사후가 존재합니까?

대답: 다들 그걸 궁금해하더군요. 당신도 그게 세상에서 가장 중요한 질문이라고 생각하는 것 같군요.

질문: 대답을 듣고 싶습니다.

대답: 당신이 말하는 '사후'가 뭘 뜻하느냐에 따라 달라집니다. 시간이라는 개념의 안에서 본다면, 사후의 삶은 없습니다. 시간이라는 개념 밖에서 본다면, '후'라는 게 의미가 없죠. '사후'란 없습니다. 삶은 영원하니까요.

질문: 이번에도 시간이라는 개념에서 벗어났네요.

대답: 시간에 대한 두 가지 개념을 생각해봅시다. 하나는, 시간이 계속 앞으로만 흐른다고 보는 개념이 있습니다. 모든 것은 결국 끝이 있기 마련이라서, 영원함은 곧 죽음을 뜻합니다. 또 다른 개념에서는, 시간을 들판으로 봅니다. 그 들판을 훑으며 움직이는 건 인간의 의식이 유일합니다. 인간의 의식이 상황을 정리해 시간의 순서라는 환영 속에 밀어 넣는다는 개념이죠. 이런 관점에서 보면, 모든 순간이 영원하기 때문에 당신은 살면서 영생을 누리게 됩니다.

질문: 내가 쓴 글하고 비슷한데요.

대답: 거기에서 읽은 내용입니다.

질문: 내가 쓴 내용보다 더 많이 아는 건 아니네요?

대답: 사람들이 죽음에 관해 물으면, 난 그들이 듣고 싶어 하는 말을 해줍니다. 천국에 갈 거라고 믿고 죽는다면 그렇게 되지 않더라도 절대 알 수가 없죠.

질문: 그것도 내가 쓴 내용인데요. 내 글을 읽기 전엔 신도들에게 뭐라고 했습니까?

대답: 지구상에는 다양한 종교가 존재합니다. 나는 각기 다른 사람에게 각기 다른 모습으로 등장합니다.

질문: 하필 이 외딴곳을 택해 육신으로 태어난 이유가 뭔가요?

대답: 나 혼자 내린 선택이 아닙니다.

질문: 인간의 몸을 한 신이 더 있습니까? 지금도 있나요?

대답: 시간이 들판이라면 더 있지 않을까요?

질문: 다른 질문을 드리죠. 이 세상에 존재하는 수많은 종교에서 말하길, 남들이 믿는 종교는 가짜라고 말합니다. 유독 당신의 마음에 드는 종

교가 있습니까?

대답: 그럴 수도 있겠죠.

질문: 무슨 종교죠?

대답: 비밀입니다.

질문: 그렇다면, 당신은 왜 그리 잔인하고 매정하며 공평하지 않습니까?

신이 미소를 지었다.

대답: 지금 신 얘긴가요, 아니면 밀러 얘긴가요?

질문: 둘 다요.

대답: 그렇다면 대답하겠습니다. 음식을 먹듯 인생도 생과 사를 먹습니다. 그게 바로 흐름이라고 알려진 것입니다. 그것 때문에 이 우주가 돌아갑니다. 흐름이 없었더라면 우리 둘 다 아무것도 의식하지 못했을 겁니다.

질문: 야비하네요. 사람들은 인간이 인간에게 저지른 사악한 일들을 보며 신이 통탄하면서 그들을 벌할 채비를 하고 있다고 믿거든요.

대답: 비난의 화살을 악마에게 돌리는 사람도 일부 있습니다.

질문: 네? 그럼 악마는 있나요?

대답: 당신은 날 악마라고 생각하잖아요? 그것을 신의 이분법적 구조라고 부릅니다. 모든 생명체에는 근간을 이루는 정반대 원칙이 있습니다. 고통을 겪는 당신을 보고 나는 나이 많은 사디스트로 사는 거죠. 그렇다고 해서 당신이 나보다 더 고결하다고 착각하면 안 됩니다. 위선자인 주제에, 선한 척은 도대체 왜 하는 겁니까? 그것도 모자라, 내가 창조한 지구를 사랑하고, 내가 불어넣어준 당신의 삶을 사랑한다고요? 선한 척하는 것만 빼면 당신도 나와 다르지 않습니다. 당신은 책임은 지지 않고 이 세상의

고통을 관망하며 가슴을 쓸어내리죠. 왜냐, 비난의 책임을 나한테 돌리고 내가 행하는 신비로운 일들을 비난받게 해놓았기 때문입니다.

질문: 지금 나한테 위선자라고 했습니까?

대답: 당신이 그렇게 들었다면 그런 거겠죠.

질문: 다른 주제로 넘어가겠습니다. 예수와는 무슨 관계죠?

대답: 예수는 내 아들입니다. 내가 굉장히 아끼는 아들입니다.

질문: 당신은 죽은 자 가운데서 부활했나요?

대답: 성경에 나오는 문구는 묻지 마십시오. 그럼 간섭하게 됩니다.

질문: 보아하니 당신은 교활한 악마네요. 신의 존재를 믿습니까?

대답: 난 나 자신을 믿습니다.

질문: 당신은 사기꾼 아니면 미치광이네요.

대답: 상관없습니다.

개인적인 질문을 좀 더 하겠습니다. 올리버 퀸이 내 손녀를 납치한 이유가 뭘까요?

그건 그자가 멍청해서 그렇습니다. 그렇게 하면 내가 감동할 거라 착각한 거죠. 그런데 죽었잖아요.

왜 죽었죠?

그것도 신이 행한 일입니다.

신이 행한 일이다?

사고였습니다. 사람들은 사고도 신이 행한 일이라고 합니다. 그 속에서 신의 손길을 봤기 때문입니다.

그렇다면 당신이 올리버의 죽음에 손을 댔다는 겁니까?

나는 모든 이의 죽음에 손댑니다. 내가 의도한 바니까요. 묻고 싶은 게 더 남았나요?

해리는 생각에 잠겼다.

질문: 각종 무기를 상당히 보유하고 있다고 들었습니다. 대체 무기가 왜 필요하죠?

대답: 우리 신도 중 일부는 세상의 종말을 두려워합니다. 걱정하지 말아요. 내가 잘 다스리고 있으니까. 종교 전쟁보다 잔인한 건 없습니다. 인간의 영혼과 심장을 다스리는 나의 힘에 맞설 수 있는 건 없습니다. 그래서 나에게 경의를 표하라고 당신에게 조언하는 겁니다.

질문: 당신에게 경의를 표하라?

대답: 광신도들에게 경의를 표하라고요. 혹시라도 날 모욕했다간 광신도들의 손에 죽게 될 겁니다. 당신 눈엔 하찮아 보이겠지만요.

질문: 그게 당신이 내게 일깨워주려는 교훈인가요?

대답: 원하면 기사로 써도 좋습니다.

인터뷰 말미에 밀러가 일어나더니 문으로 향했다. 해리의 마음속엔 아직 묻지 못한 질문이 대답을 기다리며 여전히 묻혀 있었다. 해리는 이렇게 묻고 싶었다. 듣고 싶습니다. 내가 어쩌다 죽음을 받아들이게 된 건가요? 그 과정이 기억나지 않습니다.

이 사기꾼에게 내 정보를 너무 많이 넘겼다간 망하겠군. 해리는 혼잣말했다. 밀러가 문 앞에서 해리의 어깨에 손을 올렸다. 해리가 입 밖으로 꺼내지 않은 질문을 듣고 밀러가 말없이 대답해주는 것 같았다.

둘이 계단을 내려갔다. 화장실에 또 들러야 합니까? 전립선 검사 받아요. 신이 말했다.

두 사람이 구내로 나갔다. 여자하고 아이를 데려오게. 밀러가 현관에 있는 남자에게 말했다. 남자가 카우보이처럼 잽싸게 공터를 달려갔다. 검은 머리카락이 뒤로 넘어가 이마가 드러났다.

기다리는 동안, 밀러가 신도들 얘기를 꺼냈다. 마리아 간이라는 여자가 그동안 당신 손녀를 봐주었습니다. 아이들을 키우면서 남편에게 매 맞고 살던 여자였죠. 어느 날 내 설교를 들으러 온 그녀와 아이들을 내가 우리 공동체로 초대했습니다. 마리아는 아이들이 이제 장성했는데도 계속 여기서 삽니다. 아이들 이름은 잭, 폴, 낸시라고 합니다.

미란다 에이블은 마약과 섹스에 찌들고 친구들에게 버림받은 여자였죠. 내가 미란다에게 친구들은 다 잊어버리라고 했습니다. 당신은 죽었고 새로운 미란다가 다른 세상에서 새로 태어난 걸로 여기라고 했습니다. 우리하고 같이 살면서 미란다는 마약을 할 필요가 없어졌어요. 나에 대한 믿음으로 버티는 중이죠. 미란다가 원할 때면 늘 내가 믿음을 채워주니까요.

에드 한셀은 최연장자이자 나의 조력자입니다. 늙은 배관공인데 내가 교회를 떠날 때 같이 나왔고, 내가 공원에서 계시를 받는 순간에도 내 곁을 지킨 사람입니다. 나에 대한 믿음 속에 재활 능력이 있음을 깨닫고 남들을 돕는 법을 터득했습니다.

주디가 아기를 안고 데이비드 레오와 오두막에서 나오고 있었다. 그 뒤에는 카우보이같이 생긴 남자와 여자 둘이 뒤따랐다. 안도감에 웃음이 터졌다. 드디어 한자리에 모이다니. 주디가 해리를 안아주었다. 해리가 손녀를 안아 들자, 아기는 휘둥그레진 눈으로 그를 쳐다보았다. 해리는 데이비드와 악수를 나누었다. 주디는 여자들에게 감사 인사를 건넸다. 모두 데이비드가 몰고 온 렌터카로 향했다.

렌터카 옆에 청년이 서 있었다. 청년이라기보다 소년에 가까웠다. 밝게 곱실거리는 머리카락이 엉켜 있었다. 소년은 주디가 조수석에 타는 모습을 쏘아보았다. 해리가 아기를 주디에게 건네는 순간 소년이 막아섰다. 잠시만요.

소년은 해리를 막아서면서도 시선은 데이비드 레오를 향하고 있었다.

왜 그러는 거냐? 밀러는 자상한 눈빛으로 소년에게 시선을 고정하고 있었다. 검은 머리 카우보이가 소년에게 바싹 다가갔다.

아기는 카시트에 앉혀야죠. 카시트가 없으면 운전하면 안 돼요. 소년이 말했다.

주디가 밝게 대답했다. 그건 아는데, 카시트가 없어서요. 렌터카거든요. 제가 조심해서 안고 갈게요.

잠깐만요. 기다려요. 소년이 말했다.

소년이 다른 차로 달려갔다. 데이비드 레오가 차에 탔다. 해리가 손녀를 주디에게 넘겨주었다. 데이비드가 시동을 걸었다. 소년이 돌아보더니 고함을 질렀다. 기다리라고 했잖아요!

왜 저래? 데이비드가 웅얼거렸다.

소년은 다른 차에 타더니 한참이 지나도 나오지 않았다. 그냥 가자. 데이비드가 말했다. 그런데 그럴 수 없었다. 밀러가 차 앞에 서 있었기 때문이다. 소년이 다른 차에서 뭔가를 꺼내 들고 왔다. 카시트였다.

이거 쓰세요.

해리 일행은 차에서 내려서 카시트를 단 다음 소년에게 인사했다. 고마워요. 소년은 일행이 길을 따라 올라가는 모습을 바라보았다.

해피엔딩이네. 해리가 말했다.

세상에, 남자애 눈에 눈물이 그렁그렁하더라고요. 주디가 말했다.

날 죽일 듯이 쳐다보던데. 데이비드 레오가 말했다.

촉촉한 눈으로 헤이지를 보더라. 주디가 말했다.

3부

15 데이비드 레오

우린 각자 다른 것을 봤다. 주디는 소년의 눈에 맺힌 눈물을 봤지만, 내 눈엔 날 죽일 듯 이글대던 눈빛이 보였다. 그냥 애던데 뭐. 주디가 말했다. 올리버 퀸이 죽던 날, 폭포수 옆에서 라이플을 들고 있던 그 소년이었다. 소년이 우리 차를 막아 세우자 카우보이가 얼마나 잽싸게 그에게 다가갔던가.

아흐레간 고생한 끝에 자축할 시간을 맞이했다. 립록로드를 타고 위커폴스를 거쳐 슬리피위커 모텔로 돌아오는 내내, 주디가 카시트에 앉은 아기를 보며 웃고 노래했다. 끔찍했던 장소와 소름 끼치던 신도들에게 벗어났기 때문이다.

이제 뭘 하지? 각각 다른 곳에서 빌린 렌터카가 두 대다. 나는 뱅거에 차를 반납한 다음 비행기를 탈 예정이다. 필드 교수는 레버넌에서 비행기를 타야 한다. 주디 모녀는 그의 차에 탈 것이다. 섭섭하다. 그가 뉴욕 밑에 있는 앵커아일랜드라는 곳에 잠깐 들르겠다고 한다. 50년 만에 옛 친구를 만날 생각이라면서 레버넌에서 주디 모녀를 비행기에 태워 보낸 후, 버스로 앵커아일랜드까지 갔다가 며칠 후 돌아오겠다고 했다. 그래도 괜찮겠니?

그럼요, 아빠. 그런데 옛 친구라는 분이 누군데요? 주디가 물었다. 필드 교수는 어쩔 수 없이 사귀던 여자라고 털어놓았다. 섹스도, 옛일도, 노년이라는 나이에 희석되었다. 어머나, 그럼 모험을 감행하시는 거군요, 아빠. 주디가 슬리피위커 모텔로 돌아오는 내내 해리를 놀렸다. 네가 생각하는 그런 거 아니란다. 근처(근처는 무슨)까지 왔으니 예의상 전화한 거지. 그가 웅얼거렸다. 엄마하고 헤어지시는 것만 아니면 괜찮아요. 주디가 대답했다. 그런 일은 해리의 마음속에 아예 있지도 않았다.

오늘 밤에는 파티를 해야 할 분위기지만, 달랑 셋뿐이었고 스산한 모텔 말고는 갈 데가 없었다. 내가 인디콧에 가서 저녁을 먹으며 샴페인이나 마시자고 했지만, 주디는 고급 레스토랑에 가기엔 아기가 너무 어리다고 했다. 아기 때문에 아기에게 축하를 전할 수 없었다. 무슨 파티면 어떠랴. 축하만 하면 파티지. 우리는 모텔에 도착한 후 플린에 있는 하이잭 카페에 가서 파티하기로 했다.

방에 오니 밀러 농장으로 전화해달라는 루머의 메시지가 와 있었다. 무슨 일이지? 구내에 있던 날 숲으로 데려갔고, 바위 위로 떨어진 올리버 퀸의 시신을 살폈으며, 내가 올리버를 민 거 아니냐며 눈치를 주더니 날 돌려보냈던 카우보이 루머. 필드 교수는 해피엔딩이라고 했지만, 그 속에 사망 사건이 깊이 처박혀 있었다. 아직 문제가 다 해결된 게 아니었다.

루머가 부탁한 대로 전화를 걸어 그와 통화했다. FBI에 신고를 취소하는 전화는 했는지 확인차 전화했습니다. 루머가 말했다.

해야죠. 내가 대답했다.

용건이 하나 더 있습니다. 우리 농장 사람이 준 카시트 말인데요.

카시트요?

밀러가 돌려 달랍니다. 별로 힘들 거 없잖습니까. 엔디콧에 있는 제퍼슨스에 가면 카시트를 빌릴 수 있어요. 하나 빌려서 교수님 차에 달고, 우리 것은 내일 밀러 농장에 돌려주세요. 밀러 농장까지 가야 한다니. 망했다는 생각이 들었다. 우리는 의논을 시작했다. 루머가 예의 바르긴 하나 어딘가 찜찜했다. 결국 그는 나더러 엔디콧 외곽에 있는 제이크앤드짐스라는 주유소에 카시트를 두고 가라고 했다. 내일 아침에 제퍼슨스에서 하나 빌리고, 쓰던 건 제이크앤드짐스에 두고 가면 그리 오래 걸리진 않을 겁니다. 루머가 말했다.

수상쩍었지만, 카시트는 농장에서 배려해준 것이니 그러겠다고 했다. 무슨 꿍꿍이인지 감을 잡을 수 없었다.

우리는 다시 모여 플린으로 향했다. 내가 운전하고 필드 교수가 조수석에 앉았다. 주디는 이번에도 뒷자리 카시트에 아기를 앉히고 그 옆에 앉았다. 평범한 흰 셔츠를 입어 깔끔하고 산뜻해 보였다. 갈색 머리칼이 이마를 덮었고, 눈썹 밑으로 보이는 두 눈으로 창밖을 내다보았다. 나는 분위기에 취해 그녀를 매만지고 싶었다. 누구라도 그런 마음이 들었을 것이다. 주디는 아기가 없어졌을 때 얼이 빠졌던 것처럼 지금도 애한테 정신이 팔린 상태였다. 난 그저 기다릴 뿐. 내가 타라고 차 문을 열자, 주디가 백합이 만개한 눈빛으로 고개를 돌리며 말했다. 데이비드, 이 신세를 어떻게 갚지? 내가 뭘 해줘야 할까? 명료하고 예리했다. 그녀의 아버지 앞이라 깜짝 놀랐다. 난 대답을 알았다. 그녀도 마찬가지였다. 그래서 대답도 못하고 끙끙 앓는 소리를 냈다. 그녀가 살짝 두루뭉술하게 말했다. 이 빚 평생 못 갚을 거야.

신세를 갚는다고? 그녀가 반짝이는 눈으로 소리 없이 말하는 소리가 눈빛으로 전달됐다. 난 당신 거야. 하고 싶은 거 있으면 말만 해. 아기도 되찾았겠다, 납치범은 죽었겠다, 이제는 보상받을 시간이다. 주디의 약속. 조심스러웠다. 순간 확신이 서지 않았다. 아기 때문에, 아기가 그녀의 방에 있으니 가망이 없었다. 아기에게 푹 빠진 주디가 날 어찌 생각할까?

하이잭 카페까지 가는 길 내내 이 생각이 머리를 떠나지 않았다. 카페에 도착하자 해리가 밀러와 인터뷰한 얘기를 해주었다. 스스로 신이라 부르는 걸 보니 미친 게 분명했다. 그런데도 해리는 밀러가 똑똑하고 세련된 사람이라고 했다. 나는 얘기를 들으며 추임새를 넣긴 해도, 머리로는 주디가 한 말을 몇 번이고 곱씹었다. 진심을 파악하려 했다. 대체 약속을 어떻게 지킨다는 걸까? 지금 당장 하자는 건가, 막연히 나중에 데이트할 때 하자는 말인가? 오늘 밤일까, 나중일까? 기다려야 한다면 기다릴 수 있다. 꼭 그래야 한다면 꾹 참고 기다릴 수 있다. 중요한 건, 내가 그녀의 의중을 간파하여 반긴다는 걸 그녀에게 알려야 한다는 점이다. 알리지 않으면 내가 원하지 않는다고 주디가 오해할지도 모른다. 그랬다간 끝장이다.

어쩌면 방에 아기가 있어도 주디가 하자고 하지 않을까? 조용히 일을 치른다면? 아빠라는 또 하나의 혹을 피해 그가 깨지 않게 할 수 있을까? 주디의 방이 내 방과 교수 방 사이에 있다. 벽체가 워낙 얇아서 두 방 건너에서 틀어놓은 텔레비전 소리까지 들린다.

그녀의 부친이자 나의 스승이며 대단했던 해리가 딴사람이 되었다. 나와 얽힌 관계에서 그를 판단하기가 불가능했다. 지금 있는 뉴햄프셔 모처에서 해리는 딸을 둔 아비의 입장을 취하고 있으니 반감이 드는 게 당연했다. 그렇다고 내가 거부감을 느낀 건 아니었다. 그렇진 않았다. 해리가 더는 대단한 교수 같아 보이지 않았다. '해리 필드식 접근 방식'이라든가 '필드식 분석' 등등 내가 보던 참고 문헌 속에 등장하던 이름과 달랐다. 내 기억 속 세미나를 냉철하게 이끌어가던 인물이 아니었다. 그는 여느 사람처럼 신경질적이고 호기심이 많고 놀라는 인간이었다. 밀러와 인터뷰한 얘기를 할 때는 전혀 스승답지 않았다. 그 주제에 대한 내 생각은 필드 교수 못지않았다. 아니, 내가 더 나은 것 같았다. 확실히 나았다. 그가 환호하며 자축하는 모습에서 얼마 전 속수무책으로 당한 모습이 떠올랐다. 세상 물정을 몰라서 그렇다. 체면을 차리던 사람이 이번 유괴 사건으로 체면이 깎였다. 그는 어두운 시골길을 달리면서 자기가 신이라고 주장하는 남자 얘기를 꺼내서 어떻게든 깎인 체면을 다시 세워보려고 갖은 애를 썼다. 말로 체면치레를 하겠다는 것이다. 운전도 내가 하고, 올리버가 죽는 걸 본 사람도 나니, 뭐든 돈으로 때우려는 해리 필드에게 내가 꿀릴 게 없었다. 꿀리든 안 꿀리든, 아기와 해리가 잠든 사이에 주디가 해리와 내 방 사이에 낀 그녀의 방으로 날 초대한다면, 우리는 조용히 거사를 치를 것이다.

이런 생각을 한참 하다 보니 내가 필드 가정을 위해 얼마나 헌신했는지가 떠올랐다. 비행기를 타고 뱅거에 내려 차를 몰고 블랙하버에서 스텀프 아일랜드까지 갔다가 위커폴스까지 내려와 그 일대를 돌아다녔다. 모텔과 우체국을 거쳐 밀러 농장에 가서 스파이처럼 숲을 헤집고, 라이플을 든 남자에게 인질로 붙들려 가파른 오솔길을 따라 올라갔다가 한 남자가 폭포에서 떨어져 죽는 걸 목격했다. 그것도 모자라, 내가 범인이라고 빈정대는 소리까지 들었다. 필드네 가족 때문에 이런 짓까지 하다니. 주디가 내 사람이 되는 게 이치에 맞다. 내가 과대 해석하는 건 아닌지 오히려 불안한 마음이 드는 게 문제다. 사실, 주디와 해리 둘 다 자기네가 무슨 신세를 졌는지조차 신경 쓰지도 않았다. 둘 다 민망한 나머지 시간이 흐르고 흘러

다들 싹 까먹는 날이 오면 좋아할 것 같았다.

해리와 내 방 사이에 있는 주디의 방문 앞에 서서 계획을 확인했다. 7시 기상, 엔디콧에 가서 조식, 9시에 카시트를 빌리러 제퍼슨스로. 다들 알람은 있지? 나는 주디에게 의미심장한 눈빛을 보냈지만 주디가 외면하더니 아기를 데리고 들어가 방문을 콕 닫았다. 처음부터 끝까지 다 고마워, 데이비드.

해리가 방에 들어갔으니 내가 찾아가기를 주디가 바라는 건 아닐까? 해리 귀에 들리지 않게 그녀의 방문을 두드린다면. 해리가 고맙게도 창밖을 내다보지 않는다면. 그녀의 방과 내 방을 가르는 벽에 딱 붙은 침대에 누웠다. 벽을 두드렸다. 한 번 더, 더 크게 두드렸다. 이런 멍청이. 방에 아무도 없는데 얼굴이 시뻘게졌다.

내가 했던 영웅 놀이에 힘입어 속이 빤히 보이는 시도를 감행했다. 나는 벌떡 일어나 방에서 나갔다. 그녀가 쳐 놓은 커튼 주위로 불빛이 아른거렸다. 해리의 방 창문이 훤했다. 살살 문을 두드렸다. 다시 두드렸다. 목소리가 들렸다. 누구세요? 대답 대신 다시 문을 두드렸다. 주디가 목욕 가운을 입은 채 문을 벌컥 열었다. 한 손으로 아이를 가슴에 대고 안고 있었다.

무슨 일이야? 주디는 짜증이 났는지 목청을 낮추지 않았다.

들어가도 돼?

다행히 주디가 화가 난 듯한 표정을 풀면서 할 말을 찾았다. 나는 주디가 대답하기 전에 화를 다스린 것 같아서 마음이 놓였다.

주디가 고개를 저었다. 애가 있잖아. 너무 빨라. 미안해, 데이비드.

너무 빠르다? 너무 빠르다는 건 나중에 하자는 뜻이다. 약속에 버금갈 만큼 좋다. 주디가 굉장히 미안해하며 거절했다. 됐다. 된 정도가 아니라

가슴이 벅차올랐다. 부푼 가슴을 안고 방으로 돌아왔다. 머릿속엔 내일 아침 7시 기상, 이 생각만 가득했다.

아침에 쾅쾅 문을 두드리며 나를 깨우는 소리가 들렸다(해리가 두드렸다). 가방을 차에 싣고 키를 카운터에 반납했다. 그사이 주디와 나는 서로 민망함을 감추려고 시선을 엇갈리게 두고 시답잖은 얘기를 나누었다. 그리고 출발. 주디가 아이를 데리고 내 차에 탔고, 혼자 탄 해리가 앞장서서 달렸다. 속이 허했다. 배가 땅속 저 깊이 꺼질 것만 같았다. 엔디콧에 있는 커피숍에서 식사하고 제퍼슨스가 문을 열기를 기다렸다. 주디가 약간 날카로운 목소리로 화제를 다른 데로 돌리더니 앵커아일랜드로 가는 해리를 또 놀렸다. 9시에 제퍼슨스로 갔다. 카시트는 판매용만 있을 뿐, 렌트용은 없었다. 루머가 잘못 알았다. 이런, 우리 계획대로 할걸. 그럴 걸 그랬어. 주디는 꼼꼼하기 짝이 없다. 하나 사서 집에 가져가지 뭐. 해리의 차에 새로 산 카시트를 달고, 나는 인도에서 부녀와 미적거렸다. 아기를 새 카시트에 앉히고 작별 인사를 나누었다. 주디가 아빠를 놀리고는 기분이 좋아진 것 같았다. 그 바람에 해리가 퉁명스러워졌지만. 그 순간, 주디가 한쪽 팔로 아기를 안고 있다가 다른 팔을 내게 두르더니 입을 맞추었다. 키스하려고 다가오며 보낸 눈빛이 날 완전히 인정한다고 말하고 있었다. 내가 과대 해석하는 것일까 봐 차마 감정을 다 내보이진 못했다. 내 뺨이 아니라 내 입술에 그녀의 입술이 잠시 머물렀다. 윗입술과 아랫입술이 따로따로 느껴졌다. 넘쳐흐르는 눈빛에 약속이 가득했다. 이제야 난 그녀가 진정으로 약속했음을 확인할 수 있었다.

덕분에 뿌듯하게 떠났다. 약속을 저버리고 취소당한 지난 일들이 다시 기회를 얻었다. 카시트는 달려 있지만 아무도 타지 않은 내 차로 돌아갔는데도 그녀가 키스해주던 모습이 떠올라 차가 꽉 찬 것 같았다. 힘이 솟았다. 뱅거까지 가는 긴 여정이 온종일 행복한 길이 될 것 같았다.

루머가 말한 대로, 주황색과 흰색이 섞인 간판이 달린 제이크앤드짐스 차고가 보였다. 앞에 주유기가 있고, 도로 뒤편에 차고가 있었다. 주유기를 돌아가자 차고와 좁은 사무실이 나오고, 늙은 남자가 책상에 앉아 있었다. 밀러 농장에서 빌린 카시트를 여기에 두고 가라고 해서요. 내가 말하자 그가 대답했다. 저기 바깥에 두쇼.

카시트를 떼려고 자동차 뒷자리로 몸을 숙였다. 카시트를 드는데 뭔가 내 등을 짓눌렀다. 뒤돌아보니 루머가 내 등을 누르고 있었다. 도와드리려고요. 루머가 말했다. 등을 짓누르면서 뭘 돕겠다는 건지. 루머가 등을 누르는 와중에 카시트를 꺼냈지만 어디에 두라는 건지 감을 잡을 수 없었다. 저쪽에 둬요. 루머가 말했다.

바닥에 카시트를 내려놓는 순간, 남자들이 에워쌌다. 하나가 아니라 서넛은 되는 것 같았다. 루머도 있었다. 카시트를 내준 금발 머리 소년도 보였다. 그들이 내 차 조수석에 날 밀어 넣고 차 문을 닫았다. 루머가 운전석에 앉고, 나머지는 뒤에 탔다. 돌아봤더니 금발 머리 소년밖에 보이지 않았다. 옆에 누가 더 탔는지는 모르겠다. 루머가 내 손에서 자동차 열쇠를 빼앗았다. 그제야 난 열쇠를 빼앗겼다는 걸 알았다. 루머가 시동을 걸었다.

뭐 하는 겁니까?

워워, 긴장 푸쇼. 차가 쏜살같이 튀어나갔다. 밖을 내다보니 차고 안에 있는 남자는 전화를 받느라 우리를 보지 못했다. 카시트가 사무실 바깥 콘크리트 바닥에 있었다. 차가 시내 중심가로 들어섰다. 내가 가려던 방향이었다.

뭐 하는 거냐고요?

긴장하지 마시라니까.

금발 머리 소년이 등받이에 팔꿈치를 대고 몸을 앞으로 숙인 채 날 노려봤다. 지금 내가 납치당하는 중인가? 누가 날 붙들고 있는 건가? 신호등에 차가 멈춰 섰다. 뛰어내릴까? 가방이 트렁크에 있는데. 납치를 당하는 중이라면 탈출이 급선무다. 차 문으로 손을 뻗었다.

아니 아니, 그럼 안 되지. 루머의 말에 소년이 내 어깨를 한 손으로 꽉 붙들었다. 긴장이나 풀라고. 루머가 말했다. 잠시 후, 날 붙들던 손이 내려갔다. 그때, 신호등이 바뀌었다. 루머가 속도를 올려 시내를 잽싸게 빠져나갔다. 이제 난 차 안에 갇힌 신세가 되었다.

지금 뭐 하자는 겁니까?

몇 가지 확실히 짚고 넘어가려고 하니 대화 좀 합시다.

대가를 치러야죠. 소년이 말했다.

닥쳐. 루머가 말했다.

얘기가 아직 끝나지 않았다는 걸 아는 순간, 심장이 쿵 떨어졌다. 해리가 모는 차를 타고 아무것도 모른 채 해피엔딩을 즐길 사람들이 떠올랐다. 그들이 알 무렵이면 너무 늦었을지 모른다. 그들은 내가 어찌 됐는지 절대로 모를 것이다. 내가 이 세상에 존재하기나 했는지 아무도 모를 것이다.

16 해리 필드

해리는 뉴햄프셔 시골 공항에 가서 렌터카를 반납하고 주디 모녀를 게이트까지 데려다주었다. 택시를 타고 버스 터미널로 이동해 버스를 타고 보스턴에 도착, 다시 버스를 갈아타야 한다. 해리는 자기가 모험가인지 바보인지도 모른 채 버스에 몸을 실었다.

뉴햄프셔의 산처럼 어리석은 그의 모습이 지평선 위로 서서히 드러났다. 그가 만나러 가는 레나는 그가 오는 걸 모른다. 레나에게 답장한 것도 아니었다. 어리석음이 태산처럼 쌓였다. 앵커아일랜드까지 내려갔는데 레나가 없다거나, 안 만나겠다고 하면 어쩌지? 상황이 그보다 나쁠 수도 있다.

느긋하게 고속도로를 달리던 버스가 날이 어두워지자 속도를 내며 보스턴으로 향했다. 해리가 정신 차리지 못하게 납치범이 그를 멀리 끌고 가는 것 같았다. 미치지 않았다고 혼자 중얼거리면서 질문한다. 이봐, 늙은이, 여기까지 무슨 일이야? 힘없이 덜컹거리는 버스에 몸을 싣고 느긋하게 이 질문에 대해 고심한다. 왜 여기까지 왔을까? 충동. 어제 모든 일이 해피엔딩으로 끝나서 기분이 들뜨자 내키는 대로 한 것이다. 뭐든 다 하자, 해리. 뉴잉글랜드의 자연 속에 홀로 있군. 임무도 완수했겠다, 신과의 인터뷰도 막 끝냈으니 뭘 하고 싶지? 숨겨둔 대답이 불쑥 튀어나왔다. 앵커아일랜드로 가서 레나를 만나자. 고민하지도 않고 주디와 데이비드에게 불쑥 말했다. 곱씹었다면 내키는 대로 하지 못했을 것이다. 앵커아일랜드에 잠깐 들러서 옛 친구를 만나볼 생각인데, 괜찮겠니? 그가 실행에 나서자, 아무튼 자유가 사라졌다. 원인과 결과에서 길을 잃었기 때문이다. 레나, 나 왔어, 네 편지를 받고 최대한 빨리 미국을 가로질러 미사일처럼 날아왔다고. 젠장, 앞에 해무가 자욱이 낀 주간 고속도로를 질주하는 버스에서 보니, 수목 한계선 위로 이미 동이 트고 있었다. 이건 아닌데.

답장은 왜 안 했을까? 그러고 싶지 않았다. 결혼해서 행복하게 살다 보니 레나를 잊은 지 오래되었다. 답장도 안 쓰고 이메일이나 팩스를 보내는 대신 직접 레나를 만나러 가는 꼴을 보니, 보고 싶은 마음이 덜한 게 아니라 오히려 안달이 난 것 같아 보였다. 게다가 문제가 또 있었다. 바버라에게는 말하지 않았다. 처음 편지가 왔을 때 오해를 살까 봐 레나가 보낸 편지라고 깜빡하고 말하지 않았다. 그냥 이렇게 말했어야 했다. 있잖아, 50년 전에 만났던 레나 파울러가 편지를 보냈더라. 그랬더라면 바버라가 50년 전에 만난 레나 파울러가 누구냐고 물으며 답장이나 써주라고 했을 것이다. 아니면, 둘이 내년 여름에 그 근처에 가면 앵커아일랜드에 잠깐 들렀다 가자고 상의했을지도 모른다. 그 대신, 그는 바버라에게 걱정할 일 전혀 없다고 말해야 할 것이다. 레나 파울러는 아무 의미 없는 사람이고 그저 옛일이 궁금해서 그런 거라고 거짓말하듯 힘주어 말해야 할 것이다. 우연히 근처까지 왔다가 버스를 여덟 시간밖에 안 타고 고작 500킬로미터만 돌아간 거라고 말이다. 뭐가 궁금해서 이러는 걸까? 50년이라는 세월이 내 기억 속에 숨 쉬던 젊은 여성에게 무슨 짓을 했을지 궁금했다. 나를 납치했던 그 세월이 레나 파울러마저 70대로 납치했을 테니 말이다.

필요한 잔돈을 챙겨 버스를 탔다. 레버넌에서 뉴도버까지 가려면 오후를 꼬박 바쳐야 한다. 밤 9시에 뉴도버에 도착해 페리를 타고 앵커아일랜드로 들어가야 한다. 페리 시간표를 모르니 뉴도버에서 하룻밤을 자야 할지도 모른다. 뉴도버에서 마음이 바뀔 수도 있다. 뉴욕행 버스를 타고 돌아가 주디에게 핀잔이나 들을까. 아빠가 잘못 생각했더구나, 주디. 별로 안 좋은 생각이었어.

버스가 너무 후텁지근해 갑갑했지만 참는 것 말고 딱히 할 게 없었다. 레나에 대한 기억을 조금 더 살려보았다. 기억한다 해도 그녀에 대한 기억은 얼룩져 있었다. 우리는 대학 시절 두 번의 여름을 거치면서 셔우드포레스트에서 사랑을 나누었다. 정확히 1년 반을 사귀고 헤어졌다. 헤어지던 해에는 각자 학교를 다니면서 연서를 주고받고 상대에게 충실하긴 했다. 그녀의 가족이 셔우드포레스트로 갓 이사 왔다. 그녀도, 그녀의 가족도 새로웠다. 그해 여름도 새로웠다. 그는 사랑이라 부르고, 그녀는 열정이라 부른 짜릿한 섹스 무드가 한껏 조성되긴 했지만, 일은 치르지도 못하고 조금씩 진도만 빼는 필수 불가결한 과정을 거치는 중이었다. 그러다가 해리가 기억하지 못하는 이유를 대며 레나가 관계를 정리했다. 그가 기억하지 못하는 이유 때문에 얼룩이라고 한 것이다. 레나가 발끈하며 헤어지자고 했는데, 뭣 때문에 토라졌는지 기억나지 않았다. 그녀는 예고도 없이 한여름에 떠났다. 헤어지기 일주일 전 어머니와 유럽 여행을 가겠다는 말에 해리가 화를 냈다. 나이를 먹고 보니 유럽 여행을 가겠다는 그녀가 이해가 됐다(엄마가 딸을 데리고 여행을 간다는데, 왜 가지 말라고 했을까?). 혈기 왕성했던 해리가 심통을 부렸던 것 같다. 그걸로 끝이었다. 여행을 다녀온 후 레나는 곧장 학교로 돌아가 근사한 연구실 강사와 사귀었다. 클라크. 레나가 미안해하며 편지에 클라크라고 이름을 밝혔다. 변덕이라는 단어를 볼 때마다 해리는 레나가 떠오른다.

그녀의 편지를 받고 나서 3주 동안, 그의 흐릿한 옛 기억이 몸부림치며 깨어났다. 연상 작용이 꼬리에 꼬리를 물자 기억이 되살아났다. 이를테면, 레나가 여행을 가야겠다며 눈물을 흘린 일이 있었다. 둘이 레나의 엄마 집 오래된 거실 앤티크 의자에 앉아 있는데, 레나가 눈물을 왈칵 쏟았다. 나 엄마하고 유럽 여행 가야 해서 다시는 너 안 볼 거야. 나 없이 어딜 가게? 갈 거야, 일생일대의 기회잖아. 레나가 울먹이며 대답했다. 열아홉 살밖에 안 된 소녀가 파리 노트르담과 에펠탑을 엄마하고 같이 볼 기회를 어찌 날리겠는가? 그가 투덜대자 그녀가 팽 토라졌다. 뭐? 그럼 나더러 네 옆에 붙어 있느라 그런 기회를 날리란 소리야? 다시는 안 본다는 게 무슨 소린데? 이런 아이러니가 있나. 그녀의 과장된 말에 나는 절망했다. 그걸로 끝이었다. 그리고 다시는 보지 않겠다던 레나의 말은 사실로 드러났다. 클라크 때문이라는 것만 빼면.

그때까지만 해도 해리는 레나가 그를 피하려고 도망치는 거라고 오해했다. 사실 분위기가 점점 달아올랐기 때문이다. 그때는 그게 말이 되는 것 같았다. 50년이 흐른 지금까지도 말이 되는 것 같았다. 버스를 타고 달리는데 낡디낡은 이야기가 호랑이처럼 졸린 눈을 뜨는 순간, 그녀가 한 약속이 되살아났다. 떠나기 전날 밤, 그는 웨스트체스터 중부에 있는 숲 언저리 시골길에 차를 세워 놓았다. 분위기가 달아오르자 레나가 말했다. 내일 네가 편의점에 가서 그거 사 오면 내가 해줄게. 약속할게. 또렷이 기억났다. 이런 건 잊히지 않는다. 레나가 유럽으로 떠나기 전날 밤에 그렇게 말했다. 그러더니 약속을 어겼다. 지금 생각해 보니 뭔가 말이 안 된다. 두 번 다시 밤을 같이 보낼 수 없는 연인이 마지막 밤에 어떻게 그런 약속을 할 수 있었을까? 그게 마지막 밤이 아니라, 떠나기 이틀 전이었나? 그렇다면 어떻게 약속을 어기지? 이제 확실히 기억났다. 마지막 밤에 레나는 자기가 했던 약속을 어겼다. 마지막 밤에 그를 만날 수 없다고 했다. 아니나 다를까, 짐을 싸야 한다며 핑계를 댔다. 레나는 짐을 싸야 하니 마지막 데이트를 할 수 없다면서(이제야 기억나네) 저녁에 짐을 싸다 말고 작별 인사를 하겠다며 잠깐 나왔다. 그는 늦은 밤에 큼직하고 듬직한 시계가 서 있던 현관에서 어색해하던 기억이 떠올랐다. 해주겠다는 약속도 잊더니 유럽에 가기 전에 짐을 싸야 하는 것도 까먹었던 것일까?

그게 해리와 레나가 나눈 사랑의 끝이었다. 런던과 파리에서 엽서와 편지가 도착했다. 학기가 시작되자 편지가 뜸해졌다. 크리스마스에 본가에 가지 않겠다는 편지도 왔다. 클라크 얘기가 적힌 편지도 있었다. 레나는 해리가 편지해도 답장이 없더니, 자기와 사귈 때처럼 같이 있으면 행복해할 다른 여자를 만나길 바란다며 감정에 호소하는 장문의 편지를 보냈다.

그녀의 부모가 셔우드포레스트로 이사 온 지 2년 만에 다시 이사 갔다. 해리는 레나가 어디로 이사 갔는지 몰랐다. 클라크나 다른 남자하고 결혼은 했는지, 정신병원에 갇혔는지, 죽었는지 알 길이 없었다. 50년이 흐른 뒤, 레나가 치과에 갔다가 우연히 잡지에서 그를 발견했다. 순전히 운이었다. 제대로 알지도 못하고 앵커아일랜드로 가다니, 미친 짓이다.

버스는 행선지에 적힌 목적지로 향할 뿐이라 세울 길이 없다. 그는 납치당하는 중이다. 누가 누굴 납치하는 걸까? 해리가 충동적으로 내린 결정이, 버스 기사가 실행해 옮긴 그의 생각이 그를 납치하고 있었다. 버스 기사는 어떤 경로를 택해 얼마나 빨리 달릴지 선택했다. 내키는 대로 추월

하고 속도를 늦추며 해리를 태우고 땅을 가로질렀다. 엄마 때문에 유럽으로 유괴당한 후 클라크에게 납치당한 레나가 그를 납치하고 있었다. 머릿속에 납치를 떠올리자 모든 게 기억났다.

9시가 되기 몇 분 전, 비린내가 진동하는 증기선 부두에 내렸다. 불을 켠 채 섬을 오가는 증기선이 뭍으로 들어오고 있었다. 이제 와 마음을 바꿀 순 없었다. 부두에 뉴욕행 버스가 대기 중이었지만, 단단한 족쇄를 차고 사슬에 이끌리듯 변심은 불가능했다. 증기선이 급히 들어오고 있었다. 가슴이 저릿저릿하고 팔뚝이 아렸지만 통증을 무시하고 공중전화에 가서 앵커아일랜드 전화번호부를 뒤적거렸다. 레나라는 이름이 없기를 바랐건만, L. F. 암스트롱이라는 이름과 주소가 보였다. 그녀가 편지에 적어 보낸 바로 그 주소였다. 해리는 숨을 참았다가 깊이 들이마셨다. 심장이 멈출 것 같았다. 동전을 넣었다. 바람이 불어 부두 주변을 오가는 자동차와 짐마차 소리를 날려버렸다. 번호를 누르자 레나의 집 전화기 신호음이 들렸다. 그사이 협심증이 잦아들었다.

누가 수화기를 들었다. 여보세요?

해리 필드라고 합니다.

해리? 해리 필드? 세상에, 해리 필드, 너 어디야?

뉴도버 여객선 부두에 왔어.

나 보러 온 거야?

그냥, 지나가다가 전화나 해볼까 싶어서.

페리 타고 섬으로 들어올 거지? 섬에서 자고 갈 거니?

호텔이 있으면 호텔에서 자려고.

앵커인이라고 있어. 내가 방 잡아줄게. 선착장에서 만나.

그녀의 목소리에 그의 기억에 없던 남성적인 느낌이 살짝 묻어났다. 나이가 들어서 그런가. 레나의 목소리가 기억나지 않았다.

페리를 타고 2층 선수로 올라가 앞을 내다보았다. 컴컴한 어둠 속에서 신호를 따라 불빛이 반짝였다. 그가 뭘 보고 있는지 알 수 없었다. 몇 분 후면 페인트칠이 다 벗겨진 채 50년이나 묵은 낡은 아이콘이 레나라는 실물로 대체될 것이다. 근거리에 있다니 소멸 직전이었던 기억에 불사조처럼 불이 붙었다. 어쩌다 불꽃이 확 되살아났는지 신기했다. 시골길, 숲으로 가는 폭신한 흙이 덮인 갓길에 기우뚱 대놓은 차 안에서 그의 손이 그녀의 치마 속으로 들어갔다. 따끈한 허벅지를 거쳐 뜨거운 그곳에 닿자, 그녀가 손가락을 더듬거리며 그를 찾았다. 어둠 속. 못 참겠어. 나도 못 참겠어. 내일 네가 편의점 가서 그거 사와. 내일? 약속할게. 그러더니 짐을 싸야 하는 걸 깜빡했다고 했다.

이제야 두 사람이 어떻게 만났는지 떠올랐다. 뉴욕으로 여름학교를 다녔는데 우연히 같은 반이었다. 오블롱 교수가 가르치던 문학 수업이었다. 맞다, 이름이 오블롱이었다. 두 사람은 교외선을 타고 마블힐 역으로 가서 고가철도로 갈아타고 통학했다. 그는 그녀를 수업에서 본 후에야 그녀가 셔우드포레스트 사람이라는 걸 알았다. 레나는 앞줄에 앉았다. 어리고 수줍어 보이는 얼굴에 머리는 연갈색이었고 스웨터 위로 하얀 깃이 보였다. 저 여자애를 어디에서 봤더라? 기억나지 않았다. 그러다가 마블힐 역 플랫폼에서 그녀를 보는 순간 알았다. 너도 오블롱 교수님 수업 듣는구나. 너도 셔우드포레스트 살아? 내 이름은…… 이렇게 두 사람이 매일 기차와 전철을 타고 다녔다. 둘은 오블롱 교수에 대해 얘기했다. 그의 분석적 머리, 명확한 시각, 다정함. 오블롱 교수가 두 사람을 이어준 첫 번째 계기였다.

그녀는 깔끔하고 잘 자란 여자 같았다. 키는 작은 편이었고, 야윈 얼굴에 생각이 깊어 보이는 표정이었다. 회색 플란넬 스커트에 스웨터를 받쳐 입고, 오후에 외출할 때엔 흰 반바지로 갈아입었다. 그는 언덕을 올라 그녀의 집에 갔다. 오크나무 두 그루 아래 비탈에 선 저택이었다. 두 사람은 레나의 차를 타고 여기저기 쏘다녔다. 그에겐 신세계였다. 정자 주변 주차장 너머에서 불어오는 어스름한 여름 저녁에 트럼펫과 색소폰 밴드 음악에 맞춰 춤을 추었다. 그녀는 프릴이 달린 검은색 이브닝드레스를 입고 그가 꽃집에서 사 온 빨간색 코르사주를 달았다. 그는 엄마가 다림질해준 흰 바지에 금색 단추가 달린 남색 블레이저를 입었다. 화려함은 오래전에 시들었지만, 생각하는 순간 되살아났다. 빛을 내뿜는 기억의 한복판에 그녀의 저택 2층 놀이방이 보였다. 오후면 그곳에는 두 사람뿐이었다. 그는 음악을 듣고 잡지를 보며 나른하게 누워 있었다. 그녀는 2층에 있는 피아노로 그가 태어나기 전이라 알지도 못하는 사람들의 과거의 향수가 서린 쇼팽의 녹턴과 서곡을 연주하며 비극적인 삶을 한탄했다. 그녀의 연주는 투박하고 어설펐지만, 누가 그런 데에 신경이나 쓸까? 비극적인 삶은 섹스를 앞두고 있다는 흥분으로 가득했다. 두 사람은 조금씩 수위를 높이고 있었다. 오블롱 교수를 존경하는 마음에서 시작했던 그들은 섹스를 기웃거리게 되었다. 해리가 2층 놀이방 바닥에 누워 있는데, 쇼팽 연주를 마친 그녀가 그 옆에 누워서 오블롱 교수 얘기를 종알거렸다. 내년 여름에도 오블롱 교수 수업을 같이 듣기로 했다. 교수는 갈수록 대단했다. 얼마나 대단했는지 둘이 잠시나마 문학 연구를 평생의 업으로 삼겠다고 맹세할 정도였다.

오블롱 교수에게 푹 빠졌다는 건 서로 진지했다는 뜻이다. 덕분에 어리석거나 음탕하다는 기분에 빠지지 않고 서로를 탐할 수 있었다. 후일 해리가 필드 교수가 된 후에 생각해 보니, 오블롱 교수가 뭐 그리 대단했는지 모르겠다. 오블롱 교수는 용도폐기되었지만, 애초에 오블롱 덕분에 두 사람의 옷 속에 감춰진 것에 대한 호기심이 정당화되었다. 둘 다 오블롱 교수를 존경했기 때문에 그런 호기심조차 대단해 보였다. 두 사람은 그걸 사랑 혹은 열정이라 불렀다. 조금씩 강도를 높이면서도 서두르지 않았다. 둘은 끝까지 가지 않았고, 그 얘기를 하다가 헤어진 후 다시 만나 수위를 높여 갔다. 야외에서, 그녀의 차에서, 숲에서, 2층 놀이방에서. 점점 고조되다 보니 고지가 얼마 남지 않았다. 그런데도 끝까지 가지는 않았다. 둘은 어디까지 허락할 수 있는지를 의논했다. 어디까지 하고 싶은지 말해봐. 안 하는 게 좋겠어. 나중에 하자. 그러다가 두 번째 여름 그날 밤, 시골 갓길에 차를 댔다. 못 참겠어. 그녀가 말했다. 내일 하자, 약속할게.

누군가 두 사람을 반대했다. 밀려오는 기억의 파도 속에 그 사실이 떠올랐다. 그런데 누가 반대했는지 기억나지 않았다. 레나 파울러의 마음을 차지하려고 싸우는 적들이 막연히 있긴 있었던 것 같다. 그러다가 어머니가 딸을 데리고 유럽 여행을 가는 바람에, 레나가 약속을 지키지 못했다. 이걸로 정말로 적이 있었는지가 증명될 수도 있고, 아닐 수도 있다.

페리를 타고 이동하는 거리는 짧았다. 환하게 불이 켜진 부두에 사람들이 모여 있었다. 어떤 여자가 건널 판자를 밟고 내려오는 그에게 손을 흔들며 인사했다. 해리는 그 여자가 레나인지 못 알아봤다. 새빨간 염색모에 말상의 상한 얼굴. 레나?

해리? 하나도 안 변했네.

그녀가 레나였던 시절에는 그녀의 얼굴이 길다고 생각해본 적이 없어서 놀랐다. 레나가 사자가 그려진 흰 티셔츠를 입고 있었다. 그녀가 다가와 키스를 기다렸다. 그녀에게서 양파 냄새가 풍겼다. 키스는 짧았다.

왔구나.

지나가던 길에.

레나가 그를 앵커인으로 데려갔다. 그는 시골집 방처럼 환하고 평범한 모텔 방에 체크인했다. 항구 불빛이 창밖으로 보였다. 부두에 서 있는 페리가 어둠을 온몸으로 막았다. 레나는 그를 데리고 해산물 식당으로 갔고, 그들은 술과 음식을 먹었다. 그는 변해버린 레나를 보며 기억 속 그녀를 찾았다. 그녀가 예전보다 많이 웃었다. 이젠 수줍어하지 않고 말도 많았다. 그의 별자리가 이번 만남에 정말 좋다며 떠들었다. 그는 이런 그녀의 모습에 놀라고 실망했다. 레나, 이젠 너하고 끝이구나. 그러다가 이런 생각을 했다는 게 민망해서 얘기하지 않았다. 두 사람이 얼마나 다른 길을 걸어왔던가. 그를 선망하듯 쳐다보는 시선이 불편했다. 레나가 웅얼거렸다. 기억난다, 기억나. 해리는 행복한 결혼생활을 하고 있다고 못을 박았다. 집사람 이름이 바바라야. 장인어른이 돌아가셔서 홀로 되신 장모님을 챙기러 지금 캘리포니아에 가 있어. 나는 딸하고 외손녀를 데리고 뉴햄프셔에 갔다가 오는 길이야. 이 얘기는 나중에 해줄게.

그는 레나가 귀 기울이지 않는 것 같은 묘한 기분이 들었다. 그녀가 중얼거렸다. 기억난다, 기억나.

뭐가 기억나는데?

이것저것. 난 사별했어. 호머가 5년 전에 먼저 갔어. 그래서 요즘은 매사에 관심을 가지려고 해. 그녀가 테이블 위로 손을 뻗어 그의 손을 잡았다. 난 내 아내밖에 모르는 충직한 남자야. 해리가 손을 뺐다. 레나가 말했다. 기억나. 네가 내 첫사랑이었잖아. 너 진짜 잘했는데. 그녀가 늙고 드세 보였다. 내가 뭘 기억하는지 맞혀 봐.

그게 뭔데?

맞춰 보라니까.

글쎄.

네가 얼마나 잘했는지 기억하고 있어.

그게 무슨 소리야? 잘하다니?

넌 최고의 남자였어. 호머도 괜찮았지. 남편감으로는 착했지만, 손길은 너만 못했지.

해리는 놀랐다. 그녀의 기억이 여러모로 그녀를 속일 수 있다고 생각하지 못했기 때문이다. 그가 정정했다. 우린 끝까지 간 적이 없어, 레나. 그가 애써 부드럽게 돌려서 말했다.

무슨 소리야?

그런 일 없었다고.

그런 일이 없었다니, 그게 무슨 소리야? 너 끝내줬다니까. 난 평생 너와 보낸 밤들을 기억하고 있었는데.

그는 뭐라고 대답해야 할지 난감했다. 어둠을 뚫고 페리가 뭍으로 돌아가듯 그녀가 실망하는 게 보였다.

우리가 안 잤다는 소리야? 그는 대답하지 않았다.

그녀가 웅얼거려서 거의 들리지 않았다. 분명히 짚고 넘어가야겠다고 말했나? 아닌가? 그는 바바라가 싫어할 최악의 상황을 다급히 떠올렸다. 그런데 레나가 너무 목소리를 깔고 말하는 바람에 무슨 말을 해야 할지 확신이 서지 않았다.

그녀가 표정을 바꿔 미소를 지었다. 그랬구나. 레나가 예전 모습으로 돌아왔다. 불도저 같은 표정은 예외였다. 우리, 무슨 일이 있었더라? 그녀가 물었다.

기억 안 나?

내가 딴 남자를 만났지, 클라크. 클라크도 잘했어.

네가 한여름에 유럽으로 가면서 우리 헤어졌잖아.

맞다, 유럽. 그랬지. 그녀가 아이처럼 기뻐하며 말했다. 네가 화냈었잖아.

난 다 극복했어.

그녀가 자리에 앉은 채 과거를 회상하다가 웃음을 터뜨렸다. 앨리스 트렌트, 레나의 입에서 그 이름이 튀어나왔다. 오랜만에 듣는 이름이었다.

앨리스 트렌트? 에드거 앨런 포가 벽돌로 쌓은 지하실이 폭발할 듯한 이름이었다. 불쾌했다. 딱히 꼬집어 말할 수 없지만 신경을 긁었다. 앨리스 트렌트가 누구더라?

내가 그 여자 때문에 유럽에 갔거든. 정말 웃기는 일이었지.

웃기다니, 뭐가 웃긴데? 앨리스 트렌트. 레나의 어머니와 알고 지내던 뮤지컬 하던 여자였다. 짧은 머리의 40대 여성. 갈색 눈썹, 볼연지를 벌겋게 바른 얼굴, 담배, 다 안다는 듯한 눈빛, 피아노 연주. 그 여자는 늘 그 집에 붙어살았다. 둘이 2층 놀이방에서 서로를 탐하고 있으면, 앨리스가 아래층에서 치던 피아노 소리가 2층까지 울려 퍼졌다. 가끔 피아노 소리가 그치면 둘은 바싹 긴장했다. 그녀가 문틈에 불쑥 나타나 해리를 쳐다볼 때면 다정함을 싹 뺀 미소로 이렇게 말하는 것 같았다. 너희가 뭔 짓 하려는지 다 알아. 한번은 두 사람이 옷이 많이 흐트러진 상태에서 들킨 적이 있었다. 단추 제대로 채워, 얘들아, 사람들 오잖아. 그녀가 경고했다. 이런 것만 보면 앨리스 트렌트가 두 사람 편처럼 보이지만, 해리는 그 여자가 거슬렸다. 그의 편 같지 않았다.

솔직히 앨리스 트렌트가 미웠다. 레나가 그 여자를 정말 근사하다고 여긴다는 게 가장 큰 이유였다. 나도 그 아줌마처럼 되고 싶어. 레나는 이렇게 말하곤 했다. 그는 그 여자를 미워하는 자신이 부끄러웠다. 그의 허영심에서 비롯된 것 같았다. 그는 레나가 그를 근사하게 봐주길 바랐다. 레나는 앨리스 트렌트가 한 조언을 그에게 전했다. 듣는 족족 귀에 거슬렸다. 아줌마가 그러던데, 우리가 흥분해서 더는 선을 넘으면 안 된대. 젠장, 너 우리가 어디까지 했다고 했어? 사실대로 말했는데? 우리가 뭘 했는지 말했다고? 응. 그랬더니 앨리스 트렌트가 그만하라고 했다고? 그 여자가 또 뭐랬어? 우리더러 운동하래. 자전거도 타고, 나가서 등산도 하래. 밖에 나가서 친구들하고 어울리라던데. 아줌마는 귀찮은 사람이 아니라 아주 세련된 분이야. 너보다 인생에 대해 더 많이 아셔. 너까지 포함해서 남자에게 너무 푹 빠지기 전에 혼자만의 시간을 가지라고 충고해 주셨어. 아줌마가 그러던데, 여자들은 섹스를 거창하게 생각하지만, 그게 그리 웃음이 만개할 일이 아니라 상스러운 운동이라고 했어. 섹스를 뒤로 미루면 미룰수록 행복해진대. 섹스가 전혀 필요 없는 여자도 있대. 그래서 역겹고 치욕스러운 기분이 드는 게 당연하대. 특히 치욕적이라던데? 남자하고 여자는 다르대. 앨리스 트렌트가 레나에게 그렇게 말했다(그리고 레나가 해리에게 그 말을 전했다).

헤어지기 얼마 전, 앨리스 트렌트가 말을 험하게 한 적이 있었다. 넌 문제를 일으키려고 찾아다니는 거니? 그 짓은 그만해. 그 녀석의 이기적인 욕망을 꺾어야지. 갈수록 더 심해진다고. 그녀는 레나에게 해리가 레나를 사랑하는 게 아니라고 했다. 걔가 너한테 하는 말은 마음에 두지 마. 그 나이의 젊은 남자들은 사랑을 못 해. 성욕이 너무 강해서 딴생각이 안 나거든. 걔가 가진 건 욕정뿐이고, 섹스하고 싶어 환장하는 거야. 걘 그저 너하고 섹스할 생각뿐이야. 사랑을 들먹거리겠지만 남자 말은 믿으면 안 돼.

당연히 앨리스가 원수 같았다. 그는 최선을 다했으나 성욕이 아님을 증명하지 못했다. 왜냐하면 성욕이 맞았기 때문이다. 욕정을 자존감으로 끼워 맞출 방법을 찾으려고 애썼다. 그날 밤, 레나가 앨리스에게 들은 말을 그에게 전하며 해주겠다고 약속하자, 그는 자기가 이긴 줄 알았다. 그런데 그다음 날이자 마지막 밤에 레나가 약속을 어겼다. 씁쓸했지만 놀라지 않았다. 한꺼번에 밀려왔다. 앨리스 트렌트가 50년 전 두 사람의 결별의 원인이었음을 레나가 인정했기 때문이다. 알고 있었어. 뭐가 그리 재밌어? 그가 물었다.

소용이 없었거든.

무슨 소용?

타인의 사악한 영향에서 누군가를 보호하려다가 자기 발등 자기가 찍잖아. 그게 보편적 진리고.

발등을 찍는다니, 무슨 소리야?

내가 유럽에 간 이유, 넌 알지?

내가 뭘 아는데? 너 유럽엔 왜 갔어?

앨리스 트렌트가 나의 섹스를 말리는 동안, 아빠가 엄마를 앨리스 트렌트에게서 떼어 놓으려고 하셨거든. 몰랐어?

뭐라고?

그래서 재밌다는 거야. 레나가 50년 전의 화려한 가십에 양념을 쳐서 풀어놓았다. 그녀의 얼굴이 기다란 태양처럼 번쩍거렸다. 50년 만에 깨어난 서술적 긴장(혹은 다른 무엇) 덕분에, 그날 무슨 일이 있었는지 기대가 고조됐다. 해리의 심약한 심박이 쿵쾅거렸다. 그게 무슨 소리야?

아빠가 엄마와 앨리스 트렌트를 떼어 놓으려고 나까지 딸려서 엄마를 유럽으로 보내신 거야. 앨리스 트렌트가 스벵갈리(거역할 수 없는 힘으로 남을 부리는 사람)처럼 엄마한테 마법을 걸었거든. 라스푸틴(러시아의 파계 수도자 겸 예언자)이나 댜길레프(러시아의 예술 진흥에 크게 공헌한 인물) 같다고나 할까? 앨리스 트렌트가 엄마하고 바람을 피웠어. 무슨 말인지 알지?(정말?) 아빠가 아시곤 난리가 났지. 얼마나 화를 내시던지.

그 얘긴 나한테 안 했었어.

그땐 창피했거든. 그래서 우리 모녀가 유럽에 갔어. 넌 몰랐겠지만.

그것 때문에?

헨리 제임스의 소설에 나오는 이야기를 다시 해야겠네. 아빠가 엄마한테 저 여자하고 좀 떨어져 있으라고, 열쇠를 쥐여 주면서 나도 데리고 유럽에 가라고 하셨어. 몸에 좋은 운동을 하듯, 머리 좀 식히라고. 아빠가 정확히 이렇게 말한 건 아니었지만, 말씀은 멋졌어. 엄마는 그 선물을 거절하지 못했고.

그래서 유럽에 간다고 나한테는 말했어야지.

어떻게 말해? 엄마의 평판은 지켜줘야지. 너 웃긴 얘기 들어볼래?

뭔데?

앨리스 트렌트가 유럽에까지 따라와 우리하고 같이 있었어. 아빠가 우리 비행기 표까지 사줬는데, 그 여자가 자기 돈으로 비행기 표를 사서 런던으로 날아왔어. 이 일로 아빠가 노발대발하셨지.

그러셨겠네.

미국으로 돌아와서 엄마는 집을 나가 앨리스와 동거했고, 아빠는 라스베이거스에서 온 릴리 문하고 재혼했어. 그래서 너한테 말할 이유가 없더라.

그건 그렇고, 너 대학에 돌아가서 만난 남자 있잖아, 그 남자 이름이 뭐였더라?

클라크. 정말 괜찮은 남자였는데 결혼은 호머하고 했어. 이제야 널 찾았고. 하늘에 감사해. 널 다시 찾았으니 다시는 놓치지 않을래.

저기 있잖아.

너 유부남인 거 나도 알아. 아이도 있고, 손녀까지 본. 내 말은, 우리가 화해했다는 뜻이야. 이런 말은 해도 괜찮지?

그럼.

외로워. 다들 세상을 떠났어.

정말 안됐다.

호머도, 로잘리도 죽었고, 우리 엄마 아빠도, 클라크까지 떠났어. 앨리스 트렌트도 죽었어. 너만 빼고 다 떠났어.

자식은 있니?

연락은 와. 크리스마스 때나.

유감이네.

아내 몰래 바람피운 적 있어?

그는 옛날에 레나가 대놓고 이런 걸 물은 적이 있었는지 기억하려 했다.

아니.

착하네. 여기서 밤새울래?

아니. 호텔에 가야지.

여기 좀 더 있자. 내 얘기 좀 들어주라. 평생 쌓인 얘깃거리가 있는데, 그래 줄래?

오블롱 교수 기억나?

그게 누군데?

오블롱 교수. 여름학교 문학 교실.

처음 듣는데. 우리가 여름학교 다녔어?

거기에서 만났잖아.

파티에서 만난 줄 알았어.

오블롱 교수 여름학교 수업에서 만났어.

네가 그렇다면 그런 거겠지. 넌 호머는 안 궁금하니?

네 남편 얘기 좀 해 봐, 그럼.

그녀가 호머에 대해 얘기했지만 해리는 듣다가 놓쳤다. 자정이 될 때까지 그녀가 호머와 클라크, 세상을 떠난 딸, 앵커아일랜드, 앵커아일랜드 노인회, 연금, 퇴직 계획에 대해 떠들었다. 그녀가 다니는 모임 회원권과 점성술 교실에 대해서도 떠들었다. 그런 다음에 그를 호텔에 데려다주었다. 그는 이런 얘기를 들으면서 마음속에 품은 생각을 말하면 레나가 어떻게 나올지 궁금했다. 그녀에게 하고 싶은 얘기가 있을까. 자극적인 얘기들은 다 사라지고 딱 하나만 남았다. 납치당한 손녀 얘기를 하고 싶었다. 자칭 신이라는 남자에게 레나가 관심을 보일 것 같았다. 그건 내일로 미루자.

바버라에게 깜빡하고 전화하지 않았다. 오늘 밤은 너무 늦었어. 그는 캘리포니아가 고작 오후 9시 반밖에 안 됐다는 것을 생각하지 못했다.

17 닉 포스터

그놈을 잡으려면 아주 일찍 일어나야 한다고 루머가 말했다. 나뭇가지에 햇살이 내려앉았고, 관목 위에는 거품이 끼어 있었다. 식당에서 아침을 먹고 픽업트럭에 올라 제이크앤드짐스로 향했다. 허연 수염을 기른 남자가 보였다. 루머가 그에게 여기에 트럭을 며칠 세워두겠다고 했다. 좀 이따 어떤 남자가 카시트를 가져오면 인도에 두라고 말하라고 시켰다.

트럭 정비할 거요? 남자가 물었다.

아닌데요.

자리 차지하니 돈을 내쇼.

내죠, 뭐. 밀러 농장이 뭐 하는 덴 줄은 아시죠?

처음 듣는데.

조만간 아시게 될 겁니다.

세우려거든 저쪽에 두쇼.

일단 차에 좀 앉아 있자. 루머가 말했다.

우리는 트럭을 한쪽에 세우고 차 안에 앉아 있었다.

루머가 설명했다. 두 가지 경우가 가능해. 차 두 대에 나눠 타서 그놈이 여자와 노인네하고 아이까지 데리고 올 수도 있고, 아니면 혼자 올 수도 있어. 다른 사람들하고 같이 나타나면 그 차를 따라가자. 혼자 오면 여기에서 잡고.

그놈을 잡아야 해요. 내가 말했다.

뭘 해야 할지 알지? 녀석이 차로 돌아가는 순간, 녀석을 에워싸서 조수석에 밀어 넣은 다음 네가 뒷자리에 타서 감시해.

에워쌀게요.

우리는 한참 기다렸다. 나쁜 놈. 루머가 중얼거리며 시계를 들여다보았다. 흰 차가 들어오더니 사무실 앞에 섰다. 갈색 남자가 차에서 내려서 사무실 안으로 들어갔다. 검은 놈이 왔군. 루머가 말했다.

그는 갈색이었다. 올리버도 그놈을 보고 검다고 했으니 내가 틀린 게 분명하다.

갈색이든 검은색이든, 누렇든 벌겋든 신이 보기엔 죄다 시커메. 루머가 중얼거렸다.

그놈이 사무실에서 나와 뒷문을 열었다. 카시트를 꺼내고 있다. 가자. 흥분하지 마. 느긋하게.

우리는 느긋했다. 갈색 같은 흑인 데이비드 레오가 카시트를 뒷자리에서 끄집어내 바닥에 내려놓았다. 루머가 차 문을 열었다. 우리는 그를 에워쌌다. 주위를 두리번거리는 그를 차 안으로 밀어 넣었다. 루머가 문을 쾅 닫았다. 나는 뒷자리에 탔다. 몸을 앞으로 숙이고 두 손으로 그를 붙들었다. 루머가 운전석에 앉아 시동을 걸었다.

뭡니까? 데이비드가 따졌다.

잘했어, 닉. 루머가 칭찬했다.

나는 잘했다. 잘하면 기분이 좋다.

뒤돌아보니 카시트가 제이크앤드짐스 사무실 앞 콘크리트 바닥에 놓여 있었다. 누가 카시트를 가져가야 하는지 기억이 안 나요. 내가 루머에게 물었다.

신경 쓰지 마. 필요한 사람이 가져가겠지.

인도에 놓인 카시트 때문에 기분이 울적했다. 울음이 터질 것 같았다.

루머가 운전하고 나는 데이비드 뒤에 앉았다. 데이비드가 움직이려고 하면 내가 보고 있다가 목을 조르기로 했다. 그가 움직이는지 지켜보았다. 그의 어깨를 붙들었다. 그가 몸을 앞으로 숙여서 나는 팔꿈치로 그의 목을 졸랐다. 젠장! 그가 외쳤다.

가만있어.

100킬로미터로 달리는 차 안에서 뭘 어쩌겠습니까?

우리는 차가 뜸한 도로를 빠르게 질주했다. 산에 나무도 보이고 계곡도 있었다. 도로 중앙에 노란 선이 그어져 있었다. 산이 뚝 끊기더니 들판과 도랑과 마을이 나왔다. 마을은 크지 않았다. 이따금 신호등이 보였다. 굴뚝이 솟아 있고 창문이 있는 벽돌 건물도 보였다. 루머가 공장이라고 했다. 마을 도로 위를 가로지르는 줄에 깃발이 나부끼고 있었다.

루머가 수갑은 필요 없다고 해서 수갑을 쓰지 않았다. 수갑은 내 주머니에 있었다. 루머가 경찰로 일하던 시절에 쓰던 수갑이라고 했다. 경찰일 때 쓰던 총도 갖고 나왔다고 했다. 총이 어디 있는지 나는 모른다. 루머가 그만두면서 가지고 나왔다고 했다. 무전기도 경찰일 때 쓰던 거라고 했다. 시커먼 몽둥이도 있었다. 나는 무전기가 어디 있는지 모른다. 우리가 데이비드를 에워쌌을 때 루머가 몽둥이를 쥐고 있었다. 지금은 그게 어디 있는지 모르겠다.

나한테 이러시면 안 되죠. 데이비드가 이 말을 여러 번 했다.

닥쳐! 내가 소리쳤다.

FBI에 신고한 거 취소했다고 했지? 루머가 말했다.

취소하지 말 걸 그랬네요.

걱정하지 마, 데이비드. 그게 최선이었어. 정의를 위해. 그래야 여기 있는 닉이 납득하지. 닉 본 적 있지? 인사해, 닉.

안녕하세요. 내가 인사했다.

널 재판하려고 데려가는 중이야. 법원에서는 소환장 술래잡기라고 하는데, 법원에서 보내는 소환장을 받으면 반드시 출석해야 하지만, 못 받으면 갈 필요가 없거든. 이 얘기 들어봤지?

많이 들어봤죠. 데이비드가 웃으며 말했지만, 행복해서 웃는 웃음이 아니었다.

이번엔 네가 재수가 없는 거야. 우리한테 잡혔으니 넌 지금 반드시 출석해야 해. 우리한테 안 잡혔으면 안 가도 되지만, 지금은 소환장을 받은 거나 마찬가지야. 그래서 널 재판하려고 데려가는 거라고.

무슨 재판이요?

네 재판. 넌 네 혐의에 대해 변론할 수 있어.

무슨 혐의요?

말해줘라, 닉.

모르겠어요. 내가 대답했다.

왜 이래, 닉. 저 녀석이 제대로 기억도 못하고 낯까지 가리네. 저 녀석이 말하길, 네가 자기 스승인 올리버 퀸을 죽였으니 재판을 열어야 한대.

난 올리버를 죽이지 않았어요. 나하고 상관없는 일이라니까요.

닉은 네 말을 믿지 않아. 그래서 재판을 해야 해. 닉 말로는 네가 죽였다는데, 넌 안 죽였다잖아? 거짓을 밝혀내듯 재판을 통해 시시비비를 가려야지.

말도 안 돼. 난 올리버를 안 죽였습니다. 올리버 근처엔 가지도 않았다니까요.

그래서 재판을 한다니까.

재판할 거면 진짜 경찰하고 변호사 앞에 데려다주세요. 이건 납치입니다.

네가 받을 재판이 범죄 혐의 사실에 완벽히 들어맞아. 세상에 이보다 더 공정한 재판은 없을걸.

그 소리 반갑네요. 지금 어디로 가는 겁니까? 밀러 농장은 반대편이잖아요.

그리로 가는 거 아니야. 거긴 보는 눈이 너무 많아. 재판지 전환(재판이 벌어지는 장소를 새로운 곳으로 옮기는 것)이라고 들어봤나? 조용하고 멀리 떨어진 중립적인 장소로 가는 거야. 재판을 받으려면 중립적인 장소가 좋잖아.

당신들 재판에서 판결은 누가 합니까?

네 재판이라니까. 판결은 판사가 하지. 닉하고 내가 2인 배심원으로 참석해서 너희 둘을 판결할 거야. 그럼 이번 재판이 두 배로 공정해지지.

원고가 당신들인데 무슨 판결을 내립니까?

공정한 자라면 누구든 판결을 내릴 수 있어. 우릴 믿어. 난 널 잘 모르지만, 닉은 너에 대해 익히 알고 있거든.

데이비드가 몸을 틀어 나를 쳐다보았다.

왜 날 비난하는 겁니까? 그가 물었다.

그가 쳐다보자 내 마음이 거북했다.

네가 뭘 봤는지 말해줘라, 닉. 루머가 시켰다.

언제 본 거요?

올리버가 살해당할 때 네가 숲에 있었잖아.

내가 봤어요.

누굴? 데이비드를?

당신을 봤어요. 루머 당신을요. 나는 이렇게 말하고 루머를 쳐다보았다.

무슨 소리야? 데이비드가 올리버를 어떻게 죽였는지 본 대로 말해.

당신이 시킨 대로 말하면 돼요?

이봐, 내가 무슨 말을 시켰다고 이래? 네가 네 눈으로 직접 봤잖아. 너 뭘 봤어?

뭐라고 말해야 맞는 건지 기억나지 않았다. 까먹었어요.

아냐, 너 안 까먹었어. 데이비드가 올리버를 폭포에서 아래로 떠미는 걸 네가 봤잖아? 됐어. 내일 네가 증언하면 누구 말이 사실인지 판사가 판결을 내릴 거야. 데이비드 말이 맞는지, 유일한 목격자인 닉의 말이 맞는지. 그래야 공정하겠지?

차 한 대가 사이렌을 울리며 뒤따라왔다. 젠장. 루머가 투덜거렸다. 우리 죄수, 잠깐만. 루머가 속도를 줄였다.

장난 아니야. 루머가 데이비드에게 경고했다. 뒤에 앉은 닉에게 총이 있어. 닉은 꼭 쏴야 할 경우 경찰한테도 겁 없이 쏠 녀석이야.

무슨 총이요? 나 총 없는데. 내가 말했다.

이런, 깜빡했네. 닉이 아니라 내가 가지고 있었지, 참. 내가 경찰 할 때 쓰던 총이야. 꼭 쏴야 할 때 경찰한테 겁 없이 쏠 사람은 바로 나야. 네 양심이 그런 상황을 허락하지 않겠지. 혹시나 해서 말인데, 네가 받을 재판을 최대한 공정하게 진행하겠다고 엄중히 맹세하겠네.

경찰이 창으로 다가왔다.

신분증 여기 있습니다. 뉴햄프셔 위커폴스 밀러 교회 농장에서 왔습니다. 보시다시피 제가 목사인데요. 우리 신도 중 한 분을 도우려고 급히 가던 길이었습니다.

경찰이 창문으로 우리를 들여다보았다.

실례했습니다, 목사님. 경찰이 말했다.

경찰이 가자 루머가 말했다. 경찰은 늘 경고만 하고 보내주더라. 어때, 닉? 신의 능력이 드러난 거 같지 않아? 가까스로 위기에서 벗어나게 해주는 법칙이랄까. 안됐군, 데이비드. 넌 벗어날 뻔한 기회에서 가까스로 벗어나지 못하는 법칙에 부딪힌 것 같군. 우리가 아까 그곳에서 못 만났더라면 너 없이 재판했을 테고. 그럼 넌 네가 무슨 일을 가까스로 모면했는지 아예 몰랐을 텐데.

차는 계속 달렸다. 우리는 간혹 얘기하기도 하고, 입을 다물기도 했다. 한번은 내 얘기가 나왔다.

루머가 말했다. 네가 멍청한 짓은 꿈도 못 꾸게 닉이 감시하고 있어. 얼마나 자상한 아이인지. 안 그래, 닉?

난 애가 아니에요. 내가 말했다.

내 말은, 네가 아기를 좋아해서 파리 한 마리도 못 죽인다는 소리야. 하느님이 당장 죽이라고 하지 않는 한.

그건 맞아요.

올리버한테 듣자 하니, 네가 아기를 밀러 농장까지 데려오는 사흘 밤낮으로 애 엄마처럼 정성껏 돌봤다던데, 그랬어, 닉?

나는 그 소리가 듣기 좋았다. 정성껏 돌봤어요.

모성을 타고난 남자군. 만일 모성애를 타고난 남자를 찾는다면 닉을 추천하겠어. 닉은 아기도 잘 보고 기저귀도 갈아주고 애 엄마처럼 토닥여서 아이를 재우지. 그렇지, 닉?

맞아요.

애 엄마가 너무 바빠서 자기 아이를 맡길 보모를 구한다면, 전화만 해. 그럼 닉이 기꺼이 해줄 거야.

기꺼이 해줄 거예요. 내가 대답했다.

때론 대화가 끊겼다. 그러다가 다시 이어졌다. 루머가 데이비드에게 밀러를 어떻게 생각하냐고 물었다.

글쎄요. 밀러하고 얘기를 못 해봐서.

대신 네 친구가 했잖아. 필드가. 둘이 한참 얘기하던데. 네 친구가 밀러 보고 뭐래?

밀러가 똑똑하고 독특한 사람이긴 하나 제정신이 아니라던데요.

뭐? 밀러하고 반나절이나 얘기하는 특혜를 누려 놓고. 그건 아주 독실한 신도들도 꿈도 못 꿀 특권이야. 그런데 밀러더러 제정신이 아니라고 떠벌리다니.

보아하니, 루머는 놀란 듯이 말했지만, 얼굴엔 놀란 기색이 없었다. 나는 루머에게 그렇게 느꼈다. 루머의 속내는 자기가 한 말과 다르다.

자칭 신이라고 떠벌리는 작자잖아요? 데이비드가 따졌다.

다른 사람이 자기가 신이라고 떠들고 다니면 미친 거지만, 밀러는 아냐. 밀러는 신이 맞아.

당신마저 그 소릴 믿는다니.

그게 믿음이지. 사랑이자 선함이야. 그게 정의고 신이거든. 여기엔 대단한 의미가 있어.

대화가 끊겼다가 다시 이어졌다. 정신적 스승으로 누굴 모시지? 필드?

정신적 스승 같은 거 없습니다.

무슨 소리야? 지도자나 선생, 멘토 같은 게 없다니. 누굴 모시는지 보면 그 사람이 어떤 사람인지 알 수 있잖아. 네 정신적 스승이 누구냐니까?

필드 교수는 좋은 교수님이시라 제가 신세를 많이 지고 있습니다만, 제 정신적 스승은 아닙니다.

누구에게나 스승이 있어야지. 스승이 없으면 무슨 일이 벌어지더라, 닉?

몰라요.

닉이 모른다는군. 알 리가 있나. 저 녀석은 옆에서 말해주는 스승이 없으면 아는 게 하나도 없어. 너도 마찬가지야. 다들 그래. 옆에 스승이 있어야 강아지에서 성견이 되는 거라고.

스승이 있든 없든 강아지는 성견으로 큽니다.

그건 본능이야. 본능과 스승, 두 가지가 있어야 해. 닉에겐 본능은 있으니 스승이 필요해. 스승이 없으면 뭘 해야 할지 몰라. 안 그래, 닉?

맞아요.

세상에는 스승도 있고, 신도도 있어야 해. 신도가 없으면 세상은 지옥이 될 거야. 서로 반목하느라 개판이 될걸. 혼돈에, 살인에. 닉은 어쩔 줄 몰라 돌아다닐 테고. 이게 바로 강인하고 선한 스승 밀러가 주장하는 바야. 강인한 스승 밀러가 눈먼 이들을 한데 모아 어떻게 생각해야 하는지를 일러주지. 신도는 스승에게 생각하는 법을 배워서 다들 동일한 생각을 통해 강인함을 얻지. '에 플러리버스 우넘(e pluribus unum, 미국 국새에 새겨진 라틴어 글귀로 '많은 것 중 하나'라는 뜻. 여럿이 모여 하나가 되자는 통일 정신을 강조한 말)', 즉, 하나에서 나오는 강인함이지. 막대기 하나는 쉽게 꺾이지만, 막대기 뭉치는 꺾이지 않거든. 자, 어때, 데이비드?

파시스트적 철학이군요.

이봐, 말조심해. 이건 아주 간단한 상식이자 종교적 신념이야. 나보다 우월한 스승에게 기꺼이 고개를 숙이지 않고, 스승을 신처럼 우러러보지도 않는 작자는 시궁창에 사는 쥐새끼처럼 쓰레기 더미와 인간이 싸지른 배설물 속에서 허우적대기 쉽지.

대학에서는 스스로 사고하라고 가르칩니다. 데이비드가 반박했다.

멍청한 소리. 그런 식으론 아무도 다스리지 못해.

난 타인을 다스리고 싶지 않아요.

그건 네 태생이 신도라서 그래. 난 밀러가 흔들리는 모습을 지켜보고 있어. 이젠 나이 들어서 조만간 교체될 예정이거든.

밀러가 신이라면서요?

빌린 신이라서 조만간 기한이 다가와. 인간의 몸을 한 밀러는 종국엔 대체되게 돼 있어. 우리 신도들은 지금보다는 조금 더 활기를 띨 테고.

당신이 조만간 그 왕좌를 빼앗겠다는 소리군요.

내 얘길 안 듣는군. 빼앗겠다는 게 아니야. 밀러가 평화롭게 준비가 됐을 때 인수인계 하는 거야. 넌 모든 사람이 스스로 생각하길 바라나 본데, 바보 같은 소리 하고 앉았군. 닉이 스스로 생각하는 게 가당키나 해? 어때, 닉? 혼자 생각할 수 있어?

못해요.

거봐. 이 세상에 있는 닉 같은 사람들이 스스로 생각하는 법을 배운다면 얼마나 혼란스럽겠어. 우리가 모두 제자리를 지키게 할 강력한 신이 필요해. 밀러가 그 책임을 다하지 못할 경우를 대비해서 내가 있는 거야. 엄중히 경고하는데, 너무 늦기 전에 필드하고 연을 끊어.

여정은 길었다. 점점 길어졌다. 계속 달리는데도 여정은 계속 길어졌다. 흑인 남자의 뒤통수만 계속 쳐다보고 있었더니 피곤이 더해졌다. 때론 세상이 접히고 접혔다. 뒤집어서 안으로 접히다 보니 속이 바깥으로 나왔다. 머리가 어질어질했다. 루머와 데이비드가 바꿔 앉았다. 데이비드가 운전하고 루머가 내 앞자리에 앉아도 나는 눈을 떼지 않았다. 두 사람이 원래 자리로 돌아갔다. 비행기 굉음이 들리고 경고음이 들리는 와중에 비행기가 다른 비행기들 틈에 착륙했다. 나는 쳐다보았다. 바깥에 펼쳐진 들판은 비행기가 착륙하기 이전과 동일했다. 비행기들이 죄다 어디로 갔을까.

너희 아저씨 잔다. 데이비드가 말하는 소리가 들렸다. 데이비드가 지붕 위에서 내려다보고 있었다. 나는 현관 밑에서 기어오르려고 버둥거렸다. 내가 지금이라도 널 써먹을 수도 있지 않겠어? 데이비드가 말했다. 난 졸리지 않아서 현관 밑에서 얘기하려 했지만, 말소리가 나오지 않았다. 험한 말을 하고 싶었다. 무슨 말이든 하려고 있는 힘껏 외쳤다. 또렷하게 말한 것 같았다. 크게 말한 것 같았다. 그런데 아무 소리도 나오지 않았다. 일어나, 닉, 바보 되지 않으려면. 올리버의 목소리가 들렸다. 그런데 올리버가 아니라 루머였다. 차가 좀 전에 지나온 흰 집들과 주유소와 깃발이 휘날리던 마을을 빠르게 스쳐 지나가고 있었다. 현관과 지붕이 대체 왜 등장했는지 나는 모르겠다. 검은 남자가 웃는 것 같아서 웃는지 쳐다보았다. 쳐다봤는데 보이지 않았다.

도대체 지금 어디 가는 겁니까? 데이비드가 물었다.

스텀프아일랜드라고 외딴곳이 있어.

젠장. 나 거기 갔다 왔어요. 데이비드가 쓴웃음을 지었다. 루머도 웃었다. 나는 두 사람이 왜 웃는지 몰랐다.

길이 끊겼다. 앞에 물이 보였다. 부두와 주유기가 보이고, 창문과 현관이 달린 건물이 있었다. 우리는 차에서 내렸다. 잘 보고 있어. 루머가 이렇게 말하더니 부두 2층에서 한 층 아래로 내려가서 어떤 남자와 얘기했다.

데이비드 데리고 내려와라. 루머가 지시했다.

우리는 선체 밖에 모터가 달린 보트에 올랐다. 보트는 한 번도 타본 적이 없었다. 가라앉지 않았으면.

루머가 모터에 달린 줄을 잡아당겼다. 몇 번이고 잡아당겼다.

총은 꺼내지 말고 갖고만 있어. 갈비뼈 있는 데 두는 게 최고거든. 데이비드, 도망갈 마음은 아예 접어.

루머가 모터 줄을 잡아당겼다. 시동이 걸렸다. 물속에서 굉음이 퍼지더니 물 밖으로 새어 나왔다. 잔디 깎는 기계만큼 시끄럽지는 않았다. 나는 잔디 깎는 기계에 시동을 걸어 본 적이 있었다. 비슷한 방식인데 힘들었다.

내가 주방에서 이모를 거들어 은제 식기에 광을 낼 때와 하늘색이 똑같았다. 보트가 앞으로 나가자 우리도 바다로 나갔다. 바위 틈새로 나무가 솟아 있었다. 퍼런 물에 허연 물보라가 일더니, 희멀건 눈으로 우리를 노려보았다.

우리는 스텀프아일랜드에 내렸다. 여긴 처음 와봤다. 숲속을 걷다 보니 탁 트인 공간이 나왔다. 집도 보이고 초대형 스프링 장난감처럼 생긴 건물도 있었다. 장난감처럼 U자형으로 굽은 게 아니라 I자로 서 있었다. 집에 들어갔다. 소풍을 온 것 같았다.

잠잘 시간이 됐다. 이 남자를 지키는 게 임무니, 넌 자면 안 돼. 보초는 절대로 잠을 자지 않아. 루머가 경고했다.

나는 루머가 가져온 총을 들고 방구석에 앉았다. 라이플이었다. 총을 허벅지 위에 걸쳐 놓았다. 데이비드가 구석에서 몸을 말고 잠이 들었다. 나는 어둠 속에서 그를 쳐다보며 애써 잠을 쫓았다.

한밤중에 라이플에서 총알이 발사되는 바람에 가슴이 철렁했다. 나는 성냥불을 켰다. 데이비드가 쓰레기 더미를 뒤지던 너구리처럼 일어나 앉았다. 루머가 램프를 들고 속옷 차림으로 달려왔다. 무슨 일이야?

몰라요. 총알이 그냥 발사됐어요.

이게 왜 그냥 발사돼?

저절로 튀어나갔어요.

조심해서 다뤄. 아침에 재판해야 하니. 아무도 재판에 빠져서는 안 돼. 루머가 말했다.

18 레나 파울러 암스트롱

해리는 우리가 같이 자지 않았다고 했지만, 나는 잔 줄 알았다. 그럼 누구 말이 틀린 걸까? 내가 누워서 기다리는 곳에서 몇 블록 떨어진 호텔에서 그가 자고 있다. 이제 일어날 시간이다. 50년이 흘렀다 해도 그 정자와 자동차에서 있었던 일을 어떻게 잊을까. 엄마가 외출했을 때 앞방에서 한 일을 잊는다고?

내 실수다. 해리와 내내 간만 보고, 잠은 클라크와 잔 게 모두 뒤섞여 버렸다. 첫사랑. 그리고 그 후 사귄 해리. 그 둘을 사귀기 전에 테드도 있었다. 이제야 기억난다. 해리에겐 테드 얘기를 한 번도 하지 않았기에, 총각인 해리가 날 처녀라고 착각하게 내버려 두었다. 클라크와는 질질 끌지 않았다. 처음부터 끝까지 일사천리로 해치우는 법을 알고 있던 남자였다. 해리는 해리고, 클라크는 클라크였음을 잊었나 보다. 해리에게 테드 얘기는 아예 꺼내지도 않았으니 지금까지도 해리는 그렇게 생각하겠지. 신경 쓰지 말자. 돌이켜 보니 기억이 되살아난다.

만약 해리가 앨리스 트렌트와 엄마 사이에 있었던 일을 몰랐다면, 내가 섹스에 겁먹었다고 오해한 게 놀랄 일도 아니다. 내가 테드와 사귄 걸 해리가 알았더라면 그런 오해는 하지 않았을 텐데. 해리가 기겁하면서 우리가 잠자리를 하지 않았다고 바로잡으려는 걸 보니, 내가 오라고 한 것도 아닌데 굳이 고생을 자청해서 여기까지 온 이유가 뭔지 궁금하다.

동이 터온다. 침대에 누워 있으면 항구 절벽 위에 있는 집이 보인다. 해리를 위한 하루를 계획한다. 적어도 하룻밤은 더 자고 가겠지. 나 때문에 해리가 또다시 식겁하지 않는다면 말이다.

해리가 배에서 내릴 때 내가 기억하던 남자의 농숙한 복제품이 보였다. 당연히 그럴 줄은 알았지만, 해리가 일흔 살 먹은 노인네일 줄은 상상도 못 했다. 그를 보는 순간 그가 예전에 어땠는지 기억나지 않았다. 과거 청춘이던 해리의 모습 위로 늙은 해리의 새 모습이 덧씌워졌다. 날 알아보느라 더 많이 고생한 건 해리였다. 내가 해리보다 더 많이 변했나? 머리카락 색이 붉어졌고 꾸밈새도 달라져서 그렇겠지. 식당에서 그가, 우리 둘이 알았던 귀엽고 수줍던 소녀를 내게서 찾는 모습이 보였다. 그 소녀가 어디로 갔는지 나는 모른다. 솔직히 나도 그가 잘 기억나지 않는다. 해리는 근사했었고 우리는 꽤 잘 어울렸다는 것만 생각났다. 내가 사랑에 빠졌던 것 같은데 그 이유도 기억나지 않는다.

7시 30분에 그가 묵는 호텔로 전화해 그를 깨웠다. 갈라지는 목소리에 당황한 기색이 묻어난다. 해리, 미안해. 내가 요즘 아침잠이 없어. 침대에 누운 채 세상이 깨어나길 기다렸거든. 아침 식사에 초대하려고 전화했어.

그가 우리 집에 온다. 70대 치고 건강해 보였는데, 걸어서 오느라 숨이 가쁜 걸 보니 그리 건강하지도 않다. 우리는 일광욕실에 앉는다. 해리가 쑥스러워하니 내가 긴장을 풀어줘야 한다. 그가 햇살에 반짝이는 내 은제 식기를 쳐다보고, 정자가 있는 정원의 경치를 내다본다. 미러볼과 새 목욕통, 새 모이통. 그가 생각에 잠긴 모습을 바라본다. 그가 날 부자라고 생각하나

보다. 레나하고 결혼했다면 나도 부자였을까, 그가 이런 생각을 하겠지.

나는 붉은 가운을 걸쳤다. 털이 복슬복슬한 슬리퍼가 가운 밑단으로 빼꼼 나왔다. 그가 나를 쳐다보며 예의를 차리고 말하는데, 그가 무슨 생각을 하는지 내 눈에 다 보인다. 너무 예의를 차리다 보니, 내가 기괴해 보인다는 말은 차마 하지 못한다. 광대처럼 바른 입술에 비해 안색이 창백하다. 그가 늙은 레나를 연신 두리번거린다. 불타오르는 머리칼에, 뼈에 천을 뒤집어씌운 듯 출렁거리는 살.

나는 갈색 앞머리를 내린 소녀였다. 커다랗고 푸른 눈망울이 또랑또랑했다. 친근하면서도 매력적이던 나였는데, 지금은 견고한 문 위로 고개를 내민 말상이 되었다. 어깨가 구부정하긴 해도 거슬릴 정도는 아니지만, 그의 눈엔 걸리나 보다. 그가 눈치채지 않기를 바랐는데. 해리를 보며 미소 짓고 싶었다. 해리, 내 목소리가 남자 같지. 그를 여기로 데려오다니 실수였다. 세월은 왜 해리보다 나에게 훨씬 혹독한 흔적을 남겼을까.

생각하니 화가 치민다. 익숙한 짜증이다. 스무 살 때보다 지금의 내가 훨씬 우월하다.

오늘 뭐 해줄까, 해리? 우리 별점을 봤는데 길조더라. 그가 움찔하더니 조심하라며 경고한다. 그동안 해리에게 무슨 일이 있었는지 나는 전혀 모른다. 일단, 차로 섬 일주를 시켜줄게. 나 옷 입는 동안 신문 보고 있어. 퍼즐을 맞추든가.

2층에 올라가 거울에 알몸을 비춘다. 눈을 가늘게 뜨니 형상이 흐려진다. 다른 데보다 얼굴이 세월의 직격탄을 가장 심하게 맞았다. 얼굴만 빼면 다들 내 나이를 가늠할 수 없을 텐데. 젖가슴과 어깨와 팔뚝과 다리와 엉덩이를 못 본 척 넘어간다면 말이다. 초점을 흐리자. 어두운 게 우리 나이엔 최고야.

근사한 여주인 레나. 아래층 일광욕실에 있는 그에게 간다. 흰 바지에 쨍한 멕시코 스타일 망토를 걸쳤다. 머리에 터번을 쓰고 붉은 테 선글라스를 꼈다. 차를 타고 마을로 향한다. 부촌 바닷가 마을 앞 해변을 따라 달리다가 교차로를 지나 반대편으로 간다. 모래사장 주차장에 차를 세운다. 해변을 따라가면 갑으로 나갈 수 있다. 뒤에 있는 집들과 모래 언덕이 시야에서 멀어진다. 내려서 좀 걸을래? 바다에 안개가 꼈다. 그리 멀지 않은 건너편 뭍이 오늘은 안 보인다. 해마다 이맘때면 바닷가가 쌀쌀하다. 바람이 불자 해리가 재킷을 여민다. 나는 아무렇지 않은데. 내가 해리보다 더 건강한가 보다. 재킷 차림으로 모래 위에 서서 벌벌 떠는 해리의 몸에 군살이 붙었다. 나이 들면 젊을 때보다 몸도 불고 목도 두꺼워진다. 옷을 벗겨보면 해리의 배가 임신한 여자처럼 불룩하겠지. 내가 벗긴다면 말이다. 내가 유두 때문에 민망해하듯, 해리가 남성의 허세에 눈이 멀지 않은 한 나못지않게 민망해할 것이다. 그렇다면 가르쳐 주자. 그가 얼마나 추한지 먼저 보여준 다음, 그건 중요하지 않다는 걸 보여주자.

난 상관없다. 그가 나를 따라 모래밭을 밟는다. 모래가 신발에 들어간다. 그가 몸을 웅크리고 벌벌 떤다. 나는 두 팔을 휘저으며 고개를 빳빳이 든 다음, 꽥꽥거리는 제비갈매기에게 말을 건다. 모래사장에 마지못해 선 해리를 부른다. 해리는 내가 태클을 피해 달아나는 쿼터백처럼 그를 움켜쥐고 내뺄 거라고 착각한다. 그가 웃긴 하나 좋아하는 눈치는 아니다. 도덕군자인 척하는 그의 표정에 다 보인다. 너무 늙어서 장난도 못 치겠어. 그가 숨을 몰아쉰다. 너무 춥지? 차로 가자.

시내 구경시켜줄게. 웨일숍에서는 포스터와 조개껍질로 만든 공예품과 그물망을 판다. 항아리와 모형 갈매기도 있다. 마조리 빌링을 소개한다. 해리하고 인사해, 내 옛날 남자친구. 호머나 클라크보다 먼저 사귄 남자야. 만나서 반가워요. 마조리가 인사한다. 해리가 귀엽게 고개를 숙인다. 멍한 것 같기도 하고, 수줍어하는 것 같기도 하다.

'15분의 명성'이라는 이름의 상점에는 블라우스와 스웨터, 보라, 자주, 오렌지색 실크류가 가득하다. 삼각 깃발과 터번도 보인다. 내 첫사랑하고 인사해요. 내가 여자 직원들에게 말한다. 첫사랑이 50년 만에 나타났다고 상상해 봐요. 우릴 기억해주세요.

인도에서 그가 따진다. 레나, 진심으로 말하는데, 내가 혼자가 아니잖아.

그래, 그건 나중에 생각해. 내가 그의 팔을 붙들고 고드맨스 안으로 데려간다. 스포츠 매장이다. 여러분, 내가 가장 아끼는 아주 오래된 친구를 데려왔어요. 린다와 루실이 그를 샅샅이 훑는다. 이 남자 괜찮죠? 내가 묻는다. 젊으시네요. 레나 잘 부탁드릴게요. 레나는 좋은 대접을 받을 만한 여자니까요. 린다가 말한다. 친구들 근사하지?

도서관과 미용실도 들렀다. 화방에 들러 물건을 산다. 해리는 내가 그림을 그리는 줄 모른다. 그래서 얘기해 준다. 유화도 그리고 수채화도 그려. 뜨개질도 하고 수도 놓아. 피아노는 그만뒀어. 손가락에 관절염이 생겨서.

금방 점심시간이 되었다. 오배넌 부인의 찻집으로 간다. 항구 너머로 정자가 보인다. 페리가 들어와 승객을 내리고 다시 싣고 나간다. 나는 방사능이 인간의 눈에 보이지 않지만 존재하는 것처럼, 인간의 영혼도 눈에 보이지 않지만 파동으로 존재한다고 해리에게 설명한다. 그걸 과학자들이 밝혀내지 못할 뿐이라고.

그 대단한 과학을 50년이나 끼고 산 사람이니 해리가 회의적인 표정을 짓는 게 당연하다. 내가 한 말 때문에 그의 열린 마음을 상하게 했는지가 문제다. 내가 설명한다. 영적인 영역을 말하는 거야. 과학의 범주를 넘어서는 일이야. 과학은 실체가 있지만, 영혼은 정의에 따르면 실체가 없잖아. 영혼에도 그 나름의 과학이 있어. 영적인 과학이랄까. 여기에 내가 관심이 있어.

그가 비웃는 표정으로 에클레어를 먹는다. "개소리"라는 단어가 들린다. 너 지금 뭐라고 했어? 설마 아니겠지. 해리가 헛기침하며 목소리를 가다듬더니 말한다. 설마 그딴 거 정말로 믿는 거 아니지?

해리, 이건 내 인생이야.

맙소사. 그가 눈을 희번덕거리며 손으로 파리를 쫓는 시늉을 한다. 절망한 표정이다. 세상에, 이런 간극을 우리가 어떻게 극복해야 하지?

한동안 대화가 끊긴다.

그렇다면 넌 과학을 신봉하는 꼴통이겠네?

꼴통? 해리가 고함친다. 내 말에 발끈한다. 용이 코웃음 치듯 분노의 불꽃이 분노를 뛰어넘는 화염을 내뿜는다. 웃는 것 말고 뭘 어쩌겠어? 그가 웃자 화염이 꺼지면서 흥이 식는다.

지난 50년 동안 우리 사이에 간극이 벌어진 건가?

너처럼 똑똑한 여자가 어떻게 그따위 것을 믿을 수가 있어?

네가 말하는 그따위 것이 뭔데?

우리가 무슨 얘길 하고 있는데? 점성술 얘기잖아?

당연하지.

또 뭐가 있더라? 크리스털 볼?

나는 계속 열린 마음으로 살아.

심령술? 영매? 접신? 테이블 터닝(신령의 힘으로 테이블이 저절로 돌아가는 현상)? 레나, 내가 저딴 것들을 어떻게 생각하는지 어디서부터 말을 꺼내야 할지 모르겠다.

그럴 필요 없어. 네가 무슨 생각하는지 다 알아. 예전엔 네가 더 상상력이 풍부했는데. 미안해, 이런 일 겪게 해서.

그가 과학의 기초부터 설명하려고 숨을 들이쉬다가 전혀 소용없다는 걸 알고 그만둔다.

우리가 서로 사랑한다고 해도 마음이 하나일 수는 없지.

그가 머릿속에 날뛰는 하루살이를 쫓는다. 자칭 신이라고 하는 남자를 얼마 전 인터뷰했다고 한다.

그 남자 이름이 신이라는 거야, 아니면 진짜 자기가 신이라고 생각한다는 거야?

그자의 이름은 밀러고 자기가 신이라고 생각해. 밀러 농장에서 신도들하고 살아. 다들 자기가 신이라고 주장하는 밀러의 주장에 동조해. 그 남자가 대체 무슨 수로 모두를 속인 거냐고 내가 물었다. 해리는 나더러 왜 밀러는 못 믿고 크리스털 볼은 믿느냐고 따진다. 내가 좀 알아볼 게 있어서 그래. 밀러라는 남자가 어떻게 신도들을 따르게 만든 거야?

사기꾼들 주변엔 바보들이 참 많거든. 그가 말한다.

우리는 오배넌 부인의 찻집 퇴창가에 놓인 테이블에 앉아 있다. 다른 손님들은 띄엄띄엄 앉아 있고, 여종업원이 테이블을 닦는다. 해리가 올리버에 대해 설명한다. 올리버가 외손녀를 납치해서 자칭 신이라고 하는 밀러에게 갖다 바쳤다고 한다. 딸에게 구애하는 흑인 남자친구가 추격전에 나섰는데, 하필 올리버가 폭포에서 떨어져 죽는 현장을 목격했다고 한다.

그래서 해리가 밀러를 직접 만나 외손녀를 되찾았고, 그동안 신에게 묻고 싶은 질문을 모조리 할 기회를 밀러에게 받았다고 한다.

전선에 걸려 옴짝달싹하지 못하는 연처럼 이 일이 내 가슴에 콕 박힌다. 신이라고 우기는 남자에게 그동안 신에게 묻고 싶은 걸 모두 물었다니.

데이지걸스 모임이 3시 반에 있어서 해리에게 내 집에서 혼자 놀고 있으라고 한다. 오늘 밤에 내가 저녁 거하게 차려줄게. 나오면서 보니 해리가 서향 거실에 놓인 소파에 앉아 있다. 소파 위로 햇살이 쏟아지고 커튼에 하얀 그림자가 진다. 볼일 보고 와, 난 괜찮으니까. 해리가 말한다.

맨체스터 부인의 글을 보는데 내 마음이 갈피를 못 잡는다. 소녀처럼 섹스 생각만 나서 이게 무슨 일인지 차마 말할 수 없다. 소녀는 무슨. 공식적으로 그때 우리가 섹스를 안 했다면, 지금이라도 못한 걸 해야 한다. 그래야 목록이 완성된다. 남자들은 이렇게 생각하지 않아? 그렇지 해리? 나의 역사에 기록된 유럽 여행을 돌아보는 것처럼 말이다. 노트르담 성당 뒤에서 사진을 잔뜩 찍은 게, 노트르담이 어떻게 생겼는지 몰라서 그런 게 아니지 않은가. 그건 거기에 들렀음을 증명해주는 기록이라서 중요하다.

때가 되면 해리가 아내 얘기도 해주겠지. 쉴라, 비어트리스, 이런 이름이 내 입에서 새어 나온다. 가능성은 두 가지. 하나는, 해리의 결혼생활이 붕괴 직전인 동시에, 우리가 오래전에 했던 약속을 지키기 직전일지도 모른다. 또 하나는, 우리가 섹스는 더는 중요하지 않은 나이에 이르렀을지도 모른다. 떡갈나무가 자기가 만든 그늘 속에서 벌어지는 놀이에 무덤덤해지듯, 해리처럼 결혼생활을 오래하다 보면 시들해진다. 바버라(이제야 이름이 떠올랐다)라는 그의 아내가 몇 주 집을 비웠다. 우리가 떡갈나무를 찍어서 쓰러뜨리지 않는 이상, 바버라는 신경 쓰지 않을 것이다. 둘 중 어느 쪽일까? 오늘 밤엔 알게 되겠지.

그 얘기는 언급하지 않으면서 우리는 간극을 피한다. 하룻밤만 내가 날 검열하자. 그 오랜 세월 호머 때문에 자기 검열하지 않았던가.

데이지걸스 모임에 갔다가 돌아오니 해리가 의자에 앉아 졸고 있다. 입을 헤 벌린 채. 신문이 무릎에서 미끄러져 바닥에 떨어졌다. 늙어서 죽은 사람 같다. 내가 왜 로맨틱한 꿈을 꾸었을까? 해리는 퍼즐을 맞추다 말고 잠든 것 같다. 그가 흠칫 놀라며 깨더니 멋쩍어한다. 나는 웃는다.

내가 요리하는 동안, 해리가 주방 스툴에 앉아 있다. 엄마처럼 부산을 떨긴 해도 내가 엄마보다 정돈을 훨씬 잘한다. 스툴에 앉아 있는 해리가 아이 같다. 노인에서 아이로 변신했다. 죽음에 이르는 길을 걷다가 유턴해서 노인에서 아이로 잽싸게 돌아와 우주의 문 앞까지 왔다.

그가 자기가 쓴 글을 들먹이며 내가 신봉하는 걸 모조리 공격한다. 가르치기엔 넌 너무 늙었어. 내가 그에게 말한다. 그래도 우리에겐 공통점이 많으니, 우리의 기억을 서로 일치시키는 거 어때? 우리가 워낙 성품이 착해서 다름을 참아낼 수 있을 거야. 네가 과학을 신봉하는 꼴통이라고 해도 난 상관없어. 말싸움만 안 하면 돼. 그가 웃는다. 네가 날 개종하려고 하지만 않는다면. 그가 말한다.

대화를 나누면서 나는 그가 말해주기를 기다린다. 앵커아일랜드까지 날 보러 온 진짜 이유를. 이혼을 앞둔 건지, 아니면 무슨 불화라도 있는 건지. 그는 말해주지 않는다. 나는 그가 말하지 않은 생각을 가늠한다. 지금 그의 눈앞에 있는 내 모습과 예전의 내 모습이 일치할 때까지 그가 그 얘기를 삼키고 있다. 그가 마블힐 역의 달아오른 아스팔트 위에 아른거리던 여름 아지랑이를 기억한다. 우리 집 거실에서 보낸 뜨거웠던 어느 여름 오후와 겁을 내면서도 관심을 보인 여자아이를 기억한다. 대기 중에 녹색 인장을 찍듯 허드슨강을 따라 녹음 진 여름날의 셔우드숲을 기억한다. 해리가 스툴에 앉아 있는 사이, 나는 늙은 남자의 머릿속을 들여다본다.

나는 요리하면서 내가 얼마나 능력 있는 여자인지 과시한다. 그에게 내 인생을 털어놓는다. 호머가 심장마비로 세상을 떠나는 바람에 자유로워졌다고. 세계를 누비는 세 아이가 있는데 해마다 크리스마스 때가 되면 복사해서 붙인 듯한 편지를 보내는 상을 받는다고. 해리에게 내 요리 솜씨를 자랑하고, 내가 차리는 저녁상 얘기를 한다. 남들에게 감추려 했던 우리 부부 사이 일들도 늘어놓는다. 해리는 내가 딴 여자가 되었다고 한다. 그가 세세히 말은 안 해도 나는 그가 뭘 보는지 안다. 나는 인생을 살아낸 노련한 여자가 되었다. 푸근하면서도 눈치 빠른 여자. 그가 발산하는 기운이 바뀐 게 보인다. 해리는 자기가 날 좋아한다는 사실을 깨닫고 놀란다. 과거의 마법 같던 소녀가 아니라 현재의 나를. 눈앞에 있는 여자를. 해리가 날 좋아한다.

드디어 해리가 가족 얘기를 꺼낸다. 바버라, 주디, 손녀 헤이즐. 샌디에이고에 사는 장모. 그런데 그 얘기는 아직도 말하지 않는다. 완벽한 가정, 이상적인 자녀와 아내. 나는 그가 존경하는 사람들을 존중하고 인정한다. 그런 이들이 곁에 있다니 얼마나 행복할까.

그가 커리어를 뽐낸다. 따분하지만 좋은 신호다. 그의 약력, 수상 경력, 저서. 책을 보내주겠다고 한다. 그가 이 세상에 만연한 유사 과학에 대해 자세히 설명하지만 내가 놓친다. 해리는 내가 한 귀로 흘렸다고 생각할 것이다. 사실 난 스토브 위에 올려놓은 요리가 탈까 봐 정신이 없다.

해리도 허세를 떨지만, 호머보다는 덜하다. 해리와 같이 살았더라면 폭풍우가 몰아치는 일은 덜 있었을 것이다. 싸우지도 않았겠지. 최소한 소리 치거나 악을 쓰는 일은 없었을 것이다. 해리와 같이 살았더라면 훨씬 심심했겠지만, 잔잔함이 반가웠을지도 모른다. 그런 심심함을 고맙게 받아들이기 위해 호머를 겪어야 했다면 모를까.

해리가 얘기하는 걸 듣다 보니 그의 거부감이 녹아내리는 것이 감지된다. 그의 말에서 느껴지는 게 아니라, 늙은 남자가 수년간 느끼지 못했을 온기가 내 육감으로 느껴진다. 그가 마법 같던 소녀의 기억을 나로 바꾸는 순간, 주방 스툴에 앉은 채로 발기한다.

사실 발기한 게 눈에 보이진 않는다. 바지에 가려져 내가 그를 일으켜 세우지 않는 한 볼 수 없다. 그가 주방에서 발기했는지 확인할 필요는 없다.

저녁이 다 됐다. 촛불을 켠다. 식탁 모서리를 가운데 두고 양쪽으로 앉는다. 그가 나더러 근사하다고 칭찬한다. 맛도 좋아, 레나. 정말 맛있다.

바바라 요리보다 낫냐고는 묻지 말아주라.

먹고 얘기하고 지금 에너지를 모조리 퍼붓는다. 말꼬리만 잡지 않는다면 우리의 운명을 결정하는 별자리가 어떻게 다른지 농담할 만큼 자유롭다. 해리가 했다는 밀러라는 신과의 인터뷰, 내가 그동안 들은 천사의 목소리. 해리가 천사의 목소리를 믿지 않자, 내가 묻는다. 그럼 성녀 베르나데타(혹은 베르나데트 룰루드라고도 불리는 프랑스 여성으로 성모마리아의 발현을 18차례 목격했다)와 잔 다르크도 거짓말쟁이겠네? 성모마리아를 봤다는 온갖 버전의 일화들을 두고 해리가 불경한 말을 내뱉는다. 그래도 그건 지금 중요하지 않다. 내가 해리를 믿고 먼저 행동에 나설 수 있을까. 그가 나서지 않으면 나라도 해야 한다. 지금이 최적의 타이밍이니 행동으로 옮겨야 한다.

저녁을 다 먹고 식탁을 치운다. 타이밍이 식기세척기처럼 요란법석을 떤다. 접시를 채우고 냄비와 팬에 이것저것 다 넣고 돌린다. 주방을 들락날락하는 동안 몸이 부딪히지 않게 조심하며 신체 접촉을 피한다. 아직 그 얘기를 꺼내지 않았기 때문이다. 지금 우리는 숲과 숲 사이 들판을 가로지르는 중이니, 그다음에 해야 한다.

거실에 앉는다. 세상에, 떨린다. 해리가 아까보다 차분해졌다. 그가 그 생각을 접었다는 뜻이라면 조짐이 별로 좋지 않다. 공이 내게 넘어온다. 내가 왜 떨리지? 풍족하게 보상받고 사랑받으며 살았잖아? 이제 다 지난 일이라서 그런가?

어떡하지? 나이가 들고 현명해지니 가장 간단한 해결책은 물어보는 것이다. 묻지 못한다면, 죽음에 굴복하는 길을 걷는 것이다. 둘이 소파에 앉았다. 브랜디 한 잔을 홀짝이며 또 다른 작전을 짠다. 해리가 건너편 의자에 앉으려는데, 내가 여기 앉으라고 토닥이는 바람에 그가 내 옆에 앉았다.

숨을 쉰 다음 묻는다.

해리, 나하고 잘래?

그의 눈이 휘둥그레진다. 그에게서 충격과 공포가 느껴진다. 세상에.

이런. 그가 말한다.

잔다고 해도 비극이지. 내가 웃는다. 싫어?

몸을 뒤로 빼고 당황함을 다른 데로 돌려보지만 홍수처럼 밀려온다. 괜찮아. 다 이해해. 내가 말한다.

난 늙고 추한 할망구잖아. 그가 온몸으로 역겨움을 내뿜자 자동으로 반감이 인다. 그걸 보니 열이 받는다. 내가 늙고 추한 할망구라면, 해리는 허수아비다. 대체 해리가 무슨 생각을 하는 거지? 자기가 나보다 더 매력 있다고 착각하나? 해리는 말도 안 되는 소리는 하지도 말라는 말은 안 한다.

내가 이유를 물으면 해리가 아내 얘기를 했을 것이다. 그가 앵커아일랜드에 온 이유를 알아내야겠다는 생각도 이쯤에서 접자.

그가 내 기분을 걱정한다. 나서기 전에 몇 번이나 말한다. 그럴 마음이 없진 않다는 걸 알아줘.

그래서 내가 한 번 더 시도한다. 마음 바꿀 생각 없어? 내가 밝게 웃으며 묻는다. 이 말은 하지 말았어야 했다. 그가 두려움을 감추지 못한다. 그 모습이 내게 굴욕감을 안긴다.

아무 일도 없었다는 듯이 그가 호텔로 간다. 정확히 말하면 내가 그를 호텔까지 데려다준다. 우리는 이번 생에 딱 한 번만 더 만날 예정이다. 그게 내일 아침이다. 해리와 호텔에서 아침을 먹고 선착장까지 데려다줄 것이다.

밤중에 나는 아까 했던 말을 취소한다. 해리는 자기가 허수아비라는 걸 안다. 내가 새라고 생각할 것이다. 바닷새, 후회하는 왜가리.

다음 날 아침에, 어제는 내가 충동적으로 구는 바람에 난처하게 만들어서 미안하다고 그에게 말한다. 내가 어리석었어. 나는 사과한다. 그가 어젯밤 못지않게 웅얼거린다. 그런데 지금은 딴 얘기를 한다.

사실 지난밤, 내 머리에 떠오른 사람은 해리가 아니라 자칭 신이라는 밀러였다. 밀러의 대담함에 마음을 빼앗긴다. 그런 생각이 들자 해리가 죽은 물고기처럼 보인다. 해리, 만약 내가 밀러를 찾아가면 밀러가 어떻게 나올까?

해리가 당황한다. 찾아가고 싶어?

그런 사람한테 끌려.

그 사람 사기꾼이야.

사기꾼이든 아니든, 밀러는 주술사라서 영적 재능이 있어. 영이 가득해서 그걸 억누를 방법을 모르는 거야. 만나고 싶어.

네가 바로 인내의 표상이니, 모든 걸 편견 없이 받아들이겠지.

내가 모든 걸 받아들이진 못하겠지만, 모든 걸 알고 싶어. 밀러가 이 세상에 존재하는 위대한 종교와 어떻게 맞서는 걸까?

죄다 무시하던데.

나는 신에 관심이 많아. 내가 모시는 신을 사랑하거든. 너도 그렇지?

해리가 당황한다. 그런 추상적인 존재를 어떻게 사랑할 수 있어?

감사하는 거지. 그걸 몰라?

해리가 우울해한다. 신은 너무 잔인하잖아.

그래서 예수님이 계신 거야. 밀러를 만나고 싶어. 밀러가 뭘 알고 있는지 알고 싶어. 왜 밀러하고 대화한 사람이 너여야만 해? 밀러에게 배울 유일한 사람은 바로 난데.

흠, 행운을 빌게.

19 데이비드 레오

다시는 가고 싶지 않은 스텀프아일랜드로 끌려갔다. 그들이 날 재판하겠다고 한다. 늦은 오후 높은 하늘이 한껏 찡그렸다. 우리는 선체 밖에 모터가 달린 보트를 탔다. 시커멓고 거친 바다에 배가 거의 잠겼다. 바람이 불어서 오한이 밀려왔다. 축축한 보트 바닥에 젖을까 봐 배낭을 무릎에 올려놓고 꽉 쥐었다. 틈새로 한기가 파고들더니 바람막이 속까지 기어들어 왔다.

뭍에서 버거를 사서 섬에 가서 먹었다. 섬에 있는 텅 빈 건물에 들어가 등유 램프를 켰다. 루머가 내일 재판을 하겠다고 해서 그냥 잠만 잤다. 나는 텅 빈 건물에 있던 침낭 안에서 잤다. 닉이 무릎 위에 라이플을 올려놓고 날 감시했다. 도망갈 방법을 궁리했다. 납치범들보다 한발 빨리 숲으로 내뺀 다음 배에 탄다. 그게 최선이다. 닉이 잠들 때까지 기다렸다가 라이플을 빼앗자. 저들이 총을 들고 쫓아오겠지. 엔진에 시동을 걸어야 한다. 영웅 놀이라면 이가 갈린다. 모험이라면 치가 떨린다. 이 미친놈들 때문에 내가 죽게 생겼다. 아무도 모르겠지. 신경 쓰는 사람이 아무도 없다니. 얼마나 멍청한 짓을 했기에 이 지경이 된단 말인가? 어떻게 해야 이걸 피할 수 있었을까? 루머가 소매 안에 뭔가 숨긴 것 같은데, 내게 득 되는 건 아닌 것 같다. 닉이 잠이 들 때까지 기다리지 않기로 했다. 내가 잠이 들 때까지 닉이 눈을 부릅뜨고 있었다.

한밤중에 총성이 울렸다. 총소리가 울려 퍼지자, 루머가 램프에 불을 켜기도 전에 고함부터 쳤다. 닉이 고함으로 맞받아쳤고, 성냥불이 꺼지자 루머가 욕하는 상황이 벌어졌다. 쌤통이다. 루머는 화를 냈지만, 닉은 침착했다. 닉은 총이 저절로 발사됐다고 했다.

아침에 루머가 건물 옆에 잔뜩 쌓인 장작에 불을 붙여 달걀 요리를 해줬다. 이런 상황에서 먹었는데도 최고의 아침이었다. 아침을 먹은 뒤 루머가 나더러 볼일을 보고 오라고 했다. 일 보고 오면 재판을 하겠단다. 옥외화장실에서 여름 캠프에서 나던 냄새가 났다. 솔잎과 젖은 이파리가 바닥에 떨어져 있었다. 이런 상황만 아니었다면 근사했을 텐데. 상황이 이렇다 보니 비교 대상이 없어서 어떤 결과가 나올지 전혀 감을 잡지 못한다는 게 문제였다. 내 목숨이 달린 게임. 그들이 아기를 우리에게 돌려준 이유가 궁금했다.

풍동처럼 생긴 건물 안에서 재판이 열렸다. 찌그러진 알루미늄 실린더처럼 생겼는데, 내부가 넓고 탁 트였다. 못 쓰는 농기구와 목발이 담긴 상자가 구석에 있었다.

중앙에는 흠집투성이 탁자가 놓여 있었다. 루머가 한쪽 끝에 낡은 암체어를 놓고 앉았다. 닉과 나는 각각 접이식 나무 의자에 앉았다. 닉은 루머 옆에, 나는 맞은편에 앉았다. 루머가 의자에 라이플을 기대 놓았다.

루머가 입을 열었다. 시작해 볼까. 데이비드, 당신은 명상의 자리까지 가는 도중 올리버 퀸을 폭포 아래로 떠밀어 살해한 혐의를 받고 있다. 네 변론이나 한번 들어볼까?

억지입니다.

무죄라고 주장하는군. 닉, 네 증언부터 들은 다음, 데이비드의 변론을 듣겠다. 닉, 시작해.

뭘요?

네가 본 걸 말해. 넌 왜 데이비드가 범인이라고 생각하지?

모르겠어요.

네가 증언하는 동안 널 도와줄 변호사가 있어야겠군.

변호사가 없는데요.

내가 네 변호사다. 내가 묻는 말에 대답하면 돼. 처음부터 다시. 닉, 올리버가 살해되던 날, 넌 데이비드와 올리버와 숲에 있었어. 뭘 하고 있었지?

말해도 돼요?

다 말해, 닉.

올리버가 그랬어요. 나더러 데이비드를 쏘라고요.

날 쏘라고?

조용! 순서를 기다려. 올리버가 데이비드를 쏘라고 했다고? 언제 쏘랬어?

데이비드가 폭포수를 건널 때요. 호랑이 혓바닥이요.

그래? 그래서 어떻게 됐지?

모르겠어요.

모른다는 말은 하지 마. 머뭇대는 것 같잖아. 데이비드가 폭포를 건넜나?

가다 말고 내려왔어요.

가다 말고 내려왔다? 그다음엔?

다시 올라갔어요.

누구랑?

데이비드하고 올리버가 같이 올라갔어요.

그래서? 누가 또 따라갔어?

당신이 따라갔잖아요.

내가 따라갔다고? 그래서 내가 뭘 했는데?

당신이 하겠다고 했어요.

내가 뭘, 닉?

흑인 남자를 쏘겠다고요.

이봐, 농담하지 말고. 내가 데이비드를 쏘겠다고 했다고? 내가? 지금 그렇게 증언하는 거야?

증언이 뭔데요?

증언이란 네가 말하는 걸 말해. 닉, 내가 데이비드를 맞췄어?

모르겠어요.

그다음에 뭘 봤지?

바위 위로 떨어진 올리버를 봤어요.

떨어지기 전엔 뭘 봤지?

모르겠어요.

모르겠다는 말, 하지 말라고 했잖아. 내가 쐈어?

네.

내가 뭘 쐈는데?

그건 잘 모르겠는데요. 다람쥐? 당신이 다람쥐를 쐈어요.

내가 뭐라도 잡았나?

모르겠어요. 잘 쏘니까 다람쥐를 잡았겠죠.

그다음에, 바위 위로 떨어진 올리버를 봤다는 거지? 올리버가 죽었어?

죽었다고 당신이 그랬어요.

데이비드는 뭘 했는데?

데이비드가 당신한테 말을 걸었어요.

데이비드가 먼저 내려왔지. 그래서 올리버를 죽인 게 데이비드라고 하는 건가?

모르겠어요.

모른다니? 그럼 데이비드가 올리버를 안 죽였어?

죽였어요.

네가 그걸 어떻게 알아?

당신이 나한테 그렇게 말했잖아요.

내가? 내가 뭐라고 했는데?

데이비드가 올리버를 밀었다고요.

너, 데이비드가 올리버 미는 거 봤어?

아뇨.

잘 생각해 봐. 데이비드가 올리버를 미는 거 봤잖아.

봤어요.

데이비드를 봤을 때, 넌 어디 있었지?

모르겠어요. 우리 같이 있었잖아요.

폭포 아래에서 위를 쳐다보고 있었어?

네.

올리버가 앞장서고 데이비드가 바로 뒤따라 건너는데, 올리버가 코끼리 거시기를 넘어가는 순간, 데이비드가 손을 뻗어 올리버를 미는 걸 네가 봤다, 이 말이지?

네.

그다음 올리버가 어떻게 됐지?

모르겠어요.

모르겠다는 말 다신 하지 말라니까. 떨어졌어?

네.

떨어져서 어떻게 됐지?

죽었어요.

그럼 누가 올리버를 죽인 거지?

갈색 남자가요. 저 사람, 데이비드가요.

좋아, 이제 이렇게 밝혀졌으니……

뭐가 밝혀졌다는 거죠? 내가 따졌다.

루머가 내 말을 무시했다. 우리가 데이비드를 어떻게 해야 할까?

모르겠어요.

죗값을 치르게 해야지?

맞아요.

왜냐? 네 스승을 죽였잖아. 가장 소중한 친구를 죽였잖아. 올리버 보고 싶지?

보고 싶어요.

다시는 올리버를 못 보니 슬프지?

닉이 훌쩍이기 시작했다.

그래서 화가 나지?

이런 재판이 어디 있어요? 당신이 다 부추기면서.

닉이 얼마나 원통하겠어. 그러니 속을 좀 풀어줘야지. 닉, 잘했어. 이제 데이비드 차례다. 데이비드가 뭐라고 변명하는지 보자. 루머가 날 쳐다보았다. 뭐라고 변명하실 텐가?

난 올리버를 죽이지 않았어요. 그 사람 근처에 가지도 않았어요. 나는 물가에 서 있었고 올리버가 물을 4분의 3쯤 건너가다가……

코끼리 거시기라나, 호랑이 혓바닥이라나 그쯤을 지나다가?

무슨 소린지 모르겠지만, 닉이 한 말을 들어보니 당신이 직접 올리버를 죽인 것 같은데요?

입조심해. 판사를 비난해 봐야 피고에게 득 될 게 없어.

닉이 루머를 쳐다보았다. 충격을 받은 눈빛이었다.

닉 얘기를 듣자 하니, 당신이 쐈다던데 어떻게 된 겁니까? 날 못 맞춘 거예요?

닉은 내가 다람쥐를 쐈다고 했어. 루머는 우리가 하는 대화를 모두 예상했다는 듯이 차분했고, 우리에게 그 말을 끄집어내려는 것 같았다.

뭐 하자는 겁니까?

닥쳐. 난 이 일을 매듭짓고 싶을 뿐이야. 네 주장대로라면 올리버가 징검다리 위에서 미끄러졌다는 소리네. 밀러 교회가 밀러 농장으로 이사 온 뒤 뻔질나게 건너다니던 길에서 올리버가 어이없이 미끄러졌다?

누가 올리버를 쐈다는 게 내 주장입니다.

검시만 하면 금방 확인될 일이지만, 안타깝게도 화장을 했잖아. 네 주장과 닉의 주장이 완전히 어긋나는 상황이야. 판사가 어느 쪽으로 생각하든,

둘 다 그럴싸하군.

닉이 그랬잖습니까? 당신이 총을 쏜 뒤 올리버가 떨어지는 걸 봤다잖아요.

네가 그랬어, 닉? 내가 총을 쏘는 순간 올리버가 떨어지는 거 봤다고? 봤어?

모르겠어요.

네 주장을 밀고 나가야지 매번 말을 바꾸면 안 돼.

알겠어요. 닉이 말했다.

똑똑히 들어. 루머가 내게 경고했다. 폭포를 건너는 남자를 쏜 게 나라고 네가 계속 우기면서 주변을 얼쩡거리면 이 재판에서 이길 확률은 희박해.

그럴 마음 없습니다. 살아서 여길 벗어날 수만 있다면, 남은 평생 당신이나 밀러 농장 주변 100마일 이내엔 얼씬도 하지 않을 겁니다.

우리에게 질렸나 보군?

맞아요.

그 점을 고려하지. 자, 그럼, 두 사람의 증언이 어떤 결과를 낳았는지 보자. 문제는 올리버가 추락할 때 내가 쐈느냐인데, 내가 뭘 쐈을까? 닉, 넌 내가 올리버를 쏘지 않았다는 거 알지?

닉이 고심하더니 대답했다. 알아요.

원래는 내가 널 쏴야 했겠지만 결단코 쏘지 않았어.

못 맞춘 거라면 얘기가 다르죠. 내가 따졌다.

못 맞출 리가. 증거를 보아하니 내가 네 목숨을 구해주려고 한 거 같지 않아?

루머는 내가 이 질문에 꼭 대답해야 한다는 듯이 눈짓을 했다. 롤러코

스터를 탄 듯한 전율이 온몸에 찌르르 밀려왔다. 나는 동의하고 싶지 않았지만 그가 쏘아 보며 그쪽으로 날 유도했다. 그럴지도 모르죠. 내가 대답했다.

네가 지인들과 볼일이 있어 밀러 농장에 처음 방문했는데, 널 그냥 죽게 내버려 두면 안 좋을 것 같다고 내가 생각하지 않았을까? 다시 말해, 내가 태생이 착해서 사람을 죽이는 꼴은 못 보기 때문이 아닐까?

그럴지도 모르죠.

선한 사람은 알아. 내가 올리버를 쏘지 않았다는 걸. 사람 죽이는 꼴을 못 보는 사람이 누굴 쐈겠어? 닉, 우리가 무슨 말 하는지 알아듣겠어?

아니요.

걱정하지 마. 이건 머리가 좋은 사람들끼리 하는 말이라서 그래. 너하곤 상관없는 얘기야. 그렇다면 도대체 왜 올리버가 폭포에서 추락했을까?

당신이 대신 올리버를 맞춰서 그런 건 아닐까요? 내가 물었다.

이것 봐, 밀러 농장 최고의 명사수가 바로 나라고. 네가 올리버를 떠밀려는 찰나, 내가 당신한테 겁주려고 총을 쏜 건 아닐까? 네가 손을 뻗어 올리버의 어깨를 밀려는 순간, 총알이 그 사이로 휙 지나가는 바람에 올리버를 못 떠밀었는데, 바로 그때 올리버가 중심을 잃고 떨어진 건 아닐까? 그럴싸한 절충안이지?

뭐 별로.

네가 무슨 생각을 하든 상관없어. 닉이 받아들이느냐가 중요해. 안 그래, 닉?

모르겠어요.

모른다는 말 말라니까. 총알이 일으킨 충격파가 올리버에게 닿으면서 올리버가 징검돌 위에서 미끄러져 떨어져 죽은 거야. 납득이 가나, 닉?

모르겠어요.

이러나저러나 너한텐 똑같아. 네가 다 잘못한 거야. 네가 떠밀려는 순간 충격파 때문에 움찔했고, 그 바람에 올리버가 낭떠러지에서 떨어졌어. 지금 우린 닉의 관점에서 얘기하는 중이야. 닉의 관점이 네 관점과 반드시 일치할 필요는 없어. 그래서 어느 관점이 맞는지 판사가 손을 들어주는 거야. 말 다 했나? 할 말 더 없어?

내가 왜 올리버를 죽이겠습니까? 난 사람을 죽이지 않습니다. 당신네 신도들이 있는 곳에서 올리버를 죽이다니, 그건 정신 나간 짓이잖아요.

올리버가 죽기를 바랐을 텐데. 루머가 말했다.

나는 부정하려다가 그러지 않기로 했다. 그건 얘기가 다릅니다.

루머는 내가 그의 말을 인정했다는 듯이 어깨를 으쓱했다.

휴정하겠네. 피고, 소변봐야지?

그가 날 바닥 마감이 끝나는 구석으로 데려갔다. 나는 흙바닥에 소변을 봤다. 그가 내게 몸을 밀착시키더니 탁자에 앉은 닉을 돌아보았다. 긴장 풀어. 풀어줄 테니. 루머가 속삭였다.

뭐라고요?

닉한테 말하지 마. 이번에도 내 덕에 목숨 부지하는 줄이나 알라고.

이 말을 듣자 나는 기뻤지만 믿어도 되는지 확신이 서지 않았다.

닉은 널 묶어 놓고 총으로 쏴 죽이고 싶어 해. 자기 아기를 네가 데려갔다고 생각하거든. 그래서 내가 이 상황을 수습하는 중이야. 난 네가 풀려나서 남은 생을 평화롭게 살기를 바라거든. 나한테 고마워하라고.

고맙습니다.

우리는 탁자로 돌아갔다. 이제 판결을 내리겠다. 루머가 말했다. 판결은 우리가 내린다. 닉하고 내가 판사다. 우리 판사들이 피고 네가 받아야 할 벌을 결정하겠다.

대체 원고가 무슨 판결을 내립니까? 내가 따졌다.

재판 진행에 간섭하지 마. 루머가 말을 잘랐다.

루머가 닉에게 몸을 돌렸다. 저놈에게 무슨 벌을 내릴까?

극형이요. 닉이 말했다.

와, 그런 말은 어디서 들었어? 나한테 들었나? 극형이라니 그게 무슨 뜻이지, 닉?

알잖아요.

보복하겠다고? 저놈도 죽어야 해?

닉이 눈빛을 번뜩이더니 입술을 앙다물고 이를 악물었다. 죽어야 해요. 이렇게 해서 대체 어떻게 루머가 내 목숨을 구한다는 건지 궁금했다.

사형? 루머가 물었다.

사형. 닉이 말했다.

처형?

처형.

교수형?

교수형.

총살형?

총살형.

원하는 게 이거야, 닉?

네.

자, 판결을 내리면 후련하겠지만 판사라는 자리가 얼마나 부담감이 막중한지 알겠지? 루머가 한숨을 내쉬며 말했다. 피고, 자넨 무슨 벌을 받아야 할까?

날 풀어줘야죠. 올리버를 안 죽였으니까요. 그리고 닉을 설득하는 건 당신 몫입니다.

닉이 의문이 드는지 앙다문 이를 풀었다.

루머가 말했다. 판사라는 막중한 부담감을 안고 사형 선고냐 석방이냐 사이에서 타협점을 찾아야 한다.

루머, 판결을 이런 식으로 내려서는 안 됩니다.

타협해서 판결을 내린다고 생각하는 건 아니지? 증거가 상충하고 있어. 닉은 네가 밀었다는데, 넌 안 밀었다잖아. 내가 총을 쏘는 바람에 판이 바뀌었어. 떠밀려던 네 작전이 꼬였지만, 결과는 같았어. 중요한 건, 기소에 필요한 유죄라는 증거가 없다는 거야. 그렇다고 무죄라고 주장할 증거도 없어. 따라서 절충안을 찾아서 양측이 만족할 처벌을 내려야 해. 피에 갈급한 닉의 마음을 채워주는 동시에, 무죄라고 주장하는 데이비드의 마음마저 살펴야 한다고. 데이비드의 유죄 여부와 관계없이, 양측 모두 존중받아야 해. 무슨 말인지 알겠어?

아뇨. 닉이 대답했다.

신경 쓰지 마. 유배라는 판결을 내리겠다. 이 섬에 유배당해 평생 여기에 살면서, 산딸기도 따 먹고 물고기도 잡아먹어. 가능하면 새도 잡아먹든가. 집도 있고, 창고도 있고, 숲하고 바다까지 있어. 자, 어때, 닉?

저놈 안 죽여요?

안 죽여, 닉. 유배시키는 게 맞아. 왜냐하면 저놈은 자기가 무죄라고 생각하거든. 그렇다면 올리버는 누가 죽였을까? 누군가 뒤에 숨어 있다가 방아쇠를 당긴 거야. 데이비드는 대역에 불과하니 무죄인 거고. 사라진 살인마를 잡지 못해 재판장에 세우지 못했으니, 대신 대역이 벌을 받는 거라고. 알겠어, 닉?

닉이 당황하며 다시 울음을 터트리려고 했다.

이 문제에 대해 상의하고 싶나? 루머가 물었다.

네.

눈에는 눈, 이에는 이로 갚아주고 싶겠지만, 데이비드가 널 죽인 게 아니야. 데이비드가 널 죽였다면 그 벌로 저놈의 목숨을 받아내는 게 맞아. 그런데 네가 아니라 네 스승이 죽었어. 범인이 목숨을 앗아갔으니, 대신 누구를 희생시켜야 할까? 이렇게 생각해보자. 내 스승인 밀러 때문에 네 스승인 올리버가 움직였듯이, 네 스승인 올리버 때문에 데이비드의 스승인 필드가 움직였어. 배후를 조종하는 사람이 있어. 걱정은 그만. 이게 모두를 위한 최선이니까. 이제 가자. 짐 챙겨, 닉.

싫어요. 닉이 말했다.

짐 챙기라고.

미치겠어요. 닉이 말했다.

젠장, 짐 챙기라니까.

닉의 얼굴이 일그러지더니 울음을 터뜨렸다. 닉이 건물로 들어가자 루머가 귀띔했다. 보트를 보내줄 테니 그거 타고 나와. 우리가 한 약속 잊지 말고.

무슨 약속이요?

젠장, 벌써 까먹다니. 내가 네 목숨을 구해줬잖아. 두 번이나. 그건 알지?

알아요.

그러니 얼쩡거리면서 문제를 일으키지 말라고.

내 차는 어떡하고요?

하, 네 차라니. 뱅거에 있는 허츠에서 빌린 차잖아?

맞아요.

내가 대신 뱅거에 반납해줄게. 결국 모두 다 잘 풀리게 되어 있어. 인제 간다. 몸조심해.

나는 해변으로 내려가서 두 사람이 떠나는 모습을 보았다. 작은 배가 해협 건너편 큰 섬을 지나자 개미처럼 작아지더니 시야에서 사라졌다. 나는 부두 근처 바위에 앉아서 배가 오길 기다렸다. 집에 갈 방법을 궁리했다. 운 좋게 배낭이 있고 지갑에 현찰과 신용카드가 들어 있었다. 해리가 사준 뱅거 발 비행기 오픈티켓이 있다. 차가 없는데 블랙하버에서 뱅거까지 어떻게 가지? 블랙하버로 나가면 어디로든 가는 버스 편이 있을지 모르겠다. 히치하이크할 수도 있다. 뱅거까지 히치하이크가 가능하면 집까지도 가능하겠지. 그럼 해리가 사준 비행기 표를 환불받을 수 있다. 루머가 정말로 렌터카를 뱅거에 반납할까? 루머가 갖다 놓지 않으면 차량 절도 혐의로 그를 압박해야 한다.

그렇게 배가 오기를 기다렸다. 바위에 앉았다가 해변을 거닐며 운동했다. 섬을 둘러보고 싶었지만 그랬다간 보트를 타고 오는 사람이 내 행방을 모르거나, 이 섬이 아니라고 생각할까 봐 그러지 않았다. 그에게 손을 흔들어야 한다. 배를 몰고 오는 사람에게 돈을 줘야 하나? 돈 문제가 떠올랐다. 집에까지 가려면 돈이 꽤 들 텐데. 첨단 기술 덕분에 ATM에서 돈을 인출할 수는 있다. 그런데 블랙하버에 은행이 있을까?

배는 오지 않았다. 기대감이 흔들렸다. 아까까지만 해도 배가 올 거라 기대하면서도 안 올까 봐 두려운 마음이 편집증이길 바랐지만, 지금은 배는 오지 않을 것이며 오지 않을 거라는 생각이 부질없지 않아 보였다. 이번에도 루머가 수작을 부렸다. 수작이나 부리는 작자라니. 결국 이렇게 섬에 갇힌 신세가 되다니. 루머가 나를 태워 갈 배를 마련해 놓지 않았다면, 내가 재간을 부려 뭍으로 나갈 길을 모색해야 한다.

가재잡이 배가 지나갔다. 갑을 휙 돌더니 빠르게 지나갔다. 내가 손을 흔들며 고함쳤다. 그러나 엔진 소리에 묻혀 내 목소리가 들리지 않았다. 가재잡이 배 뒤로 파도가 일었다. 루머가 탄 배처럼 점점 작아지다가 큰 섬을 돌아 사라졌다.

너무 어두워지기 전에 캠프로 올라가 잔해 더미 속에 있는 배를 살폈다. 옆에 구멍이 뚫린 카누도 있었고, 대형 알루미늄 보트도 있었다. 너무 무거워서 간신히 움직여 보았다. 들어보니 알루미늄 바닥 중앙에 금이 가 있었다. 노도 보이지 않았다. 잘 찾아보면 노가 없는 건 해결이 가능하다. 이 배를 해안까지 끌고 가려면 통나무 위에 놓고 굴리는 수밖에 없다. 그러려면 숲속 길을 넓혀야 한다. 축사에 도끼가 있으면 넓힐 수 있다. 그런데 바닥에 금이 간 건 메울 길이 없다. 틈을 메우지 못하면 배는 가라앉을 것이다. 내가 1년간 이 섬에 발이 묶여 살아야 한다면, 남의 도움 없이도 뭍으로 나갈 길을 찾을 수 있을 것이다. 필드 교수와 주디가 실종 신고는 해줄까?

나는 건물 안에서 담요를 덮고도 추워서 벌벌 떨면서 잠을 청했다. 이 섬을 빠져나간 다음 뭘 할까 하는 생각이 나의 밤을 가득 채웠다. 히치하이크하는 모험을 상상했다. 루머가 다시 쫓아왔다. 루머가 쫓아오는 이유를 알아내려고 했다. 루머는 올리버가 왜 날 죽이려 했는지, 자신이 그걸 저지하고 올리버를 죽인 이유를 내가 알아주기 바랐다. 루머가 닉에게 진짜 적은 해리라고 했던 말이 마음에 걸렸다. 내가 여기에 고립되어 있는데 해리가 공격 대상이 되는 걸 막을 수 있을까? 설마 그들이 그렇게까지 할까? 밀러 사람들이 극구 반대하다가 그리 쉽게 아기를 내준 사실이 떠올랐다. 그들이 덫을 여기저기 많이 놓은 건 아닐까? 나는 망상은 버리라면서 나 자신을 다독였다. 그런데 영문도 모른 채 섬에 갇혀버린 내가 어떻게 그런 생각을 안 할 수가 있을까?

아침에 다시 해변으로 내려갔다. 점심으로 고기 통조림을 가지고 내려가 바위에 앉아서 까먹었다. 저 멀리 안개가 꼈지만 근처에 보이는 섬들은 쌍안경을 낀 듯 또렷이 보였다. 날이 화창했다. 가재잡이 배가 큰 섬 주위에서 돌아 나오더니 해협을 가로질러 갔다. 나는 다시 손을 휘저었다. 셔츠를 벗어서 흔들었지만 보트는 가버렸다.

나는 막대기를 모아 불을 피웠다. 불이 눈길을 끌지도 모른다. 막대기를 쌓아서 모닥불을 확실히 피웠다. 해안가에 불을 피우자, 이탈리아에서 익사한 쉘리를 화장하던 때가 떠올랐다. 수영을 곧잘 하는 사람도 바다에서 헤엄치는 건 쉽지 않다. 초봄 메인주 해안가, 이런 바다에서 수영했다간 살아남을 사람이 아무도 없을 것이다.

태양이 정오를 향해 가더니 오후로 무르익었다. 피워놓은 불이 죽었다. 뭐 하러 피웠는지 이유도 잘 모르겠다. 가재잡이 배의 관심을 끌려고 발명품을 고안했다. 깃발. 깃발을 만들어 위급 상황이니 도와달라는 얘기를 어떻게 전한담? 루머가 친 장난의 희생양으로 전락해 여기에서 죽는다니 바보 같았다.

오후 3시, 작은 모터보트가 가재잡이 배가 지나간 섬 반대편에서 돌아 나왔다. 나는 바람막이를 앞뒤로 흔들어서 미쳐 날뛰는 사람처럼 보이려고 했다. 바다로 삐죽 튀어나온 바위투성이 갑 끝까지 달려갔다. 보트는 멈추지 않았다. 배 위로 두세 명가량 보였다. 모터가 밖에 달린 소형선이었다. 루머가 타고 간 배와 별반 다르지 않았다. 그들 중 한 명이 손을 흔들었다. 나는 바람막이를 미친 듯이 흔들었다. 배가 멈추더니 방향을 돌려 섬으로 다가왔다. 하느님, 감사합니다. 나는 다시 해안가로 달려가 그들을 부두로 인도했다. 배가 부두 근처에서 맴돌며 봄을 사렸다. 서로 얘기를 주고받을 정도의 거리였다. 머리가 허연 남녀와 흰색과 검은색이 섞인 개가 타고 있었다.

제가 발이 묶여서 그런데요, 뭍까지 태워 주시겠습니까?

그들의 성은 맥캐스킬이며 피그섬에 살았다. 내가 예전에 여기에 왔을 때 두 사람의 배를 본 것 같았다. 배를 태워 달라는 이유를 설명하기 힘들었다. 내가 자초지종을 털어놓기 전까지 그들은 부두에 배를 대려고 하지도 않았다. 마침내 그들이 허락했다. 나는 개와 선수에 앉았다. 작은 배라서 과적이 되는 바람에 보트가 꽤 많이 잠겼다. 우리는 칙칙거리며 블랙하버로 향했다. 부부는 회의적인 모습을 보였다. 대체 누가 이런 짓을 하는지 상상이 안 가. 맥캐스킬 부인이 말했다. 뭐 그럴 수도 있겠지. 맥캐스킬 씨가 말했다.

나는 그들에게 돈을 줘야 하나 고민했다. 그런데 해변에 도착하는 순간, 내 운명을 되찾았다며 너무 감탄하다가 그만 깜빡하고 말았다. 나중에 생각해보니 오히려 다행이었다. 부부가 선의로 날 구해줬는데 내가 금전적 가치를 부여했다면 화를 냈을지도 모른다.

4부

20 닉 포스터

부두에 도착했다. 루머가 뱃사공에게 돈을 냈고 우리는 차를 타고 뱅거로 갔다. 루머가 운전했다. 데이비드를 죽이지 않는 게 나아. 그놈은 누군가의 꼭두각시야. 무인도에 갇혔으니 녀석이 죗값을 치른 거야. 봤잖아.

죗값을 치렀어요.

흰 집과 울창한 나무가 있는 마을을 통과했다. 들판도 지났다. 평야를 가로지르는 도로 한쪽 끝에 선 우체통도 지났다.

시골이 예쁘군. 많이 배운 높으신 분들이 사는 교외야. 여자들이 좋아하는 교외지. 시골길에 늘어선 앤티크 가게들 좀 봐. 장난감 농장 같지? 저기저 앙증맞은 경치를 좀 보라고.

노란 들판과 헐벗은 나뭇가지가 보였다. 길이 울퉁불퉁하고 여기저기 패였다.

그 옛날 잘나가던 미국이 시작되던 땅이었지. 서쪽으로 가다 보니 마을이 뒤로 멀어졌다. 변화가 밀려오고 있어.

일직선으로 뻗은 도로가 평평한 들판을 가로지르다가 농가를 끼고 휘어졌다. 저 아래 다리 밑에는 푸르른 물줄기가 흐르고 있었다. 내 눈엔 미국의 여느 곳과 비슷했다.

밀러 농장에 변화가 일고 있어. 그 옛날 잘나가던 미국에도 변화가 일고 있어. 뱅거에 가면 버스표 사줄 테니 고향으로 돌아가. 신시내티로.

그가 다른 사람에게 얘기하는 것 같았다.

내 말 들었어? 뱅거에 가면 내가 버스표 사줄 테니 네 고향 신시내티로 가라고.

나는 루머가 한 말을 생각하다가 물었다. 네?

돌아가. 고향에 가서 새로 시작해.

싫어요.

뭐? 지금 뭐랬어, 닉?

신시내티 가기 싫다고요.

가야 해. 네가 밀러 농장에 살 이유가 없어. 이제 네 스승도 없잖아. 홀로 서는 남자가 돼야지.

나 남자예요.

그건 그렇지.

나는 할 말이 없어서 울었다. 당신이랑 같이 있을래요.

나더러 올리버 역할을 대신해 달라, 뭐, 듣기에 나쁘지 않군. 그건 그렇고, 할 일이 있어. 네가 고향에 가서도 할 수 있는 일이야.

무슨 일인데요?

이제부터 만사에 주의해. 이를테면, 데이비드 레오가 섬에서 빠져나오면 나한테 알린다든가. 그리 충격받은 얼굴은 하지 마. 그놈이 머리가 좋다면 빠져나올 테니.

평생 거기에서 산다고 했잖아요?

우리가 가두고 왔으니 그걸로 우리 할 일은 다 했어. 이젠 그놈한테 달렸어.

나는 생각했다.

네 원수가 누군지 알아야 해, 닉. 데이비드 레오를 올리버에게 보낸 사람이 누굴까? 그게 중요해. 사람은 자기가 모시는 스승이 하라는 대로 움직이는 꼭두각시에 불과해. 스승만 없었더라면 남에게 해코지하지 않았을 흑인 남자에게, 네가 갈색이라고 우기는 그 남자에게 네 스승 올리버를 쫓아가라고 시킨 사람이 대체 누굴까? 데이비드가 누구 때문에 그런 행동을 했을지가 관건이야. 데이비드가 누구 말을 듣고 움직였을까?

나는 생각했다. 그 여자요.

그 여자 누구? 애 엄마라는 주디 뭐시기? 그 여자가 스승이라 시켰다고? 사귀는 사이니 그 여자 앞에서 영웅이 되고 싶었겠지. 더 깊이 들여다봐. 타인의 영혼을 개조할 지적 능력을 지닌 스승이 있어. 생각해 봐. 누가 흑인 데이비드를 조종하면서 생각하는 법을 일러주는지.

나는 조금 더 생각했다. 올리버도, 밀러도, 루머도 아니었다. 그 교수요.

교수? 교수라면 해리 필드 말이야?

다른 교수는 생각도 안 나요.

그렇다면 해리 필드가 분명하군. 좋아. 닉, 교수가 뭐 하는 사람인지 알지?

교수는 말하는 사람이에요.

맞아. 똑똑하네. 교수가 무슨 말을 하지?

모르겠어요.

교수는 말에 대해 토론하는 사람이야. 교수가 말하면 다들 말하길 꺼리지. 이 해리 필드라는 작자가 뻔뻔하게 무슨 짓을 했는지 알아? 밀러가 신이 아니라고 자기 입으로 떠들고 다녀. 종말이 시작된 거야.

나는 몸서리가 쳐졌다.

데이비드 레오의 스승이란 자가 그 모양이야. 생각해 봐.

생각했어요.

생각하라고.

나는 생각에 대해 생각했다.

비난에 대해 생각해 보자. 이 세상은 권위자들을 비난하며 진보하는 법이지.

나는 비난에 대해 생각하다가 혼란스러워졌다.

괜찮아. 이해가 되는 날이 올 거야. 그건 그렇고, 신시내티에 가면 나 대신 할 일이 있어. 그자를 감시하면서 계속 생각해. 화를 내야 해, 화를, 닉. 누군가를 죽여버릴 만큼 회까닥 돌아야 해. 네가 그걸 해주면 좋겠어. 분노하고 분노하다 화가 끓어올라 도저히 참지 못할 정도가 되어야 해. 그걸 신시내티에서 연습해. 곱씹어 봐. 네가 그간 당한 안 좋은 일들을 빠짐없이 떠올려. 미치도록 화가 날 때, 그때 우리가 다시 만날 수 있어. 어때?

나 화났어요.

좋아. 비밀을 말해줄 테니 들어볼래? 죽은 올리버 말인데. 그 머저리 같은 녀석은 죽을 만해서 죽은 거야.

아니에요.

맞아, 닉. 네가 떠받들던 올리버는 밀러와 밀러 농장과 이곳 사람들에게 분란을 일으킨 바보천치였어. 아기를 데려와서 발칵 뒤집어 놓다니, 그건 해선 안 되는 일이었다고. 밀러가 그런 놈을 참아줘서도 안 되는 거였어. 그를 죽인 건 잘한 일이야, 닉.

아니에요.

모든 건 변해. 네 생각하고 달라. 세상은 끊임없이 요동치지. 너, 요동이라는 말 알아?

나는 엄마가 불러준 동요가 떠올랐다.

몰라도 괜찮아. 이 세상에서 벌어지는 일 거의 다 넌 몰라도 돼. 네 관심사에 맞는 스승을 진심으로 모시면서 그냥 잘 살면 돼. 너보다 똑똑한 사람들이 말하는 요동이니 뭐니, 자잘한 것들은 신경 쓰지 마.

올리버는 내가 아주 똑똑하댔어요.

내 말이 그 말이야. 너 같은 사람들은 더 똑똑해질 필요가 없어. 요동치는 세상이 너희를 건드리지 않고 그냥 흘러가게 두면 돼. 나처럼 다른 데에 관심 있는 사람들이나 각자의 목적에 따라 요동치는 세상에 적응해야 하지. 장차 스승이 될 사람들은 그래야 해. 무슨 말인지 알아?

몰라요.

상관없어. 이 세상이 위태롭다 보니 네게 관심을 두지 않아. 왜냐, 네 옆엔 널 돌봐주는 사람들이 있거든. 그런데 너를 둘러싼 이 세상은 신앙이라는 위기에 빠졌고, 사람들은 이유도 모른 채 분노하고 있어. 세상이 분노와 두려움으로 들끓다 보니, 악마가 네 턱주가리를 움켜쥐려고 도사리고 있을까 봐 두려워하고 있다고.

나를요?

누구든. 누가 쫓아와서 자기 것을 빼앗아 달아난다고 생각하는 사람들로 이 세상이 터져 나가기 직전이야. 그래서 화내고 분노하며 그런 악마 같은 놈들을 저지할 방법을 필사적으로 찾는 거라고. 어떻게 생각해? 그럴싸하지?

그럴싸해요.

이게 다 시끄럽게 돈만 밝히는 세상 때문이야. 그런데도 사람들은 오히려 정부에게 화살을 돌려. 돈만 아는 세상이 바로 자기들 모습이거든. 시끄러운 텔레비전, 장사하고 세금을 내는 쇼핑가, 거리에 쫙 깔린 경찰과 길거리 아이들, 범죄와 총기와 마약 사고가 끊이질 않으니 총기와 마약을 규제하는 제도가 생기지. 시골 풍경을 동강 내고 고속도로를 놓겠다더니 공사가 지연되고, 세금으로 주황색 바리케이드를 사느라 벌금을 두 배로 올리겠다네? 보험료 내야지, 면허증 따야지. 방송에서는 사람들한테 사기 치는 법이나 가르치고, 칼럼니스트라는 작자들은 거짓말이나 일삼고. 야구장에서 스트라이크를 외치듯 여기저기에서 구호를 외치더군. 떵떵거리며 사는 백만장자가 있는 반면, 비렁뱅이라서 양로원에서 죽어가는 사람들이 넘쳐 난다고. 세상이 이 지경이다 보니, 누구한테 붙들려 사느니 뭐라도 하는 편이 낫다고 다들 생각하는 거라고. 생각해 봐.

나는 생각했다.

사람들은 나쁜 짓을 일삼는 적진의 스승에게 맞설 나만의 스승을 더욱 갈구하게 돼. 그들이 분노할 수밖에 없는 정당한 이유를 말해줄 스승을 찾는 동시에 비난할 대상을 찾지. 그래서 밀러가 천재라는 거야. 물론 밀러만 천재라는 소린 아니야. 어쩌다 보니 밀러 농장은 그들만 아는 진실을 간직하게 되었지. 사실, 남들은 모르는, 자기들끼리만 아는 진실을 간직한 사람들이 많아. 누가 물으면 난 이렇게 대답하겠어. 자기들끼리만 아는 진실을 간직한 사람들이 많아서, 그들의 망상과 악행 때문에 다른 사람들이 피해를 보는 거라고. 내 말 알아들어?

자기들끼리만 아는 진실을 간직한 사람들이 많다.

그렇다니까. 그렇게 남들을 속이는 거야. 그게 바로 원리야, 닉. 사실 밀러는 신도들에게 '너희들은 세상 사람들과 다르다'고 말하는 수많은 스승들 중 하나에 지나지 않아. 밀러는 신도들의 직감이 맞는다는 걸 확인시켜주고, 그들이 태생적으로 느끼는 분노가 정당하다는 걸 보여주지. 그들이 이 세상을 향해 분풀이하고 신경질을 부리는 게 아니라, 이 세상이 그들을 향해 분풀이하고 신경질을 부리기 때문이라는 거지. 무슨 말인지 알겠어?

나는 생각했다.

밀러는 신도들이 사실이기를 바라는 걸 확인시켜 주지. 남들이 입에 침이 마르도록 떠드는 신을 이해하지 못해서 신이 적과 한패 같아 보일 때, 밀러는 자기가 신이라면서 온통 적의로 가득 찬 세상이 틀렸음을 단박에 증명해주지. 그러니 마음이 얼마나 편안하고 후련하겠어? 문제는 딱 하나야. 뭔지 알아?

몰라요.

문제는 스승이란 자들이 죄다 똑같은 소리를 한다는 거야. 밀러는 문명사회가 급격히 흔들리면서 생겨난 거대 지하 운동에 동참하고 있어. 그 운동은 불평분자들이 주도하고 있지. 밀러는 지하에서 활동하는 수백여 개의 사이비 종교 집단과 집회 단체가 일제히 김을 내뿜으며 영혼의 화산을 분출할 경우 땅 위로 새어 나올 고작 한 줄기 간헐온천 같은 존재야. 그 많은 간헐온천들이 한데 합쳐져 대폭발이 일어나는 날, 지표면이 몽땅 날아가버릴 거야. 바로 그때, 밀러가 소멸할 테고, 세계 곳곳에서 신이 신을 살해하게 될 거야. 마음에 들어?

모르겠어요.

하하하! 혁명이 다가오고 있어. 사람들이 자기 영혼을 지키겠다고 남들이 섬기는 신을 죽이고 죽이다 보면, 결국 끝에 가서 단 하나의 신만 남게 돼. 각오하고 있나, 닉?

모르겠어요.

생각해. 가짜 스승은 믿으면 안 돼. 내가 당부할게. 사람을 죽이고 싶으면 교수들을 죽여. 그래야 네가 남에게 민폐를 끼치지 않지.

뱅거에 도착하자 루머가 버스 정류장에 나를 내려주었다. 날 두고 가지 말아요. 뭘 해야 할지 모르겠다니까요.

일자리를 구해.

버스에서 내리면 나 뭘 해야 해요?

YMCA에 가면 돈을 줄 거야. 그 돈으로 방을 얻어. 일자리를 구한 다음, 널 보살펴 줄 친구를 사귀어. 네 아기를 보러 가서 화를 내든가. 나한테는 내지 말고. 난 네 친구잖아. 화는 다른 사람한테 내.

나는 버스에서 울었다. 옆자리에 앉은 아줌마가 말했다. 저런, 무슨 일인지 말해봐요.

뚱뚱하고 못생긴 주제에. 내가 이렇게 말하자, 여자가 다른 좌석으로 옮겨 앉았다.

나는 루머가 한 말을 기억하려 했다. 보스턴에 도착하자, 버스 기사가 버스 갈아타는 곳을 알려주었다. 나는 몇 날 며칠 그 버스를 타고 달렸다. 버스는 식당에 정차했다. 나는 루머가 준 돈으로 음식을 사 먹었다.

버스는 큰길에서 빨리 달렸다. 언덕에 안개가 자욱했다. 땀이 나서 몸이 끈끈했다.

루머가 왜 나더러 화를 내라고 했더라? 나는 화를 내려고 머리를 쥐어 짰다. 슬펐다. 목구멍에 큼직한 감자가 걸린 것 같았다. 목구멍을 생각하

자. 새가 감당 못 할 정도로 너무 큰 딸기를 삼킨 것 같았다. 올리버를 생각했지만 기억나지 않아 생각할 수 없었다. 올리버가 나더러 호랑이 혓바닥을 지날 때 흑인을 쏘라고 했던 말이 기억났다. 오로지 그때, 코끼리 거시기를 지나는 순간, 쏘라고 했다. 거기에서 문제가 시작됐다. 그 남잔 사실 검지 않고 갈색이었다. 올리버가 그 남자를 쏘라고 했지만, 난 쏠 수 없었다. 그게 문제였다. 루머가 호랑이 혓바닥, 아니, 코끼리 거시기를 지나갈 때 갈색 남자를 쏘겠다고 했다. 추락한 사람은 검은 남자도 갈색 남자도 아닌 올리버였다. 만약 본 대로 말한다면, 검은색인지 갈색인지 하는 남자가 올리버를 민 게 아니라, 루머가 올리버를 쐈다. 그런데 루머는 자기가 안 쐈다고 했다. 난 그리 똑똑하지 않다. 루머가 올리버를 쐈다면 큰 그림이 바뀔 것 같다. 남들이 그러는데, 내가 큰 그림을 볼 정도로 똑똑하지 않다고 한다. 루머가 진짜로 올리버를 쐈다면, 나는 혼자 생각을 좀 해봐야겠다.

정말로 루머가 올리버를 쐈다면 어떻게 해야 하는지 알 만큼 나는 똑똑하지 않다. 루머가 나더러 화를 내고 해리 필드를 죽이라고 시킨 것 같다. 그런데 루머가 그렇게 말했는지 아닌지 알 만큼 나는 똑똑하지 않다. 나는 말을 슬쩍 흘리는 사람들이 밉다. 나는 그들이 말을 흘릴 때 그걸 알아들을 만큼 똑똑하지 않다.

내가 화가 나서 교수를 죽여야 한다면, 뭐에 화가 나야 하는지 모르겠다. 화가 날 일이 없는데 화낼 생각을 했다. 쉽지 않았다.

나는 생각했다.

루머가 올리버를 죽였나?

내가 화를 내야 하나?

데이비드가 아기를 도로 데려갔다면, 누구한테 화를 내지?

루머가 아기를 돌려줬는데 내가 화를 낼 수 있을까? 루머가 날 신시내티로 보냈는데 내가 화를 낼 수 있을까?

교수를 죽이려면 화를 내야 하나?

화가 나서 교수를 죽이라는 뜻일까?

루머와 올리버는 나더러 멍청하다고 했지만, 난 남들처럼 멍청하지 않다. 신시내티 버스 정류장에 내린 뒤 택시를 불러 YMCA로 갔다. 다음 날, 나는 총을 샀다. 멍청한 사람은 총을 살 줄 모른다.

나는 교수가 어디에 사는지 알았다. 멍청하면 그런 걸 알아내지 못한다.

주머니에 총을 넣고 교수의 집으로 걸어갔다. 기억이 났다. 올리버가 아기를 데리고 나온 집이다. 아이 이름은 조지, 여아였다. 아기 이름이 홀리인 줄 알았는데, 올리버가 조지라고 했다. 주머니에 총을 넣고 교수 집 현관 계단을 올랐다. 조지 생각이 나자 눈물이 고였다.

울고 있는데 여자가 현관문을 열었다. 무슨 일이시죠?

카펫 위에 여자 아기가 앉아 있는 게 보였다. 조지 같지 않았는데 조지였다.

무슨 일이시죠?

나는 총을 주머니에서 꺼냈다.

여자가 총을 보더니 표정이 좀 변했다.

무슨 일이시냐고요? 여자의 목소리가 이상했다.

해리 필드 있나요?

여행 가셨어요. 무슨 일이시냐고요? 이건 다 뭐죠?

무슨 여행이요?

멀리 가셨어요. 동부로요. 누구세요? 지금 뭐 하자는 거예요?

나는 주머니에 총을 도로 집어넣었다.

나는 전에 일하던 두턴이라는 목공소 명함을 꺼냈다. 거기에 닉이라고 쓰고 여자에게 건넸다. 지갑을 꺼내 연필을 찾아서 명함에 내 이름을 적는 동안, 여자가 버둥거리며 문을 닫으려고 했지만 닫히지 않았다. 해리 필드가 돌아오면 전화해 달라고 부탁했다. 번거롭게 해서 미안합니다.

여자는 밀러 농장에서 날 본 걸 기억하지 못하는 눈치였다.

도와주는 사람이 있었더라면 조금은 수월했을 것이다. 루머가 말한 대로, 내가 홀로 서는 남자가 되는 게 최선이다.

21 데이비드 레오

내가 돌아왔다. 나 기억하지? 놈들이 장난을 심하게 치느라 섬에다 버리고 온 사람이 나야. 그런 내가 뭍으로 돌아오는 법을 알아냈다. 남자 대학생 친목 모임 출신이 곡예를 좀 부렸다. 맥캐스킬 부부 덕분에 나는 다시 뭍을 밟았다. 내 친구들, 그러니까 교수와 그의 딸을 돕다가 이 지경이 됐다. 다른 사람이라면 학을 뗐을 것이다. 남들 같았으면 교수 부녀에게 고마웠다고, 할 만큼 했다고 사표를 던졌을 거다. 난 그러지 않았다. 난 충직한 개다. 맥캐스킬이 모는 배의 선수에 앉은 레트리버나 다름없다. 녀석은 선수에 앉아 새로운 문제를 일으킬지 모를 파도를 일일이 주시하며 가족을 지킨다.

뭍에 닿았다. 굳이 땅에 입을 맞추진 않는다. 머리가 터질 것 같다. 고마운 마음보다 고소하고 싶은 마음이 더 크다. 문제는, 고소하려면 돈이 꽤 든다. 돈이 없는 그들을 고소해봐야 무슨 소용이랴.

부두에 내리니 시급한 문제는(썰물 때라 사다리를 타고 부두로 올라갔다), 이제 뭘 하느냐였다. 그들이 타고 갔다는 걸 알면서도 내 차를 찾는다. 루머가 내가 빌린 렌터카를 허츠 뱅거 지점에 반납해주겠다며 말도 안 되는 약속을 하고 열쇠를 가져갔다. 어찌 됐든 차는 보이지 않는다. 블랙하버

대중 교통편을 파악해야 한다. 인간답게 사는 문제가 다시 제기된다. 먹고 쉬고 잘 곳. 여길 어떻게 벗어나지? 모든 게 돈에서 출발한다. 수중에 돈이 좀 있다. 정확히 65달러. 거기에 마스터카드, 텍사코 주유소 카드와 모빌 주유소 카드가 있다. 집에 갈 뱅거 발 비행기 표도 있다. 집에 갈 돈은 된다.

그런데 혼란스럽다. 오후 5시에 가까운 시각이라 오늘 안에 할 수 있는 일에 제약을 받는다. 배낭에 옷가지며 공책이며 세면도구까지 들었다. 지난번 블랙하버에 왔을 때 묵었던 여관이 근처에 있다. 잡화점이 있는 노란 건물 옆이다.

부두 주유소 옆에 있는 전화기가 고장 났다. 우체국 옆 잡화점에도 전화기가 있다. 정원용 호스, 각종 낫, 목재 냄새. 전화기는 왜 찾았더라? 아, 생각났다. 여보세요, 허츠죠? 이상할 만큼 대답이 빠르고 단호하다. 녀석들, 착하긴 하네. 차를 반납했군. 알고 보니 착한 사람들이었다고? 그걸 믿어? 성선설을 믿은 그 교수 때문에 내 목숨이 왔다 갔다 하는 장난에 휘둘렸으니 등골이 오싹해져야 하는 거 아냐? 허우대만 보면 교양 있어 보일지라도, 그 간극에 조심해야 한다.

어쨌든 뱅거로 가서 비행기를 타자. 블랙하버에서 뱅거까지 어떻게 가나? 버스가 있나? 없는 것 같다.

주위를 맴돌자 가게 주인이 일러준다. 내일 히치하이크를 해서 트럭을 얻어 타고 가세요. 블랙하버인에서 하룻밤 더 묵는다. 스텀프아일랜드에 있는 건물에서 자는 것보다 낫다. 낡은 소나무 프레임 위에 놓인 불편한 매트리스에 소박한 벽지까지, 세상에, 같은 방이라니. 햄버거 가게에서 저녁을 때우고 고요한 해안가로 돌아와 항해하는 꿈을 꾼다. 항해하는 기운을 좀 과하게 받은 것 같다. 이곳에 돌아오니 그사이에 벌어진 일들이 물러가고 무언가를 위해 감행한 모험을 비웃는 말이 튀어나온다. 그 당시 추격전을 시작한 건 나였다. 지금은 오디세우스(그리스 신화에 나오는 영웅이자 이타카의 왕)처럼 기를 쓰고 집으로 돌아가려고 한다. 원하던 바를 이루었지만, 확실한 보상을 받지 못했다. 보상을 바랄 권리조차 없어서 공기 중에 역겨움이 진동한다. 이 역겨움을 분석한다. 내가 맡은 임무는 대성공을 거두었다. 아기를 되찾았고, 애 아빠도 제거했으며, 모녀와 조부까지 원래 자리로 무사히 돌려보냈다. 오로지 나만, 충성을 바친 데이비드만 뜻하지 않게 봉변을 당했다. 지금 나만 열외다. 왜 진절머리가 쳐질까?

두려움에 떨다가 모욕을 당해 날이 선 나의 반응에 대해 얘기해보겠다. 그치들이 날 재판하고 섬에 가두는 바람에 내 자존심에 금이 갔다. 이걸 개인적으로 받아들이면 안 된다. 그들은 졌고 챙길 수 있는 것만 챙겼을 뿐이다. 그건 나도 안다. 이건 다른 얘기다. 올리버 퀸이 미끄러져서 떨어졌든, 총에 맞아 추락했든 그 장면을 떠올릴 때마다 새록새록 충격에 휩싸인다. 머릿속에서 여러 번 돌려보다 보니 공포에 도취된다. 바로 그 장면, 그 순간을 포착해 칼로 도려내자 피로 물드는 우주가 펼쳐졌다. 이제 우리의 행운까지 더럽힌다. 정확히 말해, 나만 행운에서 소외됐다. 누군가 날 조롱한다. 누가? 신이? 올리버 퀸이 떡 하니 버티고 서 있으니 내 널 위해 올리버를 때려눕혀 주마? 착한 두 녀석이 모의재판을 열었다. 우주가 내 마음을 읽었는지 내가 응당 받아야 할 대접을 해주었다.

올리버 퀸이 죽은 책임이 상징적으로 내게 있다는 음해를 받았다. 그래서 경찰에 신고도 못하고, 소송을 걸지도 못한다. 소송을 걸면 올리버 퀸의 죽음이 알려져 조사가 시작될 것이다. 밀러 농장 사람들은 그들이 바라보는 우주적 관점에서 증언할 것이다.

한밤중에 부표가 물결에 흔들리면서 또다시 종소리가 들린다. 침대는 그때도 지금도 불편하다. 아침이 되었다. 식당에는 그때 그 긴 머리 여자가 서빙 중이다. 식당 커튼 사이로 햇살이 들어온다. 뱅거 행 트럭은 일찌감치 떠났죠. 새벽 6시에 출발하거든요. 주무셨잖아요, 쉬시느라. 데이비드는 창의력을 발휘해 뱅거로 갈 다른 방법을 모색해야 한다.

여기에도 택시가 있나요? 돈만 내면 있기야 있죠. 돈만 많으면 택시는 어디든 간다. 이럴 경우, 주행 거리 요금에 두 배를 내야 한다. 뱅거에서 부른 택시가 다시 뱅거로 돌아와야 하기 때문이다. 정장 차림의 풍채가 좋은 노신사가 끼어든다. 자네, 차편을 구하나?

뱅거에 가려고요.

내가 오거스타까지 가는 길이니 벅스포트에 내려줄 수 있네. 원한다면 그곳에서 다른 차를 얻어 탈 수 있을 걸세.

고맙습니다. 블랙하버를 벗어날 수 있겠네요.

노신사가 모는 차는 고가의 최신형이다. 엔진음이 고요하고 스프링이 좋아서 거친 노면의 충격을 흡수해 물 흐르듯 굴러간다. 우리는 들판을 미끄러지듯 가로지르고, 내리막길을 내려가고, 페놉스코트의 작은 만으로 밀려드는 파도를 따라 달린다. 그가 말한다. 내 이름은 제러미 턴불이네. 입 주위 살이 축 처졌다. 그가 내 얘기를 들려달라고 한다. 나는 굳이 말하고 싶지 않은 부분은 빼고 모두 털어놓는다. 아이의 납치와 올리버 퀸의 죽음은 거른다. 밀러와 섬에서 재판받은 얘기도 뺀다. 나머지가 연결되게끔 이리저리 기워서 말한다. 그는 이음매는 눈치채지 못하고 흡족해한다. 그러니까, 교수시군?

그가 말한다. 나는 문제 해결 전문가야. 해결해야 할 문제가 있으면 내가 가서 문제를 해결해주지. 그는 지난 사흘간 블랙하버 부두에 생긴 문제를 해결했다고 했다. 필요한 부분을 지적하고 누구를 불러야 하는지 일러주었다고 했다.

자기 차가 마음에 드냐고 내게 묻는다. 나는 좋다고 대답한다. 비행기보다 훨씬 쾌적하지, 안 그런가? 내가 그렇다고 대답한다. 비행기보다 훨씬 쾌적해요. 그는 내가 비행기 표를 쓰지 않으면 돈을 절약할 수 있다고 말한다. 나하고 같이 오거스타까지 가지. 유료 고속도로 램프 근처에 내려서 내 차처럼 근사한 차를 얻어 타기만 하면, 신시내티로 가서 금방 집에 도착할 걸세. 그런 다음, 비행기 표를 환불하면 한 푼도 들이지 않고 집에 돌아갈 수 있네.

히치하이크를 하면 덤으로 사교적인 면에서 값진 경험을 얻지. 사람들을 만나서 대학이나 책에서 배울 수 없는 것을 배우게 돼. 나, 제러미 턴불은 히치하이커를 태우지 않으면 운전을 하지 않아. 그들의 인생에 대해 묻고 얘기를 들으면 오늘처럼 뭔가 배우지. 사실 난 흑인 교수가 있는 줄도 몰랐다네. 흑인이 어떻게 생겼는지도 아예 몰랐네. 이젠 누구라도 흑인 교수 얘기를 꺼내면, 예의 바르고 상냥하게 말하던 자네가 떠오를 걸세.

뭐, 강요하는 건 아니네만, 자네가 비행기 표는 쓰지 말고 나하고 오거스타까지 가면 정말 좋겠네. 어디에서 히치하이크하면 되는지 내가 일러주지. 단언컨대 재미있는 사람들을 만나서 절대로 잊지 못할 인생의 추억을 쌓게 될 거야.

나는 생각한다. 말도 안 돼. 미국을 가로지르며 히치하이크를 하겠다고 해리가 끊어준 안락한 비행기 표를 절대로 포기하지 않을 테다. 내 돈이 아니라 해리의 돈을 아끼는 것이니. 그렇다고 내가 무슨 꼴을 당했는데,

해리가 날 무슨 취급 했는데 등등 무언가를 향해 속에서 부글거리는 삐딱한 불만이 옳다고 믿는 건 아니다. 벅스포트라는 표지판이 보이는데도 제러미 턴불이 말이 없다. 나는 그가 얘기해주길 기다린다. 차가 현수교를 건너 1번 도로를 타자, 벅스포트가 뒤로 멀어진다. 그제야 그가 입을 연다. 자네가 내 말을 듣는군.

벅스포트 지났나요? 나는 모른 척 묻는다.

잘 생각했네. 오거스타에 가면 차를 얻어 탈 기회가 정말 많다니까.

그가 말이 없다. 달리는 내내 거의 평지를 가로지르고 마을을 통과한다. 몽롱한 침묵 속에 자동차 여행을 한다. 오거스타가 가까워지자 그에게 생기가 돈다. 어디로 가면 되는지 히치하이크하기에 최적의 장소를 알려준다. 그가 흑인 교수인 내게 정말 많이 배웠다고, 인종에 대해 교훈을 얻었다면서 절대로 잊지 않겠다고 한다. 그가 마음속에 뭔가 특별한 것을 얻은 것처럼, 나도 뭔가를 얻어가길 바란다고 한다. 행운을 빌겠네.

자동차 중 십중팔구는 서지 않고 그냥 지나친다. 100대 중 99대가 그랬다. 히치하이크를 할 수는 있을지 의구심이 든다. 문제 해결사 제러미 턴불이 해주지 않은 말이 있다. 살인자처럼 생긴 괴짜 정도는 되어야 평화로운 메인주에서 히치하이커를 태운다는 말을.

대낮이다. 공기가 선선하다. 햇볕이 도로에 반사돼 눈을 가린다. 드디어 차가 선다. 내가 달려가 잡는다. 투 도어 자동차에 세 명이 탔다. 여자가 내리고 내가 뒷좌석으로 들어간다. 옆에도 여자가 앉아 있다. 세 명의 여인. 마음이 놓인다. 여자들은 살인자처럼 생기지 않았다. 30대 아니면 20대 후반쯤 됐을까. 청바지에 알록달록한 옷차림이다. 웃고 있다. 내가 타기 전까지 농담을 했는지 여운이 남아 있다. 어디로 가세요, 군인 아저씨? 신시내티요. 와, 거기 진짜 먼데. 우린 로체스터로 가요. 같이 로체스터까지 가실래요?

가는 길이잖아요. 절 그렇게 오래 참아주실 수 있다면 모를까.

우린 모텔에서 하룻밤 자고 갈 거예요. 로체스터에서 다른 차 잡아타고 가시든가. 원하시면요.

자고 가는 거 좋아요. 내가 대답한다.

제 이름은 준이에요. 운전하는 여자가 소개한다. 이쪽은 비나, 뒷자리에 나란히 앉은 사람은 미니에요.

만나서 반가워요, 준, 비나, 미니. 운전하는 준은 머리가 짧다. 얼굴이 작고 선이 곱다. 눈매가 예리한 게 똑똑하고 일 잘하게 생겼다. 조수석에 앉은 비나는 구불구불 흘러내리는 금발에 통통한 뺨을 하고 웃는 상이다. 뒷자리에서 나와 멀찌감치 떨어져 앉은 미니는 살집이 있고 안경을 썼다. "나하고 얽히지 말고 대학이나 가라"라고 적힌 스웨터를 입고 창밖을 내다본다. 나는 이 세상이 미니에게 재미있어 보이는지, 역겨워 보이는지 분간할 수 없다.

셋이라서 활기가 넘친다. 내가 누구냐고? 나는 교수임을 최대한 숨긴다. 그들은 내가 빈민가 출신이길 기대한다. 미안하지만, 아닙니다. 난 약은 안 해요. 내 여자친구였으면 좋겠는데 다른 남자 사이에 난 애가 있어요. 자칭 신이라고 하는 밀러라는 남자가 있어요. 자기 입으로 신이라고 우기는 밀러 얘기 들어본 적 없죠? 세상에, 신이 어떤 분이신지 한 번도 못 들어 보셨어요?

비꼬는 듯한 미니의 농담에 다들 웃는다. 준은 열심히 운전한다. 비나는 영문도 모르면서 웃는다. 귀엽네요. 비나가 말한다. 나머지 둘이 내가 귀엽다는 발언에 동의한다.

무슨 일 하세요? 내가 묻는다.

저희 웨이트리스예요.

무슨 일로 웨이트리스 세 분이 한창 날씨 좋은 봄날 토요일에 메인주에서 로체스터까지 가시나요?

장례식 때문에요.

내가 생각하는 장례식과 분위기가 다르다. 사회마다 장례식 분위기가 다 다르다는 건 안다. 이 여자들이 장례식에 가는 건지, 갔다 오는 건지 한참을 봐도 모르겠다. 보아하니 갔다 오는 길 같다. 그 말은, 메인주에서 장례식이 있었다는 말이다. 고인 얘기는 꺼내지 않는 게 나을 것 같다.

세 여자는 나에 대해 모든 걸 안다. 내가 제러미 턴불에게 얘기하지 않은 것까지 다 안다. 납치, 폭포에서 떨어져 죽은 남자, 스텀프아일랜드에서 열렸던 내 목숨이 걸린 재판. 주디 필드 얘기도 했다. 와! 세 여자가 감탄한다.

비나가 킥킥거린다. 주디는 피부가 무슨 색이에요?

비나, 말조심해. 두 여자가 주의를 주지만 난 상관없다. 당신들하고 같아요.

그럼 두 사람은 무슨 관계죠? 미니가 묻는다. 안경을 쓰고 덩치가 큰 여자다. 나머지 두 여자가 미니를 가장 똑똑하고 제일 많이 배운 사람으로 생각한다는 걸 나는 이제야 눈치챘다. 미니는 뉴욕주 북부에 있는 대학을 다녔다.

애매한 사이예요. 내가 대답한다.

그렇고 그런 사이? 비나가 묻는다.

비나가 한 말 무시해요. 준이 말한다.

그랬으면 좋겠어요. 내가 대답한다. 나는 세 여자가 궁금해하는 내용을 말한다. 다시 볼 사람도 아닌데 무슨 상관이랴. 대낮이라도 바로 코앞에 있어서 내 눈엔 제대로 보이지 않는 걸 남들은 정확히 본다.

그분한테 마음을 전했나요? 미니가 묻는다.

그 여잔 내 마음을 알아요.

그런데도 안 된대요? 미쳤네. 비나가 말한다.

늘 일이 터져서요. 그 여자 딸이 납치를 당해서 못했다기보다, 전에 사귀던 남자가 죽었거든요.

휴게소에 들러서 교대한다. 이제 미니가 운전하고 준이 조수석에, 금발의 비나가 내 옆에 앉는다. 비나는 운동하듯 연신 손바닥을 모아 붙인다.

당신 귀여워요. 비나가 말한다.

준이 묻는다. 당신 돈 주고 산 것도 아닌데 비행기 표는 대체 왜 아끼는 거죠?

모르겠어요. 정말 모르겠어요. 미니가 날 대변한다. 학을 뗀 거지. 생고생을 했는데 빈손이라니. 그 사람을 위해서 지금껏 감수한 일들이 몸서리가 쳐지는 거야. 이름이 뭐였더라? 해리라고 했었나?

그런 거예요? 보상을 받고 싶었던 거예요? 비나가 묻는다.

일찌감치 저녁을 먹으려고 차를 세운다. 가족용 레스토랑 체인점이다. 미국 어디를 가든 화장실은 오른쪽 뒤편 구석에 있다. 세 명의 웨이트리스가 오늘 우리를 담당하는 종업원이 맡은 테이블 수를 살핀다. 너무 많이 맡은 게 문제네. 준이 지적한다. 경험이 없어서 그래. 미니가 말한다. 우리가 조언 좀 해줄까? 비나가 제안한다. 헤매게 놔둬. 미니가 말린다. 적자생

존이야. 감당 못하면 잘리겠지.

미니가 식탁 맞은편에서 날 요리조리 살핀다. 다시 차에 타자 그녀가 묻는다. 신이라고 하는 사람을 만나 봤다면 여신들도 만나 봐야죠. 트로이 전쟁 어때, 얘들아?

하지 마. 준이 투덜댄다.

내 옆에 앉은 비나는 신나서 꽥꽥거린다. 트로이 전쟁, 그거 하자. 비나는 웃을 때마다 내 팔을 때린다. 차 안이 점점 어두워지자 비나는 그림자 속에 잠긴다.

트로이 전쟁이 뭔데요? 내가 묻는다.

게임이에요. 미나가 설명한다. 우리 이름 기억해요? 우리가 세 여신이 되는 거고, 당신이 트로이 왕자 파리스가 되는 거죠.

고르세요. 내 옆에 앉은 비나가 어둠 속에서 조용히 소리를 지른다. 우리 중에 제일 마음에 드는 사람을 골라 봐요. 그러면-. 비나가 다시 낄낄거린다. 당신이 선택한 그 사람이 상을 줄 거예요.

무슨 말인지.

트로이 전쟁이 뭔지 모르나 봐. 준이 말한다.

설마, 그걸 모를 리가. 미니가 말한다.

내가 뭘 해야 하는지 모르겠다는 뜻이에요.

가장 마음에 드는 걸로 골라요. 사랑, 명예, 돈 중에.

그게 아니라 커리어라니까.

사랑, 지혜, 돈이라니까. 준이 말한다.

미니가 작년에 이 게임을 만들었어요. 여기 계신 귀여운 남자분이 우리 이름으로 감을 잡으셨으려나. 준이 말한다. 이름을 까먹었네.

애들이 날 끼워 맞추느라 장난친 거예요. 비나가 말한다. 내 본명은 베로니카예요.

그래서 내가 뭘 해야 합니까?

파리스 왕자가 되라니까요. 우리 중에서 가장 마음에 드는 사람을 골라요.

셋 다 똑같이 좋은데.

안 돼요. 받고 싶은 상을 선택해요. 비나가 말한다. 준을 선택하면 돈을 줄 거고, 미니를 선택하면 지혜를 줄 거예요. 날 선택하면……

준이 나한테 돈을 준다고요?

진짜 돈은 아니에요. 셋이 웃는다.

상징적인 돈이랄까. 미니가 말한다. 셋이 소리를 지른다.

빌어먹을, 지혜라니. 미니가 말한다. 이런 날, 이 나이에 누가 지혜를 고르겠어? 데이비드한테 어울리는 걸로 바꾸자. 데이비드 인생에 있는 문제에 어울리는 걸로. 어때요, 데이비드?

글쎄요.

당신에게 어울리는 질문 좀 할게요. 미니가 말한다. 뭐가 더 좋은지 골라요. 주디냐, 주디의 아빠냐, 사랑이냐, 커리어냐.

내가 뭐더라? 준이 묻는다.

넌 돈이야. 사랑, 커리어, 돈 중에 골라요.

날 고르진 않겠네. 돈을 원했다면 교수를 했겠어?

좋아. 그럼 네가 커리어 해. 커리어를 선택하면 명예와 위상, 종신 재직권까지 가질 수 있고요. 내가 해리인데, 여기엔 연구 성과와 지성까지 포함되는 거예요. 비나를 선택하면 주디를 가질 수 있어요.

나더러 하나만 고르라는 거죠?

맞아요.

고르면 어떻게 되는데요?

당신이 고른 사람이 상을 줄 거예요.

이번엔 제대로 골라 봐요. 빠져나가려고 핑계 대기 없기. 알겠죠? 비나가 말한다.

잘 모르겠어요. 나더러 당신들 중 하나, 그러니까 세 가지 목표 중에 하나를 고르라는 거죠?

우리 중에서 가장 마음에 드는 사람을 고르면 돼요.

셋 다 똑같이 좋은데. 모두 마음에 들거든요.

가장 받고 싶은 상을 고르든가요.

상이 뭔데요?

고른 다음에 알려줄게요.

무슨 상인 줄도 모르고 어떻게 고릅니까?

가장 좋아하는 걸 고르라니까요. 미니가 설명한다. 사랑, 연구 성과, 명예냐. 주디, 해리, 당신이냐. 비나, 나, 준이냐.

나는 이해하려고 노력한다. 사실 이제 내가 뭘 원하는지 더는 모르겠다. 모든 게 씁쓸해서 머뭇거린다.

젠장. 미니가 말한다. 이게 그렇게 힘들면 다 집어치우시든가. 미안해요. 이딴 거 하자고 해서.

비나가 실망한다. 뭐야, 다시는 게임하지 말자.

아니, 아니, 할게요. 세 여자가 기다린다. 나는 숨을 참는다. 주디요.

주디면 사랑인데. 비나가 말한다. 그럼 나잖아. 당신이 날 골랐네요.

그럴 것 같더라니. 미니가 말한다. 너무 상투적이시네.

준이 웃는다.

상이 뭐예요? 내가 묻는다.

알게 될 거예요. 비나가 말한다.

모텔 찾을 준비는 됐어? 미니가 묻는다.

응응, 모텔. 비나가 대답한다.

데이스인이라는 모텔이다. 준이 카운터에서 말한다. 저희 셋이 쓸 방 하나하고, 당신이 쓸 방을 따로 잡으면 되죠? 그럼요. 내가 대답한다.

2층 복도 끝 나란한 방이다. 발코니 문을 연다. 한꺼번에 각자의 방으로 향한다. 여자들은 짐이 무거워서 낑낑거리며 계단을 오른다. 그들은 그들 방에, 나는 내 방에 들어간다. 파자마와 세면도구를 꺼내서 세면도구는 욕실에 둔다. 텔레비전을 켜지만 볼 기분이 아니다. 기분이 별로다. 기분이 좋은 것 같기도 하고, 후일 죄책감이 들 것 같기도 한데 아직은 그렇지 않다. 아무도 그 얘긴 더는 하지 않는다. 트로이 전쟁 게임이 다 끝난 건가? 내가 선택한 게 이게 다인가? 상은 못 받고 진실만 털어놓다니. 농담이라면 지긋지긋해. 나는 혼잣말한다. 게임은 불장난이었군. 섬에서 받은 모의재판처럼 화가 난다. 내 안에 조롱이 가득 차오른다. 그 무엇도 의미가 없다. 의미 있는 척할 뿐.

전화가 울린다. 벌써 자요? 비나다.

텔레비전 봐요.

샤워했어요?

네? 뒤에서 낄낄거리는 소리가 들린다.

샤워는 했나 궁금해서요.

네, 했어요.

아직 자면 안 돼요.

알았어요. 잠시 후, 문으로 가서 비나를 들인다. 비나가 금색 가운을 입었다. 가운을 벗자 알몸이다. 꽤 괜찮아 보인다.

이게 당신이 받을 상이에요. 비나가 말한다.

뭔가 의심쩍다.

그녀를 침대에 눕힌다. 좋은 향기가 풍기고 매끄럽고 탄탄하다. 날 주디라고 생각해요.

그게 좋겠네요.

물론이죠. 내가 하면 잘해요.

베개를 베고 누운 내 위로 그녀의 몸이 다가온다. 파자마 벗겨도 돼요?

자 그럼, 날 안아요. 그녀가 말한다. 나는 그녀가 시키는 대로 한다. 오늘 아침까지만 해도 그녀는 내게 존재하지 않던 사람이었다. 그녀의 몸에 올라타자 그녀에게 달큼하면서도 강한 향내가 난다. 미국 쇼핑몰에서 나는 향기를 맡으며 본능을 나눈다. 나는 깊이 생각한다. 이건 주디 필드가 아니야. 내 마음이 점점 멀어지는데도 바라보기만 하던 주디의 모습이 떠오른다. 비나가 낮게 속삭인다.

상은 마음에 들어요?

잠시 후 일을 치른 후 밀려오는 적막 속에 내가 묻는다. 미니나 준을 골랐더라면 무슨 상을 받았을까요?

다 똑같아요. 비나가 대답한다. 당신하고 잘 사람을 고르는 우리만의 방식이었거든요. 날 골라줘서 고마워요. 저희 델타 항공을 선택해 주셔서 고맙습니다, 이런 말투였다.

그들이 나더러 고르라고 한 어려운 선택이 떠오른다. 뭘 고르든 결국 섹스였나요? 섹스 말고 뭘 바랐는데요? 비나가 묻는다.

그녀가 감상에 젖는다. 내일이면 우리 다시는 못 만나요. 아직 자지 말아요. 당신이 떠나면 울 것 같아요. 편지해요.

새벽에 눈을 뜬다. 알몸의 비나가 옆에서 시끄럽다. 나의 밤이 혼돈 속에 갇혀버렸다. 비나를 주디로, 미니를 해리로, 준을 나로 혼동하다니. 나의 모든 헌신이 섹스로 전락했다. 잠시 후, 철로를 내달리는 기차의 경적처럼 회한이 울려 퍼진다. 기차처럼 숲속을 관통하는 철로 위를 달리는 내 모습이 보인다. 누가 철로를 놓았는지도 모르고, 누가 날 달리게 했는지도 모른다. 갑자기 스위치가 켜지면서 철로의 방향이 급격히 바뀌더니 날 황무지로 몰아넣는다. 이제 철로가 끊긴다. 오도 가도 못하는 나. 아무 데도 갈 수 없다. 누가 말이라도 해줬더라면. 경고라도 해줬더라면. 나는 고요한 새벽녘에 분노한다.

시간이 흘러 비나가 눈을 뜬다. 난 더 할 수 있는데. 잘 잤어요? 해가 중천이에요. 우리는 돌아가며 욕실을 쓰고 샤워한다. 준비를 끝내고 옆방에 가서 문을 두드린다. 연인이 결혼 안 한 이모 둘과 여행하는 것 같다. 아래층으로 내려가 아침을 같이 먹는다. 점잖은 아침이라서 어젯밤 일은 입에 올리지 않는다. 우리는 조용히 침잠한다.

나는 로체스터 인근 램프에 내린다. 비나의 주소와 전화번호가 내 주머니에 들었다. 아마 난 잃어버릴 테지. 헤어질 때 비나가 울었는지 보지 못했다.

차를 두 번 더 얻어 타고 집에 도착한다. 먼저, 20대 커플이 모는 차에 탄다. 둘이 서로 거의 말이 없다. 타고 오는 세 시간 내내 내게 말을 걸지 않는다. 그다음에 남자 둘이 모는 차에 탄다. 한 명은 머리를 뒤로 묶었고, 한 사람은 턱수염을 길렀다. 그들은 흑인들이 왜 깜둥이란 말을 싫어하는지 이유를 내게 설명해 달라고 한다. 악의가 있는 건 아니라면서, 각자 자기 나름의 방식대로 살아가는 거 아니겠냐고 한다. 맞죠? 그들이 물으며 내 동의를 구걸한다. 그렇죠, 뭐. 내가 대답한다.

그들이 날 쇼핑몰에 내려준다. 거기에서 버스를 탄다. 일주일 넘게 비어 있던 집이라 공기가 텁텁하다. 이것저것 살피고 나니 내 집이 최고인 것 같다.

필드 교수와 주디에게 전화하지 않는다. 내일 할까. 내가 길에서 한 일을 떠올린다. 그걸 한 건 내 권리다. 그 고생을 하고도 빈손이라니. 그들에게 절대로 전화하지 않으리. 그들이 전화하기 전까지는. 그 인간들이 전화는 할까. 내가 필드 가족을 위해 뭐라도 더 해줄 마음이 있는지는 그다음에 결정해야겠다. 회한이 되살아난다. 달리던 철로에서 벗어날 때가 됐다. 그 철로를 따라가지 않는다고 해도 난 내가 누군지 모를 것이다. 충직하고 의리 있는 데이비드 레오. 지난밤, 게임에서 무슨 선택을 하든 결국 배신이었다니. 그 게임은 애초부터 내게 불리했다. 그래서 또다시 화가 났다. 나는 그동안의 회한을 또다시 조금씩 지운다. 어떻게든.

22 닉 포스터

교수 집을 찾아갔으나 만나지 못했고 그 뒤로 잊어버렸다. 잊고 지냈다.

나는 식당에서 일했다. 하루는 올리버가 검다고 했던 갈색 남자가 길 건너편에 보였다. 그가 지나가고 있었다. 나는 앞치마를 걸친 채 주방에서 뛰쳐나갔다. 저기요, 여기에서 뭐 하는 거예요? 내가 물었다.

뭐야, 가까이 오지 마! 그가 소리쳤다.

우리가 가둬 놨는데 어떻게 나왔어요?

가까이 오지 말라고! 경찰에 신고하겠어!

이건 아닌 것 같았다. 그가 규칙을 어겼다. 나는 밀러 농장에 전화해 루머를 찾았다. 멍청한 사람은 장거리전화를 걸 줄 모른다. 나는 식당 전화기를 들고 교환원에게 말했다. 루머에게 전화하고 싶어요. 어디 사시는 분이죠? 밀러 농장이요. 거기가 어딘데요? 뉴햄프셔요. 무슨 마을이죠? 기억이 안 나다가 위커폴스가 떠올랐다. 교환원이 밀러 농장에 전화해 루머를 찾았다. 루머가 전화를 받았다.

멍청한 사람은 이렇게 못한다. 나는 루머에게 흑인이 도망쳐 나왔다고 했다. 루머가 웃었다.

이제 어떡하죠?

그게 나하고 무슨 상관인데? 죽이든지 말든지. 귀찮게 하지 마. 신경 쓸 일 천지인데. 루머가 투덜댔다.

나는 생각했다. 그 여자가 말한 대로, 교수가 동부로 여행 갔다면 흑인을 구하러 간 것이다. 멍청한 사람은 이런 생각을 하지 못한다.

그렇다면, 교수가 집에 돌아올 것이다. 그걸 알아낼 방법을 궁리했다. 전화번호부에서 교수의 집 전화번호를 찾았다. 그가 전화를 받는다면 집에 온 것이다. 여자의 목소리가 들렸다. 나는 전화를 끊었다. 여자가 외출하기를 기다렸다가 다시 전화했다. 다른 여자가 받았다. 목소리가 달랐다. 나이 든 엄마이거나, 무엇을 도와 드릴까요, 이렇게 묻는 학교 도서관 사서 같았다. 교수가 받은 게 아니라서 또 전화를 끊었다. 전화를 계속 걸어야 하나. 한참 받다 보면 다들 지쳐서 교수가 받을지도 모른다. 또 전화했다. 젊은 여자 아니면 도서관 사서가 받았다. 불안해하는 목소리였다. 교수가 받지 않으면 곧장 전화를 끊었으니 내가 그들의 시간을 뺏은 것은 아니다. 난 한마디도 하지 않았다. 그들이 전화를 받으려고 움직였을 생각을 하니, 목소리가 들리는 순간 이번에는 미안하다고 사과했다. 내가 미안하다고 하자, 그쪽에서 뭐라고 말했다. 그래서 그 얘기를 들었다. 여자가 누구냐고 묻는데 화난 것 같았다. 나는 다급히 수화기를 내려놓았다.

하루는 제이크 버리지에게 말했더니, 제이크가 날 필드 교수의 집이 있는 도로로 데려가 교수가 외출하는지 차에서 지켜보게 해주었다. 여자가 아기 조지를 유모차에 태우고 외출했다가 돌아오는 모습이 보였다. 5시에 교수의 차가 나타났다. 그렇다면 교수가 집에 돌아왔다는 뜻이다. 그가 처음 보는 여자와 같이 있었다. 교수 부인인 것 같았다. 두 사람이 차를 타고 와서 차고에 주차한 다음 집으로 걸어 들어간다. 나는 다시 식당으로 돌아와 곰곰이 생각했다.

나에겐 총이 있지만, 일해야 했다. 내일이 좋겠다. 내일은 종일 시간이 되고, 오늘은 고작 몇 시간밖에 남지 않았기 때문이다.

내일이 오늘이 되었다. 어제처럼 시간이 별로 없다. 낮이 점점 길어져도 시간이 별로 없다. 주머니에 총을 쑤셔 넣고 걸어서 교수의 집이 있는 도로까지 갔다. 다시 계단을 올랐다. 찾아오는 건 이번이 마지막이라고 생각했다. 총이 주머니에 들어 있다. 여자가 현관문을 열었다. 내가 뭘 해야 하는지 까먹었다. 교수를 만나서 뭘 해야 하는데, 그게 뭐였는지 잊었다.

처음 보는 그의 아내가 현관문을 열었다. 여자는 내가 좋은 사람이라는 듯이 미소를 지으며 무슨 일이냐고 물었다. 나는 해리 교수를 만날 수 있냐고 물었다. 여자는 필드 교수 말이냐면서 2층에 있는 교수를 불렀다. 여보, 손님 오셨어요. 교수가 내려왔다. 그는 셔츠 위에 소매 없는 스웨터를 받쳐 입었다. 셔츠 소매를 보니 팔뚝이 굵었다. 안경을 쓴 그가 쳐다보았다. 내가 아는 사람인데, 누구더라? 내가 닉이라고 대답했다. 밀러 농장에서 우리한테 카시트 빌려준 청년이군. 무슨 일이지? 그가 물었다.

도와줘요.

말해 보게. 교수가 밀러처럼 얘기하며 아내를 쫓아버렸다. 우리는 서재에 가서 앉았다. 총알이 튀어 나가 내 허벅지를 뚫을까 봐 주머니에서 총을 꺼냈다. 그가 쳐다보더니 이게 뭐냐고 물었다.

내가 총이라고 했다. 이럴 수가, 교수가 총을 보고도 총이 뭔지 모르다니.

이걸로 뭘 하려고? 그에게 설명했다. 나 혼자 총 가게에 가서 내 돈 내고 총을 샀다고 했다.

좋아. 그가 약간 화난 듯 말했다. 나는 그를 화나게 하고 싶지 않았다.

미안해요. 내가 사과했다. 이걸로 뭘 할 건데? 그가 아까보다 퉁명스럽게 물었다. 자네가 우리 손녀 납치할 때 옆에서 거들었다는 것도 알고, 데이비드 레오마저 납치해 메인주 외딴 섬에 버리고 온 것도 다 아네.

데이비드가 도망쳐 나왔어요. 그럼 안 되거든요.

그렇다면 데이비드를 납치해서도 안 되는 거였어.

루머가 그러자고 했어요.

루머 짓이군. 루머가 그러자고 했군.

나는 얘기하려고 했지만, 생각이 나지 않았다. 현관에서 사람들이 웅성거리는 소리가 들렸다. 아기를 안고 있는 여자도 보였다. 저기에 내 아기가 있어요. 내가 말했다. 아기가 날 쳐다봤다. 꼬마야, 나 기억나지? 여자가 몸을 틀어 날 쳐다보더니 비명을 질렀다. 내 여동생이 가위로 자기 엄지를 자를 때 내던 소리 같았다. 게다가 테이블 위에 올려놓은 총도 보았다.

저 사람ㅡ. 여자가 이렇게 말하더니 아기를 데리고 밖으로 뛰쳐나갔다.

대체 왜 이러나? 교수가 테이블 위로 몸을 숙이며 물었다. 괜찮은 노인 같았다.

쟤가 내 아기예요.

자네가 훔쳐 가려고 했던 아이야.

내가 뭘 해야 할지 모르겠어요.

뭘 해야 하는데?

모르겠어요. 그걸 말해줄 사람이 필요해요.

내가 제안을 하나 하지. 일단 총부터 치우고. 교수가 손을 뻗는 순간, 내가 총을 움켜잡았다. 총은 있어야 해요. 내가 말했다.

뭐 하게?

나는 머리를 쥐어짰다. 죽일 사람이 있어요.

그래? 그게 누군데?

나는 그를 쳐다봤다. 겁이 났다. 모르겠어요.

누가 너더러 사람을 죽이래?

아뇨. 나는 생각했다. 교수가 나를 웃으며 바라보았다. 구멍에서 나오라고 피터 래빗을 구슬리는 것 같았다.

왜 사람을 죽일 생각을 하지?

모르겠어요.

대체 어쩌다 그런 생각이 들었을까?

올리버를 죽인 놈을 죽일 거예요.

아, 죽은 네 친구 때문이군. 그래서 그렇군.

맞아요.

그 친구에게 의지했었군.

맞아요. 올리버가 내…… 나는 루머가 사용한 단어를 떠올리려 했다. 밀러밖에 생각나지 않았다. 그러니까, 올리버가 나에게 밀러였다고요.

네 지도자이자 선생이었구나.

그 단어가 떠올랐다. 스승이요.

얼마나 상심이 크겠니. 그가 말했다. 나는 교수가 어떻게 아는지 궁금했다. 도무지 갈피가 안 잡히겠지.

나는 그게 무슨 말인지 몰랐다. 무슨 뜻이 있긴 있을 테니 그렇다고 대답했다. 갈피가 안 잡혀요.

새 길을 모색해야지. 스승도 새로 찾고, 스스로 생각하는 법도 배우고.

루머도 그러랬어요. 이제 기억났다. 그 사람이 내 스승을 죽였으니, 나도 그 사람의 스승을 죽여야 해요.

그게 무슨 말이지?

내가 흑인의 스승을 죽일 거예요.

교수가 몸을 앞으로 숙이면서 총에 손을 대려는 것 같았다. 나는 총을 빼앗아 들었다. 교수가 벌떡 일어나 거칠게 숨을 몰아쉬다가 미소를 지었다.

그 사람 스승이 누군데?

당신이요. 당신이 흑인 남자의 스승이잖아요.

맞아. 날 죽이고 싶다는 말이냐? 지금 그 얘기지?

내 마음이 흙길처럼 뿌예졌다.

그건 안 돼. 아무도 죽여서는 안 돼. 교수가 화난 목소리로 말하자 겁이 났다. 그래서 나더러 도와달라고 한 거냐? 내 말 잘 들어, 젊은 친구. 자네 말엔 두 가지 어폐가 있어. 하나는, 네 스승을 죽인 사람은 데이비드가 아니야. 그리고, 난 데이비드의 스승이 아니야. 사람을 죽이는 건 잘못된 일이야. 그런다고 올리버가 살아 돌아오진 못해. 남을 죽였다간 네 인생만 망가져. 다른 데로 마음을 돌려.

나는 울었다.

과거가 아니라 앞을 내다봐야지. 다른 데에 관심을 두도록 하게. 뭘 하면 좋을지 우리가 찾아줄 수 있어. 내가 도와줄 수 있네.

그 사람을 죽여야 해요.

왜?

그 사람이 내 아기를 데려갔거든요.

누구 아기?

당신 아기요. 내 아기요. 그 애가 너무너무 좋았는데, 그 사람이 데려갔어요.

주디의 딸 말이냐? 세상에나. 그 아이가 어떻게 네 아이야? 그건 누구든 죽여야 할 이유가 될 수 없어.

큰 소리가 났다. 사람들이 서재로 몰려오더니, 나더러 꼼짝 말라고 했다. 셔츠를 입은 경찰들이 내게 총을 겨누었다. 그중 한 명이 내 어깨를 움켜쥐고 총을 내 얼굴에 들이댔다. 일어서. 경찰이 명령했다. 다른 경찰이 테이블 위에 있는 총을 들더니 용의자의 총을 확보했다고 했다.

무슨 일입니까? 교수가 물었다.

저희가 체포했으니 이제 괜찮습니다. 경찰이 말했다.

지금 뭐 하시는 겁니까? 왜 오셨죠?

선생님께서 총으로 위협당하신다고 신고가 들어와서요.

여자가 아기를 안고 들어왔다. 아빠, 총이 보이기에 제가 신고했어요.

세상에, 그럴 필요까지는 없었는데. 저희는 편히 대화하고 있었습니다. 교수가 설명했다.

911에 신고가 들어왔습니다. 경찰이 말했다.

지난번에도 저 남자가 총을 들고 왔었어요. 제 아기를 납치했던 사람이라고요. 여자가 말했다.

아니, 괜찮습니다. 아기는 무탈하게 잘 있습니다. 교수가 말했다.

총은 어디서 났지? 경찰이 물었다.

샀어요. 내가 말했다.

무기 은닉죄로 체포하겠다.

이럴 필요까지 있습니까? 이번에는 마음 편히 우리 집에 찾아왔기에, 내가 닉에게 조언해주고 있었습니다. 무기를 은닉하지 않았고, 잘 보이게 테이블 위에 꺼내 놓았잖습니까.

잠시 후 경찰이 사과한 후 떠났다. 여자가 미안하다고 하자 교수가 괜찮다고 했다. 다들 자리를 떴다. 교수가 다시 얘기를 시작했다. 경찰이 날 데려가지 못하게 교수가 막아서 좋았다. 해리라고 부르게. 교수가 말했다.

내 말 잘 들어. 해리가 말했다. 사람을 죽이겠다는 말은 절대로 하지 말게. 올리버를 죽인 사람은 데이비드 레오가 아니라는 걸 명심해. 그렇게 말한 사람이 일부러 너 헷갈리라고 그런 거야. 루머가 그랬지?

누구한테 들었더라. 루머가 그랬어요. 해리가 어떻게 알지? 해리는 아는 게 많았다.

루머가 그랬어요. 데이비드가 올리버를 밀었다고 했어요.

데이비드가 올리버를 미는 거 네가 네 눈으로 봤어?

모르겠어요.

몇 가지 짚어보자. 괜찮지, 닉?

괜찮아요.

올리버가 죽을 당시 넌 어디에 있었지?

숲속에요.

뭐 하고 있었어? 네가 데이비드를 쏘기로 했어? 올리버가 그러라고 시켰나?

네. 해리가 도대체 이걸 어떻게 아는지 궁금했다.

그다음엔?

루머가 쫓아왔어요.

루머가 오더니 자기가 쏘겠다면서 널 숲으로 보냈지?

맞아요. 해리가 어떻게 알지? 신기했다. 그곳에 없었으면서 대체 어떻게 알았을까?

그럼, 데이비드가 올리버를 폭포 정상에서 미는 건 못 봤겠네? 네가 숲 속으로 들어갔으니 못 본 거 맞지?

그런 거 같아요. 데이비드가 미는 장면을 봤는지 기억했다. 기억나지 않는다는 게 기억났다.

그럼 숲에 있을 때 총소리를 들었나?

네.

몇 발?

한 발이요.

누가 쐈지?

루머요.

왜 루머라는 거지?

내가 봤어요.

루머가 쏘는 걸 봤다? 쏘는 걸 네가 직접 봤다는 소리네?

그런 것 같아요.

루머가 어디에다 쐈지?

위에요.

하늘에 대고?

폭포 위에요.

루머가 자기가 쏘겠다고 했으니 데이비드를 쐈겠네?

루머가 흑인을 쏘겠다고 했어요.

그런데 루머가 안 쐈다면서?

안 쐈죠.

폭포에서 떨어진 사람이 누구지?

올리버요.

루머가 폭포 위에 대고 쏜 후였어?

네.

데이비드가 떨어질 줄 알았는데, 올리버가 떨어졌다는 거네?

맞아요.

그럼, 루머가 올리버를 쏜 게 확실하네?

루머가 쐈어요.

루머가 네 친구를 죽였어. 그것도 모르나?

루머가 쐈어요.

네가 네 눈으로 봤다고 방금 나한테 말한 거야.

루머가 쐈어요. 나는 생각했다. 나는 내가 그렇게 말했다는 걸 깨달았다.

전에도 알고 있었지만, 이제야 알았다. 미치고 팔짝 뛸 것 같았다. 나는 벌떡 일어났다가 주저앉았다. 모든 걸 알 것 같았다. 나는 호랑이 혓바닥처럼 으르렁거렸고, 코끼리 거시기처럼 울부짖었다.

진정하게. 넌 알고 있었어. 교수가 말했다.

내가 봤어요.

뭘 봤지?

루머가 올리버를 죽이는 걸요.

나는 이것 때문에 화가 났다. 기분이 좋았다가 화가 치밀었다. 주먹으로 손바닥을 내리쳤다. 나는 해리에게 총을 겨누었다. 그가 몸을 숙였다. 그래서 창문을 조준했다. 젠장!

이제 데이비드를 죽이면 안 되는 이유를 알겠지?

데이비드를 죽이면 안 돼요. 나는 주먹으로 내리치고 총으로 머리를 때렸다. 조심하게. 그가 말했다.

네가 루머한테 속았어. 루머가 널 꼬드겨 네가 목격한 증거를 감추고, 네 착한 양심을 속였어.

내 착한 양심.

루머가 널 속인 거야, 닉. 루머가.

와, 멍청한 사람은 자기가 어떻게 속았는지도 모른다. 나는 내가 어떻게 속았는지 알았다. 그러자 기분이 좋다가도 화가 났다. 루머가 올리버를 죽인 다음 아기를 데려갔어요.

루머가 아이를 데려간 게 아니라, 올리버가 데려갔어. 루머와 밀러가 우리에게 아기를 돌려주었어.

내 말이 그 말이에요. 루머가 아기를 보내버렸다고요. 해리가 아닌 다른 목소리가 들렸다. 목소리가 시켰다. 해리한테 물어봐.

내가 해리에게 물었다. 나 좀 도와줄래요?

기꺼이 그러지, 닉. 상담받을 수 있게 해주겠네. 자네가 어디에 소질이 있는지 알아보는 검사도 받고. 어디에 특별히 관심이 있는지도 알아보자고.

목소리가 시켰다. 해리한테 말해. 내가 루머를 죽일 수 있게 도와줄래요?

루머를 죽이다니, 말도 안 되는 소리. 죽인다는 말은 하지도 말게. 그런 말은 입에 올리는 게 아니야.

난 그렇게 생각해. 목소리가 들렸다. 네가 똑똑하다면, 혼자 해야 해. 나는 말했다. 걱정하지 말아요. 나 혼자 할 거예요.

그럼 안 돼, 닉. 그 생각에서 벗어나야 해.

목소리가 시켰다. 밀러 농장으로 가. 내가 말했다. 밀러 농장에 가서 죽일 거예요. 내가 그럴 수 있다는 게 자랑스러웠다.

가긴 어딜 간다고 그래. 밀러 농장에 가면 안 돼. 여기에 있으면서 내 도움을 받으러 오게. 상담도 받고.

나는 집으로 돌아갔다. 식당에서 일했다. 뭘 해야 하는지 목소리에 물었지만 아무 대답도 들리지 않았다. 어느 날, 나는 또 찾아갔다. 해리가 얘기를 더 많이 해주었다. 내가 사람을 죽이면 예전처럼 절대로 돌아가지 못한다고 했다. 그는 날 사무실에 있는 여자와 얘기하게 했다. 흰 가운을 입은 여자였다. 나는 검사를 받으며 빈칸을 채웠다. 검사는 어려웠다.

해리를 또 찾아갔다. 해리가 직장 얘기를 했다. 물건 만드는 걸 좋아하느냐, 물건을 만들면 기분이 좋아지느냐고 물었다. 그는 내가 닉 포스터다워진다면 기분이 좋아질 거라고 했다. 어떻게 해야 닉 포스터다워지는 거냐고 내가 물었다. 말이 안 되잖아요, 내가 닉인데, 어떻게 내가 닉다워진다는 거죠? 해리가 설명했다. 내 안에 있는 나라는 존재를 끌어내라고 했다. 어려워 보였다. 해리가 나더러 습관을 들이고 흥미를 붙이라고 했다. 넌 네가 생각하는 것보다 똑똑한 사람이야. 해리가 말했다. 스스로 생각하는 법을 가르쳐 주지.

해리의 말에 기분이 좋아졌다. 올리버는 내가 생각하는 것만큼 똑똑한 사람이 아니라고 했다. 해리는 올리버가 틀렸다고 했다. 나는 양쪽 다 마음에 들었다. 내가 똑똑하지 않다면, 올리버가 시킨 대로 하고 걱정하지 않을 테다. 내가 똑똑하다면, 하고 싶은 대로 하고 걱정하지 않을 테다. 해리의 목소리가 아닌 그 목소리가 다시 들렸다. 루머를 죽이라면서 해리에겐 말하지 말라고 했다. 해리가 나더러 그걸 극복하라고 했기 때문이다.

해리에게 말하지 않으면, 해리가 극복하란 소리도 하지 않을 것이다. 목소리가 계속 들리자 나는 생각했다. 목소리가 멈추자 나는 생각을 멈추었다. 이제 뭘 해야 할지 모르겠다. 생각해 봐도 모르겠다. 뭘 해야 할지 모르니까 나에게는 해리가 필요하다.

어느 날 목소리가 들렸다. 해리한테 밀러 농장으로 갈 표를 끊어달라고 해. 해리가 물었다. 거긴 뭐 하러 가게? 나는 루머를 죽이러 간다고 했다.

해리가 달랬다. 그런 망상을 버려. 남이 심어준 그런 잔인한 생각은 버리라고.

사람을 죽이면 안 된다는 거 모르는 사람이 있나요? 내가 말했다.

어느 날 해리에게 밀러 농장에 가게 표를 끊어달라고 다시 부탁했다. 해리가 안 된다고 잘라 말했다. 암살하러 가라고 돈을 내주진 않을 거야. 나는 암살이 뭐냐고 물었다. 해리가 설명했다.

이번에는 해리에게 부탁했다. 루머를 죽이고 싶은 게 아니라 밀러를 보고 싶어요. 목소리가 그렇게 말하라고 시켰다.

밀러는 왜 보고 싶은데?

기억났다. 밀러는 신이잖아요.

해리가 호흡을 고르며 방을 둘러보았다. 눕고 싶어 하는 것 같았다. 해리가 말했다. 나하고 종교 얘기를 해보겠나?

좋아요.

해리가 신에 대해 말했다. 나는 그가 무슨 소리를 하는지 몰랐다. 나는 또 찾아갔고 해리가 다시 얘기했다. 그가 신은 내 안에 있다고 했다. 나는 그게 무슨 뜻인지 모르겠다. 내 속을 들여다봤지만 신을 찾지 못했다.

해리가 설명했다. 대다수의 사람은 밀러를 신이라고 생각하지 않아. 밀러는 일종의 종교 지도자라고 할 수 있지. 사람들은 각자 다른 신을 섬겨. 밀러가 신이라는 말을 믿느냐 마느냐는 자네한테 달렸어. 그게 가장 중요하네.

나는 생각했다. 나의 옛 스승 올리버를 떠올렸다. 올리버를 생각하니, 내가 해리하고 얘기할 때가 더 근사한 것 같았다. 올리버 생각을 하다 보니 웃긴 생각이 들었다. 내가 올리버보다 더 똑똑한 것 같았다. 말도 안 돼. 그런 생각을 했다가 꾸중을 들을 것 같았다. 진짜로 그렇게 믿는 건 아닌데, 그냥 그런 생각이 들었다고 해리에게 얘기했다. 올리버하고 해리, 둘 중에 누가 더 똑똑할까? 해리가 나더러 호랑이 혓바닥을 지나가는 사람을 쏘라고 할까? 올리버는 나더러 쏘라고 했지만, 해리는 쏘지 말라고 할 것 같았다. 흑인을 쏘는 건 나쁜 짓이기 때문에 루머가 올리버를 쏜 거라고 생각했다. 남들이 나쁘다고 하니, 흑인에게 총을 쏘는 건 몹시 나쁜 짓이 확실하다.

해리가 말했다. 흑인 남자가 섬에서 집까지 히치하이크를 해서 왔다면서, 나더러 그를 깔끔히 용서하라고 했다. 해리는 그가 자기 인생을 살려고 애쓰는 중이라고 했다. 내가 내 인생을 살려고 애쓰는 것처럼 말이다. 내가 내 인생을 살려고 애쓴다는 해리의 말에 눈물이 핑 돌았다. 내 인생을 살려고 애쓰는 내가 안쓰러웠다.

해리 말에 따르면, 종교에서는 자기의 원수를 용서하라고 한다고 했다. 나는 내 원수를 생각해 봤는데, 아무도 생각나지 않았다. 내가 누구에게 화가 났는지 생각하니, 그 사람을 용서할 수 있을 것 같았다. 나는 루머에게 화가 났다. 그래서 루머를 용서하겠다고 해리에게 말했다. 해리는 그게 나한테 좋다고 했다. 그러다가 내가 성자 반열에 오르겠다고 했다. 목소리가 시켰다. 루머를 용서하러 밀러 농장에 가야 하니 표를 끊어달라고 말해보라고 했다.

목소리가 나더러 똑똑하다고 했다. 내가 해리보다 더 똑똑하다고 했다. 표를 끊어주지 않으면 히치하이크를 해서 가겠다고 해리에게 말하라고 했다. 멍청한 사람은 히치하이크를 할 생각을 하지 못한다.

뭐 하러? 거긴 가서 뭐 하게.

목소리가 들렸다. 해리는 내가 하고 싶은 걸 하라고 말하지 않을 거야. 해리가 시키지 않아도 내가 하고 싶은 걸 해야 해. 정말로 가고 싶어요.

뭐 때문에?

그곳에서 살고 싶어요.

살고 싶다고? 해리의 눈이 달걀프라이처럼 커졌다. 거참 놀랄 일이군. 밀러 농장에서 살고 싶은 이유가 뭐지?

목소리가 이렇게 말하라고 시켰다. 그곳에선 아무도 안 싸워요. 다들 착해요. 밀러가 날 보살펴 줄 거예요.

해리가 물었다. 루머하고 잘 지낼 건가?

당연하죠.

해리는 표를 끊어주지 않았다. 길을 잃을까 봐 걱정돼서가 아니라, 내가 거기까지 직접 데려다주고 싶어서 그래. 그럼 네가 잘 지내는지 확인할 수 있겠지.

목소리가 시켰다. 날 데려다주지 않으면 히치하이크를 해서 가겠다고 해.

어느 날 아침, 나는 히치하이크하러 나갔다. 첫 번째 만난 남자에게 루머를 죽이려고 밀러 농장에 가는 길이라고 했다. 남자가 가다 말고 나더러 내리라고 했다. 경찰이 해리에게 전화해서 총 얘기를 했다. 해리가 와서 집으로 날 데려갔다. 그러면 안 된다고 했잖아. 해리가 경고했다.

목소리가 말하라고 계속 시켰다. 데려다주지 않으면 히치하이크를 또 하겠어요.

난 못 데려다줘. 해리가 말했다. 집사람이 온 지 얼마 되지 않았고, 내 딸 보기도 그렇고, 할 일도 있네.

괜찮아요. 히치하이크하죠, 뭐.

생각해 보니 내가 은퇴도 했고, 자네를 구원할 수 있다면 할 일도 좀 미룰 수 있겠지. 그렇다고 자네더러 사람 죽이라고 밀러 농장에 데려다줄 마음은 없네.

목소리가 시켰다. 해리를 새로운 스승으로 여기니 시키는 대로 하겠다고 말하라고 했다. 밀러 농장에 데려다주면 시키는 대로 할게요. 데려다주지 않으면 히치하이크를 해서라도 갈래요. 목소리가 이렇게 말하라고 시켰다. 절대로 포기하지 않을 거예요. 당신은 날 데려다줘야 할 빚이 있다고요.

하루는 이런 목소리가 들렸다. 해리를 납치해서 널 데려다주게 만들어. 나는 총을 들고 해리를 납치한 다음, 위커폴스까지 날 데려다주게 했다. 멍청한 사람은 이런 일을 하지 못한다. 가는 데만 이틀 걸렸다.

해리는 루머를 죽이면 안 되는 이유를 늘어놓았다. 내가 교양 있는 사람이 되는 법을 배우는 중이며, 교양이란 얼마나 꾹 참느냐에 달려 있다고 했다. 우리는 모텔에 묵었다. 텔레비전을 봤다. 자기 여자친구를 죽인 범인을 추격하는 남자에 관한 내용이었다. 남자가 범인을 차고에서 붙잡아 머신건으로 쏴 죽였다. 마음에 들었다. 나는 베개 밑에 총을 넣어두고, 해리가 날 속이고 도망가지 못하게 막았다.

아침을 먹고 오전에 총을 들고 나가 나무를 조준했다. 해리가 대체 뭐 하는 짓이냐고 소리쳤다.

연습하는 거예요.

무슨 연습?

루머를 죽이려면 연습해야죠.

해리가 나더러 멍청하다고 했다. 이러면 절대로 안 돼, 절대로! 나는 울었다.

거의 다 왔는데, 멍청한 짓 그만하고 당장 집으로 돌아가자고 해리가 말했다

내가 당신을 납치하는 중이라서 그럴 수 없다고 했다.

목소리가 들렸다. 지금 포기하면 두 번 다시 닉다워질 수 없어. 넌 루머에게 갚아야 할 게 있잖아. 우리는 차를 타고 계속 달렸다. 해리가 운전했다. 내가 해리에게 계속 운전하라고 시켰다.

목소리가 들렸다. 해리는 네가 스스로 생각하기를 바라고 있어. 해리는 네가 그런 생각하는 걸 싫어해. 그런데 잘 생각해 봐. 넌 루머를 죽일 수밖에 없어. 멍청한 사람은 그런 생각을 하지 못한다.

나한테 화났어요? 내가 물었다.

도대체 무슨 생각을 하는 건가?

모르겠어요.

23 해리 필드

바버라, 주디, 조 라이스, 코니까지 다들 말리는데도 해리는 닉 포스터를 태우고 위커폴스로 향했다. 자기가 데려다주지 않으면 닉이 혼자 그곳에 가서 무슨 짓이든 벌일 것 같았기 때문이다. 해리는 문제가 생길 때 나서는 그 묘한 기분이 좋았다.

레나와 마주치지 않았으면. 레나가 전화해 밀러 농장에 초대를 받았다고 전했다. 어쩌다 초대를 받게 됐는지는 말해주지 않았다. 해리는 자기도 밀러 농장에 간다고 말하지 않았다. 잠시 짜증이 밀려왔다. 레나는 초대를 받았는데, 난 못 받았다니. 그건 중요하지 않다고 마음을 다독였다.

자기가 해리를 납치한다고 착각하는 닉을 그냥 두기로 했다. 어느 날 닉이 집으로 찾아와 해리에게 총을 들이대며 말했다. 거기에서 모든 게 시작되었다. 밀러 농장에 데려다줘요. 내가 당신을 납치하는 거니, 꼭 데려다줘야 해요. 해리는 가족에게 말하도록 하루만 시간을 달라고 했다. 지금 당장 떠나면 집사람하고 딸이 경찰에 신고할 테고, 그러면 경찰이 우리를 잡으러 와서 넌 밀러 농장이 아니라 감옥에 가게 될 거야.

도망치지 않는다는 걸 어떻게 믿어요? 내가 놓아주면 선수 칠 거잖아요.

내가 어딜 가겠어? 여기가 내 집인데. 내일 다시 찾아와도 난 여기에 있을 거네.

그래서 닉에게 납치당하는 날이 연기되었다. 닉이 다시 찾아와서 해리에게 총을 들이대고 말했다. 이제 가요. 모두가 말리는데도 해리는 미리 짐을 싸서 갈 채비를 해놓았다. 내가 안 간다면 어쩔 셈이지? 해리가 닉에게 물었다.

안 갈 수 없을걸요. 나한텐 총이 있어요.

쏠 건가?

닉은 대답하지 않았다. 손이 긴장한 듯 보였다. 해리는 긴장해서 총알이 발사될지도 모른다는 생각이 스쳤다. 날 쐈다가 무슨 수로 밀러 농장까지 가려고?

히치하이크하면 되죠. 나 그렇게 멍청하지 않아요.

그럴 바엔 널 데려다주는 게 낫지. 안 그래?

해리는 닉이 그를 납치하는 중이라고 착각하게 내버려 두었다. 필요할 경우 언제든 빠져나올 수 있다고 믿었다. 이따금 총구가 그를 겨누었다. 우발적 발사가 가장 위험하다. 그랬다간 닉이든 누구든 총상을 입을 것이다. 해리는 닉에게 농담하며 시간을 끌었다. 한참 가다 보면 닉이 변심할 시간을 벌 수 있을지 모른다. 그가 닉을 구원해 타인에게서 지켜줄 것이다.

쌀쌀한 아침에 닉을 옆에 태우고 차를 몰았다. 목적이 떠오를 때 말고는 여느 자동차 여행과 다르지 않았다. 묘한 기분에 놀라면서도 가슴이 들떴다. 머리를 쓰는 대학교수 생활을 오래 무탈하게 마치고 은퇴한 그였다. 납치범을 추적하고 잠재적 살인자를 만류하는 건 교수가 하는 일이 아니다. 오래 살다 보니 별일이 다 있다.

운전하다가 머리가 띵해지는 증상을 막으려고 고군분투했다. 운전 중에 뇌졸중 전조증상이 도지지 않기를 바랐다. 굳은 의지로 정신을 똑바로 차렸다. 첫째 날, 두 사람은 한참을 달려 모텔에 묵었다. 해리는 닉을 속일 방법을 궁리했다. 정처 없이 시골길을 맴돌아도 닉은 우리가 밀러 농장으로 가는 게 아니라는 걸 전혀 눈치채지 못할 것이다. 차를 세울 때마다 도망칠 기회는 있었다. 경찰에 전화하기만 하면 상황이 수습될 것이다. 모텔에서 닉은 베개 밑에 총을 넣고 잤다. 그사이, 총을 꺼내는 건 어렵지 않을 것이다. 낮에 이따금 닉이 무릎에 총을 올려놓고 졸 때도 있었다. 해리는 그런 기회를 모조리 날렸다. 닉을 존중하고픈 마음에서 그러지 않았다. 자기 손으로 빠져나올 수 있다고 믿었기에, 닉을 존중하고 싶었다. 운전하면서 닉에게 일장 설교를 했다. 닉이 진짜로 살인을 저지를 거라고 생각하진 않았지만, 확실히 짚고 넘어가고 싶었다. 닉의 우직한 마음이 밀러에게 옮겨가 새로운 스승을 모시기를 바랐다. 해리의 동료들이 해리에게 그를 믿고 따르는 신도를 뭐 하러 밀러 같은 사기꾼에게 넘기냐면서 그를 놀렸다. 신경 쓰지 말자. 목숨이 걸린 일이다. 밀러에겐 뭐라고 하지? 밀러를 설득한다. 닉이 심성은 곱다고 하면 밀러가 이해해줄 것이다.

이틀 만에 슬리피워커에 도착했다. 해리는 아직도 머리가 띵했다. 신경 쓸 게 너무 많아서 그런 것 같았다. 닉은 얌전했다. 해리가 말했다. 사람을 죽이지 않겠다고 약속하면 내일 데려다주고, 밀러한테 널 받아주라고 내 설득하마. 그럼 됐지?

네.

닉의 눈이 야행성 동물 같았다. 닉은 머릿속에서 들리는 목소리가 일을 시킨다고 해리에게 털어놓았다. 신이 나한테 말하는 소리인가요?

아니. 네가 너에게 말하는 소리야. 네 머릿속에서.

내가 말하는 소리구나. 닉이 중얼거렸다.

그날 밤 두 사람은 방을 따로 잡았다. 거의 다 왔겠다, 이쯤 되니 해리가 사기 칠까 봐 닉이 더는 경계하지 않았기 때문이다. 그날 밤, 해리는 밀러에게 전화해 앞으로 닥칠지 모를 일을 귀띔해 주려고 했지만, 밀러가 바쁘니 내일 다시 전화하라는 대답만 돌아왔다.

잠을 청하는데 닉이 틀어놓은 텔레비전 소리가 벽체를 타고 넘어왔다. 적어도 닉이 뭐 하는지 다 알겠군. 해리는 아침 8시 반에 눈을 떴다. 닉의 방문을 두드린 다음, 방으로 돌아와 샤워하고 옷을 입었다. 준비를 마치고 다시 닉의 방문을 두드렸지만 대답이 없었다.

이상했다. 닉이 기척을 하지 않을 이유가 없었다. 가슴이 철렁했다. 무슨 일이지? 기다렸다가 다시 문을 두드렸다. 카운터에 물어봐야겠다는 생각이 들었지만, 민망해서 조금 더 기다렸다. 결국 직원에게 물었다. 친구가 문을 두드려도 대답이 없어서요. 해리는 자기 목소리에 섞인 불안감에 겸연쩍었다.

여자가 놀랐다. 19호 청년 말씀이시죠? 나갔어요.

언제요?

두 시간 전에요. 저쪽으로 걸어갔어요.

어느 쪽이요?

마을 쪽이요. 보니비스타에 밥 먹으러 갔겠죠. 그의 염려와 달리, 여자의 목소리는 평온했다.

해리는 놀라지 않으려고 애쓰며 위커폴스로 차를 몰았다. 보니비스타에 갔지만 닉은 보이지 않았다. 종업원은 방금 출근했는데 아무도 못 봤다고 했다. 해리는 아침 먹을 생각은 하지도 못했다. 동물원 사육사라도 된

양 탈주한 표범이나 독사를 찾으러 다니는 것 같았다. 시골 사람들 놀라게 하면 안 되는데. 닉이 두 시간 동안 걸어서 어디로 갔을까? 해리는 아침까지 거르고 망상을 비상사태로 키운 게 민망했다. 망상은 너무 끔찍했다.

교차로에 경찰차가 서 있었다. 이런. 이 동네에는 교차로 주변에 건물이 모여 있었다. 경찰차가 철물점 앞에 서 있었다. 그 옆으로 우체국과 식료품점이 보였다. 몇몇 사람이 모여 있었다. 불현듯 두려움이 밀려오자 해리는 신경이 곤두섰다. 길 건너편에 차를 세웠다. 신문이나 사자. 어쩌면 닉이 여기에 있을지도 몰라. 없으려나. 젊은 경찰관이 경찰차에 기댄 채 주민 네 명과 얘기하고 있었다. 그중에 닉은 보이지 않았다. 해리가 슬슬 걸어갔다. 경찰차 뒤로 철물점 앞에 쳐진 노란 테이프가 보였다. 노란 테이프를 쳤다는 건 주의하라거나, 공사 중이라거나, 위험하다는 뜻이다. 꼭 범죄가 일어났다는 뜻만은 아니다. 난 아직 준비가 덜 됐는데. 해리가 중얼거렸다.

이미 늦었나? 일어날 운명이었기에 이미 일이 벌어진 것이다. 신문 가판대는 철물점 바깥에 있지만 돈은 안에서 내야 한다. 경찰관이 해리를 쳐다보았다. 신문값을 내려면 노란 테이프를 뚫고 들어가야 한다. 경찰관이 말했다. 안에 들어가기 싫으실 텐데요.

저한테 내세요. 여자가 말했다.

주민 넷이 경찰 옆에 서 있었다. 농부 둘, 머리를 뒤로 묶어 맨 잡부 하나, 여자. 큼직한 녹색 스웨터를 입고 팔을 내미는 모습이 친절해 보였다.

무슨 일이죠?

누가 총에 맞았어요.

누가요?

범죄라니, 화가 치밀었다. 이런 돌대가리. 망할 돌대가리. 진정해. 네가 상상하는 최악의 상황은 절대로 일어날 리 없어. 해리는 알고 있었다. 딸이 귀가하지 않거나, 아내가 늦는 밤이면 이 말에 의지했다. 언제나 다른 일, 상관없는 일이었다. 어쩌다 머릿속에서 화가 치밀어도 아무 의미 없는 일이기 때문이다. 여기에서 무슨 일이 일어났든 그건 닉하고 상관없다. 해리는 이걸 신조로 삼았다.

이름이 뭐였더라? 경찰이 말했다. 남자 이름 아시는 분?

아무도 몰랐다.

늙은 농부가 씁쓸히 웃으며 말했다. 이 근변에서 36년 만에 살인 사건이 일어났어요. '근변'이라는 말은 예전에 노인들이나 쓰던 말이다.

이제 우리도 도시 사람과 다를 게 없다니까요. 여자가 말했다.

누가 죽었는지 모르십니까? 해리가 물었다.

밀러 농장 사람이라던데요. 경찰관이 말했다. 밀러 농장에서 확인하러 사람이 나온답니다.

밀러 농장이라니, 첩첩산중이군. 해리가 생각했다. 닉은 아닐 거야. 닉, 넌 아니지? 그럼 어디 갔어? 파도처럼 뉴스가 밀려드는데 대체 닉에게 무슨 일이 벌어졌을까?

이름 아시는 분이 아무도 안 계십니까? 해리가 물었다.

저 동네 사는 사람들 다 아세요? 여자가 물었다.

한두 명은 압니다만. 해리가 말했다.

오하이오에서 오셨구나. 젊은 농부가 해리의 자동차 번호판을 쳐다보며 말했다.

다들 해리를 쳐다보았다. 친절하긴 하지만 경계하는 눈빛이었다. 여자가 웃었다. 그렇다면 익숙하시겠네요. 운전하면서 총 쏘고, 갱단이 살인하고, 뭐 그런 거 말이에요. 이제 여기도 그런 곳하고 다를 바가 없다니까요. 오하이오나 여기나.

운전하면서 총을 쏘다니요? 해리가 물었다.

경찰이 어깨를 으쓱했다.

차에서 총을 쐈다는 말입니까? 닉이라면 차에서 총을 쏘지 못한다.

알아야 이름을 말씀드릴 텐데, 피해자가 안에 있습니다. 보시겠습니까? 경찰이 말했다.

됐습니다. 황급히 거절하고 나서야 이런 생각이 들었다. 제가 봐야 하나요? 해리가 물었다.

사건 현장 보는 거 좋아하신다면야. 경찰이 테이프로 향했다.

해리는 머뭇거렸다. 혹시 깡마른 금발 청년인가요?

깡마른 금발? 아니에요. 경찰관이 해리가 아래쪽으로 들어갈 수 있게 테이프를 들어 올렸다. 해리가 거절했다. 됐습니다.

나도 시체 보는 건 별로예요. 루엘라가 말했다.

이런 일로 공감을 사다니. 민망한 마음에 해리가 생각을 바꿀 뻔했다. 꼭 그런 건 아닙니다만.

얼굴이 까무잡잡하고 못생긴 편입니다. 이국적인 얼굴이죠. 경찰관이 설명했다.

루머다. 루머가 아니어야 하는데. 제발 아니었으면. 너무 늦었다. 너무 늦었어.

루엘라가 계속 떠들면서 살인 사건이 무슨 모험이라도 되는 듯이 씩 웃었다. 별일이 다 있네요. 36년간 이 동네에 이런 일은 없었는데 말이죠. 이제 마피아가 생긴 건가요? 탁자 위 바구니를 정리하느라 정신이 없는데 총성이 들리더라고요. 처음엔 총인지도 몰랐어요. 그저 큰 굉음인 줄 알았어요. 무심코 넘겼는데 5분쯤 지났을까? 위커폴스 길거리에서 날만 한 평범한 소음이 아닌 것 같아서 문으로 나갔더니 남자가 쓰러져 있었어요.

어디에요?

반은 인도에, 반은 차도에 걸쳐 있었어요. 저쪽에 쓰러져 있는데 피가 막 보이고, 그래서 어머나, 이랬죠.

나도 그랬다니까요. 잡부가 거들었다.

우체국에서 일하는 지네트도 봤어요. 우리 둘이 동시에 문에서 내다봤거든요.

이미 죽었던가요?

죽은 것 같았어요. 굳이 자세히 보진 않았어요. 제가 경찰에 신고하는 사이, 지네트가 피해자를 위해 수고를 했더라고요.

현장에 도착하니 사망한 상태였습니다. 검시관이 사망 시간을 특정할 겁니다. 경찰관이 말했다.

제가 봐야 합니까? 꼭 그럴 필요는 없겠죠? 해리가 물었다.

좋으실 대로요.

저 동네에 아는 사람이 있으면 궁금은 하시겠죠. 루엘라가 말했다. 잭코가 죽은 게 아니라는 걸 확인하는 게 급선무였는데, 아니라는 걸 안 이상 더는 쳐다보지 않았어요.

저기 밀러 농장이라는 데가 말이지, 밀러 사람들이 우리 동네 가까이 사는 게 별로 좋지 않다고 내가 입이 닳도록 말했다니까요. 늙은 농부가 말했다.

살인자에 대해 아는 거 있으세요? 잡부가 물었다.

로즈가 그러던데, 그놈이 픽업트럭을 타고 도망갔대요. 루엘라가 말했다.

살인자를 본 사람이 아무도 없다면서요? 잡부가 따졌다.

총 맞은 남자가 타고 온 트럭을 범인이 몰고 가는 걸 누가 봤대요.

살인 현장은 아무도 못 봤다면서, 당신이 피해자를 제일 먼저 봤다는 게 말이 안 되잖습니까?

뭔 소리예요? 로즈가 봤다니까. 루엘라가 반박했다.

지금쯤이면 트럭을 타고 아주 멀리 갔을 겁니다. 경찰관이 말했다.

도로를 막으면 잡을 수 있지 않을까요?

잡을 수 있다면 막을 테고, 아니면 안 하겠죠. 경찰관이 말했다.

닉이 트럭을 훔쳐 타고 어디로 갔을까? 모텔로 돌아가지 않았다면 해리와 마주쳤을 것이다. 북쪽으로 갔나? 캐나다 국경까지 올라갔다면 당황할 텐데. 목소리가 시키는 짓을 닉이 발설했다간 총에 맞을지도 모른다. 밀러 농장으로 갔나? 해리는 그 목소리가 생각났다. 닉이 그 목소리를 믿는다면 밀러 농장으로 갔을 것이다. 닉은 집에 가고 싶어 했다. 집에 가장 근접한 가짜 집. 안식처가 뭔지도 모르면서 밀러 농장이라는 안식처에 가고 싶어 했다.

누군가 말했다. 생각해 봤는데요. 살인자가 죽은 사람 트럭을 훔쳐서 타고 갔다면 자기 차는 근방에 버리고 갔을 테니 그게 실마리가 될 겁니다.

해리가 꼼지락거렸다. 서둘러 밀러 농장에 가야 할 것 같았다. 잡부가 해리를 쳐다봤다. 외지인이시군요.

지금 아셨어요? 젊은 농부가 말했다. 오하이오에서 오셨다고 해서 그 얘기 했잖아요. 오하이오에서는 차에 탄 채 총을 쏜다고요.

지나가는 길이었습니다. 슬리피위커에 묵고 있어요. 해리가 대답했다.

때를 잘 맞추셨네. 오하이오와 달리 여기에선 이런 일이 매일 일어나는 게 아니거든요.

오하이오에서도 매일 있는 일은 아닙니다. 해리가 반박했다.

경찰 무전이 시끄럽게 울렸다. 경찰관이 경찰차 반대편에 갔다가 오더니 껄끄러운 표정을 지었다. 겁을 먹은 것 같았다. 범죄가 번지고 있습니다. 일파만파네요.

그게 무슨 소리요?

살인 사건이 또 일어났어요?

경찰관이 고개를 끄덕였다. 충격을 받은 눈치였다.

오늘 역사가 쓰이는 날이네요. 루엘라가 말했다. 위커폴스에 범죄가 연달아 터진 오늘을 기억하자고요.

어디래요? 젊은 농부가 물었다.

밀러 농장이요. 밀러 농장에 문제가 생겼어요. 경찰관이 초조히 말했다.

젠장. 늙은 농부가 말했다. 내가 뭐랬어, 내가.

무슨 문제요? 루엘라가 물었다.

거기서 문제가 터질 줄 알았다니까. 늙은 농부가 투덜거렸다. 그쪽으로 가실 거요?

여기에 있어야 합니다. 경찰관이 말했다.

가실 거면 우리가 시체를 지키고 있을게요.

괜찮습니다.

착하신 분이네. 루엘라가 말했다.

밀러 농장 근처엔 얼씬도 하지 말자, 이게 내 신조랍니다. 늙은 농부가 말했다. 거기 사람들은 펜타곤을 날리고도 남을 만큼 무기를 쌓아두고 있다니까요. 젠장, 립록으론 더는 지나다니지 말아야겠군.

밀러 사람들이 우리한테 총을 쏠까 봐 겁이 나시나 보죠?

도덕적으로 감염될까 봐 그렇소. 그곳에선 악의 기운이 뿜어져 나오니 얼씬도 마쇼. 내 충고 잘 들어요. 늙은 농부가 해리를 쳐다보았다. 기분 나쁘라고 한 말은 아니오.

지나가는 길이라잖아요. 루엘라가 말했다. 밀러 농장에 아는 사람이 있나 본데, 어쩌다 알게 되신 거예요?

해리는 대답하고 싶지 않았지만, 그랬다간 기분 나빠 할 것 같았다. 밀러 농장 사람하고 내 딸이 아는 사이였어요. 지금은 아니지만.

그 사람들이 젊은이들에게까지 손을 뻗고 덫을 놓았군요. 세뇌를 했구먼. 당신이 젊은 친구들을 지켜줘요. 늙은 농부가 말했다.

이 동네 젊은 친구들 말고요. 잡부가 말했다.

오하이오 최악의 병폐에 우리 마을까지 전염된 것 같소. 늙은 농부가 말했다. 차를 타고 가면서 총질을 해대지 않나, 스킨헤드 민병대가 정부를 날려 버리고 전복할 계획을 세우지 않나.

민병대가 아니던데요. 젊은 농부가 말했다. 듣자 하니, 무슨 종교 집단 같은 거래요.

루엘라가 해리를 쳐다보았다. 따님 친구가 걱정되시나 봐요?

원하시면 보셔도 됩니다. 경찰관이 말했다.

됐습니다. 해리는 더는 참을 수 없었다. 그럼 이만 가보겠습니다. 해리는 차로 돌아왔다.

몸조심하세요. 젊은 농부가 말했다. 오하이오에 가시면 몸조심하시라고요.

해리는 머릿속이 시끄러워지자 차에 앉은 채 자기도 모르게 중얼거렸다. 어디로 가지? 이제 뭘 한담? 닉을 찾자. 어디에서 찾지? 밀러 농장. 닉을 찾으면 뭘 해야 하나? 너무 늦었어. 지금쯤 죽었을지도 몰라. 성급하게 결론 내리지 말자. 36년 만에 이런 일이 벌어진 것처럼 다른 사람이 밀러 농장 사람을 죽였을지도 모르잖아? 닉은 끝장이야. 잘 가게, 닉. 내가 구원해줄 수 있을 줄 알았는데 미안하네. 닉을 붙들고 가르치려 했는데. 뭘 가르쳐? 닉의 운명을 가르친다고? 너무 늦었다.

밀러 농장에 가는 건 닉에겐 고향에 가는 것과 마찬가지였을 거야. 고향은 잠을 자는 곳이니까. 해리는 닥치는 대로 생각하면서 립록로드를 따라 밀러 농장으로 향했다. 립록로드가 숲으로 접어들어 오르막길이 시작되는 곳까지 왔다. 또 다른 문제가 양배추 잎처럼 그를 한 겹 더 에워싸는 듯한 소리가 들렸다. 숲속 저 멀리 경찰차 사이렌이 울렸다. 공권력이 고함치는 소리가 증기처럼 립록로드에서 피어올랐다. 뒤에서 경광등이 번쩍거리며 위협하는 순간, 차가 배수로에 처박히고 말았다. 그사이, 미끈하게 생긴 차가 언덕길을 잽싸게 오르더니 앞에 보이는 숲속 깊이 모습을 감추었다. 여우와 다람쥐에게 사이렌을 울리고, 스컹크와 라쿤에게 시끄럽게 떠들고, 갈색지빠귀와 목이 흰 명금보다 목청을 더 높여 악을 쓰며 달렸다. 해리는 밀러 농장에 일이 터졌다는 소식을 이미 들어 알고 있었다. 그 여파가 수 킬로미터 밖에서 인 해일처럼 커지더니 점점 밀려왔다. 세상이 사이렌을 울리고 무장 병력을 동원해 닉을 뒤쫓고 있었다.

해리는 배수로에서 기다렸다. 에어컨을 튼 채 창문을 열었다. 사이렌이 멀어지더니 뒤에서 또 다른 사이렌 소리가 커졌다. 새봄에 새로운 들새가 우는 것 같았다. 갈수록 사이렌이 귀가 따가워지더니 번쩍거리는 경광등과 함께 숲에서 불쑥 튀어나와 어딘가로 향했다. 해리는 사이렌이 점점 작아지다가 아예 사라져 숲이 다시 고요해지기를 기다렸다. 새소리, 물소리, 나뭇가지 떨어지는 소리, 이파리가 바스락거리는 소리가 다시 들리기를 바랐다. 그가 정신을 차리고 배수구에서 후진으로 차를 빼 도로로 올라서기를 바랐다.

숲에서 빠져나와 양쪽으로 들판이 펼쳐진 평평한 립록로드 정상에 오르기까지 10분 정도 걸렸다. 아까 번쩍거리며 지나간 경찰차가 길가에 서 있었다. 거북 모양의 에나멜 브로치 같아 보였다. 경찰차는 밀러 농장 우체통 옆 진입 도로 위에 주차되어 있었다. 해리는 그 뒤에 차를 댔다.

경찰차엔 아무도 없었다. 경찰차는 밀러 농장 진입로를 막고 서 있었다. 경광등은 켜져 있었다. 경찰이 일부로 막아 놓고 구내로 내려간 것이다.

해리는 차 안에 한참 앉아 있었다. 경광등 때문에 눈이 시렸다. 시동을 끄고 귀를 기울였다. 동맥과 혈관을 따라 피가 도는 소리가 들렸다. 자동차 열쇠를 들고 차에서 내려 경찰차에 가서 안을 들여다보았다. 좌석엔 신문지가 놓여 있었다. 차를 훔치는 게 어렵지 않아 보였다. 농장 입구와 전기가 통하는 담장을 바라보았다. 계속 생각이 말로 튀어나왔다. 어쩌지?

그가 대답했다. 안으로 들어가자. 경찰차에 가려진 문은 닫혔을 뿐 잠기진 않았다. 문을 열고 안으로 들어가 길을 따라 숲으로 들어갔다. 걸어서 가니 꽤 멀었다. 걸으면서 소리에 귀를 기울였다. 대부분 그의 생각이 말하는 소리였다. 젠장, 너 겁먹었어? 해리는 생각을 모조리 소리 내어 말하며 자신이 살아 있음을 증명했다. 들판에 있는 새들에게 들려주었다. 눈에 보이지 않는 들종다리, 쌀먹이새, 붉은깃찌르레기를 상상했다. 남의 둥지에 알을 낳는 악랄한 찌르레기도 떠올렸다. 해리는 새들에게 그의 생각을 말했다. 밀러 농장으로 내려가 무슨 일이 벌어지는지 확인한 후, 문제가 눈에 띄면 도로 나오자. 닉 포스터를 찾고 있어. 어리고 대체로 순진한 편이나 살인하고 싶어서 안달이 난 친구가 무사한지 확인하고 싶어. 위커폴스 사람들을 경악하게 만든 연쇄 살인하고 닉이 무관한지 알아보려는 거야. 위커폴스에 사는 착한 사람들이 놀랐거든.

조금 더 설명했다. 순진하긴 하나 어딘가 모자라게 태어난 청년을 바로잡을 힘이 있다는 걸 알았다면 너희도 이랬을 거야. 그 오랜 세월, 젊은이들에게 스스로 생각하는 법을 가르치며 힘을 휘둘러 온 책임감이랄까. 멍청이도 생각하게 만들고 미치광이도 제정신이 들게 할 기회이자 여러 명의 목숨을 구할 기회였어. 교수에게 평생 찾아올까 말까 한 기회였다고.

그런데 그 정신 나간 녀석이 고집을 피우는 바람에 자기 자신과 희생자뿐만 아니라, 쉽게 속아 넘어간다고 내가 비웃던 신도들까지 모조리 파멸로 몰고 갔다고. 비록 난 그들의 선한 심성은 단 한 번도 의심한 적이 없었다고. 그 미친 녀석이 정말 그랬다면, 그건 내 잘못이 아니야. 내 탓이 아니라고. 해리는 숲을 지나 공터로 향하면서 새들에게 변명했다.

차 한 대가 구내에서 언덕을 따라 버겁게 오르는 소리가 들렸다. 검은색 고급 대형 세단이었다. 캐딜락 아니면 링컨이었다. 해리는 차가 지나가도록 풀밭 위로 비켜섰다. 운전석에 앉은 사람이 그를 쳐다보았다. 나이 든 여자였다. 여자가 차를 세우고 창문을 열더니 외쳤다. 해리, 빨리 타!

레나였다. 레나가 백 살은 먹은 노인네 같았다.

입구가 막혔어.

레나가 앞쪽을 쳐다보았다. 저기에 차가 왜 서 있어?

레나는 졸도하지 않으려고 버티는 것 같았다. 뇌졸중과 싸우는 사람 같았다.

경찰차야. 경찰이 입구를 막았어.

차 빼라고 해. 레나가 경적을 울렸다.

아무도 없어.

그럼 어떻게 나가?

못 나가.

도와줘. 여긴 어떻게 들어왔어?

내 차를 밖에 세워 놓고 들어왔어.

그 차 타고 갈 수 있어?

응, 원한다면. 무슨 일이야?

레나가 차에서 내렸다. 서둘러, 빨리.

차는 두고 가려고?

메모는 남겨야지. 나중에 가지러 오겠다고.

왜 이리 급히 떠나는 건데?

일단 여기를 벗어나야 해.

해리는 레나를 따라 입구로 갔다. 그는 닉의 행방을 알기 전까진 가고 싶지 않았다. 찾을 사람이 있어.

지금은 안 돼. 레나가 말했다.

해리가 문을 열자 레나가 그의 차에 탔다. 묵는 데가 어디야?

슬리피위커 모텔.

거기로 가자.

무슨 일인데? 말해 봐.

세상이 방금 무너졌어. 레나의 얼굴이 창백하게 시들었다. 어서 출발해, 제발.

24 레나 파울러 암스트롱

해리 필드가 자기 차에 날 태우고 립록로드를 내려가 위커폴스를 거쳐 슬리피위커 모텔로 향했다. 무슨 일이야? 해리가 졸랐다. 나는 충격을 받았다. 숨 좀 돌리자.

밀러의 한쪽 눈이 의안이라는 말은 왜 안 해줬어?

몰랐는데. 그가 대답했다.

(밀러의 한쪽 눈을 보는 순간, 그가 신이라는 걸 알았다. 다가가자 커다란 의안이 보였다. 밀러의 달콤한 미소와 반대로 무시무시한 우주가 그 안에 꽉 차 있었다. 그 큰 눈을 보다가 옆에 있는 눈으로 시선을 옮겼다. 큰 눈이 유리 의안이고, 다른 눈이 진짜 눈이었다. 이로써 밀러가 신이라는 걸 알게 되었다.) 밀러의 한쪽 눈이 유리 의안인 거 몰랐어?

밀러가 해를 등지고 앉아 있어서 몰랐어. 농장에서 무슨 일이 있었는데 그래? 왜 세상이 방금 무너졌다고 했어? 그가 물었다.

숨 좀 돌리자니까. 밀러를 만나러 간 이유를 해리에게 설명했다(해리가 처음부터 끝까지 조소하고 경멸하는 바람에 내가 밀러 농장에 간 것이다. 내 영역을 침범한 해리의 부정적인 사고 때문에 내 생각이 긍정적으로 바뀌었다. 나는 해리가 내뿜은 태양풍에 떠밀려 밀러 농장까지 간 것이다). 너한테 화가 났었어, 해리. 화가 났었다고.

그래서 밀러에게 편지를 보냈어. 뉴햄프셔 위커폴스 밀러 농장에 방문해도 되겠냐고 비굴할 정도로 공손하게 부탁했어. 밀러에게 신을 만나고 싶다고 썼더니 초대해 주었어. 그래서 간 거야. (나는 링컨을 몰고 갔다. 저녁에 위커폴스에 도착해서 슬리피위커 모텔에 묵었다. 모텔에서 전화해 이름을 댔더니 다음 날 아침 길을 가르쳐 줄 농장 사람을 보내주겠다고 했다.)

해리가 물었다. 레나, 세상이 방금 무너졌다는 건 무슨 소리야? 경찰차가 입구를 막고 서 있었잖아. 위커폴스에서 경찰을 만났는데, 살인 사건이 일어났다는 거야. 그런데 살인 사건이 연속으로 일어났다고 하더라고. 대체 무슨 일이 있었는지 말 좀 해봐.

지금 말하고 있잖아.

일단 결론부터 말하고, 처음부터 얘기하면 안 될까?

결론부터 말하라고? 결론이라면 다 끝났어.

그게 무슨 소리야?

결론부터 말하면, 사람들이 죽였어.

누구를?

말 못해. 아니, 말해줄게. 사람들이 신을 죽였어.

밀러를? 사람들이 밀러를 죽였다고?

그렇다니까. 차가 립록로드 내리막길을 내달리고 있었다.

위에 한 줄을 비운 건 이 일이 일으킨 여파를 의미한다. 이 사연은 비극이다.

밀러를 누가 죽였는데?

지금 애기하고 있잖아. 내가 사랑한 밀러를 사람들이 죽였어. 나는 애기하면서 눈물을 흘렸다.

해리가 입을 닫았다. 우리 둘 다 입을 다물었다. 그사이 차가 덜컹거리면서 위커폴스로 진입한 후 고속도로를 타고 모텔로 향했다.

밀러를 사랑했나 봐, 해리.

해리는 침울해 보였다. 아무 말도 하지 않았다.

보아하니 모텔에 가도 나더러 방을 따로 쓰자고 할 거 같은데, 맞아?

그게 최선이야. 해리가 대답했다.

더는 화를 낼 필요가 없었다. 다만, 해리가 옆에 있는 날 원하지도 않으면서 계속 따라다니는 이유가 궁금했다. 그럴 마음도 없으면서 해리가 그 먼 길을 달려 왜 위커폴스까지 왔을까?

한참 뒤에 해리가 다시 입을 열었다. 무슨 일이 있었는지 말 좀 해봐.

다음은 내가 해리에게 설명한 내용이다. 밀러 농장에서 사람이 나와 날 안내했다. 전형적인 농부 같았다. 펠트 모자를 쓰고 콧수염을 길게 길렀다. 앞섶 단추를 끌렀는데 가슴이 벌겠다. 나는 그가 모는 픽업트럭을 뒤따라갔는데, 트랙터가 시골길을 느릿느릿 기어가다가 숲으로 들어가 들판을 가로질러 구내로 내려가는 것 같았다. 해리가 설명한 그대로였다. 빅토리아풍 건물 현관 앞에서 어떤 여자가 대기하고 있다가 말했다. 안에서 기다리세요. 나는 큼직한 계단 옆에 놓인 소파에 앉아서 기다렸다. 사람들이 들락날락, 오르락내리락했다. 밀러를 알아볼 수 있을까. 해리는 밀러가 얼굴은 에머슨, 머리는 리스트 같다고 했었다. 식기가 달그락거리는 소리에 점심 생각이 나서 밖으로 나갔다. 해리에게 들은 개조된 축사 같은 건물이 보이기에 열린 문으로 들어갔다. 사람들이 안으로 들어와 긴 식탁에 앉아 식사했다. 앞치마를 한 소년에게 물었다. 밀러 씨가 여기에 계세요? 누가 말해주지 않아도 밀러를 알아봤어야 했다. (식당을 가로질러) 가까이 가자 에머슨처럼 생긴 밀러가 있었다. 그가 얼굴에 사고를 당해 한쪽 눈이 커졌다는 걸 깨달았다. 바로 그 눈 때문에 두 다리가 굳어버릴 뻔했다. 밀러가 우주처럼 팽창한 그 눈으로 날 쳐다보았다. (내가 생각하기에) 하느님이 인간의 생명을 창조하실 때 손끝으로 전한 바로 그 전류 때문에 눈이 부푼 것 같았다. 밀러가 쳐다보자 나는 말을 더듬었다. 밀러 왼편에 선 여인이 내게 손짓했다. 밀러가 웃으며 허리를 숙여 인사했다.

쳐다보자마자 그 무시무시한 눈이 의안이란 걸 눈치챘다. 죽은 눈. 진짜 눈은 반대쪽 눈이었다. 눈썹 아래로 예리한 눈이 살짝 가려져 있었다. 그가 진짜 눈으로 날 쳐다보았다. 가짜 유리 눈에서 진짜 눈으로 시선을 옮기는 순간, 신성이 느껴졌다. 가짜 눈 옆에, 가짜에 가려진 진짜가 있었다.

나는 해리에게 나의 믿음을 얘기했다. (신은 살아 있는 눈으로 바라보셔. 누군가의 눈을 응시하면 신이 보이는 동시에 내가 신에게 보이지. 찰나의 순간에만 신을 볼 수 있어. 신의 기운이 우주에 흩어져 있기 때문이지. 그런데 밀러의 의안 덕분에 신의 기운이 모여든 게 보인 거야. 의안에 속았지만 바로 그 의안 때문에 그 옆에 있는 살아 있는 눈이 보이더라. 그제야 유리 의안이 한쪽 눈으로 바라보는 신 앞에 내가 서 있음을 경고하는 광고에 지나지 않는다는 걸 알았어. 내 생각과 달리 신이 진짜 눈으로 그림자 진 곳에서 날카롭게 날 살피고 있었어. 신이 살아 있는 진짜 눈 하나로 날 꿰뚫어 본다는 걸 알게 되자, 신성이 모여드는 게 보였어.)

밀러가 물었다. 인터뷰한 걸 신문 기사로 낼 겁니까? 아니면 내 제자가 되고 싶은 겁니까?

신에게 제 몸을 맡기고 싶어요.

어떻게 맡길 건데요?

신이 제게 뭘 원하시냐에 따라 달라요.

따로 만나자는 뜻인가요?

네.

일단 점심부터 먹읍시다. 테이블 끝에 앉아요. 다 먹으면, 소년에게 손님방에 데려다 달라고 한 후 거기에서 기다려요. 한참 기다려야 합니다. 기도 안 할 거면 뭐라도 읽고 있어요. 내가 찾아가겠습니다.

나는 오후 내내 기다렸다. 마침내 종소리가 들렸다. 사람들이 개조된 축사로 다시 몰려가는 모습이 보였다. 어떤 여자가 나더러 식당에 가자고 했다. 그분이 까먹으셨을까요? 내가 물었다. 꾹 참고 기다려 봐요. 여자가 말했다. 여자는 기타리스트처럼 긴 머리를 뒤로 땋아 내렸다. 나는 다시 식당에 갔다. 밀러가 식당 건너편에 있었다. 내가 앉은 자리에서는 밀러의 의안이 보이지 않았다. 밀러가 여느 농부처럼 생기 넘치고 쾌활해 보였다.

내가 식사를 마치기도 전에 밀러가 일어섰다. 나는 숲으로 가는 그를 급히 쫓아갔다. 잊지 않았으니 돌아가서 기다리고 있어요. 그가 말했다.

나는 손님방으로 돌아갔다. 날이 어두워졌다. 손님방에는 침대와 시계가 놓인 협탁과 나무 흔들의자가 있었다. 색 바랜 액자 속에서 한 여자아이가 웅덩이에 반사된 자기 얼굴을 들여다보고 있었다. 열린 창밖으로 방충망이 달려 있었다. 숲에서 새소리가 들렸다. 어디선가 음악, 라디오, 오두막 문 닫히는 소리, 발소리가 들렸다. 대체로 집은 고요했다. 나는 침대 옆에서 책을 읽으며 기다렸다.

10시가 넘어서 밀러가 나타났다. 잰걸음 소리에 이어 문을 두드리는 소리가 났다. 의사가 상담실에 들어올 때 내는 소리 같았다. 감색 가운을 입은 밀러가 삼류 마술사 같았다. 나는 가짜로 광고하는 의안을 쳐다본 후 거룩한 진짜 눈으로 시선을 옮겼다.

안 가고 있었네요.

기다리라고 하셨잖아요.

그가 날 훑어보았다. 몇 살입니까?

일흔이에요.

원치 않으면 가도 됩니다.

뵙고 싶었어요.

봤잖아요.

더 오래 뵙고 싶었어요.

내가 바라봐 주기를 바랍니까?

그럼요.

자고 가려면 가방이 있어야 할 텐데요. 제프를 보내 가방을 가져오라고 해야겠네요. 필요한 거 있습니까?

트렁크에 있는 가방이면 돼요.

자동차 열쇠를 주면 제프더러 가방을 가져오라고 하죠. 침대에 누워요. 곧 돌아오겠습니다.

제 꿈속에 찾아오시려고요?

신은 꿈으로 장난치지 않습니다.

제프가 가방을 가져왔다. 나는 잠자리에 들 준비를 했다. 샤워하고 향수를 뿌리고 얼굴을 정돈했다. 램프를 켜 놓고 침대에 앉아 책을 읽는 시늉을 했다.

연인이라도 기다리는 건가? 냉소적이고 속된 내 영혼의 반쪽이 비웃었다. 이건 기만당하느냐의 문제가 아니었다. 욕망을 채우는 게 먼저일까, 날 기만해서 얻는 기쁨이 앞설까? 밀러는 예순 정도 되어 보였다. 그런 그가 일흔 먹은 여자를 좋아할까? 여자라면 다 좋을까? 나하고 자려면 역겨움을 참아야 할까?

그가 감색 가운 차림으로 다시 오더니 내가 앉은 침대 옆 의자에 앉았다. 할 말 있습니까?

스스로 신이라 칭하신다고 들었어요.

날 믿습니까?

믿기도 하고, 안 믿기도 하죠. 태어날 때부터 한쪽 눈이 의안이었나요?

밀러는 웃기만 할 뿐 대답하지 않았다. 내가 당신을 제압하길 바랍니까? 자, 봐요. 그가 몸을 숙여 두 팔로 버티는 자세로 내게 몸을 기울였다. 그의 얼굴이 가까이 보였다.

진짜 눈을 봐요. 유리 눈 말고.

나는 웃음이 터졌다. 최면 거시는 건가요?

최면에 걸리고 싶습니까?

지금 제가 뭘 하는 건지 모르겠어요.

그렇다면 내 진짜 눈을 보세요.

그가 내가 덮고 있던 이불을 걷었다. 날 기다렸군요. 그가 가운을 벌렸다. 내가 그를 위해 준비했듯, 그 역시 준비가 되어 있었다. 날 봐요. 그가 말했다.

그가 아래로 내려갔다. 그가 느껴졌다. 신으로 가득 찬 기분이 들었다. 이게 이렇게 좋다는 걸 그동안 잊고 살았다. 이 남자는 사기꾼에 가짜였다. 나는 알았다. 밀러도 자기가 사기꾼에 가짜, 한낱 인간에 불과하다는 걸 알고 있기 때문이다. 그래도 뭐 상관없다. 사기꾼도 신이 될 수 있다는 게 중요하다. 해리에게 처음 밀러 얘기를 들었을 때는 의심스러웠다. 그런데 밀러의 의안에서 진짜 눈으로 시선을 옮기는 순간 확실히 깨달았다. 내 안에서 그를 느끼는 순간 온몸에 확신이 퍼졌다.

해리가 이해하지 못하는 게 바로 이 부분이다. 해리에겐 모 아니면 도다. 밀러가 신이라면 신이 가짜일 리 없고, 밀러가 가짜라면 그가 신일 리가 없다. 당연히 밀러는 가짜다. 그런데도 신이다. 밀러가 절정에 달하자, 나는 또다시 온몸으로 그와 사랑에 빠졌다.

일을 치른 후 밀러가 내 옆에서 밤을 보냈다. 내 아내들은 신경 쓰지 않습니다. 그가 말했다. 당연한 얘기겠지만 그에겐 부인이 여럿 있었다. 늙은 수탉처럼 그라고 왜 재미를 보면 안 될까?

일흔 살이라는 거죽을 뒤집어쓴 제가 마음에 드세요?

일흔은 아름답습니다. 신은 당신 안에도 있죠.

아름다워 봤자죠. 내가 냉소적으로 대답했는데도 밀러는 개의치 않았다. 그는 내가 무슨 생각을 하는지 안다.

마침내 밀러가 잠이 들었다. 나는 입을 헤 벌리고 누운 밀러를 바라보았다. 낡은 농기구의 기어를 바꾸듯 그의 숨소리가 덜그럭거렸다. 내가 중얼거렸다. 신도 주무시네. 나는 내가 뭘 하는지 알았다. 진심인 척 연기하고 있었다. 나는 평생 연기하며 살았다. 내 모든 믿음과 헌신, 영혼, 매파와 별자리까지 모두 연기였다. 내가 믿는 신, 내가 믿어 온 모든 게 연기였다. 다른 건 할 수 없었다. 40년의 결혼생활 내내 연기했다. 사랑도 종종 연기했다. 내 가정, 아이들이 자라는 내 가정. 밀러가 일어나면 털어놓을 참이었다. 해리도 마찬가지였다. 내가 연기하듯 해리도 연기하는 것 같았다. 해리는 한 수 위인 가식을 근거로 논리적이자 이성적인 논쟁을 연기하며, 그 전제에 대해 전혀 의심하지 않는다. 만일 이런 전제라면, 저런 결과가 나온다고 가정하는 것이다. 나는 신인 척 연기하는 남자의 대담함에 감탄한 나머지, 신도들처럼 믿는 척했다. 자다가 눈을 뜨자 신은 여태 자고 있었다. 나는 농장으로 이사 올까 고민하는 척했다. 이사를 감행한다는 건 단호한 태도를 보여주는 동시에 앵커아일랜드를 떠나야 한다는 뜻이기도 했다. 아침에 밀러에게 조언을 구하기로 한 후, 앵커아일랜드를 영영 떠나지 않고도 밀러 농장의 일원이 되는 방법부터 궁리했다.

밀러가 일찍 일어났다. 할 일이 있어서요. 그가 말했다. 나는 도로 잠이 들었다가, 내 안에 들어왔던 신의 육신이 전한 다정한 사랑에 흠뻑 젖은 채 느지막이 일어났다.

그때 별이 쏟아지는 숲속에서 경찰차 경광등이 번쩍거렸다. 사람들이 주위에 서서 경찰관들과 얘기하고 있었다. 축사 식탁에 아침 식사가 차려져 있었지만, 분위기가 어수선했다. 젊은 여자가 나더러 밀러 옆자리에 앉으라고 했다. 다른 사람은 아무도 보이지 않았다. 어서 앉으세요. 제가 식사 차려드릴게요. 여자가 말했다.

내가 무슨 일이냐고 묻자 여자가 말했다. 누가 범죄를 저질렀나 봐요.

사람들이 식당으로 들어왔다. 그들은 지정된 자리에 앉아 열띤 의견을 주고받았다. 밀러의 자리를 가운데 두고 여자들이 둘러앉았지만, 밀러는 없었다. 내 옆에 앉은 여자가 말했다. 금발에 광대뼈가 튀어나온 40대 여성이었다. 누가 죽어서 밀러가 신원을 확인하러 위커폴스에 갔대요.

누가 죽었는데요? 다른 여자가 물었다.

그걸 확인하러 밀러가 갔다니까요.

경찰차는 왜 왔을까요?

차가 달라요. 밀러를 태우러 한 대가 왔었고, 저 차는 나중에 왔어요. 케이티, 경찰차는 왜 온 거야?

식탁 끝에 앉은 케이티가 말했다. 경찰은 범인이 우리 농장에 있다고 보나 봐요. 범인이 밀러 농장 픽업트럭을 타고 도망쳤다는데, 우리 농장엔 사라진 차가 없거든요. 그래서 경찰이 난감한가 봐요.

경찰관에게 먹을 것 갖다준 사람?

들어오시라고 해요.

경찰관이 멀리 있는 문으로 들어왔다. 어리고 수줍었다.

앉으세요, 경찰관님. 뭐 좋아하세요? 햄하고 달걀 어떠세요?

혹시 가능하시면, 토스트 위에 수란 하나만 얹어주시면 감사하겠습니다.

한 남자가 라이플을 들고 들어왔다. 턱 주위에 허연 솜털이 나고, 눈매는 매서웠다. 남자가 벽에 줄지어 기댄 라이플 옆에 자기 라이플을 나란히 세워 놓고 자리에 앉았다. 다른 사람들도 라이플을 들고 들어와 이미 늘어선 라이플 옆에 기대어 놓았다.

경찰관이 들어오자 식당이 더 조용해졌다. 경찰관이 수란과 토스트를 먹으려고 몸을 앞으로 숙이자, 금발 머리가 보였다. 주위에 앉은 사람들이 죽은 사람이 누구인지 걱정하며 식당에 있는 사람들을 하나씩 지우면서 후보를 추렸다.

밀러가 돌아왔어요! 누가 외쳤다. 이름 하나가 전류가 흐르듯 식탁을 따라 식당 전체로 순식간에 퍼졌다. 루머래요. 루머? 루머가 죽었대요. 사람들이 놀라긴 했지만, 통곡하거나 쓰러지진 않았다.

밀러가 다른 경찰관과 함께 들어왔다. 회의할 채비를 합시다.

밀러, 루머가 죽었다고? 루머라는 이름이 테니스공처럼 식당 여기저기를 통통 튀어 다녔다.

앞치마를 한 어린 남녀가 모탕 위에 판자를 얹어 식탁으로 쓰는 테이블을 한쪽으로 밀고 의자를 놓자, 식당이 회의실로 변신했다. 앞에 놓인 식탁에 마이크가 있었다. 경찰관은 황금빛 수란을 남겼다. 불도그 같은 턱뼈에 풋볼 선수 같은 체구를 지닌 다른 경찰관이 한쪽에서 지켜보다가 한 줄로 늘어선 라이플을 발견했다. 이게 다 뭡니까?

뭐겠어요?

누구 겁니까? 경찰관이 물었다.

신이 주신 권리입니다. 못마땅하면 신에게 따지세요.

경찰관이 라이플이 줄줄이 기대고 선 벽 근처로 자리를 옮기더니 팔짱을 꼈다.

저걸로 사냥하고, 우리 스스로를 지킵니다. 정부에게서 우리를 지켜주는 총입니다.

총 다루는 법은 제대로 알기나 하는지, 원. 경찰관이 말했다.

잘 다루니 걱정 마세요.

사람들이 꽉 찼다. 온갖 사람들이 보였다. 작업복, 시골에서 입는 원피스, 청바지, 스웨트셔츠 차림을 하고 있었다. 나는 뒤쪽에 앉았다. 사람들이 또다시 모이자, 밀러가 근엄하고 분노한 눈으로 그들을 면밀히 살폈다. 그의 의안이 키클롭스(그리스 신화에 나오는 눈이 하나뿐인 거신)의 눈 같았다. 분노하는 그가 보였다. 나는 일부러 지난밤을 떠올렸다. 그의 성기와 내 목을 긁던 구레나룻. 섬세하게 사랑을 나눈 건 비밀이었다.

다들 자리에 앉았다. 불도그처럼 생긴 경찰관만 밀러와 라이플 사이에서 당황한 듯 서 있었다. 한동안 침묵이 흘렀다. 이상하게도 내가 여기까지 온 건 해리의 비웃음 때문인 것 같았다. 해리와 언쟁하다가 내가 밀러 농장에 옴으로써 그에게 반박한 것이다. 나는 해리가 목격한 밀러의 사기극에 그치지 않고, 해리가 보지 못한 밀러의 신성까지 봤다는 우월감에 사로잡혔다. 해리가 밀러를 깎아내리는 바람에 나와 해리는 사소한 말다툼을 했다. 해리는 후미진 곳에 처박힌 밀러의 초라한 농장을 비웃으며, 밀러가 등장하기 전에 신은 대체 어디에 있었으며, 밀러가 죽으면 신은 어디에 있을 거냐고 트집을 잡았다. 해리는 숫자에 근거한 신념을 내세우는 바람에 신은 하나가 아니며 밀러 같은 자가 어디에도 있을 수 있다는 개념을 수용하지 못했다. 숫자라는 단순명료한 명제가 그의 눈을 가린 것이다. 이를테면, 신은 유일신이라서 다른 신은 존재할 수 없다거나, 밀러도 유일하고 신도 유일하다면 인간의 모습으로 현현한 신은 모두 반박할 수 있다는 것이다. 반면에 나는, 신과 밀러는 유일하면서도 동시에 어디에나 존재할 수 있다는 걸 내 눈으로 목격했다. 신이 아무리 많다고 해도 달라질 게 없었다. 숫자라는 개념이 무의미하기 때문이다.

마침내 밀러가 입을 열었다. 스피커를 통해 목소리가 쩌렁쩌렁 울렸다. 오늘 아침, 경찰과 동행해 제이크 루머의 신원을 확인했습니다. 루머가 위커폴스에 있는 철물점 앞에서 총에 맞아 피살당했습니다.

나는 한숨이나 한탄, 신음 같은 것들이 터져 나올 줄 알았는데, 식당은 고요했다. 제이크 루머가 근거리에서 발사된 권총에 한 발 맞았습니다. 아무도 범인을 목격하지 못했습니다.

밀러는 범인이 주위에 있다는 듯이 실내를 둘러보았다.

오늘 아침, 경찰은 루머가 자기 트럭을 몰고 위커폴스로 갔는지 조사하고 있습니다.

루머의 트럭은 원래 있던 자리에 있던데요?

그래서 경찰이 루머가 트럭을 몰고 갔었는지에 주목하고 있습니다. 루머가 총에 맞은 후, 누군가 우리 농장 픽업트럭을 타고 가는 모습이 목격되었습니다.

사람들이 서로 쳐다보며 상황을 파악했다.

밀러가 달걀을 사러 갔었어요! 뒤에 있는 남자가 소리쳤다.

루머가 트럭을 몰고 갔나요? 같이 간 사람이 있었습니까?

그건 모르겠어요.

밀러의 유리 눈이 사람들을 살피는 동안 실내가 고요했다.

그렇다면 그게 무슨 뜻이죠, 밀러?

그래서 서글프기 짝이 없습니다. 밀러가 말했다. 신의 역사는 신과 가까운 자리를 차지하려고 싸워온 신도들의 역사이자 전쟁의 역사이기도 합니다. 우리는 경쟁심에 불타는 교회들을 피해 이리로 왔습니다. 신도와 신을 하나로 묶고자, 신과 신도를 하나로 만들고자, 여기로 왔습니다. 그런데 심지어 나를 따르는 우리 신도들 사이에서도 경쟁하는 모습을 목격했습니다. 질투와 시기심이 이렇게 심해졌는지 몰랐습니다. 내 실수입니다. 이제 참사가 벌어졌으니, 내가 결단을 내리겠습니다. 오늘 원로들과 회의를 하겠습니다. 다들 앉으세요.

앉으세요. 밀러가 다시 말했다.

밀러가 식당 뒤편을 보고 말했다. 앉으라고 했습니다. 지금 회의 중입니다.

금발 청년이 보였다. 그가 불도그처럼 생긴 경찰관과 라이플을 지나 앞으로 걸어왔다.

우리 농장으로 돌아온 건가? 뭘 원하지? 밀러가 물었다.

갓 소년티를 벗은 청년이 입을 우물거렸다. 뭔가 얘기하려는데 말소리가 나오지 않았다. 그러다가 마침내 말했다. 당신이 밀러예요? 그가 물었다.

내가 누군지 알잖아, 닉.

당신이 신이에요?

네가 그리 부른다면 그렇단다.

청년이 괴성을 터뜨렸다. 고양이가 경계하며 다른 고양이를 쫓아버리는 소리 같았다. 갑자기 괴성이 말로 변했다. 첫마디는 안 들렸지만, 그다음부터 들렸다. 나한테 왜 그랬어요? 그가 울부짖었다.

나는 내가 정확히 뭘 봤는지 모르겠다. 그가 손바닥을 펴서 그 위에 있는 뭔가를 밀러에게 보여주었다. 밀러가 그걸 보려고 몸을 숙였다. 옆에서 누군가 소리쳤다. 내려놔! 그러더니 불도그처럼 생긴 경찰관이 총을 뺐다. 총소리가 났다. 탕! 하는 소리였다. 아니, 장난감 권총에서 나는 빵야, 하는 소리였나. 밀러가 테이블 뒤로 몸을 숨겼다. 나는 밀러가 떨어진 물건을 찾는 줄 알았다. 불도그 경찰관이 테이블 뒤에 있는 문으로 달려갔다. 나는 그 청년이 어찌 됐는지 모른다. 그가 사라졌다. 흥분한 목소리가 여기저기 들렸다. 시끄러웠다. 사람들이 의자를 밀치고 여자를 넘어뜨리더니 벽에 기댄 라이플을 가지러 뛰어갔다. 몇 명은 라이플을 움켜쥐고 두세 발 발사했다. 포탄이 터지듯 총알이 발사되자, 방 안에 연기가 자욱했다. 불도그 경찰관이 문으로 뛰어나가려는 순간, 남자들이 그에게 총을 쏜 다음, 라이플을 든 채 쓰러진 경찰관을 지나쳤다. 나는 그들이 어디로 갔는지 모른다. 총성이 멀어졌다. 남자들이 뭔가를 쫓아가는 건지, 도망치는 건지 나는 알지 못했다.

사람들이 밀러가 몸을 숨긴 테이블 주위를 에워쌌다. 누군가 소리쳤다. 곧이어, 비명이 한꺼번에 쏟아졌다. 안 돼! 경찰관들이 정신없이 드나들며 무전을 치자 잡음이 들렸다.

나도 남들처럼 테이블 주위에 섰다. 나의 연인, 내가 연인으로 여긴 밀러가 바닥에 쓰려져 있었다. 사람들이 몸을 숙여 밀러를 살폈다. 얼굴에서 피가 흐르고 입이 벌어져 있었다. 지난밤 내 침대에서 잘 때와 비슷한 자세였다. 밀러 옆에 뭔가 떨어져 있었다. 나는 그걸 집어 들었다. 어떤 여자가 고개를 숙이자 길고 검은 머리카락이 밀러의 가슴에 닿았다. 밀러의 손을 잡는 사람도 있었다. 밀러가 입을 천천히 움직였다. 무슨 말을 하려 했지만, 아무 말도 못했다. 양쪽 눈 모두 사라지고 없었다.

그다음은 어떻게 됐는지 기억나지 않는다. 우리는 뒤로 물러나 서 있었다. 테이블 위에 누운 밀러의 눈을 누군가 감겨 주었다. 나는 유리 의안을 그에게 건넸다. 그가 의안을 도로 집어넣으려 했지만 들어가지 않았다. 밀러의 얼굴이 잿빛이었다. 누군가 밀러의 손을 포갰으나, 두 손이 양옆으로 흘러내렸다. 다른 사람이 다시 포갰지만 계속 내려갔다.

누구세요? 어떤 여자가 내게 물었다.

방문객이에요. 밀러를 보러 왔어요.

여기 계시니 잘 보세요.

앞으로 어떻게 될까요?

사람들이 그 청년을 죽일 거예요.

기억나요. 순진했고 착했는데, 이제는 아니네요. 누군가 말했다.

밀러 없이 우린 어떻게 살죠?

살 필요 없어요. 경찰이 와서 우릴 깡그리 죽여버릴 텐데요, 뭐.

다른 사람들이 떠난 후, 한 남자가 들어왔다. 어떻게 됐어요? 다들 그에게 물었다. 사람들이 그 청년을 뒤쫓고, 경찰이 농장 사람들을 뒤쫓는 중이에요.

어서 가세요. 여자가 내게 말했다.

나는 머리를 쥐어짰다. 어제까지만 해도 이 남자는 내게 아무 의미 없었는데, 지금은 세상 전부가 되어버렸다. 그런데 그라는 세상이 종말을 맞이했으니, 나는 죽을 각오가 되어 있었다. 방에 가서 가방에 짐을 챙겨 차로 갔다. 차에 탔는데 움직일 수 없었다.

숲에서 불꽃놀이를 할 때 나던 소음이 들렸다. 생각해 보니 총성이었다. 뭘 해야 할지 모른 채, 차에 한참 앉아 있었다. 천문학자가 구멍으로 우주를 들여다보듯, 나도 뭔가 기다렸다. 사이렌이 울려 퍼지면서 경찰차가 한 대 더 내리막길을 따라 구내로 들어왔다. 경찰관 둘이 총을 빼어 들면서 황급히 내리고, 그 뒤를 두 명이 더 따라 내렸다. 그들이 내 옆을 스치며 숲으로 뛰어갔다. 다시 불꽃놀이 하는 소리가 들렸다. 총성이었다. 숲에서 연기가 피어올랐다. 고함과 여자의 비명이 울려 퍼졌다. 여자의 비명 덕분에 나는 굳어버린 내 발을 뗄 수 있었다. 시동을 걸어 구내를 뒤로하고 언덕길을 올랐다. 무슨 일이 벌어졌는지 몰랐다. 뭘 봤는지도 모르겠다. 앞으로 무슨 일이 벌어질지도 알 수 없었다. 다만 내가 세상을 바라보는 눈을 얻었다는 것만은 알 수 있었다. 하루 일찍 혹은 늦게 도착했더라면 깨닫지 못했을 것이다. 타이밍을 딱 맞췄다는 건 이게 다 나를 위해 설계된 일임을 증명했다. 바로 나 때문에 세상이 화산처럼 부글거린 것이다. 악마가 밀러의 몸에서 빠져나와 유황과 탄약에 섞여 지구의 대기 중으로 퍼져나갔다. 나는 하나뿐인 밀러의 눈이 의미하는 바를 착각하고 있었다. 유혹과 사랑의 달콤함은 악마가 낳은 것이었다. 잠시 후 예지력이 돌아오자 나는 그의 신성에 세 가지 인격체가 들어 있었다는 것을 알았다. 신으로서의 밀러, 악마로서의 밀러, 사기꾼으로서의 밀러. 한 사람 안에 내가 사랑한 세 연인이 들어 있었다. 반면, 숫자로 적힌 데이터만 맹신하는 해리는 아무것도 몰랐다.

해리가 날 슬리피워커 모텔로 데려가는 동안, 나는 순서대로 이 얘기를 거의 마쳤다. 해리가 나하고 같이 자려는 줄 알았는데 아니었다. 그는 연신 고개를 저으며 이게 다 자기 잘못이라며 혀를 찼다. 자기 잘못이라니? 자기를 대단한 사람이라고 여기려 하는 해리의 어마어마한 욕심이 문제다. 해리가 한탄했다. 내가 살인마를 데려왔어. 내 차에 태워서 내가 데려왔다니까. 내가 그 녀석을 데려오지 않았더라면 이런 일은 없었을 텐데. 난 내가 막을 수 있을 줄 알았어.

그의 병적인 죄책감에 짜증이 나서 내가 일갈했다. 아니, 네가 무슨 수로 막아? 징징대지 좀 마.

5부

25 제이크 루머

여기가 어디지? 삐끗해서 넘어졌나. 젠장, 왜 이리 추워? 내 말 들려? 밀러 농장 사람들 중 절반은 멍청하고 단순해서 교회를 다닐 때보다 신에게 조금이라도 더 가까이 가려 하지. 교회가 성에 안 차니 쉽게 이쪽으로 넘어오더군. 신께서 이 땅에 그리스도의 모습으로 오셨다면 밀러의 모습으로 못 오실 게 뭐냐고 내가 설득했거든. 밀러가 사랑으로 잘 대해주면 다들 넘어오더라. 그런 사람들이 좀 있어. 절반까지는 아니고, 3분의 1은 되던데. 몇 명이라도 있다니까. 내가 여기에 왜 왔더라? 기억이 안 나. 우리 무슨 얘기 했더라?

맞다. 내가 무슨 말을 했었냐면 말이지. 이 사람들은 속상하고 화나고 열이 받았어. 뭐라도 미워하고 싶은데 뭘 미워해야 할지 몰라. 그래서 정부를 미워하고 텔레비전을 싫어해. 교사도 못마땅하고, 잘 차려입고 쇼핑하는 사람들도 꼴 보기가 싫지. 그렇게 미움이 세상에 번지고 있지. 오래전 꾹꾹 눌러서 덮어 놓은 것들이 서서히 불거지고 있어. 지질 단면도를 보면 지층이 층층이 쌓인 것처럼 말이지. 산하고 비슷해. 위로 올라갈수록 점점 더 추워지잖아. 당신도 힘들어? 나도 그래. 내가 사람들에게 말했어. 당신들, 그들을 상대하는 사람이 바로 나라고. 다들 신을 증오하는 걸 두려워하지. 그런데 신은 저 멀리 계신 게 아니라 바로 여기에 계시다고, 밀러로 살고 계신다고 내가 얘기하면 온갖 반발이 튀어나오지. 밀러가 이 세상의 신에 맞서는 새로운 신이시라고 내가 설득하는 거야. 그럼 밀러를 믿는 사람도 있고, 안 믿는 사람도 있어. 믿기 싫으면 안 믿어도 돼. 대신 사람들은 이 세상에 적이 존재한다는 건 철석같이 믿어. 그런 증오가 전쟁과 싸움과 총을 부르지. 그런 사람들에게 밀러는 혁명이자 앞으로 닥칠 투쟁을 위한 집결지인 셈이지. 우린 온갖 사람들을 다 받아주거든.

젠장. 너무 추워서 온몸이 벌벌 떨리네. 하나만 묻자. 우리가 이 세상을 점령하는 날이 올까? 세상을 장악할 유일한 길은 우리 같은 소규모 집단이 모두 모여 하나의 지도자가 이끄는 큰 무리로 합치는 거야. 내 말 잘 들어. 멀리 보면 밀러는 걸림돌이야. 밀러는 사람들이 세상에서 자취를 감춘 채 우리끼리 행복하게 살도록 구원하는 일에 열을 올리고 있어. 그런데 그건 개소리라고. 밀러는 사람들을 세상으로 되돌려 보낼 장기적 시각을 갖고 있지 않아. 우리가 다른 무리와 합치는 때가 오면, 밀러가 방해가 될 테니 결국 언젠가 순교자가 되어야 해. 내가 하는 말 잘 들어. 우린 밀러를 순교시킬 계기를 정해야 해. 내가 그때까지 기다릴 수 있을지 잘 모르겠어. 왜냐, 희열을 나중으로 미루는 건 내 특기가 아니거든. 내가 어디까지 말했더라?

누가 물으면 이렇게 대답하겠어. 나는 멀리 총을 쏘면서 희열을 얻는 사람이라고. 난 올리버가 무슨 짓을 꾸미는지 간파하고 올리버를 당하게 만들었어. 경찰일 때보다 좋더군. 그때는 늘 합법적인 변명을 대야 했거든. 그래서 문제가 생기면 희열을 느낄 수가 없었어. 원격 조종으로 조준하고 방아쇠를 당겨 탕, 하며 총성이 울려 퍼지는 순간, 순도 높은 희열에 휩싸이지. 원거리에서 서서히 손에 힘을 주며 손가락을 당기면 언제 총알이 발사되는지 정확한 타이밍은 몰라. 총알이 튀어 나가면서 발사. 그러면 저 멀리 멀쩡히 있던 목표물이 반동을 일으키지. 총에 맞아 추락해서 즉사하는 걸 보는 게 내가 경험한 것들 중에 최고더라.

됐고. 우리로 말할 것 같으면, 내가 앞에서 말한 이 모든 세태가 낳은 진정한 결실인 무정부주의, 일명 아나키즘(개인을 지배하는 국가 권력 및 모든 사회적 권력을 부정하고 절대적 자유를 지향하는 운동)을 추종하는 사람들이지. 엔트로피(무질서한 정도를 측정하는 물리학적 양)라는 말을 쓰는 사람도 있지만, 난 아나키즘이라고 부르겠어. 파멸을 부르는 기술의 발전으로 비록 소규모 집단이라고 해도 세상을 인질로 삼을 힘을 지니게 됐어. 상점이나 전철, 도시 광장에 있는 사람들을 죄다 날려버리고 전 세계를 공포로 몰아넣을 힘을 쥐었으니 소규모 집단마저 무장 요새가 된 거지. 밀러에게 이 말 좀 전해줘. 밀러는 이런 소규모 집단을 세상에서 독립한 자치 단체라고 하던데, 밀러에게 전해. 소규모 집단으로 쪼그라든 무장 단체 사람들 하나하나가 신이라고.

내가 여기에 어떻게 왔는지 기억이 안 나. 벼랑 끝에 매달려 있기가 좀 힘들군. 얼굴이 벽에 긁히네. 올리버 기억해? 그래, 올리버 말이야. 내가 올리버를 만났을 때 신을 죽이는 얘기를 했더니, 올리버가 라스콜니코프 얘기를 꺼내더라. 개자식. 그래서 내가 '라스콜니코프 사회'란 게 있다고 가짜로 꾸며서 올리버의 환심을 산 다음, 놈이 어떻게 나오나 지켜봤어. 정말이지 올리버가 아기를 밀러 농장으로 데려올 줄은 상상도 못 했어! 이 일이 어떤 결과를 낳을지 미리 생각하지도 않았다니, 생각보다 훨씬 멍청하더라. 정말 구역질이 치밀었어. 올리버는 자기가 날 안다고 착각했어. 통퉁한 얼굴에 생달걀 같은 눈깔을 하고 경찰과 세간의 이목을 집중시킨 놈이 말이지. FBI는 우리가 자치 단체인 걸 몰라. 올리버가 그 얘긴 빼먹고 하지 않았거든. 멍청하게 구는 꼴이 얼마나 아니꼽던지. 올리버가 데리고 다니는 닉이라는 똘마니도 바보였어. 적어도 닉은 자기가 똑똑하다고 착각하진 않아. 그런데 올리버는 아둔한 주제에 자기가 똑똑한 줄 알더라고. 그런 모습이 메스꺼웠어.

입이 안 다물어지네. 계속 말하다 보니 강물이 흐르듯 입에서 뭐가 줄줄 새어 나가고 있어. 내가 어디까지 말했더라? 올리버, 그놈은 멍청한 것도 모자라 피라면 환장하더라. 아기를 데리고 왔는데 딱 보니 알겠더군. 라스콜니코프에 대해 쥐뿔도 모르면서 라스콜니코프를 들먹이던데, 끽해야 『클리프노트』에 적힌 요약본만 읽어봤겠지. 얼마 지나지 않아 애 엄마 일행이 수호천사처럼 애를 찾겠다며 씩씩거리며 몰려왔어. 올리버는 내가 자기를 왜 역겨워하는지 의아해하면서, 자기 똘마니를 끌어들여 폭포 근처에서 천재적인 살인 계획을 세웠어. 그걸 알게 된 난 질릴 대로 질렸고, 녀석에게 똑같이 갚아주겠다고 결심했어. 이에는 이, 눈에는 눈.

내 옆으로 강물이 줄줄 흐르더니 벼랑을 따라 폭포수처럼 떨어지네. 그 계획은 일석이조더군. 교묘하게 올리버를 추락시켰지. 데이비드 레오를 없애는 것보다 훨씬 영리한 방식이었어. 자기가 써먹으려던 폭포를 이용해 내가 인과응보를 만들어 냈어. 인과응보란 말, 이거 내가 대학 다닐 때 앙갚음에 대해 공부하면서 배운 단어야. 내가 올리버에게 이랬어. 데이비드를 죽였다간 대학이 들끓고 신시내티 경찰까지 개입해 그의 행방을 찾아 나설 거라고. 그랬다간 우리가 대의를 밝힐 기회를 얻기도 전에 지구의 종말을 초래할 대전쟁, 일명 아마겟돈이 일어날 거라고 했어. 반대로, 올리버를 해치우는 건 간단했어. 올리버에게 무슨 일이 생겼느냐고 수소문하고 다닐 사람이 주변에 아무도 없었거든. 똘마니 닉만 물어봤겠지. 올리버에게 부모나 형제자매가 있는지는 모르겠어. 그런데 여자들은 애 엄마 주디처럼 올리버가 이 세상에서 빨리 제거되면 될수록 더 좋아할 것 같더라. 올리버가 우리 농장에 살러 왔다는 건 이미 세상에 자취를 감췄다는 뜻이잖아? 그럼 폭포에서 떨어져 죽기 전부터 이미 실종 상태나 마찬가지라서 진짜로 죽어도 아무도 눈치채지 못해.

우리가 무슨 말 하고 있었는지 기억해? 계속 떠드는 한, 난 죽지 않아. 말하는 동안에는 살아 있는 거야. 내가 라이플을 어깨에 걸치고 물보라 속에서 십자선에 맞춘 다음 마침내 방아쇠를 당기자 올리버가 추락하는 게 보였어. 짜릿함을 김새게 하는 일말의 양심의 가책도 들지 않았어. 새 한 마리 더 잡은 것처럼 뿌듯하더라. 녀석이 코끼리 거시기까지 오자 내가 지금이라고 외쳤어. 올리버는 자기가 말한 대로, 계획한 대로 아래로 떨어졌어. 쾅, 하는 굉음과 함께 물이 확 튀었어. 내가 경찰이 되어서도 희열을 느끼지 못하는 이유가 뭔지 의아해하던 그 먼 옛날에 이 세상에서 찾은 유일한 희열이 하나 있었어. 그건 바로 내가 내 손으로 누군가의 숨통을 끊을 때 밀려오는 감정이었어. 이걸로 책을 써도 될 것 같아. 어릴 때 말야. 내 거시기를 여자 몸속에 쑤셔 넣을 때 얼마나 좋을까 기대하게 되지만, 막상 그만큼은 아니잖아. 여자를 많이 사귀진 않았지만, 여자들이나 나나 늘 실망했거든. 차근차근 단계를 밟아나가야 하는 성관계는 나와 전혀 맞지 않았어. 나는 총을 들고 잽싸게 발사해서 얻는 긴 여운이 더 좋더라.

벼랑 끝에 매달려 있나, 돌로 만든 베개를 벴나. 얼굴이 얼음에 갈리는 것 같아. 점점 힘이 빠져. 치명상을 입은 것 같아 도와 달라고 했는데도 여태 아무도 못 들었나 봐. 사실 이건 내가 평생 기다려 온 순간이긴 해. 말했잖아. 좀 전에 말한 살인의 즐거움은 죽임당하기를 고대할 때 얻는 것 같아. 신이 무슨 권리로 날 죽이나? 내가 죽으면 무슨 일이 벌어지나? 이 세상에서 나만 신을 꿈꾸는 게 아니라, 내 주위 사람들도 그런다는 걸 이미 오래전에 알았어. 그리고 아무도 날 믿지 않고 지나가는 일개 행인 취급을 한다는 것도 알았지. 그래서 날 소개하는 법을 궁리했어. 그들에게서 꿈을 빼앗는 것보다야 낫잖아. 만약 신이나 다른 사람에게 꿈을 빼앗겼는데 보상을 전혀 못 받았다면, 나조차 날 상대하지 않는 암흑 속에 홀로 갇히고 말 거야. 만일 그게 내 궁극의 상태이자 환경이며, 아무것도 없는 공허한 인생이 나의 것이라면, 과연 살 가치가 있을까? 나처럼 조만간 죽을 날을 받아놓은 사람들에게 날 알리는 일이 아니라면 가치가 없겠더라. 나는 그런 사람들이 나처럼 암흑에 갇힐 거라고 생각한다는 걸 알았어. 아니면, 나보다 덜 똑똑해서(이럴 가능성이 크지) 곁에 아무도 없이 홀로 암흑에 갇힐 거라는 생각을 하지도 못한다는 것도 알았고. 심지어 뇌가 있다면 아무도 믿지 않는 고리짝 하느님아버지 옆에 천국이 있다며 바보 같은 생각을 하는 사람도 있더군. 그래서 죽음을 앞둔 이들에게 나 자신을 알릴 최고의 길은, 내가 그들을 죽음에 이르게 할 사람이라고 말하고 다니는 거였지. 거기에서 기쁨을 얻게 될 줄은 정말 몰랐어. 기쁨이 넘치다 못해 나 혼자 덩그러니 죽어가는 상황으로 치달아 이렇게 외로이 내 몸이 식어가고 있잖아.

이 세상은 두 가지로 귀결되지. 하나는 이 세상 자체요, 또 하나는 명분이야. 만사가 명분에 달려 있기에, 누구를 죽일지 정할 때 도움이 돼. 그래서 데이비드도 길거리 행인도 아닌 올리버를 죽이기로 한 거야. 명분이 있어야 사람들이 밀러라는 신을 믿고 밀러 농장에 합류하지. 괜찮은 사람들을 내 편으로 삼으려고 논쟁할 때도 명분을 내세우거든. 내가 미국 전역을 돌며 알코올 중독자 모임에서 밀러 농장을 옹호하고 신도들을 모집할 때도 명분을 대지. 명분이 사람들에게 동기를 부여해 기분 좋게 해주거든. 사람들을 겁줄 때도 명분이 도움이 되더라. 세상이 점점 험해지니 우리가 막대기처럼 한데 뭉쳐야 한다고 명분을 들며 미래를 말해. 세상에 존재하는 밀러 농장 같은 각종 단체가 모두 한데 힘을 합쳐 지상에 종말을 부르는 대전쟁을 일으키자고. 그런데 명분이라는 건 그 명분을 어디에 갖다 붙이느냐에 비하면 아무것도 아니더라. 올리버가 코끼리 거시기 위에서 뒤뚱거리는 모습을 보는 순간, 마약이라도 한 것처럼 아드레날린이 치솟고 심장이 밖으로 튀어나올 것처럼 벌렁거렸어. 난 내가 하고 싶은 대로 해도 걸릴 게 전혀 없다는 걸 알았지.

이쯤 되면 궁금해지겠지. 올리버가 계획한 대로 데이비드가 건넜더라면 어찌 되었을까? 글쎄, 직접 겪기 전까진 뭘 하고 싶은지 모를 때가 종종 있지. 생각해 봤는데, 잘 모르겠어. 올리버가 역겹게 보일 수밖에 없는 온갖 이유들 때문에 올리버는 결국 자신의 계획에 따라 희생당했을 거야. 그때만 해도 난 진정한 기쁨이 뭔지 몰랐어. 다만 그런 게 있다는 것만 알았을 뿐. 그래서 애당초 총을 쏘기로 한 닉 대신 내가 죽이겠다고 나섰어. 문제는 데이비드가 아니라 올리버가 언제 등장하느냐였어. 녀석이 조심조심 코끼리 거시기(올리버는 거기를 호랑이 혓바닥이라고 부르더라고. 멍청한 녀석, 코끼리 거시기하고 호랑이 혓바닥하고 구별도 못하다니 더는 참을 수가 없더군)를 건너는 순간, 내가 진짜로 뭘 원하는지, 할 일이 뭔지 깨닫게 되더라. 올리버 퀸이라는 놈의 정체를 순식간에 간파하고 녀석에게서 기쁨을 얻으려고 물보라가 이는 폭포 정상을 향해 조준한 후 방아쇠를 당겼지. 올리버가 추락했어.

지금 내가 산 정상에 매달려 있는 건가, 침대에 누워서 꿈을 꾸는 건가? 내가 지금 말하고 있어? 아니면 생각만 하는 건가? 꿈일 리가. 그런데 머리 한쪽 구석이 멍해. 일시적 기억상실증에 걸렸나? 밀러가 기억상실증에 걸리는 바람에 신이었을 때 어땠는지 기억하지 못한다고 하잖아. 지금 내가 그래. 내가 누구였는지 기억이 안 나. 누군지 모르겠어. 닉이 누구냐고? 닉은 기억나. 주제에 무슨 애 엄마라도 되는 양 난리를 치던 녀석이지. 올리버의 장례를 치른 후, 밀러가 나더러 닉을 없애랬어. 위험한 녀석이니 여기에 두었다간 조만간 올리버를 죽인 자를 잡아다가 죗값을 치르게 할 거라고. 밀러가 그랬어. 닉이 단순하고 머리가 잘 돌아가지 않아도, 조만간 아무도 닉을 못 말리게 될 거라고. 현실 원칙(프로이트의 정신분석학 용어로 현실 생활에 적응하기 위해 욕구의 충족을 참거나 단념하는 자아 활동을 이르는 말)이 그렇다면서 나더러 알아서 닉을 제거하랬어. 농장에 얼씬거리지 못하게.

그런데 닉이 나더러 데이비드를 잡아달라더군. 자기 아기를 데려간 죄로든, 올리버를 죽인 죄로든 데이비드를 벌하겠다고. 그러면서도 둘 중 무슨 죄를 졌는지도 모르더라. 내가 올리버에게 총을 쏘는 걸 자기 눈으로 보고서도 올리버를 죽인 사람이 데이비드라는 내 말에 쉽게 속아 넘어갔어. 자기가 뭘 해야 할지 몰랐지만, 어느 정도 시간이 흐르자 마음속에서 살인 욕구가 스멀스멀 피어올랐지. 어찌해야 밀러가 좋아할지 내가 고민하던 중이었는데 일석이조가 되겠더라고. 활용해야 경제적이잖아. 데이비드를 활용해 닉을 제거하자. 밀러 농장 말고 들키지 않을 다른 장소가 좋은데, 스텀프아일랜드가 제격이었지. 그래서 닉을 속여서 데이비드를 납치하는 계획을 내가 주도했어. 데이비드를 스텀프아일랜드로 데려가는 동시에 닉까지 제거하는 계획. 그럼 닉은 내가 자기를 돕는다고 착각하겠지. 내가 둘에게 돌을 매달아 버린다고 해도, 누가 스텀프아일랜드까지 쫓아와 확인하겠어?

그러다 마음을 바꾸었어. 내겐 그럴 권리가 있으니 마음을 바꾼 거지. 올리버가 십자선 안에 들어오는 순간에만 마음을 바꾸지 않고 그대로 밀고 나갔어. 명분이 있었거든. 그 명분이란 계산상 실수였다고 하는 거지. 밀러 농장에서 데이비드가 사라지면 그를 찾을 사람이 있을 거야. 목격자가 있으니. 제이크앤드짐스에 있던 남자, 항만 관리소장. 그 사람들은 밀러 농장이 예전에 어디에 있었는지 알아. 따져보니, 내가 데이비드를 없애지 못한다면, 닉도 못 없애겠더라고. 올리버가 이걸 알았어야지. 따지고 들면, 우리가 독립 자치 단체라고 떠들지만 실상은 아니거든.

스텀프아일랜드에 가니 김이 새더라. 이 흑인 남자를 죽이면 안 된다, 이자를 죽여서 좋을 게 하나도 없다. 그렇다고 계획에도 없던 닉을 죽이는 건 잔인할뿐더러 현명한 짓도 아닌 것 같더라. 내가 이 말을 했는지 모르겠지만, 난 살인마들이 싫어. 세상에서 가장 혐오하는 작자들이야. 그런 망할 놈들이 우리에게서 거룩한 삶을 앗아간 거라고. 그래서 내가 올리버를 죽였어. 망할 놈의 살인마. 올리버가 코끼리 거시기와 호랑이 혓바닥을 헷갈리는 순간 본색이 드러난 거야. 지금 스텀프아일랜드에서 누구라도 죽여야 한다면, 그나마 닉을 죽이는 게 좋을 거 같았어. 밀러가 없애라고 해서가 아니라, 내가 가장 없애고 싶은 게 바로 아둔함이라서 그래. 올리버도 아둔했지. 닉은 올리버만큼 아둔하진 않더라. 올리버는 남을 죽이고 싶어 할 정도로 아둔하니 죽어도 싸. 반면에, 데이비드는 누구를 죽이려고 들 만큼 아둔하다고는 절대 말할 수 없고, 그냥 멍청하다고 할까. 아둔한 것과 멍청한 건 달라. 아둔한 사람은 남을 죽일 구실을 찾느라 살인에 준하는 짓을 저지르지. 반면 멍청한 사람은 자기가 뭘 하고 싶은지도 모르고, 살인의 짜릿함이 뭔지도 몰라. 멍청한 사람은 평범해. 멍청한 사람은 『죄와 벌』을 읽으면서 라스콜니코프에게 감정을 이입하는 대신 객체로 바라보지. 멍청한 사람은 기독교의 종말이 곧 라스콜니코프에 대한 진실이라고 보지. 처음부터 그가 사람을 죽인 건 아니었거든. 멍청한 사람은 그가 죗값을 치러야 한다고 생각해. 실제로도 치렀고. 살인의 짜릿함은 누리지도 못하고 그저 멍청하게 변했기 때문이지.

밀러의 지시 사항을 곱씹어 보니, 없애란 말이 꼭 죽이라는 뜻은 아니더라. 내 나름대로 둘을 제거하기만 하면 그만이었어. 스텀프아일랜드에서 서로 잡아먹든 말든, 둘 다 버리고 오면 가관이었겠지. 둘에게 바위를 매다는 것보다야 낫잖아. 그런데 목격자도 있는 데다가, 두 녀석을 섬에 버리고 왔다가는, 혼자였더라면 한참 걸릴 것을 둘이 머리를 맞대고 앉아 금방 빠져나올지도 모르잖아. 그건 피하고 싶었어. 그래서 마음을 또다시 바꿔 먹고, 흑인은 풀어주고 닉을 혼자 섬에 두는 쾌감을 누리려고 했어. 내가 흑인에게 은혜를 베푸는 거지. 난 네 편이라고, 친구. 이 세상도 네 편이니 내가 네 목숨을 구해주지, 이렇게. 그런데 그랬다간 그 흑인이 양심은 있는 녀석이라서 걱정할 것 같더라. 섬에 사람이 갇힌 걸 알면 흑인이 법석을 피울지도 모르잖아. 그래서 흑인을 섬에 가짜로 버리고 온 거야. 내가 깜빡하고 배를 보내지 않아서 그렇지. 뭍으로 나왔는데 아무 일도 없다는 듯 닉이 내 옆에 계속 들러붙더라. 여태 닉을 처리하지 못했다니. 결국 닉을 태우고 뱅거까지 가서 꺼지라고 했어. 옜다, 이 돈 가지고 집에나

가라. 그리고 다시는 돌아오지 마라. 굳이 내가 스텀프아일랜드까지 가는 수고를 안 해도 될 일이었지만, 고생한 만큼 결과는 좋았어.

그래서 난 내 몫의 기쁨을 누리는 중이지. 방법만 알면 이 세상을 기쁨으로 가득 채울 수 있어. 닉은 자기 때문에 데이비드를 잡아다가 버렸는데 이제 와서 닉에게 떠나라고 하니 극도의 혼란에 빠졌어. 닉을 버스에 혼자 태워 보냈는데 정말 막막해하더라. 교수를 찾아갈지도 몰라. 누군가 흥미로운 결과를 보겠다고 바보 같은 닉의 영혼에 살인의 기쁨을 심어준다면 처참한 꼴을 당하게 될 거야. 내가 종교 테러리스트나 될 걸 그랬어. 이제야 그걸 깨닫다니 안타까워. 지상 최악의 깜짝쇼를 벌여 희열을 누리고, 충격과 공포의 씨를 뿌려서 이 세상 사람들을 벌벌 떨게 할 걸 그랬어. 신을 흉내 내어 모든 운명의 부조리함을 외칠 걸 그랬어. 어라, 내 몸에 이상이 생겼나 봐.

여기 길바닥 같은데? 맞는군. 지금 내가 여기서 뭐 하는 거지? 아, 기억난다. 내가 데이비드가 빌린 차를 몰고 뱅거까지 가서 닉을 고향으로 돌려보냈어. 밀러에게 닉을 제거했다고 했더니, 밀러가 어떻게 없앴는지 궁금해하더군. 밀러는 아둔한 게 아니라 멍청해. 밀러는 누굴 죽이고 누굴 안 죽이는 일이 선사하는 희열을 몰라. 아무리 그래도 그렇지, 어느 정도 지위가 있으면 그 정도는 제대로 알아야 하잖아. 젠장. 그날이 다가오고 있군. 알겠어. 감이 와. 콘크리트 바닥이라 지랄 맞게 춥군. 오늘이 대망의 그날일까? 아직은 모르겠어. 다가오는 중이군. 그날을 기다려 왔어. 준비하고 있었거든. 다음 주에 몇몇 사람들을 설득하려고 했는데. 그 사람들을 떠보며 슬슬 시작하려 했는데. 라스콜니코프 사회를 들먹이려고 했는데. 이름 그럴싸하지 않아? 밀러한테는 말하지 마. 밀러한테까지 알릴 필요는 없어. 몇 가지 이유로 포기했거든. 내가 왜 그랬을까?

맞다, 우유. 언제였더라, 어제였나? 오늘인가? 오늘 아침이었나? 생각이 나네. 오늘 아침 일찍 우유를 사러 시내에 왔어. 우유. 마을에 우유를 사러 갔다 올게요. 내가 트럭에 시동을 거는데, 아이를 키우는 여자가 오두막에서 나오더니 우유가 떨어져서 그러니 우유 좀 사다 달래. 그러겠다고 했지. 늘 하던 일이고 어려운 일도 아니니 신사라도 된 것처럼 우쭐하더라. 여자를 위해 시내에 가서 우유 하나 못 사다 줄까. 여자 이름이 뭐였더라? 아이를 키우는데 우유가 떨어졌다잖아? 이제 생각나네. 지금 기억나. 그래서 여기에 온 거야. 눈을 뜨고 고개를 들어 둘러보면 알 텐데. 너무 늦었나? 피를 제법 흘렸는지 정신을 바짝 차리기가 너무 힘들어. 입을 열 수만 있으면 말해줄 텐데. 우유. 트럭을 타고 시내로 향했어. 가게 문 여는 시간에 맞춰서. 가게에서 나오는데 녀석이 우체국 앞에서 하늘을 쳐다보며 걸어오더라. 그 녀석, 닉 말이야. 닉을 아주 멀리 보냈는데 어떻게 돌아왔는지 헤아리기까지 시간이 좀 걸렸어. 닉도 무슨 귀신이라도 본 듯 날 알아보기까지 시간이 걸렸지. 내 평생 그렇게 식겁한 사람은 처음 봤어. 내가 경찰일 때 문을 박차고 들어가 범인을 체포할 때도 그러진 않았거든. 내가 귀신이라도 된다는 듯이 닉이 뒷걸음질 쳤어. 내 눈엔 닉이 귀신 같았는데. 그러더니 헷갈린다는 듯이 내 이름을 묻더라. 루머 맞아요? 닉이 내 이름을 모르니 알려줘야 할 것 같았어.

내가 대답했지. 루머 맞아, 닉. 여긴 웬일이야? 우리하고 같이 살려고 돌아온 거야? 닉이 왜 왔는지 벌써 불길한 생각이 들더라. 왜 그리 불길했는지 정확히는 몰랐지. 닉이 말했어. 기다려요.

기다려? 뭘 기다려?

움직이지 말고 거기에 있어요. 꼼짝 말고.

내가 뭐 하러 움직이겠어? 내가 자기를 체포할까 봐 닉이 쳐다보더라. 내가 경찰이었다는 걸 이 녀석이 아나? 내가 경찰이었다는 걸 알기나 해?

무슨 일인데 그래, 닉?

선수 치지 말아요.

선수를 치다니. 무슨 선수를 친다고 그래? 닉이 주머니를 뒤적거렸어. 주머니에 있던 더러운 손수건이 바닥으로 떨어졌어. 닉이 다른 주머니를 뒤적이며 하얀 스프링 수첩을 꺼냈다가 도로 집어넣으며 말하더라. 잠깐만 기다려요, 루머.

기다릴게. 난 내가 뭘 기다리는지 몰랐어.

닉이 처음에 뒤졌던 주머니를 다시 뒤지더라. 불룩한 것이 나오는데, 권총이었어. 총은 어디서 났지? 총으로 뭐 하려는 거지? 젠장, 총이잖아.

잠깐만요. 닉의 말에 나는 기다렸어. 닉이 총을 들여다보더니 만지작거렸어. 총 쏘는 법을 잘 모르는 것 같았어.

그건 뭐야?

잠시만요. 나 바보 아니에요.

그러더니 제대로 딸깍 소리를 냈어. 난 나한테 총을 건네려고 손을 뻗는 줄 알았어. 그래서 내가 총을 받으려고 한 걸음 내딛는 순간, 몸속에서 뭔가 빵 터지는 느낌이 왔어. 총알이 뚫고 들어와 내 창자에 큰일을 낸 것 같았어. 별안간 창자가 폭발하면서 바닥에 쓰러졌어. 인도에 쓰러졌는데 깜짝 놀랐어. 야구 배트에 흠씬 두들겨 맞은 것 같았어.

옆에 서 있는 닉의 발이 보여. 헐렁한 갈색 신발에 끈이 풀려 있었어. 저러다 걸려서 넘어질라. 무슨 이유인지 모르겠지만, 고개를 들고 닉을 쳐다볼 수가 없었어.

죽었어요? 닉이 묻네.

응, 나 죽었어.

그럼 됐어요. 닉이 가버리네.

날 여기에 두고. 젠장, 너무 아파. 생각만 해도 열이 받아. 초대형 전봇대에 몸이 깔린 것 같아. 점점 오한이 드네. 전에 동물원에 갔는데 우리 안에 있던 코끼리가 거시기를 땅에 박고 있더라. 코끼리 코보다 그게 더 굵었어. 세 배 정도? 동물원에 간다고 볼 수 있는 장면이 아니었지. 그래서 그런지 늘 코끼리가 존경스러워. 그걸 혼자 해결하다니. 절대로 티 내지 않고 늘 느릿느릿 침착하게 움직이거든. 혀로 입가를 날름거리는 호랑이하고 달라.

신경을 써서 그런가, 머리가 점점 띵해지면서 눈도 잘 안 보이네. 고단하군. 젠장, 신경 안 쓸란다. 알게 뭐람. 따지고 보면, 한 번도 신경 쓰지 않았을지도.

26 닉 포스터

해리가 아침에 밀러 농장에 가서 밀러를 만나자고 했다. 목소리가 들렸다. 그랬다간 네가 루머를 못 죽여. 해리가 허락하지 않으면 너 혼자서라도 루머를 죽여야 해. 나는 해리와 같이 있으면서 혼자서 루머를 죽일 방법을 궁리했다. 해리를 피해 혼자 있을 방법을 찾았다. 어떻게 해야 해리와 따로 있을 수 있는지 몰랐다.

모텔에서 혼자 방을 써서 해리와 따로 있게 되었다. 해가 떴는데도 해리와 계속 떨어져 있었다. 목소리가 해리를 떨굴 방법을 일러주었다. 해리를 두고 혼자 나섰다. 모텔에서 나가 길을 따라 걸으며 해리 없이 혼자 밀러 농장에 가려고 했다. 이른 아침이라 잔디가 징징거렸다. 잔디가 말했다. 해리 없이 외출도 못 하는 멍청한 사람은 혼자 걸어가는 너처럼 똑똑하지 않아. 게다가 넌 밀러 농장에 가는 길도 알잖아.

위커폴스에 있는 보니비스타 카페를 보는 순간 배가 출출해서 아침을 먹었다. 사람들이 카운터에 돈을 냈다. 누가 나 대신 돈을 내주나 막막했는데 주머니에 돈이 들어 있었다. 돈을 카운터에 내자, 여자가 잔돈을 거슬러 주었다. 아까보다 돈이 더 많아졌다. 내가 점점 똑똑해지는 것 같았다.

길 건너편에서 루머가 가게에서 나오는 모습이 보였다. 루머는 길 건너편이 아니라 밀러 농장에서 만나야 했다. 밀러 농장에 가서 루머를 기다릴까? 아니면 지금 일을 저지를까? 목소리가 내게 물었다. 저기 루머가 있는데 너 준비 됐어? 뭘 해야 할지 난감했다. 내가 편히 그 일을 할 수 있게 루머가 여기까지 왔는데도 어려웠다. 저 사람이 루머가 맞나? 그래서 물었다. 루머 맞아요? 내가 물었다. 그가 트럭에 타다 말고 내렸다. 닉, 여긴 웬 일이야?

루머가 트럭 뒤로 숨어서 내게 선수 칠 것 같았다. 목소리가 경고했다. 조심해, 녀석이 선수 치지 못하게. 나 왔어요.

그렇군. 루머가 손을 내밀며 다가왔다. 악수하면서 내게 선수 칠 것 같아서 악수하지 않았다. 목소리가 들렸다. 네가 루머를 죽이려고 여기까지 왔는데, 루머가 눈앞에 있으니 하려던 걸 해.

잠깐만요. 내가 말했다.

루머는 나더러 왜 왔냐고, 자기들하고 같이 살려고 돌아온 거냐고 물었다. 목소리가 들렸다. 총을 찾아. 총이 어디에 있더라? 총을 찾았지만 찾을 수 없었다. 목소리가 경고했다. 조심해, 루머가 도망갈라.

가만히 있어요. 움직이지 말고.

루머가 뒤로 물러나더니 트럭 뒤로 가려는 것 같았다. 나는 루머가 뒷걸음질 치지 못하게 하려고 다가갔다. 목소리가 들렸다. 루머가 선수 치려고 하니 조심해. 총이 보이지 않았다.

루머가 물었다. 무슨 일인데 그래, 닉? 그가 다정하게 웃었다. 나는 그게 웃겼다. 루머가 이렇게 웃는 건 처음 봤기 때문이다. 그가 다른 사람 같지, 루머 같지는 않았다. 목소리가 경고했다. 선수 치려고 웃는 거야. 그러니 더더욱 조심해.

잠깐만요. 선수 치지 말아요.

선수 치다니. 무슨 선수를 친다고 그래?

나 바보 아니에요.

루머가 다가왔다. 나는 총을 찾았다. 루머가 움찔했다. 목소리가 경고했다. 루머가 네게 선수 치려는 거야. 총을 들고 루머를 쐈다. 생각보다 동작이 빨랐다.

총을 들고 손가락으로 방아쇠를 당기는 짓은 해서는 안 되는 일이었다. 방아쇠는 꼭 필요할 때가 아니면 절대로 열리면 안 되는 바지 지퍼나 마찬가지였다. 이제 와서 하는 말인데, 방아쇠를 당기기 전에 해서는 절대로 안 되는 일이라는 생각에서 벗어나야 했다. 그 생각을 벗어버렸더니 별거 아니었다. 방아쇠를 끝까지 당기기도 전에 총알이 튀어 나갔다. 빵 하며 발사됐다. 내가 방아쇠를 당기기를 기다렸다는 듯이, 해야 할 일이 이것뿐이었다는 듯이 튀어 나갔다. 총에서 총알이 발사되자 주변으로 총소리가 퍼져나갔다. 허공을 가르고 내 골을 울리더니 루머의 배 속으로 들어가 버렸다. 빵 하는 소리와 함께 손이 뒤로 밀리고 가슴까지 떠밀려 뒤로 주춤하며 균형을 잃었다. 빵 하는 느낌이 좋았다. 내 손이 밀리는 것도 좋았다. 방아쇠를 당긴 손끝에서 모든 일이 시작되었다. 누군가 루머를 안고 있다가 손을 놓은 것처럼 루머가 고꾸라졌다. 잘 쏜 것 같았다. 이제 내 아기를 되찾을 수 있다.

루머가 바닥에 쓰러진 채 계속 떠들었다. 루머가 끝까지 중얼거릴 줄은 몰랐다. 사람이 총에 맞으면 죽을 줄 알았다. 루머가 바닥에 쓰러져 의사를 불러 달라고 웅얼거렸다.

미안해요. 내가 말했다. 목소리가 들렸다. 루머가 죽은 게 확실한지 확인해.

루머, 죽었어요? 내가 물었다.

응, 나 죽었어.

그럼 됐어요. 나더러 바보라고 하지 말아요.

네가 바보인 건 신의 탓이야. 신이 지금의 널 만드신 거야. 젠장, 도와줘.

뭘 도와줘요? 내가 물었다.

루머가 입을 다물었다. 뭔가 이상했다. 그가 루머가 아니라 딴 것으로 변해 버렸다.

그가 트럭 밑에 머리를 밀어 넣은 채 누워 있었다. 목소리가 들렸다. 트럭 보이지? 저거 공짜야. 트럭에 올라탔다. 루머의 머리를 피해 트럭을 몰았다. 멍청한 사람은 루머의 트럭을 타고 도망칠 생각을 못한다.

해리에게 돌아가야 하나? 그런데 목소리가 시켰다. 해리가 데려다주려던 밀러 농장으로 가. 나는 트럭을 몰고 밀러 농장으로 갔다. 아무도 보이지 않았다. 편자 옆 벤치에 앉아 기다렸다. 이제 루머가 죽었으니 아기를 도로 데려올 길을 고민했다. 방법을 찾고 또 찾았지만 생각나지 않았다. 내가 뭘 해야 할지 목소리가 말해주겠지. 누군가가 떠올랐다. 해리가 생각나서 해리를 기다렸다.

도시에서처럼 사이렌이 울렸다. 길에서 마주친 루머가 떠올랐다. 목소리가 말했다. 네가 루머를 죽인 것 같아. 나는 숲으로 들어가 나무 사이에 몸을 숨기고 내다보았다. 라이트를 켠 차와 경찰관 한 명이 보였다. 이제 누구를 내 스승으로 삼아야 하나. 경찰이 건물로 들어갔다. 경찰이 밀러를 데리고 나와 경찰차에 태워 언덕길로 올랐다. 또 다른 경찰차가 내리막길을 따라 내려왔다. 경찰이 차에서 내렸다. 사람들이 건물에서 나와 얘기하다가 개조된 축사로 들어가 아침을 먹었다. 나는 보니비스타에서 일찌감치 아침을 먹었다.

이제 어쩌지? 개조된 축사로 들어가서 인사할까? 착한 사람들과 마리아가 날 보살펴 줄지도 몰라. 목소리가 말렸다. 안 돼. 나는 왜 안 되는지 생각했다. 목소리가 말했다. 네가 루머를 죽였잖아. 루머에게 총을 쏜 건 기억이 났다. 루머가 색다르게 누운 모습도 떠올랐다. 그렇다면 내가 루머를 죽였나? 스승이 있어야 했다. 난 그걸 알 만큼 똑똑하지 않았다. 목소리가 들렸다. 경찰이 널 잡으러 올 거야. 내가 좀 더 똑똑했으면 좋겠다는 생각이 들었다. 루머를 죽여서 선수 치지 못하게 할 만큼 똑똑하긴 하지만, 뭘 해야 할지 알 만큼 충분히 똑똑하지는 않다.

충분히 똑똑하지 않다는 게 뭘까 생각했다. 날 돕던 올리버를 생각했다. 루머도 날 도왔다. 해리도 그랬다. 이제 누가 날 도와줄까? 좀 더 똑똑하지 않다는 게 얼마나 후진지 생각했다. 내가 그때 조금 더 똑똑했더라면 이 지경이 되진 않았을 것이다. 이게 누구 잘못일까?

누구 잘못일까? 다들 누구 잘못이라고 떠들면서도 자기 잘못은 아니라고 했다. 올리버 퀸이 죽임을 당했다. 누구 잘못일까? 데이비드 레오가 아니라, 루머의 잘못이었다. 데이비드 레오가 섬에서 탈출했다. 누구 잘못일까? 루머가 아니라, 데이비드 레오의 잘못이었다. 닉 포스터가 루머를 죽였다. 누구 잘못일까? 해리의 잘못도 아니고, 닉의 잘못도 아니다. 닉은 멍청하다. 누구 잘못일까? 목소리가 말했다. 그 누구의 잘못도 아니라면, 다른 누군가의 잘못이라고 했다.

목소리가 들렸다. 닉이 멍청하지 않다면 뭘 해야 할지 알 거야. 나는 생각했다. 닉은 왜 해리 같지 않을까? 루머는 내 탓이 아니라 신의 탓이라고 했다. 신이 널 그리 만들었으니 신에게 물어보라고 했다. 나는 생각하고 또 생각했다. 전에는 한 번도 이런 생각을 한 적이 없었다.

신이 날 멍청하게 만들었다면 이유가 뭘까? 신이 날 멍청하게 만들고 루머는 똑똑하게 만들었다면 그 이유가 뭘까? 올리버와 해리도 똑똑하게 만든 이유가 뭘까? 데이비드 레오, 검으면서도 갈색인 그조차 똑똑하게 만든 이유가 뭘까? 그 이유를 알면 뭘 해야 할지 알 것만 같았다.

나는 한 번도 생각하지 않은 것처럼 생각했다. 루머가 올리버를 죽여서, 닉이 루머를 죽인 거야. 닉이 루머를 죽였으니, 그들이 닉을 죽일 거야. 그럼 닉을 죽인 그들은 누가 죽일까? 내가 죽이지 않으면 아무도 죽이지 않고, 신경 쓰지도 않을 것이다. 아무도 닉을 신경 쓰지 않는다는 생각이 들자 눈물이 흘렀다.

숲속에 한참을 앉아 있었다. 날 멍청하게 만든 신을 생각했다. 신이 나를 사랑한다고 말해준 여자가 기억났다. 그 여자가 그걸 어떻게 아는지 궁금했다. 루머는 신이 날 멍청하게 만들었다고 했다. 신이 누구는 멍청하게 만들면서, 나는 그 누구보다 더 멍청하게 만든 이유가 뭔지 생각했다. 이게 공평한가? 내가 부탁하면 신이 바꿔줄까?

경찰차가 다시 나타났다. 밀러가 개조된 축사로 들어갔다. 다들 몰려갔다. 사람들이 회의했다. 회의라면 내가 가야 할 것 같았다. 겁이 났다. 다들 내가 루머를 죽였다고 생각할까? 신이 날 구원해줄 것이다. 남들이 그러는데, 신이 구원해주신다고 했다.

회의실로 들어갔다. 뒤에서 걸어 들어갔다. 밀러가 루머 얘기를 했다. 나는 밀러가 무슨 말을 하는지 모른다. 경찰과 라이플이 보였다. 라이플에 맞는 상상을 했다.

밀러에게 다가갔다. 누군가 말했다. 밀러가 신이라면 밀러가 네 스승이야. 밀러가 나더러 앉으라고 했다.

목소리가 들렸다. 밀러가 신이라면 그가 네게 빚진 게 있는 거야. 그걸 모르니 네가 말해줘야 해. 멍청한 사람은 이런 걸 모른다. 멍청한 사람은 자기들은 아는데 남들이 모르는 게 있다는 걸 모른다. 목소리가 들렸다. 신조차 너한테 무슨 빚을 졌는지 몰라. 넌 신이 생각하는 것만큼 그리 멍청하지 않아. 나는 밀러에게 이 말을 하려고 앞으로 걸어갔다.

밀러가 나더러 앉으라고 했다. 목소리가 시켰다. 아직 앉지 말고 일단 밀러에게 말해. 나는 억울한 마음에 그에게 물었다. 당신이 밀러예요?

밀러는 내가 누군지 안다고 했다. 그런데 내가 멍청해서 그런 걸 물어본다는 듯이 대답했다. 멍청한 건 밀러였다. 나는 밀러가 누군지 안다. 몰라서 물어본 게 아니다.

내가 물었다. 당신이 신이에요? 그가 전지전능한 신이자 만물을 창조한 조물주라고 했다. 모든 생물과 그 안에 깃든 영적 존재까지 만들었다면서 자기 말고는 신이 없다고 했다. 나는 밀러가 하는 말을 못 알아들었다. 그리고 남들이 하는 말도 전혀 알아들을 수 없었다. 밀러가 목소리를 바꾸었다. 숙모가 쓰던 은식기 세트처럼 쨍하며 귀가 따가운 목소리로 말하자 태양처럼 지글거리고 땅이 꺼지듯 쩍 하는 소리 같았다.

내가 신에게 따졌다. 당신이 신이라면 날 왜 이렇게 만들었어요? 왜 나에겐 나 대신 생각해서 일을 시키는 사람이 있어야 하죠? 난 왜 스승이 시키는 대로 해야 하고, 왜 스승처럼 혼자서는 못하죠? 왜 남들이 날 비웃고 내 스승을 죽이게 만들어서 내가 그들을 죽여서 복수하게 했나요? 왜 날 이 지경으로 만들고 이제 숲에서 쫓기는 신세가 되게 했어요? 당신이 하라고 해서 했는데 내가 왜 나뭇잎 아래에 죽어서 썩어가야 해요?

밀러가 잘 안 들린다면서 더 가까이 오라고 했다. 목소리가 들렸다. 밀러가 루머처럼 선수 치는 거야. 밀러가 선수 치게 두지 않으려고 밀러의 배에 총을 들이대고 방아쇠를 당겼다. 손에서 총알이 빵 하며 튀어나가 솜베개 같은 그의 배 속으로 쑥 들어갔다. 나는 뒷걸음질 쳤다. 루머를 죽일 때처럼 기분이 좋았다. 텔레비전을 보는 것 같았다. 밀러가 얼굴을 찡그리며 바닥에 쓰러졌다. 누가 날 붙들었다. 날 밀치는 사람도 있었다. 사람들이 고함쳤다. 총소리가 연달아 두 번 울리자, 밖으로 뛰쳐나갔다.

사람들이 날 쫓아오는 모습이 보였다. 그래서 숲으로 들어가 폭포로 가는 오르막길을 올랐다. 가파른 길을 오르느라 내 두 다리가 움직이는 게 보였다. 나는 폭포로 가는 오솔길을 힘겹게 올랐다. 등 뒤에서 총소리가 들렸다. 연달아 들린 건 아니었다. 헉헉거리는 숨소리만 빼면 숲은 고요했다.

터질 듯한 심장을 부여잡고 폭포수 옆으로 난 길을 올라갔다. 길이 가팔랐다. 이렇게 빨리 올라간 건 처음이었다.

아무도 쫓아오지 않는 것 같았다. 나는 폭포 정상에서 중얼거렸다. 이제 뭘 하지? 스승이 있었더라면. 사람들이 앉아서 명상하던 명상의 자리가 떠올랐다. 여기에 가만히 있다간 사람들이 쫓아올 것 같았다.

나는 폭포 정상에 주저앉았다. 물 주전자처럼 폭포수가 낭떠러지에서 흘러넘쳤다. 호랑이 혓바닥도, 코끼리 거시기도 보이지 않았다. 내 눈엔 온통 물이 쏟아지는 낭떠러지만 보였다. 올리버가 떠올랐다. 호랑이 혓바닥이든, 코끼리 거시기든, 보이지도 않는데 어떻게 데이비드 레오를 죽이라는 건지 의아했다. 내가 무슨 말을 했는지 밀러도 모르는 거 아닐까? 밀러가 날 멍청하게 만들지 않았더라면. 내가 무슨 말을 했는지 아무도 모른다면. 아무도 날 바보로 만들지 않았더라면. 내가 바보가 아니라면. 그럼 난 여기에서 뭘 하고 있는 거지? 해리는 나더러 바보가 아니라 돌대가리라고 했다. 나는 바보와 돌대가리가 어떻게 다르냐고 물었다. 해리는 내가 바보라면 뭐가 어떻게 다르냐고 묻지 않았을 거라고 했다. 그럼 돌대가리라면 여기에서 이러는 게 정상일까? 사람들이 내가 돌대가리라는 걸 알면 그만 쫓아오려나? 아니면, 내가 돌대가리가 아니란 걸 알아야 그만 쫓아올까? 남들이 말하는 것만큼 내가 멍청하지 않아야 사람들이 그만 쫓아올까?

폭포 아래에 사람들이 보였다. 밑에 서서 위를 올려다보고 있었다. 손에 장총을 들고 물보라가 이는 옆에 서서 날 올려다보았다. 호랑이 혓바닥이든 코끼리 거시기든, 내 눈에 보이지 않으면 안전할 것 같았다. 그런데 이런 생각이 들었다. 저 사람들 눈에 호랑이 혓바닥이나 코끼리 거시기가 보이면, 내가 안전하지 않을 것 같았다. 멍청한 사람이라면 이런 생각을 하지 못할 것이다.

명상의 자리는 건너편에 있었다. 데이비드 레오처럼, 올리버 퀸처럼 웅덩이를 건너야 했다. 건너가지 않으면 사람들이 올라와 여기에서 날 붙잡아 갈 것이다. 그런데 물을 건넜다간 데이비드 레오, 아니 올리버 퀸 꼴이 날 것 같다. 내가 데이비드 레오를 죽이는 대신, 루머가 올리버를 죽이게 내버려 두었기 때문이다. 나 대신 죽이라고 루머에게 양보했으니 내가 신에게 진 빚이 있다.

사람들이 날 죽이면 내가 죽겠지? 죽는다는 게 뭘까? 사람들은 대개 죽는 걸 싫어하는데, 왜일까? 내가 죽는다면 어떻게 될까? 죽지 않는다면 내 인생을 어찌 살아야 할지 막막했다. 루머처럼 똑똑했다면 오솔길을 따라 여기까지 올라오지 않았을 텐데. 진짜로 똑똑한 사람이라면 공터에 서서 번쩍거리는 경광등을 켠 빈 경찰차에 올라탔을 것이다. 루머라면 경찰차에 타서 사이렌을 울리며 내뺐겠지. 해리처럼 똑똑한 사람이라면 웅덩이를 건너지 않을 것이다. 해리처럼 진짜로 똑똑한 사람이라면 물웅덩이 뒤로 돌아갈 것이다. 그렇게 똑똑한 사람이라면 저 아래에 있는 사람들에게 들키지 않았을 것이다. 그런 사람이라면 앞쪽이 아니라 웅덩이 뒤로 돌아가 숲을 지나 명상의 자리로 갔을 것이다. 그러면 저 아래에 있는 사람들은 모를 것이다. 그렇게 해야 저 사람들보다 더 똑똑한 사람이 된다. 똑똑한 사람이라면 명상의 자리에 가서도 계속 걸을 것이다. 다시 숲을 지나 산속으로 들어가 산을 넘어서 다른 곳으로 빠져나갈 것이다. 그럼 어디로 갔는지 아무도 모를 것이다. 똑똑한 사람이라면 그렇게 했을 것이다. 그런데 나는 왜 그러지 못할까. 그렇게 하지 못하는 건 닉 포스터가 돌대가리라서 그렇다. 그래서 사람들이 닉을 사랑해주는 것이다. 만약 닉이 돌대가리도 아닌데 뭘 해야 할지 모른다면, 사람들이 닉을 더는 사랑해주지 않을 것이다.

이런 생각이 들자 행복해졌다. 나는 자리에서 일어나 물을 건너기 시작했다. 아래를 내려다보니 사람들이 총을 들어 올려 날 조준하고 있었다.

27 밀러

노파와 침대에 나란히 누운 채 눈을 떴을 때, 때가 왔다는 걸 직감했다. 누가 말해준 것도 아닌데 때가 됐음이 기억상실증을 깨고 바깥으로 스며 나왔다. 노파는 자고 있었다. 밀러는 안쓰러운 눈으로 바라보며 노파의 행복을 빌었다.

그날을 준비하면서도 앞으로 닥칠 일에 끌려가지도, 겁먹지도 않았다. 때가 되면 그날이 닥치리라는 걸 알았다. 서재에서 커피와 빵을 먹으면서 그날 결재해야 할 서류를 살폈다. 경찰차 한 대가 조용히 구내로 들어오더니 경찰이 밀러에게 위커폴스 노상에서 살인 사건이 발생했다고 알린 것이 첫 번째 징후였다. 희생자가 밀러 농장 사람 같으니 같이 가서 신원을 확인해 달라고 했다.

경찰차를 타고 위커폴스로 이동하는 동안, 밀러는 오늘이 마지막 날임을 직감했다. 누가 죽었는지 얼굴을 확인하고 사망자의 신원이 밝혀지는 순간, 기억상실증이라는 장막이 걷힐 것을 알았다. 경찰과 같이 사망자가 안치된 철물점으로 들어갔다. 암막을 잔뜩 쌓아놓은 테이블 위에 시신을 눕혀 놓았다. 얼굴은 로마의 독재자처럼 생겼는데, 몸은 제이크 루머였다. 밀러는 그를 보는 순간 비통함에 잠겼다. 제 후계자였습니다. 밀러가 말했다.

경찰이 시신에 제이크 루머라고 이름표를 단 다음, 밀러를 다시 농장으로 데려다주었다. 이번엔 사이렌을 켰다. 피의자가 루머의 픽업트럭을 타고 가는 모습이 목격되었기 때문이다. 농장으로 돌아온 밀러는 회의를 소집했다. 신도들을 모아 놓고 소식을 전했다. 흐느끼는 소리가 커졌다. 안식이 깃들게 하소서. 밀러는 신을 섬기는 이들이 파벌로 쪼개지는 세태를 개탄했다. 밀러가 계속 말을 이으려는 순간, 훗날 역사에 곤궁한 자라고 쓰일 한 남자가 뒤에서 나타났다. 그를 보는 순간, 밀러는 기억상실증에서 깨어나면서 무슨 일이 닥칠지 직감했다.

당신이 신이에요? 곤궁한 자가 물었다.

네가 그리 믿는다면 그렇단다.

왜 날 이 지경으로 만들었어요?

네가 그리 믿는다면 그런 거겠지.

도대체 왜 그랬어요?

밀러는 그에게 답했다. 남자가 권총으로 밀러의 몸을 조준하는 동안에도 밀러는 세상에 대해 설교했다. 밀알과 쭉정이를 구분하는 법을 읽어주었다. 어떤 이는 죽고, 어떤 이는 사는 얘기. 꽃이 지면 잎이 나는 이치. 아빠가 죽어서 아들을 위해 자리를 마련한 일화. 단일 세포에서 출발해 바다성게와 삼엽충을 거쳐 폐로 숨 쉬는 물고기와 도마뱀, 작은 표범까지 진화하는 생명에 대해 설교했다. 멸종하는 종도 있는 반면 번성하는 종도 있다면서, 인류가 등장하기 전 수백만 년 동안 그렇게 멸종의 뒤안길로 사라졌다고 했다. 또 남녀에 대해 말했다. 남자와 여자가 처음 등장한 이후, 언어가 생기기 전후에 살았던 조상들, 선사시대를 거쳐 역사 속에서 잠시 스쳐간 조상들을 예로 들면서, 우리도 망자의 대열에 합류할 거라고 했다. 미래에 태어날 생명에 대해서도 말했다. 아빠가 될 몸속에서 지금 떼 지어 몰려다니는 수백만의 개체와, 장차 엄마가 될 몸속 깊은 곳에서 보호받으며 따스한 생명수 속에서 기다리는 개체에 대해 설명했다. 사정하는 순간, 수백만 개의 잠재적 생명체가 소생을 시작하는데, 강물을 거스르는 연어 같다고 했다. 모두 실패하고 단 하나만이 살아남는데, 운이 좋은 단 하나의 개체가 숨을 거둔 수백만의 경쟁자를 제친 거라고 했다. 로또에 당첨될 확률보다 훨씬 희박한데도, 우승자는 우승으로 이끈 행운을 전혀 알지도 못하고, 인정하지도 않는다고 했다. 밀러는 곤궁한 자에게 말했다. 가장 운 좋게 살아남는다고 해도 아주 잠시 살다 갈 뿐이며, 잠시 목숨을 부지하는 생존자들, 바다 점액 속에 숨 쉬는 생명체, 둥지에서 사는 개체, 군중 속 사람들까지 다들 제조 과정상 늘 흠이 생기기 마련이라고 했다. 자잘하게 고장이 나기도 하고, 유전적으로 사소한 문제가 눈에 띄지 않아서 때론 불편한 경우도 있고, 심지어 작동이 되지 않는 경우도 생긴다고 했다. 기이하게 생긴 이파리, 가장 왜소하고 연약한 녀석, 정신적 결함을 지닌 어린이. 그렇게 밀러가 곤궁한 자의 상태를 설명했지만, 남자에겐 이를 이해할 능력이 없었다. 남자가 격하게 한탄을 쏟아내며 총을 들고 있다가 손가락을 당겨 강력한 폭발을 일으켰다. 그 바람에 신의 화학 작용을 촉발해 총알이 인간의 몸을 한 신을 뚫고 들어갔다. 총알이 가만히 있으면 조약돌처럼 악의가 없지만, 속도 에너지가 붙을 경우 광란하는 괴물처럼 신의 오장육부를 헤집고 혈관을 끊어 의사소통을 차단해 기능을 막아 버렸다. 신만이 휘두를 수 있는 화학 물리 생물 법칙에 복종했음에도, 신의 육신은 사망에 이를 수밖에 없었다.

밀러는 신도들이 지켜보는 가운데 치명상을 입고 누워 있었다. 그는 존재에 대한 질문과 마주했다. 고통 속에서 자신이 만든 법칙을 거스르는 치료를 받겠다고 결심할 능력이 없어서 괴로워했다. 그가 물었다. 이게 내가 만든 피조물들이 겪는 일인가? 눈을 뜨자 사람들의 발만 보였다. 흙 묻은 농부 장화, 운동화, 샌들, 페디큐어를 한 발가락이 훤히 드러난 슬리퍼. 내가 뭘 한 걸까?

신이 죽네. 그는 충격을 받아 혼자 중얼거렸다. 그런데 신은 죽어서도 안 되고, 충격을 받아서도 안 된다. 기억상실증에서 벗어나야 한다. 그는 육신에 갇혀 산 지 60년 만에 풀려나 지식과 힘이 돌아오기를 학수고대했다. 바닥에 쓰러진 채, 이 육신을 채택하면서 몰수당한 신성한 기억을 되찾으려고 버둥거렸다. 정신이 영원히 빛날 지식을 찾아 나섰다.

기억하자, 기억해. 그는 스스로 다그치고 근원을 되짚어 기억상실증에서 벗어나려 했다. 젊은 시절을 떠올리며 한때 굉장히 신비로웠던 질문을 던졌다. 신은 누구인가? 그가 기억상실증에 걸린 순진무구한 소년이던 시절, 신은 누구였을까? 신이 친아버지도 아닌데 왜 아버지라고 부를까? 판단하고 심판하시는 우리 모두의 하느님아버지라고 부르는 신은 누구일까? 그는 얼굴도 모르는 생부 대신, 신을 사랑했다. 그를 키워준 각기 다른 세 가정의 양부모를 좋아했던 것처럼 신을 사랑했다. 신에게 사랑받는다고 믿고 사랑이 충만한 정신 속에서 성장했다. 그 사랑을 신이 선사한 삶의 연장선에 두고 양어머니 클라라와 그가 거쳐 간 양부모들을 본받았다. 그를 사랑하고 심판하는 양부모를 기쁘게 해주듯, 그를 사랑하시고 심판하시는 신을 기쁘게 해야 할 의무가 있다고 여겼다. 어려서는 상상 속에서 신과 대화했고, 신이 기대하는 격조 있는 어휘를 암송하고, 그가 즉흥적으로 하는 말에 신에게 들려주고픈 말을 얹었다. 신에게 푹 빠져 자라다 보니 신이 다른 이에게는 하지 않는 말을 자기한테만 해주고, 자기하고만 비밀을 공유하고, 남들보다 자기를 더 사랑해준다고 믿었다.

협회 사람들이 정말 좋은 양부모를 만났다고 하자, 그는 행운에 감탄하며 기뻐했다. 그러나 매번 그 행운은 파양으로 끝나고 말았다. 첫 번째는 양부모의 사망으로, 두 번째는 양부모의 이혼 때문에, 세 번째는 그가 전혀 알지 못하는 이유로 파양당했다. 이렇게 양부모들을 거쳐 가느라 속이 쓰렸지만, 행운이 따라주었다. 다정하고 관대하고 친절했던 양부모들은 각기 다른 방식으로 그에게 필요한 것들을 채워주었다. 가난하지 않으니 얼마나 운이 좋은가. 게다가 건강하고. 남들은 그더러 잘생겼다고 했고, 여자들도 관심을 보였다. 그가 굳이 잘하려고 애쓰지 않아도 갖추게 된 자질을 두고 사람들이 칭찬하자, 그는 남들의 칭찬을 발판 삼아 자신을 칭찬했다. 신이 그의 귀에 대고 말하는 소리가 들렸다. 넌 정말 착해. 넌 정말 특별한 사람이란다. 언젠가 유명해져서 이 세상이 널 우러러볼 거야. 만약 네가 유명인사가 된다면 이 세상이 얼마나 달라질까? 만약 네가 몸이 성치 않아 휠체어를 탄다면, 혹은 네가 흑인이나 개라면 이 세상이 얼마나 달라질까? 넌 어떤 마음을 가졌을까? 신이 이렇게 묻는 것 같았다. 그랬다 한들 그가 독특하다는 뜻이었을 뿐이었다. 그와 같은 시선으로 세상을 바라보는 사람은 없었다. 그 말고 아무도 없었다. 오로지 그뿐이었다. 이렇게 비범하다니. 기적이었다.

고등학교 졸업 후 대학을 거쳐 신학대에 진학했다. 신을 사랑하자 신도 그를 사랑해 주었기 때문에 신학교를 다녔다. 신을 향한 사랑과 삶에 대한 애정이 분간이 가지 않았다. 안수를 받은 후 처음에는 다른 목사를 보좌하다가 나중에는 필라델피아 교외에 그를 따르는 신도들만 따로 모아 설교했다. 처음 목사로 일하면서 그는 잘생기고 젊은 목사라고 환영받았다. 그가 아내를 얻자 신도들이 기뻐했다.

설교하면서 신을 향한 사랑을 실천하다 보니, 그에게 일이 생겼다. 애초에 목사와 젊은 아내의 갈등이 원인이었는지는 모르겠지만, 그가 다른 여자들에게 한눈을 팔게 되었다. 그의 사무실로 모여드는 일부 여인들의 매력은 강렬했다. 이는 그에게 주어지는 것을 자제하지 말고 욕정적으로 취하라고 명확하게 말하는 신의 목소리가 분명했다. 그래서 시키는 대로 하자 스캔들이 터졌다. 그에게 더 채우라고 부추기는 신의 음성 때문에 구설이 잦아들지 않았다. 그는 이제 모순으로 가득한 듯한 신의 목소리가 의심스러웠다. 그가 신도들에게 신의 말을 전하면 전할수록, 자기가 그 말뜻을 이해는 하고 전하는 건지 점점 의아해졌다. 어린 시절에 알던 하느님아버지가 물러갔다. 이제 그가 하는 설교에서 말하는 신은 그가 손수 제작한 로봇이 하는 말처럼 들렸다.

그가 알던 신과의 관계가 단절되었다. 그렇다고 그의 가슴속에 신이라는 개념이 사라진 건 아니었다. 다만 신이 어디에 있는지 궁금해졌다. 우주 저 멀리 별들 사이에 있다가 지질시대를 거쳐 바다에서 시작된 생명 속에 흩어진 신의 모습이 떠올랐다. 철학자와 과학자가 쓴 글을 읽고 신의 음성을 듣다 보니, 실제로 들리는 목소리와 듣고 싶은 목소리를 더는 구별할 수 없었다. 목소리가 점점 아득해지더니 사람 목소리가 아니라 아예 별들이 말하는 것 같았다.

교회에서 쫓겨난 후, 그를 가장 따르던 신도들을 이끌고 필라델피아의 어느 아파트에서 생계를 이어가면서, 그에게 해야 할 일을 알려주는 신을 찾으려고 노력했다. 머릿속에 들리는 음성이 도대체 어디에서 나는 건지 더는 알 수 없었다. 존재하지 않는 신은 다 잊고 제대로 구색을 갖춘 최신식 자동차 대리점에서 근무하는 영업사원처럼 그의 매력을 잘 써먹으라고 조언하는 이들도 있었다. 바닥을 직시하라고 충고하는 사람들도 있었다. 어떤 이는 그의 귀에 들리는 음성은 그의 머리에서 만들어진 소음이라고 했다. 우주가 저절로 생긴 것처럼 그도 우연히 태어났다면서, 슬라이드 위에 놓인 짚신벌레처럼 썩기 쉬운 존재라고 했다.

물가에서 강도를 당한 지 며칠 후였다. 공원 벤치에 앉아 있는데 진실을, 아니 그가 진실로 받아들인 진실을 터득했다. 강도가 그의 눈을 찌르자, 그는 격분한 나머지 반격하다가 강도를 살해한 후 길바닥에 그대로 두고 도망치는 일이 있었다. 그가 저지른 죄를 보고 신이 무슨 말이든 하실 줄 알았는데 아무 소리도 들리지 않았다. 경찰에 체포되지도 않았다. 한쪽 눈을 잃은 자리를 붕대로 칭칭 감고 벤치에 앉아 신의 침묵을 곱씹었다. 이것이 『밀러 연대기』에서 '계시'라고 알려진 순간이었다. 순간이라기보다 점진적으로 총체적 계시가 임했다. 먼저, 신의 부재를 깨달았다. 그러니까 우주가 텅 비었음을 깨달은 것이다. 그다음은, 짚신벌레처럼 썩기 쉬운 존재임을 깨달았다. 한때는 이 생각 때문에 절망에 빠져 살았다. 그러나 이제는 이 생각 덕분에 안심할 수 있었다. 다만, 그와 신 사이에 직통 라인이 있다고 믿는 신도들 때문에 부담스럽긴 했다. 신도들은 이제는 그가 더는 믿지 않는 신과 소통하겠다며 그의 곁에 붙어 있었다. 이런 상황에서 평범한 사람이라면 자살을 떠올렸겠지만, 그는 그러지 않았다. 모든 걸 넘치도록 즐겼기 때문이다. 맨 처음 한 줄기 빛처럼 내려온 계시는 빛이 아니라 어둠이었다. 암흑 속에서도 잘 보인다고 하는 것과 마찬가지였다. 그는 신의 계시를 받은 게 아니라 기회주의적 사고를 한 것이다. 그는 자신이 평생 기억상실증에 걸린 신을 연기한 피해자라는 사실을 깨닫지 못했다.

신은 위에도, 안에도, 우주에도, 심연에도 존재하지 않았다. 그렇다면 자유다. 아무도 지켜보지 않는다면 하고 싶은 걸 마음껏 할 수 있다. 가장 과격하고 부도덕한 짓까지 가능하다. 고개를 들어 총책임자를 올려다본다. 저 위에 아무도 없다면, 내가 얼마나 높이 오를 수 있을까? 오르고 싶다면 어디까지 오를까? 예전에는 저 위 왕좌에 오른 신이 있다고 했다. 만약 저 위에 신이 없다면, 내가 왕좌에 올랐다고 주장해도 누가 막을까? 그렇게 시작한 것이다. 장난삼아 말하고 연기했다. 내가 신이라고 가정하고, 이 시각 이 장소에 왜 이런 모습으로 나타났는지 적절한 설명을 곁들여 쉽게 말했다. 이런 장난 혹은 미스터리에 추종자들을 끌어들인 다음, 그들의 사랑에 요령껏 물을 주고 시험하며 어찌 되는지 지켜보았다. 내가 신이라면 우리는 뭘 하고 어떻게 살 것이며, 스스로 어찌 설명할 것인가? 그러자 일부 신도들이 떠났다. 그더러 미쳤다고 했다. 장난과 사기를 혼동하며 지나치게 진지하게 받아들이는 사람들도 있었다. 많은 이들이 떠나지 않았다. 그가 설득당한 것처럼 그들도 설득당했다.

그는 신이 하늘에 자리를 비우고 인간의 육신으로 강림한 배역을 연습했다. 생명을 불어넣는 뻔뻔하기 그지없는 행위까지 했다. 여러 번 하다 보니 점점 익숙해졌다. 기억상실증에 걸린 신이라는 어이없는 주장이 슬슬 먹히기 시작했다. 가정이 지식으로 변하고, 은유가 말 그대로 굳어버렸다. 흉내가 진짜가 되어버렸다. 추종자들이 예언자와 사제로 변신했다. 그와 추종자 사이에 속임수는 절대로 존재하지 않았다. 그들은 밀러가 기억상실증에 걸린 신이라는 것과 초기에 설정한 가설을 공유했다. 이런 가설에 대한 의심과 질문에 대비해 정교하게 대답을 짜놓고 이걸 밀러 교회의 근간으로 삼았다. 그 가설에 따라 밀러를 신으로 모시고 그들은 사제가 되기로 한 것이다. 가설이 믿음이 되고, 그 믿음은 열혈 신도들에 의해 굳건해졌다. 신도들의 수가 늘자, 밀러 교회는 부를 축적하고 거처까지 갖춘 공동체로 성장해 하나의 기관이 되었다.

처음에 밀러가 자신을 신이라고 했을 때, 에드 한셀이 이렇게 물은 적이 있었다. 벼락 맞을까 봐 두렵지 않습니까? 신을 부정하는 것보다 신인 척하는 게 더 나쁘다고 생각합니다. 에드의 질문에 자신이 정립한 새로운 교리를 빠르게 습득 중이던 밀러는 이렇게 대답했다. 신이라는 개념은 중요합니다. 왜냐하면 오직 단 하나의 신만이 존재하기 때문입니다. 비록 인간들 앞에 신이 다양한 모습으로 나타나긴 하지만요.

머지않아 밀러는 이렇게 훈련된 믿음일지라도 도움이 된다는 걸 깨달았다. 초창기 추종자들의 도움을 받아 밀러는 절망에 빠진 이들의 구원자가 되어 그가 이끄는 공동체를 안식처로 만들었다. 자신을 직접 구원한 방식과 동일하게 사람들을 구원했다. 사람들에게 자신의 신성을 확인시키고 그것을 반복적으로 주입해 모순을 지워나갔다. 낯설던 것이 익숙해지고, 거짓이 진실이 됐다. 알코올 중독에서 벗어나는 12단계의 영적 여정이라든가 정신의학에서 행하는 의식 같은 테크닉도 갖추게 되었다. 밀러를 신이라고 상정하고 믿음을 키워나가게 하는 기술을 써서 고통받는 자들이 그들을 짓누르던 세상을 버리고 새로운 세상에서 살도록 했다. 밀러가 창조한 이 새로운 세상에는 실패도, 죽음도, 평범한 이들이 현실이라고 부르는 사슬도 존재하지 않았다.

밀러는 바닥에 누워 인간의 생명력이 빠져나가는 동안 이 모든 걸 기억했다. 생각하면서 말을 하려고 했다. 지금 시간의 바늘이 호를 그리며 지나가고 있으니 반드시 말해야 한다. 그런데 몸에 힘이 빠지고 말이 잘 들리지도 않아 신도들이 받아 적을 수 없다.

그는 기억상실증에서 깨어나려 했지만 두려웠다. 기억상실증이란 벽이 영영 깨지지 않으면 어쩌지? 신도 기억상실증에 걸릴까? 신도 죽나? 신이 죽어도 우주는 그대로일까?

밀러가 최후에 무슨 일을 당했는지는 아무도 모른다. 그렇다면 그를 대신해 죽어가는 영혼이 맞이하는 최후를 지금 말하는 건 누구인가? 이 이야기가 저절로 쓰인 걸까? 그럴 수 없다는 걸 알고 있다. 그럼, 밀러의 눈과 귀가 먹어가는 동안 사람들의 발소리가 희미해지고 목소리마저 아득해지는 장면을 상상해서 쓴 글인가? 우주가 팽창하는 게 아니라 상자 안에 신을 가둔다고 상상해서 쓴 글인가? 신이 기억을 놔주는 대신 움켜쥐려 하자, 칠흑 같은 기억상실증이 그 상자 안으로 밀고 들어와 아예 아무것도 남기지 않겠다는 듯이 그나마 남아 있던 기억마저 지워버렸다. 그렇게 허우적거리며 신은 기억을 되돌려 달라고 신에게 빌었다. 그런데 (지금 여기에 적은 글은 모두 신빙성이 떨어지므로 괄호를 넣겠다) 기억이 돌아오기를 거부하자, 신의 영혼이 싸움을 포기했다. 그는 신이 누운 어둠 속에 누운 채 쉬고 싶어졌다. 기억이 산산조각이 났는데도 (어쩌면) 총을 들고 인생의 불공평함에 대해 설명해 달라던 청년을 기억할 수 있었다. (어쩌면) 그는 어둠 속에서 계속 중얼거릴 수 있었다. 청년을 용서하시고 그의 무지를 용서하소서. 기도합시다. (어쩌면) 그는 눈을 뜨고 이렇게 덧붙였다. 저를 용서하소서. 신이 기도한다면 도대체 누구한테 하는 것일까? 그는 텅 빈 우주에서 자신의 신성을 찾았다고 했다. (어쩌면) 그렇다면 우주가 텅 비었다는 건 결국 신이 부재한다는 뜻일까? 혹시 그가 놓친 게 있을까? (어쩌면) 그는 신이 갇힌 상자 안을 잽싸게 돌아다니는 뭔가가 있다는 걸 눈치챘다. 총총거리며 돌아다니는 쥐라거나, 무슨 미물 같기도 한 그것이 그가 흘린 피 위를 미끄러지듯 지나가고 있었다. 진짜 신이었는지, 이름이 신이었는지, 아니면 나였는지 모를 그것이 하수도관을 타고 내려가는 구슬처럼 손쓸 수 없는 곳으로 사라졌다. 밀러라는 이름도 하수구로 쓸려 내려갔다. 아주 오래전에 잊힌 그의 이름, 고아원 사람들이 지어준 그 이름도 그 뒤를 따랐다. 부모가 누군지 모르니 그에게 크리스천이라는 이름을 지어주었지만(크리스천 밀러), 후일 어울리지 않는다며 그가 바꾸는 바람에 지금은 잊힌 그 이름마저 두 발로 날쌔게 내빼버렸다. 이젠 그에게 아무 이름도 남지 않았다. 마침내 그는 (어쩌면) 그가 전해야 할 메시지, 이야기, 복음을 제외한 모든 걸 잊은 자리에서 자기 자신을 찾게 된 것이다. 그런데 자신이 어떤 모습인지 그만 까먹고 말았다. 그에겐 그의 말을 전해줄 이야기꾼도, 사제도 없다는 게 비극이었다. 만일 그가 죽어가는 중이라면, 그의 메시지와 신성은 물론 우주까지도 그와 함께 죽어서 절대로 알려지지 않을 것이다. 바닥에서 죽어가는 그를 지켜보면서 우리가 추측하고 상상하는 것만 알려질 것이다.

28 레나 파울러 암스트롱

이 사건에서 가장 이상한 건 폭포에서 살인이 벌어졌다는 점이다. 해리에게 데이비드 레오 얘기를 들을 때 그걸 느꼈다. 계획된 살인이라 하기엔 뭔가 좀 이상했다. 폭포가 살인자에게 무슨 의미가 있는 게 분명했다. 세 명의 살인자. 밀러 농장으로 돌아간 나는 폭포를 찾아가 입을 열게 하려고 했다.

나는 밀러 농장에서 살려고 이곳을 다시 찾았다. 밀러 농장에 기부하면서 부탁했더니 같이 사는 걸 허락해 주었다. 7월에 이사 왔으니, 이제 두 달이 되었다. 앵커아일랜드에 있는 집은 별장용으로 그대로 두었다. 내 집은 밀러 농장이다.

나는 살아가는 법을 배우고 있다. 그동안 살던 생활과 다르기 때문이다. 사람들이 내게 2층 침실을 내주었다. 지금은 성지가 된 밀러가 쓰던 방 바로 옆이다. 내가 부탁하지도 않았는데, 다들 날 새 지도자로 대우해준다. 나는 남들 눈에 띄지 않게 사는 게 더 좋다. 내가 임대료와 생활비를 영구 납부하자, 그들이 날 여자 사제, 제2의 밀러로 대접한다.

마리아는 날 성자 레나라고 부른다. 내가 밀러 농장을 구원한 성자다. 나는 마리아에게 성자들은 생김새와 이름이 영 딴판인데, 마리아가 내 이름 앞에 성자를 붙여서 부르면 내가 감히 어떻게 얼굴을 내놓고 다니겠느냐고 했다. 그래도 마리아를 말리지 못했다. 내가 싫은 소리를 하면 마리아의 기분이 상할 테니 그냥 두기로 했다.

마리아와 에드 한셀과 같이 구내를 거닐었다. 집집마다 들러서 모두에게 말을 걸고 아이들하고도 얘기했다. 두 사람이 차고와 총기류를 보관하는 자물쇠 달린 창고를 구경시켜 주었다. 난 총이 싫은데, 이걸 왜 갖고 있나요? 내가 물었다. 한셀이 대답했다. 세상에, 올봄에 그 일을 겪고도 그런 소리를 하십니까? 나는 침묵을 지켰다. 내가 이곳에서 규칙을 정하는 사람이 아니어야 한다. 성자 레나. 나는 가장 큰 건물에서 제일 좋은 방을 쓴다. 식탁에서 나는 밀러가 앉던 상석에 앉는다. 기도 모임을 시작하고 끝맺는다. 통장을 관리한다. 상인과 기자들을 상대하다가 자연스레 밀러 농장의 대변인이 되었다. 일전에 외부 단체에서 밀러 농장에서 벌어진 참사에 대해 경찰을 규탄하는 발언을 해달라고 부탁했다. 나는 거절했다. 참사라는 말이 거슬렸다. 따지고 보면, 사망자 7명 중 경찰에 의해 사살된 자는 단 셋이었다. 경찰이 닉 포스터에게 경기를 일으켜 과한 반응을 보였다는 데에는 동의하지만, 경찰이 그 사태를 촉발했다거나, 정부가 꾸민 음모라고 말할 순 없었다. 밀러 농장 사람들에게 설명하자 다들 내 말에 동조했다.

걷다 보니 먼저 올리버 퀸을 화장하고, 나중에 사망자 6인을 한꺼번에 화장한 연못에 이르렀다. 잔디가 아직도 그슬려 있었다. 이걸 보니 정신이 번쩍 들었다. 나는 나이 든 여자라 지팡이를 짚고 걸어도 피곤했지만, 두 사람은 다정했다. 에드 한셀은 나보다 어리지 않고, 마리아는 살집이 있다. 그래서 셋이서 느릿느릿 걸었다. 건강해지는 것 같아 기분이 좋았다.

내가 폭포에 올라가 명상의 자리까지 가고 싶다고 하자, 둘 다 그건 너무 힘들다고 말렸다. 가는 길이나 알려줘요. 내가 부탁했다. 우리는 숲으로 들어가 폭포 아래로 갔다. 바위 위로 물이 튀어 오르고 물줄기가 낭떠러지에서 떨어지고 있었다. 삐죽 튀어나온 바위에 호수를 대고 튼 것처럼 물줄기가 쏟아졌다. 호랑이 혓바닥이니, 코끼리 거시기니 하는 그런 원색적인 표현은 차마 쓸 수 없었지만, 밀러 사람들이 반대하지 않으면 이곳이 언젠가는 관광 명소가 될 것 같았다. 그 모습을 상상했다. 안내판과 기념품 가게, 난간에 로프를 묶어 만든 산책로, 사진 찍는 전망대.

두 사람이 올라가지 말라고 말렸지만 두 달간 폭포가 날 불렀다. 그곳에 올라가기 전에는 아직 이곳 사람이 아닌 것 같았다. 드디어 어제, 올라갔다. 아무한테도 말하지 않고 혼자 올랐다. 해가 쏟아지는 고요한 9월의 어느 대낮이었다. 벌레가 윙윙거리는 가운데 나이 먹은 다른 농장 사람들은 낮잠을 잤다. 온 게 잘한 건지 이 일이 시험대가 되리라. 올라가는 건 두렵지 않았다. 나이 먹은 노인네이지만, 꾹 참고 걷다 보면 못 오를 이유가 없다. 양쪽으로 지팡이를 짚었다.

길이 가팔랐다. 힘든 지점에서 양쪽으로 지팡이를 짚으니 못 오를 것도 없었다. 중간중간 틈틈이 쉬었다. 거의 수직에 가까운 구간도 있었다. 두 손으로 튀어나온 나무뿌리를 붙들어 정상에 올랐다. 물웅덩이 위에 놓인 징검다리 사이로 물이 유리관처럼 좁다랗게 흐르는 모습이 보였다. 퀸이 추락하던 당시, 데이비드 레오가 서 있었을 것으로 추정되는 지점 근방에 섰다. 올리버가 추락해 물보라가 일던 바위를 내려다보았다. 물웅덩이를 돌아서 절벽 정상을 따라 명상의 자리까지 갔다. 벤치와 나무 쉼터가 있었다. 남쪽으로 보이는 산들이 웅장한 장관을 이루었다. 밀러가 자신이 만든 세상을 바라보는 모습을 상상했다. 나는 자리에 앉아 성자 레나에 대해 생각했다. 내가 나의 재능으로 변신한 걸까? 나는 연기하던 나와 싸웠다. 레나는 늘 바보 같았어. 실수도 잦았지만 의도는 선했지. 그런데 왜 더는 연기하지 않는 걸까? 인생을 사는 방식을 바꿔서 그래. 내가 대답했다. 그게 아무 의미 없는 걸까? 논쟁하다 보니 졸음이 밀려왔다. 목적지가 선사하는 평화에 잠겨 여기에서 죽으면 어떨지 상상했다. 그럴 수만 있다면 죽음이 얼마나 평화로울까. 이 벤치에서, 이 숲이라는 안식처에서.

잠시 후 살인에 대한 호기심이 되살아나 폭포로 되돌아갔다. 내가 들은 대로 사건을 검토했다. 절대로 만나지 못할 사람들을 떠올렸다. 전설 속에 존재하는 돈키호테 같은 올리버 퀸, 곤궁한 닉, 모든 걸 주무른 악랄한 제이크 루머. 루머를 가장 많이 생각했다. 착한 밀러 농장 사람들은 이 참사의 원인을 두고 루머에게 가장 큰 화살을 돌렸다. 그가 계획이라도 했다는 듯이, 악마처럼 자기 죽음까지 설계했다는 듯이 말이다. 그런데 밀러는 루머를 아꼈고, 이 농장의 차기 지도자이자 후계자로 그를 마음에 품고 있었다. 나는 농장 사람들에게 루머가 악마가 아니라 우리 같은 사람일 뿐이라고 말해주고 싶었다. 내가 성자 레나라는 권한을 누리긴 하지만, 그런 말은 마음을 바꾸지 않을 사람들의 감정만 긁을 뿐, 말에 무게가 실리지 않았다.

나는 물웅덩이 옆에 서서 청명한 물이 하나로 모였다가 낭떠러지로 넘쳐흐르는 모습을 지켜보았다. 이곳에서 사망한 올리버 퀸과 닉 포스터의 영혼은 물론, 제이크 루머의 영혼까지 깨우려고 정신을 집중했다. 세 사람이 내게 영적으로 삼투하여 폭포에서의 죽음이 의미하는 바를 알려주기를 바랐다. 내 목소리 말고는 알아들을 만한 음성이 들리지 않았다. 어쩌면 셋 다 이쪽까지 건너오지 못했을지도 모른다. 웅덩이를 돌아 반대편으로 가서 데이비드 레오가 올리버 퀸을 쳐다봤을 위치로 갔다. 이제 그곳이 내 눈앞에 펼쳐졌다. 무고한 폭포는 변함없었다. 세 사람이 사망하던 때와 조금도 다르지 않았다. 그들이 죽기 전 수 세기 동안, 백인이든 누구든 이곳에 올라오기 전에도, 그 후에 잠시 북적거릴 때에도 조금도 다르지 않았다. 살인자들은 특이하고, 독특하고, 기이했다. 왜 그리 많은 의식이 필요한지 살인자들의 영혼에 묻는다. 살인에 성공하려면 살인자와 공범과 희생자까지 모두 합이 맞아야 하고, 규칙(이를테면 웅덩이 뒤로 돌아가면 안 된다는 등등)을 준수하며 자기 역할을 제대로 해야 한다.

합이 맞으면, 폭포가 일을 제대로 해낸다. 물보라를 내뿜어 범죄를 감추면 처음부터 끝까지 자연스레 벌어진 사고가 아니라고 의심할 사람이 아무도 없다. 폭포란 무엇인가? 지질학적 측면에서 보면, 산이 일시적으로 침식하는 과정으로 지반이 점차 깎여나가 종국엔 평지가 되는데, 폭포는 그 과정의 일부이다. 지반이 끊기듯 시간의 단절을 표현한다. 무른 암석이 주변의 단단한 암석보다 빠르게 깎여 나가 단단한 암석이 거시기나 혓바닥처럼 불거져 그쪽으로 유수가 흘러넘친다. 바다로 향하는 물이 끊긴 지반에서 훌쩍 몸을 날려 물보라 속에서 용소(폭포수가 떨어지는 지점에 깊이 패는 웅덩이)를 지우고 호비려 하지만, 해가 나면 무지개가 뜨고 누군가는 지켜본다. 사람들이 장관이라면서 구경하러 먼 길을 달려올 것이다. 저게 뭐가 장관이라고. 음악처럼 내 속에서 의문이 차오른다. 저건 대체 어쩌다 생긴 걸까?

올리버 퀸의 기억을 간직한 영혼의 잔재라도 긁어모으기 위해 나의 직감을 혹사시키고 감각을 확장했다. 올리버의 영혼이 하는 생각이 들리는지, 내가 아닌 타인의 음성이 들리는지 귀를 기울였다. 내가 물었다. 이것이 폭포가 지닌 힘의 모습인가? 이것이 네가 죽인 희생자가 당한 폭포의 힘인가? 대답이 없다. 이것이 인간의 음성과 총성까지 빨아들이는 침묵의 유혹인가? 묵묵부답. 내가 침묵이라고 부르는 것이 사실 다급히 떨어질 때 나는 소음임을 깨닫는 순간에도 아무 말이 없었다. 뉴햄프셔가 지질학적 역사에 비해 비교적 늦게 주(州)로 승격되던 날에도 지금처럼 대답이 없었다. 나는 내 안테나를 높이 세워 올리버 퀸, 제이크 루머, 닉 포스터의 영혼에 물었다. 부정한 행위를 씻어내기 위해 숭배하는 마음으로 일부러 폭포를 이용한 것인가?

폭포를 이용해 살인하려면 얼마나 운이 따라야 하는지를 떠올리며 물었다. 혹시 폭포라는 존재가 살인의 동기를 제공했는가? 올리버의 머릿속에 폭포가 떠오르는 순간, 그가 세운 계획을 가로막는 건 데이비드의 운에 달려 있었다. 그 계획을 루머에게 말하는 순간, 이제 올리버의 운에 좌우되었다. 폭포가 없었더라면 살인도, 참사도 일어나지 않았을 것이다. 올리버 퀸이 무슨 생각을 했을지 상상해 본다. (예를 들어) 데이비드가 폭포를 건너면 쏘고, 건너지 않으면 쏘면 안 돼. 데이비드가 폭포를 건널 경우, 총을 쏴서 떨어뜨리면 총을 쏜 너는 비난을 피하고 폭포를 건넌 데이비드가 책임을 뒤집어쓰게 돼. 왜냐하면 넌 데이비드에게 건너가지 않을 선택권을 준 후였지(네 마음속으로). 이게 올리버 당신이 의도한 바였나? 내가 물었다. 여전히 조각난 기억은 한마디도 하지 않았다.

폭포에 서서 접신을 시도했다. 네 비밀을 털어놓아라. 나, 성자 레나가 주문을 외우며 폭포에 외쳤다. 폭포여, 성자 레나에게 말하라. 네가 어떻게 홀렸기에 이곳까지 죽음을 불러들였느냐? 시원하게 치솟는 물거품 속에 내 영혼을 푹 담갔다. 폭포수에 흠뻑 젖은 나의 상상력이 폭포에 올라타 물었다. 폭포여, 너는 내게도 살인할 마음을 불어넣을 수 있느냐? 나도 이렇게 죽고 싶은 거냐고 네가 내게 묻는 것이냐? 아니면 네가 지금 그 말을 하는 거냐고 내가 내게 자문하는 것이냐? 내가 질문해서 폭포가 대답한 것인지, 아니면 다른 영혼이 질문해서 폭포가 대답한 것인지를 내가 어떻게 구별한단 말이냐? 지금 내가 폭포수에 올라타 바닥으로 떨어질 생각을 하고 있는 것인가? 아니면 올리버 퀸이나 너, 아니면 다른 영혼의 생각을 내 생각이라고 내가 상정하는 것인가?

네게 말해달라고 부탁하는 게 내 생각일까, 아니면 접신한 상태에서 내 머릿속으로 들어온 네 생각일까? 폭포여, 나는 네게 삶에 관한 교훈을 가르쳐주고 싶다. 그렇다면 나는 삶이 뭔지 알지만 너는 그걸 모른다는 뜻이다.

접신한 상태에서 들리는 소리가 내 생각인가, 네 생각인가? 너와 내가 다른 점은 넌 삶이 뭔지 모른다는 것이 아닐까? 쏟아지는 폭포수가 너는 모르고 나는 아는 것(혹은 그 반대)을 보여주는 거라고 네가 내게 말하는 것일까, 아니면 내가 네게 말하는 것일까? 폭포수가 호랑이 혓바닥이든 코끼리 거시기든 어디에서 떨어지든 간에, 삶이란 결국 자유 낙하하다가 바위 위에서 파멸에 이르게 되는 것이냐? 우리 영혼이 바닥에서 피를 흘리며 맞이하는 종말이 시간의 단절을 의미하는 것이냐? 이건 나만 알고 있는 것일지도 모른다. 어쩌면 너만 알고 있는데 내게도 알리려고 네가 결단을 내린 것일지도 모른다. 내가 이걸 올리버 퀸과 제이크 루머와 닉 포스터에게 들어서 알고 있는 것일까? 아니면 내가 그들에게 들어서 아는 거냐고 자문하는 것일까? 나는 알고 너는 모르다 보니 매번 내가 널 폭포 위로 불러올려야 한다. 그래야 내가 내 라이플로 네게 그것을 가르칠 수 있다. 그게 무엇일까?

나뭇잎이 바닥에 두껍게 깔린 물웅덩이를 들여다보았다. 집게발이 달린 녀석이 그 밑으로 숨으려고 꼼지락거렸다. 바로 그때 폭포에서 목소리가 들렸다. 내 앞으로 답장이 온 걸까? 놀라서 날카롭고 거친 생목소리였다. 성자 레나, 조심하세요. 고개를 드니 그들이 보였다. 루머와 올리버가 아니었다. 저 아래에서 오솔길을 따라 뛰어 올라오는 남자 둘이 보였다. 이름이 뭐였더라. 팔에 문신한 남자가 내 팔을 붙들었다. 떨어지시는 줄 알았잖아요.

여기까진 어떻게 올라오셨어요? 옆에 있는 남자가 묻는다.

걸어서 올라왔지.

정말 놀랐습니다. 위에 계신 게 보이더라고요. 내려가시는 거 도와드리겠습니다.

나는 두 남자와 내려갔다. 폭포 옆에서 든 생각이 내 생각이었는지, 다른 영혼의 생각이었는지는 아직도 모르겠다. 신경 쓰지 말자. 가장 가파른 구간이 나오자 두 남자가 내 양팔을 붙들고 날 번쩍 들어서 내렸다. 어쩌면 떨어졌을지도 모르는데 두 사람이 오니 좋다.

29 데이비드 레오

게시판에 세미나 공고가 붙어 있다.

프로그램: 과학적 글쓰기.

강의자: 필드 교수. 목요일 4시.

대상: 대학원생. 신청 필수.

누구래? 한 학생이 묻는다.

은퇴한 교수래. 다른 학생이 대답한다.

유명해?

어떤 면에서 유명한지에 따라 다르지.

학생들은 모른다. 나도 모른다. 해리 교수가 이번 가을 학기에 강의한다고 아무도 알려주지 않았다. 이로써 그동안 연락을 끊고 살았다는 게 증명되었다. 씁쓸했다. 그 집을 매일같이 들락거렸었는데. 저녁을 먹으러 얼마나 자주 드나들었던가. 해리의 충고를 들으러, 내 의견을 전하러. 조와 코니 라이스 부부처럼 해리의 친구가 곧 내 친구였는데. 결혼까지 생각한 주디 대신 아기도 봐주었는데. 필드 교수의 가족을 내 가족처럼 여겼는데.

그건 그때였다. 스텀프아일랜드에서 몹쓸 짓을 당한 후 히치하이크해서 집에 돌아오자 치사하고 화가 나고 약이 올랐다. 하찮은 두 인간이 재미 삼아 날 납치해 마음대로 재판하더니 버리고 가버렸다. 나는 낯선 시골에 버려진 쥐새끼처럼 매몰찬 길바닥에 서 있었다. 해리와 주디에게 화살을 돌리지 않을 수가 없었다. 모두 다 상관있었다. 해리와 그의 딸과 외손녀, 밀러 농장에 사는 가짜 신과 불량배와 스텀프아일랜드, 국도와 깡촌을 거치고 거친 히치하이크까지. 해리가 끊어준 비행기 표는 일부러 쓰지 않았다. 그 집 사람으로 사는 데에 학을 뗐다. 길에서 만난 친절한 여자들을 이용해 주디를 괴롭히자 위선을 떨던 죄책감과 설움이 진짜로 가슴에 들어앉고 말았다. 삐뚤어질 방법을 쥐어짜 내가 바라던 충직한 남자의 모습에서 멀어지자 회한이 밀려왔다. 야비하고 민망했고, 추저분하고 두려웠다. 비나가 그림 같은 알몸으로 내 방에 왔을 때 나는 날 지키지 않았다. 그 그림이 예방책 같았는데.

그런데도 주디에게 전화할 무렵, 사랑이 다시 충만히 차올랐다. 오후 공식 방문처럼 우리는 거실에 앉았다. 나는 오셀로처럼 최근에 겪은 영웅 놀이를 늘어놓았다. 데이비드 고생했어. 그걸 다 겪었으니 말이야. 주디가 모텔에서 해준 짜릿한 감사 인사로 화제를 돌리려고 했다. 그런데 얘기하다 보니 히치하이크 도중 겪은 위험한 서사의 영역까지 넘어갔다. 로체스터 출신 웨이트리스 셋을 만났어. 이렇게 말이 나오는 순간, 귀에서 소리 없는 경고음이 크게 울렸다. 나는 구역질하듯 다 게워냈다. 나의 진실 회로라는 치명적 스위치가 데이비드 레오의 무결한 영혼을 위해 하나도 남김없이 털어놓았다. 불타는 복수심을 즐기며 내 입으로 비나와의 일을 떠벌렸다. 내 인생을 위해서 참을 수 없었다.

내가 이걸 받아들일 수 있을지 모르겠어. 주디가 말했다.

그렇게 끝이 났다. 그렇지만 단칼에 끝난 건 아니었다. 주디는 내게 근신 처분을 내리고 아파트로 이사 나갔다. 나는 주디가 사는 아파트로 찾아갔다. 코니 라이스에게 아이를 맡기고 가끔은 주디와 외출했다. 코니를 포함해 다들 우리 둘이 연인이자 가장 절친한 친구라면서 왜 같이 살지 않는지 의아해했다. 나는 남들에게 말하지 않았다. 몸에는 이상이 없었다. 얼마 후 주디가 비나와의 일을 용서했다. 그때는 곧바로 깨닫지 못했다. 너무 늦었다는 것을. 너무 부담스러웠다는 것을.

해리와도 연락을 끊었다. 해리가 밀러 농장으로 돌아갔다는 얘기를 듣기도 전에 그곳 소식이 전해졌다. 텔레비전에 뉴스가 나왔다. 경찰과 밀러 농장 사이에 총격전이 벌어졌습니다. 밀러 농장은 사이비 교주 밀러가 이끄는 요새로 무기 은닉의 온상입니다. 경찰이 무기 창고를 급습하자 총격이 시작되었습니다. 신도들이 지켜보는 가운데 교주 밀러가 사살되었습니다.

이 소식이 조간신문은 물론 석간신문 1면을 장식했다. 산속에서 총이 발포되는 장면이 텔레비전 뉴스에 나왔다. 숲속을 관통하는 오르막길도 나왔다. 보아하니 립록로드 같았다. 시골 병원에 천으로 덮여 안치된 시신도 나왔다. 『타임』 지에 대담 기사가 실렸고, 사설이 여기저기 실렸다. 사설에서 사회 붕괴를 언급했다.

루머와 밀러의 사망 기사를 보자 원치 않던 묘한 감정이 들었다. 후회랄까. 그들에게 이렇게 말하고 싶었다. 내가 뭐라고 했습니까? 나중에 관련 기사를 읽다가 닉의 사망 소식을 들었다. 그들이 아니라 해리에게 저 말을 하고 싶었다.

사건 당시 해리가 밀러 농장에 있었다는 걸 알고, 나는 해리가 미친 것 같았다. 해리가 집에 돌아왔을 때 나는 희망을 품고 그를 찾아갔다. 해리하고 얘기하다 보면 제정신이 돌아오겠지. 나는 해리에게 거기에 간 이유를 물었다.

닉을 데려다줘야 했어. 내가 데려다주지 않으면 닉이 히치하이크해서라도 갔을 테니.

버스에 태워서 보내면 됐잖습니까?

닉이 루머를 죽이고 싶댔어.

그래서 사람을 죽이라고 닉을 밀러 농장까지 태우고 가셨나요?

살인을 막으려고 닉을 데려간 거야.

막을 수 있다고 생각하신 이유가 뭐죠?

내가 닉을 좌지우지했거든.

그리스어와 라틴어가 떠올랐다. 휴브리스(Hubris). 자만심.

내가 닉에게 혼자 사고하는 법을 가르치는 중이었네. 해리는 경찰도 같은 걸 물었다고 했다. 내가 쓸데없는 질문을 했다는 소리로 들렸다. 경찰이 해리를 용의선상에서 배제했다.

무슨 용의였습니까?

살인 조력 및 교사. 음모.

바보가 된 것 같았다. 바보의 기운이 내 기억 속에 진동했다. 내가 한 행동이 유독 바보짓이었다고 꼬집어 말하기는 힘들었다. 바보 같은 기분에서 벗어나려고 진짜 바보는 해리라고 말할 수도 없었다. 뭔가에 신물이 났는데, 그게 뭔지 정확히 몰랐다. 그의 가르침 때문일까, 제자인 척하는 모습 때문일까. 아들 노릇을 한다거나, 필드 가족이 기대하는 내 모습 때문일까. 나는 점심 식당에서 해리를 피했다. 나도 나에게 놀랐다. 해리와의 식사 자리를 피하다니. 우리는 서서히 멀어졌다.

주디가 내린 근신 처분에도 진저리를 쳤다. 근신이 계속되다 보니 지겨워졌다. 주디는 마음이 딴 데 가 있어서 한 번도 내게 집중하지 않았다. 7월에 샬린이 돌아왔다. 아니, 내가 그녀에게 돌아갔다. 그녀가 그리웠다. 아니, 그녀가 날 그리워했다. 주디 필드를 잃자 샬린이 그리워졌다. 샬린이라면 날 이렇게 취급하진 않을 것 같았다. 어느 날 밤, 샬린에게 전화해서 너라면 날 이런 식으로 대우하겠느냐고 물었다. 샬린이 아니라고 했다.

그래서 샬린이 돌아왔고 우리는 다시 살림을 합쳤다. 주디에게 예전 여자친구와 다시 만난다고 했다. 슬펐다. 가끔 그때 한 대화를 떠올리면 슬픔이 북받친다. 주디가 소스라치게 놀라며 사과했다. 주디의 목소리에 녹아 있는 용기가 느껴졌다. 괜찮아, 데이비드. 다 이해해. 그녀가 사과했다. 그녀는 이해하지 못하는 것 같았다.

그때부터 후회가 밀려왔다. 후회와 안도감, 이 둘이 구별이 안 된다. 샬린이 잠이 들면 나는 옆에 누운 채 주디를 떠올린다. 그러면 사랑스러움과 매력이 되살아난다. 내가 사랑 때문에 주디를 위해서 무슨 짓까지 했던가. 영웅 놀이를 했던 기억에 가슴이 멘다. 어두워진 뉴햄프셔의 밤길, 계획을 세우며 나눴던 정신적 친밀함. 현실이 어디까지 끔찍할 수 있는지 생각하려고 애를 썼다. 혼자 구시렁댄다. 샬린하고 있는 게 더 낫네. 주디하고 사귄 건 막간에 한 미친 짓이었지. 내가 달리 행동했다면 어떻게 됐을지 상상하다 보면 멍해진다. 슬리피위커 모텔에서 내가 조금 더 강하게 밀어붙였더라면. 길에서 만난 비나를 거절했더라면. 주디에게 비나 얘기를 털어놓지 않았더라면. 근신 처분에 동의 못하겠다고 했더라면. 샬린을 만나는 걸 나중으로 미뤘더라면. 온갖 가정과 부차적인 것들까지 꼬리에 꼬리를 문다. 잠들기 전까지 생각이 흐르고 흐르다가 생각 자체를 지우고 모든 걸 지운다.

샬린은 결혼하고 싶어 하지만, 난 생각이 없다. 그래도 파도를 잠재우려면 그래야 할 것 같다. 샬린은 나더러 결혼식에 필드 가족을 부르라는데, 아마 부를 것이다.

30 주디 필드

욱하더니 데이비드가 쏘아붙였다. 당신은 헤이즐에게 납치당한 것 같아. 인정한다. 난 아이에게 정신이 팔려 다른 문제는 묵살한다. 우리 부모님은 날 용서하신다. 그게 당연한 거라고. 나는 얘기를 들으며 공감하려고 하지만, 마음이 산란해 끼어들지 않을 것이다.

엄마는 최근 혼자가 되신 아흔여섯의 외할머니에게 납치당했다. 다들 정령 같았던 외할아버지가 아니라 외할머니가 먼저 돌아가실 줄 알았다. 그래서 엄마가 샌디에이고에 가서 외할머니가 혼자되신 걸 받아들이도록 도우셨다. 외할머니가 상실감에 괴로워했다. 당신의 인생은 상실감뿐이라면서 그저 죽기만 바라셨다. 살아 있는 사람들이 하는 말을 한 귀로 흘려보내면서 평생 인이 박인 역할을 이어갔다. 엄마에서 외할머니, 이제 증조외할머니가 해야 할 일을 하셨다. 외할머니는 자녀들과 그들의 자녀에 대해 물었고, 했던 질문을 또 하고, 같은 대답을 들었다. 플로렌스 버드가 떠먹여주는 수프를 먹고 낮잠을 잤다가 다시 휠체어에 앉아 책을 보다가 잠이 들었다. 잠을 자도 쉬지 못했다. 깨어 있을 때는 고통에 대해, 더는 존재하지 않는 것들에 대해 생각했다. 플로렌스나 딸, 옆에 있는 사람에게 매일 물었다(나이가 좀 있는 착한 이들이 재미 삼아 먹을 것과 읽을거리를 가져다주었다). 나는 왜 안 죽지? 이 나이까지 살아서 어디에 쓰겠어? 누가 좋아 한다고.

마침내 엄마가 집에 돌아왔다. 엄마는 아직 대답하지 못한 질문을 떠안고 있었다. 노인네를 집으로 모셔와 같이 살아야 하나? 그럴 수 없는 이유를 하나하나 들다 보니, 뭐가 착하고 이기적인지, 어떤 게 현실적이고 매정한지를 분간하기가 너무 버거웠다.

그게 요즘 엄마가 하는 걱정이다. 나는 아기를 키우느라 까먹는다. 아빠의 걱정은 이것과 다르다. 늦여름 어느 날, 편지 한 장이 날아오면서 걱정이 시작되었다.

필드 교수 보시오.

밀러를 죽인 자를 그곳까지 데리고 간 당신의 어긋난 사연팔이로 경찰은 속였을지 모르겠지만 우리는 못 속여. 정의가 기다린다.

대체 왜 이런 편지가 오는 걸까? 엄마가 물었다.

아빠가 설명했다. 경찰이 닉을 위커폴스까지 데려간 이유가 뭐냐고 물은 건 아무것도 모르면서 외친 메아리와 같은 거야. 질문은 다음과 같았다. 닉 포스터를 왜 위커폴스까지 데려다주었습니까? 닉의 목적을 알면서도 왜 우리 경찰에게 신고하지 않았습니까? 루머와 밀러에게는 왜 경고하지 않았죠? 경찰이 아빠를 취조했고 지방 검사도 심문했다. 대법원에 출두까지 했다. 법원은 아빠가 종범인지 판단해야 했지만, 교수라는 권위 덕분에 아빠의 주장을 받아들였다. 계급구조에서 아빠가 차지하는 위치 때문에 법원은 아빠를 달리 대우했다(물론 지배계급처럼 대우한 건 절대로 아니다). 법원에서 아빠를 석방했고, 그걸로 끝이었다. 아니, 끝났어야 했다. 신문에 실린 요약본을 읽은 누군가가, 아빠가 무슨 계층인지 신경 쓰지 않는 누군가가 불만을 품은 게 확실했다.

편지를 받은 지 얼마 되지 않아 노스다코타에서 팸플릿이 하나 도착했다. '밀러 참사 은폐 공작'이라는 제목 아래에 전모가 실려 있었다.

> 잠시 이목이 쏠렸던 이 사건이 제대로 주목받게 될 것이다. 이 땅에 사는 애국자들은 이 사건이 웨이코 사건(1955년 다윗교 공동체에서 발생한 폭발물단속국과의 총격전이 실패로 돌아가자 FBI가 개입해 76명이 사망했다)과 위버 사건(1992년 백인 우월주의자 랜디 위버 일가가 FBI와 열흘간 대치 끝에 총격전이 벌어져 위버 일가와 연방 보안관 1명이 사망했다)을 닮았음을 주지하고 있다. 이번에도 정부가 움직여 개별 종교 단체를 공포로 몰아넣고 무기를 소지할 우리의 권리를 묵살했다. 우리의 눈을 가리려는 음모라는 건 밀러 농장에 고용된 총잡이를 데려다준 소위 교수라는 작자에게 일체의 혐의를 씌우지 않고 석방한 사실로 증명되었다. 그 작자에 대해 당국에 물을 것이다. 묻고 또 물을 것이다. 개운치 않은 이 사건을 절대로 잊어서는 안 된다.

'소위 교수', 이게 교수님을 지칭하는 거예요? 교수님이 살인자를 밀러 농장에 데려다줬다는 거예요? 코니 라이스가 아빠 대신 분개했다. 정말 화가 나네요. 바버라, 조, 데이비드, 나까지 우리 가족을 대변하며 화를 냈다.

편지가 잇달았다. 한 주 건너 하나씩 도착했다. 노스다코타, 아이다호,

텍사스에서 보낸 편지였다. 권위 있는 뉴햄프셔 신문에 실린 사설을 보낸 이도 있었다.

풍문에 의하면, 지난 6월에 발생한 밀러 참사가 반대 세력을 억누르려는 정부의 음모였다고 한다. 자사는 기소 없이 석방된 용의자들의 조사를 요구해 달라는 요청을 받아왔지만, 이런 요구가 부당하다고 판단한다. 이런 빈정거림은 지역 사회에 도움이 되지 않는다.

밀러 참사 관련 항목이 인터넷에 추가되었다는 얘기를 들었다. 분노해야 할 명단이 나열되어 있는데, 종종 밀러가 명단(웨이코, 위버, 오클라호마 시티, 밀러)에 포함되어 있었다. 밀러 농장 생존자들에게 돈으로 입을 막은 돈줄, 성자 레나를 공격해야 한다는 글이 익명으로 올라왔다.

성자 레나가 CIA 출신 교수와 오랜 관계를 맺어온 정부였고, 그 교수가 살인마를 사주했다는 사실을 안 이상, 다른 증거는 필요 없다.

지배계층이 정의를 저버리면 우리가 손수 정의를 취한다. 교수는 그걸 명심하라.

엄마가 경찰에 신고하자 경찰이 집으로 찾아왔다. 한 달 전, 아이가 납치당했을 때도 그랬다. 정치인처럼 허연 콧수염을 기른 길 시어도어 로드라는 경찰관이 물었다. 어떻게 해드릴까요? 전화가 더 많이 오면 추적이 가능합니다. 협박이 늘면 알려주세요. 의심스러운 소포가 오면 열지 말고 경찰에 신고하시고요.

대체 누구냐고요? 그가 반문하듯 물었다. 괴짜일 겁니다. 몇 안 되는 사람들이 시끄럽게 떠들 수 있습니다. 극소수의 짓일 겁니다. 물밑에서 소통하고 불만을 호소하는 사람들일 테죠. 소문이 시작되면 잘 써먹을 수 있을 것 같아서 누군가 소문을 퍼뜨리죠. 그런 소문을 계속 달고 사셔야 할 겁니다. 저들이 지치기를 바라지만 금방 끝날 것 같진 않습니다.

엄마가 충격을 받았다. 신을 섬기는 착한 분인데. 아빠를 두고 혼자 교회에 다니면서 당신과 자아의 다름을 인정한다. 신이 늘 당신의 삶 속에 계신다고 믿기에 신에게 속삭이고 신의 생각을 듣는다. 의심이 많은 남편에게 신이 벌을 내릴까 봐 엄마는 내색하지 않아도 늘 두려워하는 마음을 조금은 품고 산다. 신이라고 우기는 밀러 때문에 엄마는 격분했고, 밀러가 죽자 신에게 벌을 받았다고 믿지 않을 수 없었다. 이젠 아빠까지 벌 받을 거라는 걸 믿지 않을 수가 없다. 그런데도 이 말은 절대로 입 밖에 꺼내지 않는다. 나는 엄마의 눈동자에서 그걸 읽을 수 있다.

한편, 아빠는 협박을 대수롭지 않게 취급했다. 뭔 일이 있겠어? 아무 일도 없을 거야. 무슨 일이든 일어날 수는 있겠지만 말이야. 편지가 더 올 수도 있고, 진짜로 미친놈이 험한 짓을 할 수도 있겠지. 이를테면, 노스다코타에서 히치하이크로 우리 집까지 와서 창문에 돌을 던진다든가. 자동차에 폭탄이 터질 수도 있겠지. 기운이 남아도는 미친놈 딱 한 명만 있어도 이런 일이 벌어진다고. 그런 놈이 일을 벌이자고 들면 무슨 수로 막겠어?

아빠는 협박에 신경 쓰지 않는 것 같았다. 할 수 있는 게 전혀 없으니 걱정해 봐야 무슨 소용이야? 목소리에 힘이 넘치는 게 마치 즐기는 것 같았다. 나라면 신경이 쓰였을 것이다. 아파트에 나와서 아이와 단둘이 사니 그들의 조준 거리 안에 들지 않아서 좋다. 그러기를 바랄 뿐이다.

사실 아기 말고는 그 어떤 것에도 힘을 쏟을 수가 없다. 회사에서 일하면서 글 쓰고 정리하다가 집에 와서 애를 보느라 다른 생활이 존재할 수 없다. 이젠 데이비드 레오가 옆에 없다. 사랑에 빠진 그가 자주 찾아오곤 했었는데. 그에게 신세를 크게 진 만큼 관심을 표현하려고 했는데, 그가 슬슬 질려 하는 모습이 눈에 보여서 그럴 수 없었다. 그래서 그를 보내주었다. 이제 그는 샬린과 결혼할 것이다. 난 끼어들지 않을 것이다. 나에겐 권리가 없다.

아무도 나의 집착을 비난하지 않는다. 다들 이렇게 말한다. 그게 자연스러운 거야. 본능이거든. 가장 중요한 시기에 내 아이가 날 찾는다. 애 아빠가 부재한 상황이라 특히 더 그렇다. 다들 나의 독보적인 이기주의를 위해 길을 닦아주려고 작당한 것 같다. 원양 여객선 한 대가 보트를 모조리 집어삼킨다고 할까. 마음껏 하고 싶은 대로 할 수 있음에 감사하다. 다른 사람이었다면 이렇게까지 맘대로 하지 못했을 것이다. 헤이지가 크면, 나도 다시 평범한 사람으로 돌아가겠지. 그러면 힘겹게 결단을 내린 엄마를 거들지도 않고, 악몽에 시달리는 아빠의 곁을 지키지도 않은 내 모습을 후회할 것이다. 데이비드 레오를 보내고 후회하리라는 것도 안다. 그걸 알면 그렇게 되지 않으려고 뭐라도 할 순 없는 걸까?

31 해리 필드

해리는 외손녀가 납치당하던 날 어떻게 죽음을 받아들이게 된 건지 기억이 나지 않았다. 흥분했던 그때의 기억이 사라졌다. 죽음을 의식하는 게 왜 나쁜지조차 기억나지 않았다. 너무나 중요한 걸 잊어서 괴로웠지만, 되살려낼 수는 없었다.

그가 밀러 참사에 연루된 충격에서 헤어나기까지 시일이 꽤 걸렸다(실제로 그리 오래 걸리지 않았을지 모른다). 슬리피위커 모텔에서 레나와 숨을 몰아쉬면서도, 공포에 의연해지려고 했던 때가 최악이었다. 그때가 일평생 가장 무기력하고 멍청한 순간이었다. 비극에 일조했다는 사실이 불꽃같이 일더니 그가 저지른 일들이 모두 어리석어 보였다.

됐어, 이제 됐어. 레나가 말했다.

내가 살인자를 데려오다니. 나는 로맨스 소설 속 영웅처럼 자책했다. 내가 그 녀석을 현장에 데려왔다니. 나만 없었더라면 이런 일이 없었을 텐데. 나 때문에 일이 터진 거야.

괜찮아, 괜찮다니까. 레나가 말했다.

레나는 시선을 미래에 두었다. 이 사태로 새로운 종교가 싹틀까?

아니겠지.

순교한 거야. 카리스마 넘치던 교주가 총에 맞아 쓰러졌고, 교인들은 버림받았으니.

메시지도 남기지 않고, 그라는 인물만 남았지.

밀러가 사람들을 구한 거야.

고작 몇 명.

레나는 해리에게 밀러 농장에 기부할 계획을 털어놓았다. 해리는 레나에게 축하한다면서 해볼 만한 일이라고 했다.

경찰이 혐의를 거두자 해리는 기분이 나아졌다. 집으로 돌아가니 우울함이 걷혔다. 활기차게 생활하던 몸에 밴 버릇이 되살아났다. 그는 동료들과 점심을 먹었다. 책을 한 권 더 쓰려고 구상했다. 외손녀와 놀았다. 여름이 끝나갈 무렵, 거의 정상으로 되돌아온 것 같았다. 인생이 다시 신나졌다.

그는 레나와의 대화를 상상했다. 그의 머릿속에 레나의 목소리가 자리를 잡은 것 같았다. 그런 레나가 묘하게 분노에 찬 말투로 말했다.

그래서 네가 밀러를 만나러 갔구나. 상상 속 레나가 말했다. 네가 밀러하고 엮이자, 모든 게 밀러로 귀결되네. 넌 순례하듯 밀러를 보러 갔어. 나 보러 왔을 때도 그랬잖아. 내가 어디 사는지 알고 연인처럼 날 보러 왔잖아. 민병대라면 닉이 벌인 짓을 두고 네게 혐의를 돌릴 권리가 있지. 넌 위험에 이끌렸고, 그런 사태가 벌어지는지 보고 싶었던 거야. 상상 속 레나가 잔혹하게 떠들었다. 너나 밀러나 똑같아. 너도 똑같이 우기고 있어.

레나, 레나. 해리가 레나를 떠올렸다. 네가 모시던 밀러는 자기가 신이라고 우겼잖아. 이런 말, 의미 없는 말이지만.

몇 주가 지나 기운을 차리자, 이해하기 힘든 죽음에 대해 또다시 고민하게 되었다. 죽음이 왜 끔찍하다고 하는지 기억할 수 없었다. 해리는 상상 속 밀러를 머릿속에서 발견하고는 그에게 물었다. 상상 속 밀러가 대답했다. 욕심 때문입니다. 욕심을 버리면 죽음에 초연하게 됩니다.

이제야 해리는 더없는 행복을 느꼈다. 날아갈 것만 같았다. 그 오랜 세월 미치도록 그를 괴롭히던 공포의 실체를 깨달았다. 협박 편지가 날아와도 아무렇지 않았다. 그의 여생에 나쁜 일은 전혀 일어날 것 같지 않았다. 이런 생각이 들다니 놀라웠다. 아니, 이렇게 위험하고 무모한 태도로 살아도 돼? 해리가 그의 머리에 사는 상상 속 해리에게 물었다. 병 들어 고통스러워하다가 죽음을 맞이할 수밖에 없잖아. 그는 불쌍한 장모의 운명을 떠올렸다. 장모님도 현실을 직시하셔야죠. 현실을 직시한 적이 한 번도 없으셨잖아요. 가상의 해리는 실존하는 해리의 경고를 묵살했다. 이렇게 죽음을 향해 거침없이 달려가는 여정이 어떨지 상상해 봐. 궁금하지 않아? 넌 네가 어떻게 죽을지 알고 싶지 않아? 사인은 뭐며, 어떤 과정을 거쳐 언제 세상을 떠나게 될까? 불의의 사고로 죽으려나? 남들은 뭐라고 할까? 충격을 받을까?

'선한 해리'는 이렇게 갑자기 세상을 떠나게 될까 봐 소름이 끼쳤다. 신성을 모독한 죄를 받는 건가. 그가 중얼거렸다. 표현이 좀 이상하군. 넌 벌 받을 거야. 늙은 어머니가 말하는 상상 속 목소리가 들렸다. 증상이 처음 나타나는 순간, 극심한 통증이 온몸으로 번질 거야. 그러나 해리는 다른 일을 하느라 잊어버렸다. 그게 뭐였는지는 묻지 말길. 아무도 모르니. 바로 그때, 그 증상이 도졌다. 흥분한 듯 온몸이 빳빳해졌다. 살아 있다는 기쁨인지, 죽음을 향해 달리는 흥분인지 분간이 되지 않았다. 온몸이 조여졌다. 심장 박동이 빨라지고 숨이 가빠졌다.

해리 필드가 죽음의 공포에서 벗어나게 된 이유를 조금이라도 깨달았으니, 이 책의 마지막은 데이비드 레오에게 할애하겠다. 어제 있었던 일이다. 데이비드가 해리가 강의하는 강의실 앞을 지나는데 강의하는 소리가 새어 나왔다. 문장에 속도가 붙고 흥이 묻어났다. 무슨 내용인지는 들리지 않았다. 그는 관심을 쏟아 연결 고리를 만들어 논리를 세우는 것이 사유라고 믿었던 학창 시절이 떠올랐다. 뭔가에 홀린 듯 설명하는 것이 최고 수준의 두뇌 운동이라고 여겼던 시절. 이렇게 열변을 토하는 교수의 기에 끌리던 시절이었다.

그때 그 기분이 떠올라, 데이비드는 지나가면서 창으로 강의실을 들여다보았다. 대학원생들이 보였다. 12명이 둘러앉아 있는데 나이가 꽤 있었다. 이미 강단에 서는 사람들이 대부분이었다. 다들 시험으로 명석함을 증명한 이들이었다. 커리어에 명성까지 쌓아 장차 기사와 책에 이름이 실리게 될 학생들이 책상에 둘러앉아 몸을 숙이거나 다리를 쩍 벌리고 앉아 있었다. 덥수룩하게 콧수염을 기른 이들도 보였다. 스카프를 두른 여인들과 티셔츠를 입은 사람들도 있었다. 나머지는 단정하고 깔끔했다. 12명의 제자가 해리에게 시선을 고정한 채(해리는 진지하고 열정적으로 강의하며 책상 위로 몸을 내밀고 있었다. 눈은 사냥개처럼 충혈됐다) 다들 헌신과 믿음을 맹세하는 표정으로 해리의 정신세계로 떠나는 난해한 여행에 동참하고 있었다.

옮긴이의 말

내가 재림한 신이요, 나를 믿고 따르면 평안을 얻으리.

이 작품의 원제는 'Disciples'이다. 예수의 십이사도를 칭할 때 영어로 'disciples' 혹은 'apostles'라고 한다. 작가 오스틴 라이트는 'Disciples'라는 제목 하에 종교의 울타리를 넘어서 이 사회에 만연한 사도들의 모습을 비판한다. 그가 말하는 사도란, 누군가를 믿고 따르며 무비판적으로 무조건 맹신하는 이들을 지칭한다. 그는 사이비 종교를 신봉하는 이들을 비판하는 것에 그치지 않고, 배울 만큼 배운 이들이 자신의 신념을 지나치게 맹신하는 모습을 전방위적으로 고발한다.

사건은 노교수 해리 필드가 집에서 외손녀 헤이즐을 돌보던 중 아이의 친부 올리버 퀸을 집으로 들이면서 시작된다. 해리의 딸인 주디는 올리버와 결혼하지 않은 상태로 헤이즐을 낳고 헤어졌다. 헤이즐의 양육에 관여하지 않던 올리버가 해리의 집에 찾아와 딸을 잠시 놀이터에 데려가겠다고 한다. 해리는 친부의 부탁을 매정하게 거절할 수 없어서 헤이즐을 순순히 내준다. 올리버는 그 길로 딸을 차에 태우고 닉 포스터와 함께 밀러 농장으로 향한다. 밀러 농장은 자칭 재림 신이라는 밀러가 이끄는 사이비 단체이자, 외진 곳에서 고립된 생활을 자처하며 지구 종말에 대비해 무기고를 갖춘 무장 단체이기도 하다. 올리버는 백인인 주디가 흑인인 데이비드 레오와 사귄다는 소문을 듣고 자기 딸이 흑인 밑에서 자라는 꼴을 두고 볼 수 없다면서 딸을 데리고 밀러 농장으로 아예 살러 들어간다. 딸의 연인이자 해리와 같은 학교에서 근무하는 교수 데이비드 레오는 헤이즐을 되찾겠다며 추적에 나선다. 데이비드는 수소문 끝에 밀러 농장에서 올리버와 만나는데, 단둘이 뒷산 폭포에 올라갔다가 올리버가 추락사하는 모습을 목격한 후 떠밀리듯 밀러 농장을 빠져나온다. 데이비드 레오는 올리버를 떠밀어 죽였다는 혐의를 벗을 수 있을까? 데이비드와 필드 부녀는 헤이즐을 되찾을 수 있을까? 밀러는 재림한 신이 확실한가? 세상을 등지고 밀러 농장으로 들어간 사람들은 밀러를 신이라고 진심으로 믿는 것일까?

『광신도들』은 총 8명의 등장인물이 돌아가며 이야기를 이끈다. 1인칭 현재 시점으로 서술하는 장도 있고, 3인칭 과거 시점에서 서사가 진행되는 장도 있다. 늘 그렇지만 오스틴 라이트의 이번 작품 또한 퍼즐 맞추기와 같다. 과학사 교수로 평생 대학에서 강의하며 사이비와 유사 과학에 경종을 울린 해리. 해리 필드 교수의 일이라면 발 벗고 나서는 데이비드 레오. 강도에게 습격당한 후 자신이 재림한 신이었음을 깨달았다는 밀러. 신이라고 주장하는 밀러를 추종하는 밀러 농장 사람들. 밀러 농장에서 남은 생애를 보내려고 딸을 납치한 올리버 퀸. 올리버 퀸이 시키는 일이라면 뭐든 하는 닉 포스터. 해리의 과거 연인으로 심령술과 점성술을 신봉하는 레나. 올리버의 추락사 이후 이야기는 급박하게 돌아가고 등장인물들은 자신이 신봉하는 바를 진실이라 믿고 믿음대로 행동하며 타인에게 강요한다. 이 책은 총 5부 31장으로 구성되었으며, 8명의 화자 중 여러 차례 등장하는 다른 인물들과 달리 밀러와 제이크 루머가 화자로 등장하는 장은 각각 한 장뿐이다. 이들이 서술의 주체가 되는 두 개의 장에서 사이비 종교의 실체가 드러난다. 사이비 교주가 주장하는 자신이 신이라는 증거, 초창기 그를 따르던 사도들이 침묵하는 진실, 교주 사망 시를 대비해 밀러 농장 영속을 위한 논거가 나온다. 자칭 신이라는 밀러가 해리 필드 교수에게 무엇이든 물어보라고 한 후 나누는 신과의 질의응답 시간도 이 책의 백미라 하겠다. 재림 신 교주가 주장하는 터무니없는 교리를 도대체 누가 믿으며, 그런 교리를 믿는 사도들이 많다는 게 의아하기만 하다. 사이비 단체가 '설립'되는 초기를 상상해 보면 괴기하기 짝이 없다. 내가 신이요, 이렇게 말하는 사람이 있을 수도 있다. 상상은 자유니까. 이런 사이비 교주의 외침에 대부분은 코웃음을 치지만, 그를 떠받드는 자들이 등장한다. 허무맹랑한 주장을 하는 교주를 처음으로 믿고 따르며 '이분은 신이 맞으시다'라며 포교를 시작하는 '설립자'들은 과연 누구이며 그들의 목적은 무엇일까? 그들은 그를 진짜 신이라고 믿고 포교에 나선 것일까? 이런 의문을 조금이나마 해소해주는 부분이 제이크 루머와 밀러가 화자로 등장하는 25장과 27장이다.

레나는 과학사 교수 해리 필드와 대척점에 선 인물이다. 과거 연인이었으나 50년 만에 재회하고 보니, 한 사람은 과학을, 다른 한 사람은 심령술을 신봉하게 되었다. 심령술은 19세기 중반 죽은 자와 소통하기 위해 다양한 방법을 시도하면서 새로운 '과학'으로 등극했다가 20세기에 들어서 과학계에 배척당한다. 레나는 밀러를 만나는 순간 흩어졌던 기가 모여든다고 묘사하기도 하고, 죽은 자의 영혼과 대화를 시도하기도 한다. 해리가 보기에 레나는 유사 과학을 신봉하는 우매한 영매겠지만, 레나는 자신의 믿음이 논리를 갖추었다고 굳게 믿는다. 오스틴 라이트는 방대한 주제를 다루면서 사이비 교주 밀러와 과학사 교수 해리 필드를 같은 선상에 놓은 듯하다. 이 책 맨 마지막에 등장하는 해리의 강의실 모습도 눈여겨봐야 한다. 해리가 하필이면 12명의 제자들 앞에서 강의하는데 과연 이것이 우연일까. 오스틴 라이트는 해리를 지칭할 때 대문자를 써서 '선한 해리(Good Harry)'라고 말하는데, 이 장면에서 성경의 '착하신 하느님(Good God)'이 연상되는 건 왜일까? 작가는 이성적 사고를 하지 못해 눈뜬장님이 되는 건 닉 포스터처럼 지적 능력이 떨어지는 일부에게만 국한된 일이 아니라고 경고하며, 우리가 진실이라고 믿는 지식과 사상에 대한 맹목적인 믿음을 경계해야 한다고 지적한다.

버티고 시리즈 출간 목록

매듭과 십자가 존 리버스 컬렉션 | 이언 랜킨 지음 | 최필원 옮김

열차 안의 낯선 자들 퍼트리샤 하이스미스 지음 | 홍성영 옮김

올빼미의 울음 퍼트리샤 하이스미스 지음 | 홍성영 옮김

테러호의 악몽 1, 2 댄 시먼스 지음 | 김미정 옮김

숨바꼭질 존 리버스 컬렉션 | 이언 랜킨 지음 | 최필원 옮김

퍼스널 잭 리처 컬렉션 | 리 차일드 지음 | 정경호 옮김

레드 스패로우 1, 2 제이슨 매튜스 지음 | 박산호 옮김

레버넌트 마이클 푼케 지음 | 최필원 옮김

심연 퍼트리샤 하이스미스 지음 | 홍성영 옮김

칼리의 노래 댄 시먼스 지음 | 김미정 옮김

이빨 자국 존 리버스 컬렉션 | 이언 랜킨 지음 | 최필원 옮김

메이크 미 잭 리처 컬렉션 | 리 차일드 지음 | 정경호 옮김

레드 스패로우 3, 4 배반의 궁전 제이슨 매튜스 지음 | 박산호 옮김

콘돌의 6일 제임스 그레이디 지음 | 윤철희 옮김

스트립 잭 존 리버스 컬렉션 | 이언 랜킨 지음 | 최필원 옮김

아내를 죽였습니까 퍼트리샤 하이스미스 지음 | 김미정 옮김

토니와 수잔 오스틴 라이트 지음 | 박산호 옮김

콘돌의 마지막 날들 제임스 그레이디 지음 | 윤철희 옮김

검은 수첩 존 리버스 컬렉션 | 이언 랜킨 지음 | 최필원 옮김

L. A. 레퀴엠 로버트 크레이스 지음 | 윤철희 옮김

액스 도널드 웨스트레이크 지음 | 최필원 옮김

이토록 달콤한 고통 퍼트리샤 하이스미스 지음 | 김미정 옮김

치명적 이유 존 리버스 컬렉션 | 이언 랜킨 지음 | 최필원 옮김

나이트 스쿨 잭 리처 컬렉션 | 리 차일드 지음 | 정경호 옮김

마지막 탐정 로버트 크레이스 지음 | 윤철희 옮김

서스펙트 로버트 크레이스 지음 | 윤철희 옮김

렛 잇 블리드 존 리버스 컬렉션 | 이언 랜킨 지음 | 최필원 옮김

유리 감옥 퍼트리샤 하이스미스 지음 | 김미정 옮김

웨스트포인트 2005 잭 리처 컬렉션 | 리 차일드 지음 | 정경호 옮김

블랙 앤 블루 존 리버스 컬렉션 | 이언 랜킨 지음 | 정세윤 옮김

행 잉 가든 존 리버스 컬렉션 | 이언 랜킨 지음 | 정세윤 옮김

광신도들

초판 1쇄 인쇄 2020년 10월 8일
초판 1쇄 발행 2020년 10월 16일

지은이 | 오스틴 라이트
옮긴이 | 김미정
펴낸이 | 정상우
편집 | 이민정
디자인 | 김혜연
관리 | 남영애 김명희

펴낸곳 | 오픈하우스
출판등록 | 2007년 11월 29일 (제13-237호)
주소 | 서울시 마포구 동교로13길 34(04003)
전화 | 02-333-3705 팩스 | 02-333-3745
facebook.com/vertigo.kr
instagram.com/vertigo_mysterybook

ISBN 979-11-88285-84-6 04840
979-11-86009-19-2 (세트)

VERTIGO는 (주)오픈하우스의 장르문학 시리즈입니다.

*잘못된 책은 구입처에서만 교환 가능합니다.
*값은 뒤표지에 있습니다.

이 도서의 국립중앙도서관 출판예정도서목록(CIP)은 서지정보유통지원시스템 홈페이지(http://seoji.nl.go.kr)와 국가자료공동목록시스템(http://www.nl.go.kr/kolisnet)에서 이용하실 수 있습니다.(CIP제어번호: CIP2020040305)